妾本庶出

1

目次

壹之章 進香邂逅生眷戀

臨近都城，官道變得寬廣而平整，馬車前行的速度也逐漸快了起來。

這下可苦了首次坐馬車的郁心蘭。這種兩輪的且沒有減震器的交通工具本就顛簸，古代的官道再平坦，也還是碎石混著黏土碾壓而成，疙疙瘩瘩不少，這麼一加速，她只覺得膽汁都要震出來了。好不容易挨到打尖時刻，馬車還沒停穩當，她就一把拉開車門，單手撐著車轅跳下去，盡量淑女的，小幅度地蹬了蹬蜷得僵硬的雙腿。

車夫李福全被她俐落的身手唬得一愣一愣的，他活了這麼大一把年紀，府裡、別府裡的小姐們端莊婉約的模樣兒見得多了，還真沒見過這麼……這麼……有活力的千金小姐。

溫氏則被女兒的舉止驚得花容失色，又不便當著府中僕人的面斥責女兒，恰巧郁心瑞也有樣學樣地跳下車，她終是尋著了時機，斥道：「瑞兒！怎的不讓人攙扶？這般跳脫，成何體統！」

郁心瑞興奮的小臉旋即萎靡下來，委屈得先是掃一眼自家姊姊，這才低聲向娘親賠罪。

郁心蘭哪聽不出娘親的弦外之音？只是覺得娘親要求得過於嚴苛了，便裝作沒聽出來，為弟弟寬宥道：「娘親，弟弟才十歲……」

「不必多言，跟我過來。」

郁心蘭話還沒說完便被溫氏打斷，領著兒女走至僻靜處，方訓道：「晌午便能到京城了，進了府，哪能容得你們這般不自持？你們當侍郎府是榮鎮的小院，當郁家是鄉下的土財主？郁家可是有百年基業的世家，你們父親是戶部侍郎，正二品的高官，若你們不知禮數，旁人必會指責你們父親教導無方。況且，夫人是相府千金，治家尤其嚴謹，哪能容得你們我行我素？大世家裡，一舉一動都有規矩，你們須得謹小慎微，方不讓人拿了錯處……」

郁心蘭垂眸貌似認真地聽著，心中卻喟嘆道，娘親還是太實誠了些，那麼一大家子人，做得再好，也會有人雞蛋裡挑骨頭，所以最重要的還是拍好父親的馬屁，有當權者的庇護，還用怕別人挑錯？

郁心蘭在這廂嘀咕完，溫氏那廂剛好收尾，「……切記多看、多聽、少說話，夫人教導時，千萬不可回嘴，一定要討得夫人歡喜才是。」

郁心蘭端莊優雅地輕輕頷首，郁心瑞穩重地點點頭，「知道了，娘。」

見兒女們儀態端方，溫氏滿意地微笑，又補充一句：「以後要叫姨娘了。」

郁心蘭乖順地應承，溫氏還是暗自擔憂：瑞兒倒還好，自幼聰穎，功課出眾，老爺是極喜愛的，況且，男孩兒總能憑著學識謀個一官半職，前路不愁，可蘭兒卻……之前太過木訥寡言，自從摔了一跤，昏迷幾天後，人是大方活潑了，可夫人自己有四個女兒，若是夫人因自己而牽怒到蘭兒身上，該如何是好？蘭兒日後的前程，可都捏在夫人的手裡啊！

正當此時，一輛打刻著郁府標記的馬車行了過來，少頃，李福全引著一名四十開外、衣著極為體面的婆子走過來。那婆子朝溫氏母子福了福，自我介紹說是夫人身邊的管事嬤嬤，夫家姓許，奉夫人之命，請溫氏母子去往白雲山靜月庵拜過神明，滌淨一路的穢氣，再行入京。

郁心蘭覺得夫人此舉必有用意，想阻止娘親應允，便以旁人能聽到的聲音，「悄悄」問李福全道：「李叔，此時去白雲山，今日還能不能進京？」

李福全遲疑了一下，方道：「只怕得到晚間才能入府了。」

溫氏聞言，便躊躇道：「夫人有命，本不當不從，只是這時辰上……」

許嬤嬤冷笑一聲，神色嚴厲，「夫人如此安排，本是一番好意，擔心你們一路上衝撞了什麼而不自知，自身不祥還給府裡帶來災禍。妳若不願遵從，我也阻攔不得，只好先回府稟報夫人一聲。」作勢便要轉身離去。

溫氏心中一驚，妻妾如天地，這不遵正妻之命的罪名可不小，忙拉住許嬤嬤，陪著笑道：「嬤嬤誤會了，婢妾怎敢不遵夫人之命？這就去靜月庵叩拜神明，還請嬤嬤在夫人面前美言幾句。」說著，從自己腕上褪了一只青玉鐲子，順勢給許嬤嬤戴上。

許嬤嬤瞥了眼鐲子的成色，這才露出點兒笑容，「如此甚好。我還要回府交差，這便走了。」

溫氏有禮地福了福，「嬤嬤慢走。」

郁心蘭微蹙了蹙眉，娘親過於逆來順受了，將來定會被夫人壓制得厲害，不單是她自己受苦，還會拖累我和弟弟。於是，待許嬤嬤乘車離開，她便柔聲進言道：「娘親，太晚了入府可不方便，父親不是也交代我們晌午前入府嗎？依我看，我們在此擺個香案焚香告祝神明吧，這樣父親母親的吩咐都能顧全。李叔是個厚道的人，必不會嚼舌。」

溫氏搖了搖頭，「不行，夫人恩典，同意接我們母子進京，我們若是對她的命令陽奉陰違，日後如何相處？」溫氏倒不在乎自己如何，今日之事她若不按夫人的意思去做，免不了被夫人記恨上，到時候苦的怕是她的這雙兒女。

郁心蘭勸了幾句勸不住，只得叮囑李福全交代隨行的車夫先送輜重車回府，也順便向老爺報個信兒。

於是，一行人又急忙地直奔白雲山，在靜月庵叩拜了神明，才再度上路，終於趕在太陽落山之前進了京城。

李福全趕著馬車來到郁府西側門，應門的小廝何喜趕忙迎上前，壓低聲音道：「李叔，許嬤嬤回府的時候說了，夫人交代的，這一位，走西角門進府。」

李福全的小瞇縫眼頓時睜大，自古這納妾，姨奶奶走側門入府，侍妾、姬伎這類才走角門。老爺差使他接人時，明明說是「溫姨奶奶」，怎麼夫人不承認？

只不過，他一介車夫哪敢多舌，只能在心中替這位溫良淳厚的溫姨奶奶抱個屈。

郁心蘭在車內聽得真切，心微微沉了下去，不復之前的輕鬆，這會兒再看娘親的臉色顯出幾分憂鬱，有些明白娘親之前為何會如此擔憂，原來她們這幾人真的是不受待見的。

郁府占地大約二十餘畝，格局簡約而不失優雅，亭臺樓閣、竹林曲徑一應俱全，溫氏娘仨和隨侍的張嬸、錦兒五人跟在陳厚家的身後，走了一個多時辰，天色全黑了，才來到主院正堂外。

主院裡，只有正堂門口侍立著一名小丫鬟，陳厚家的讓溫氏等人候在階下的青石甬道處，自己到門口跟小丫頭嘀咕了幾句，小丫鬟一閃身入了屋。

陳厚家的便下了臺階，向溫氏道：「碧玉去稟報了，一會兒會有人通傳，我還有差事，須得忙活去了。」說罷，頭也不回地走了。

一時間，院子裡靜悄悄、黑濛濛的，只有溫氏主僕五人被燈籠拉長的身影和輕淺的呼吸聲。這時才二月中旬，白日裡春光明媚，夜晚卻陰寒入骨。幾人筆直如松地站著，連個手爐都沒有，很快就覺得指尖冰涼。

等了許久仍不見人來招呼，郁心蘭便在心中嘆道：夫人下馬威立得好，不單讓她娘仨走斷雙腳，還要站斷雙腿。夫人這般舉動倒是在情理之中，可是早使人向父親報了訊兒的，為何不見人影？難道不在府中？

她瞥了一眼小臉疲憊的郁心瑞，暗忖：弟弟才十歲，可折騰不得。

就在郁心蘭打算裝暈的時候，一名十七、八歲，身穿石青色暗紋錦緞棉襖的體面丫鬟挑起了門簾，笑咪咪地請幾人入屋。

郁心蘭低眉順目地跟在娘親身後，藉著額前瀏海的遮掩，打量主座上的郁氏夫婦。

郁老爺五官俊逸，白面有鬚，儒雅非凡，雖然身著家服，卻難掩成熟男性的魅力，讓郁心蘭很是驚豔了一把，爹爹竟是極品中年帥哥；王氏美豔高貴，保養得宜，只是眼神過於冷冽，看起來就不是個好相與的。

王氏的下首坐著兩名少女，想是王氏所出的兩位嫡小姐，年長些的柔美文靜，很是漂亮，應是三小姐郁玫，而年幼些的俏麗嬌憨，應是四小姐郁琳。

郁老爺見到溫氏母子，面色一喜，熱絡地道：「婉兒，你們總算來了，快坐，快坐！讓你們受……寒了，都怪碧玉這丫頭沒個眼力勁兒，見我們在用飯，居然不上來稟報！」說著指了指跪在一旁的碧玉。碧玉眼淚汪汪的，想是已經受過責罰。

郁老爺這話，原是向溫氏解釋為何會讓他們母子久候，聽在王氏的耳朵裡卻認為他另有一番深意，心中不禁大怒：明明瞧見紫絹拿出了磕頭用的錦墊，老爺居然還給這賤婢看坐，這不是一巴掌甩在我的臉上嗎？

剛才用飯的時候，郁老爺便魂不守舍的，不時向外張望，王氏如何會不知丈夫心中惦念何事？只是看在他不敢當著她的面問出來，也就沒有發作。這會子，見丈夫一雙眼竟沾在那賤婢的臉上，是可忍，孰不可忍！

王氏盛怒，將手中的茶盅重重地往几案上一頓，發出「砰」的一聲悶響。

郁老爺神色如常，可眼皮子還是微不可察地一跳，「呵呵」笑了兩聲，異常流暢自然地改口道：「婉兒，妳這是頭一天入府，先給夫人敬茶；蘭兒、瑞兒，快來拜見母親。」

這一聲轉換讓郁心蘭心中一涼，父親竟是個懼內的，讓她們如何依靠？

紫絹已經放好錦墊，溫氏雙膝跪下，磕了三個頭，口稱：「婢妾見過老爺、夫人。」

郁心蘭和郁心瑞分別跪在娘親兩旁，向父親、母親請安。

郁老爺拈鬚微笑，想是極滿意溫氏的恭順，可一旁的丫鬟婆子竟無一人奉茶盤上來，令他心生不快，只有向夫人敬了茶，溫氏這名分才算確定下來，於是斥道：「為何不將茶盅奉給溫姨奶奶？」

一眾丫鬟婆子都垂首靜立，不敢作答。

王氏「哼」了一聲，「不知老爺口中的溫姨奶奶是哪一位？可是這位有失婦德的溫氏？」悅耳的聲音裡透著十分的冷硬。

瞬間，溫氏的臉煞白一片，扶在地面的手也微微顫抖起來。

郁心蘭聽到夫人辱及娘親名節，不由得蹙眉，微抬頭掃了一圈，娘親滿面羞窘，父親一臉錯愕，竟沒一個人有憤怒的情緒。這真讓郁心蘭驚訝萬分，古時女子不是名節重於生命嗎？娘親為何忍耐？父親為何不說句公道話？難道……娘親是外室？

再回頭細想路途中偶然聽到的溫氏與張嫂的對話，郁心蘭更是堅定了這個猜測。天啊！就算是在男人可以三妻四妾的古代，外室也是正宗的小三呀，難怪夫人要當面羞辱！

這一事實讓郁心蘭頓感遍體生寒，之前還想著娘親是肯伏低做小的，自己再刻意討好王氏，日子應該不會太難過。可照目前的情況來看，王氏根本就不打算給娘親轉正，那自己和弟弟就是沒名分的私生子。這、這、這……這樣的身分，如何在古代立足啊？

主座上，郁老爺大大的一怔後，當著一屋子的丫鬟婆子們的面，覺得下不了臺，儒雅的笑容也僵硬了幾分，「婉兒最是淑良本分不過，夫人切莫聽信謠言。」

王氏嗤笑，從袖袋裡取出一張白紙，遞給老爺，「這上面所寫之事，還請老爺釋疑。」

那紙上將郁老爺在榮鎮私納溫氏為妾，和郁心蘭出生的日子記錄得清清楚楚，還註明，其間相隔六個月一十八天。

郁老爺頓時面露尷尬羞惱之色。當年他年少風流，又孤身在榮鎮辦公差，難免寂寞，遇見美貌溫柔的溫氏，自然是情不自禁……他原以為不會有人知道，哪知世上沒有不透風的牆啊。先不說他在外地私自納妾，一不稟明父母、二不告知髮妻是否合理，單就溫氏未婚先孕、婦德有失這一條，夫人就有足夠的理由拒其進門。

前陣子岳父大人斥責夫人心胸狹窄，夫人這才同意接溫氏母子入京，他原以為夫人終於想通了，哪知人都到府裡了，卻生出這種變故。現在老太太不在，無人幫他說和，是不是等明日再說？

王氏見難住了老爺，越發得意，「這樣的人怎麼能進咱們郁府？這兩個孩子倒也罷了，怎麼說都是老爺您的骨肉。這樣吧，孩子留下來，明日我著人送溫氏回榮鎮。」

郁老爺聞言頓生不悅，又瞥見溫氏濃密的長睫上沾上了淚花，更是對妻子的蠻橫厭惡至極，可在妻子面前順和慣了，也只是道：「她們一路勞頓，先去客房洗漱用飯休息，別的事明日再說。紅綾，帶她們去客房。」

溫氏帶著兒女又福了福，才跟著叫紅綾的丫鬟退出正堂。

郁老爺遣退了僕婦，好聲好氣地勸說：「夫人，婉兒為我郁家開枝散葉，這……」

「老爺！」王氏打斷郁老爺的話，一臉嚴肅地道：「老爺是朝中命官，即使是私事，也萬不能行差踏錯。若是被劉御史知道您將一個有失婦德的女子納入府中，在聖上面前參您一本，就算不被罷官，也怕是會連累到老爺的官聲。」

一番話義正詞嚴，郁老爺無處反駁，只能大打親情牌，再怎麼樣也不能拆散人家母子不是？

他好話說了一籮筐，又著意在床笫間溫柔繾綣，王氏終於答應讓溫氏留下，只是抬升名分的事，就這麼擱下了。

郁心蘭等人在梓院的客房一住就是小半個月，還被告知未得傳喚，不能出梓院走動。郁心蘭一心琢磨日後的出路，也沒心思亂闖，只是瞧著溫氏眉間的濃愁心疼不已。溫氏這個娘親，對她這個女兒關懷備至，她總不能眼睜睜看娘親受什麼委屈。她多次向娘親提及，如果王氏不給娘親抬個姨娘的名分，她們母子三人就回榮鎮去，她定有辦法為娘親養老送終的。

只是溫氏看著溫柔和順，有時卻也極固執，認為兒女們認祖歸宗是最重要的，她只要能留在郁府服侍老爺就成了，是不是姨娘都沒有關係，不許她再提什麼回榮鎮的事。

郁老爺除了頭一天下朝後來小坐片刻，送上些頭面首飾之外，就再沒踏足梓院。倒不是不想，而是不能也，實在是怕引得妻子嫉恨，溫氏的名分就更沒著落了。

為了溫氏名分的事，郁老爺焦急上火，就連平日裡最疼愛的長女回府省親，也提不起興致，隨意問詢兩句，便藉口讓母女倆說說體己話兒，離開正堂。

郁瑾凝視著父親消失的大門好一會兒，才揮手讓丫鬟們退下，蹙眉問道：「母親，父親怎的好似有心事？可是為了那溫氏？」

提及溫氏，王氏就怒火攻心，劈里啪啦地將老爺如何磨咕要給個名分，如何每日暗中使人送吃穿用度，生怕自己虐了那幾人的種種告訴女兒。末了，瞥見桌上的粉彩芙蓉杯，彷彿溫氏那張細白如瓷、紅暈染頰的狐媚臉，恨得一巴掌掃到地下，叮噹摔個粉碎。

郁瑾見狀，眉頭蹙得更緊，輕嗔道：「這芙蓉杯不是您平素最愛的嗎，何苦為了一個賤婢就給摔了？」頓了頓，見母親臉色微霽，便接著道：「母親，您聽女兒一句勸，若真是打發走了那賤婢，瑞哥兒怕是心生怨恨……」

王氏重重地哼了一聲，「我是他的嫡母，還怕他翻天嗎？」遲疑了片刻又問：「真的帶個男孩兒在身邊，就能懷上男胎嗎？」

郁瑾連忙保證：「自是真的，相公家幾位堂嫂都是如此懷上男胎的。況且，又不是讓您過繼到名下，只要在身邊帶養著就行。您是嫡母，這本是名正言順的事。只是，也得讓瑞哥兒心情好，才能帶個弟弟出來啊。」

郁瑾深知母親最揪心的事兒，就是只生育了四個千金，沒個兒子。這女人啊，再怎麼呼風喚雨，若無兒防老，晚景也只得淒涼二字。所以她才在聽聞這法子之後，立即告訴母親。只是，人選頗費思量。

郁老爺另有兩名侍妾，都是朝中官員饋贈的，王氏拒絕不得，可也沒讓她們有什麼好日子，一年到頭見不著老爺兩面。但就算這般防著壓著，那個叫秋容的小妾還是懷上身孕，一舉得男。

王氏嚥不下這口氣，怎麼也不答應教養庶子，如今那庶子已經十四了，只怕跟他那個有心計的賤婢娘一般，滿肚子彎彎繞繞。這樣的庶子養在身邊，不跟養頭狼崽子一樣嗎？而旁系的子侄，沒道理平白接到身邊，所以算來算去，只有瑞哥兒合適，聰明、功課好、乖順懂事，年紀也尚幼。

王氏思量片刻，便點了點頭，不就是多個侍妾嗎？在她手裡還不得任她搓圓揉扁！

郁瑾又問：「三妹那事兒……」

王氏道：「這事兒我自有分寸。」

郁瑾便放心了，又坐了片刻，用過午飯便回夫家了。

長女一走，王氏便鬆了口，對郁老爺道：「老爺，蘭兒年紀也不小了吧？」

郁老爺心中升起一絲希望，又狐疑夫人的用意，便只「嗯」了一聲，「這月初六滿十五。」

王氏點了點頭道：「年紀挺合適的，我看，這回宮裡採選秀女，就送蘭兒的畫像上去吧。」

郁老爺大吃一驚，以往玫兒心高氣傲，定是要做那皇妃不可的，怎麼這會子將送上門的好事給往外推？

「玫兒她……」

「玫兒她現在不想入宮了，只是禮部又要求正五品以上官員家必須送選一女，我想，以蘭兒的出身，若是想嫁得好，只能為妾，可嫁個門戶低的，又失了郁府的顏面。進宮倒是個挺不錯的選擇，還不用為她準備嫁妝。」

說到嫁妝，郁老爺心思有些活動。王氏肯定是不會拿自己的嫁妝給蘭兒添妝的，而郁家雖頂著世家的名頭，其實已經沒落三代了，家中的祖產早就變賣一空。這些年他為官賺下的銀子不算少，也盡數用在贖回祖產上。可這祖產，多半都得算是公中的，自己手頭活絡的銀子可不多。

只是沉吟片刻，他還是搖了搖頭，「蘭兒膽小怯懦，在宮裡不得被人生吞了去？再說，她哪懂得宮裡的規矩……」最主要的是，他曾答應過溫氏，要為蘭兒選一門好親事。

「不懂，請教習嬤嬤來教導便是。我是想啊，若蘭兒被選入宮，她的生母地位總不能太差，將溫氏收進府裡，在父親那邊，我也說得過去。」

王氏抛出溫氏的名分這個香餌，又抬出身為丞相的父親來壓陣，郁老爺很快便同意了。反正只是參加徵選，卻可以令溫氏抬升位分，到時自己找禮部的官員活動活動，第一輪就讓蘭兒下了，不就一舉兩得了？

郁老爺請王氏幫著準備報送要用的庚帖和畫像，自己樂顛顛地跑去給溫氏報喜。

王氏看著老爺的背影冷笑一聲，若是老爺知道皇上是先給赫雲連城這個掃帚星選妻，還會不會這般得意？

京城西郊的萬刃山山勢險峻，通常少有人煙，但是性喜冒險和勤於習武之人，卻以攀登萬刃山最高的仙人峰為樂。

四更初，星辰還懸掛於天邊，兩名氣宇非凡的男子，就已長身玉立於仙人峰頂。

「連城，父皇昨日向太傅問詢我的課業了。」說話的是一名儒雅俊逸的佳公子，俊眉朗目，未語先笑，怎麼看都顯得文質彬彬。可是能一口氣攀至仙人峰頂而不喘息的人，哪會是手無縛雞之力的書生？

名叫連城的男子生得異常俊美，眉如長鋒斜飛入鬢，眼如寒星深邃內斂，挺直的鼻樑和緊抿的唇線，勾勒出天地崩於眼前也不變色的沉穩冷峻；右頰一條極淡的疤痕，不顯粗鄙，反給這張過於俊美的容顏平添了幾分男子氣概。

此時，他璀璨如星的眸子望向方才說話的男子，緊繃的聲音中帶著一絲幾不可察的喜悅，「子恆，我想，定是皇上釋懷。」

明子恆看向星空，「倒不算是，但至少不如以往那般防著疑著了。」說罷又笑了笑，看向赫雲連城，由衷開懷道：「對了，我聽母妃說，父皇答應了姑母，這次徵選秀女，先為你指婚呢。」

赫雲連城聞言，俊眉微挑，「真有此事？那我回去說服母親取消……」

明子恆訝異道：「為何？你年紀也不小了。」

赫雲連城道：「我現今這般落魄，就連普通百姓都不願與我結親，何況是官家小姐？何必強迫別人！」他嘴裡說著落魄，神色間卻無半分蒼涼之感，目光極為堅定沉穩，顯然不是個會被逆境擊倒的強者。

明子恆與他自幼一同長大，十分清楚他高傲的性子，也清楚現在這種狀況下，父皇必定不會將什麼德才兼備的千金指給他，娶個小門小戶又空有美貌沒有才德的女子，真不如不娶，於是便不再多言。

一時間，兩人都沉默下來，望向遙遠的星空，彷彿想參透多舛的命運。

❖ ❖ ❖

天剛微亮，郁府內的晚輩便到長輩房中請安。

郁心蘭規規矩矩地斂衽行禮，「蘭兒給曾祖母、祖母請安。」聽得老太太說「起來吧」，這才起身，回頭示意錦兒將食盒提上來，交給老太太身邊的大丫頭紫菱，乖巧地道：「這是溫姨娘今晨親自下廚為曾祖母和祖母熬的紅衫魚肉粥，這粥最適合春季滋補去寒，還有化痰的功效。」

聞言，老太太淡笑道：「昨日我不過是咳了兩聲，何必讓妳姨娘花這些功夫？」

郁心蘭溫婉地一笑，「曾祖母可是咱們這一大家子的老祖宗，小咳嗽也得醫好了才能讓晚輩們安心。老祖宗不嚐嚐嗎？這粥裡可是加了一味榮鎮特產，極香的。」

老太太顯出幾分興致，令紫菱盛了一碗，瞧見這粥細稠得看不出米粒兒來，聞著清香撲鼻，未嚐便先暗讚一聲「好」，細品了一口，笑讚道：「香稠而不膩，鹹淡適宜，太太也嚐嚐。」

太太恭順地謝賞，紫菱自去忙碌添盛。

老太太拉過郁心蘭道：「妳這丫頭心思細巧，這很好。這粥想是花了妳和妳姨娘許多功夫吧？回去告訴妳姨娘，這份孝心我領了。我身邊有人服侍著，她每日裡還得去正房立規矩，不必操勞這些個，好好服侍老爺，為郁家多多開枝散葉，便是對我和太太最大的孝順了。」

太太也在一旁應著：「是啊。」

郁心蘭乖巧地笑道：「老祖宗慈悲，不捨得晚輩們勞碌，蘭兒代姨娘謝過老祖宗和祖母。只是，老祖宗謬讚了，這粥是姨娘自個兒的心意。昨日蘭兒回去跟姨娘提了一提，姨娘便使人去買了兩條紅衫魚來，蘭兒原也不知是用來熬粥的。蘭兒只知憂心老祖宗的身子，卻不知如何行事，本該挨板子才是。」

這一番話乖巧討好，又半點不居功，引得老太太凝眸笑望，親暱地拍了拍她的手，拉著她在自己身邊坐下。

自從溫氏抬了姨娘的名分後，郁心蘭和郁心瑞便正式成了郁府的小主子。但因親眼見到敬茶那日王氏給娘親的難堪，郁心蘭便心思活絡地開始在府中找靠山，庇護他們娘仨。

後院本是女人的天下，妻管嚴型的父親大人能護著的地方著實有限，便只有兩位老人家，即老太太和太太有這個能力了。

老太太是郁老爺的祖母，高齡七十三，身板極是硬朗，對晚輩和藹可親，而且一瞧就是個精明的，說話做事極有板有眼，話雖不多，卻常常令高傲的王氏低下頭來，只是為何時常對王氏的所作所為睜一隻眼閉一隻眼，原因還有待日後考證。

太太是郁老爺的親母，性子卻跟個麵團似的，沒半點脾氣，只知退讓。況且那日郁老爺開口求情，王氏都裝作沒聽見，太太也不敢說話兒，還是老太太出言為溫氏說道幾句，王氏才接過溫氏敬的那杯茶，想是被一個「孝」字壓著，不得不從。所以郁心蘭對老太太是真心服，對太太卻只是晚輩應有的恭敬。

這些天，她每日裡來向老太太和太太請安，著意籠絡討好，每次都會不著痕跡地幫娘親問候，效果還挺不錯。

祖孫三人正說著話，五小姐郁琳人未到卻聲先到：「哎呀，好香，老祖宗有好東西，怎的不給琳兒嚐嚐？」門簾一挑，俏麗的郁琳一陣風兒似的旋進來。

老太太笑咪咪地待她行過禮，方道：「這是妳溫姨娘為我們兩個老骨頭熬的粥，妳四姊拿過來的，想吃，找妳四姊要去。」

郁心蘭在一旁溫柔地笑，「五妹好。」

郁琳在心裡呸了一聲，憑妳也配當我四姊？小臉上卻仍是笑嘻嘻的，不再提這個，只管抱著曾祖母的手臂撒嬌，「老祖宗，琳兒今日也親自熬了粥來，您可得賞個臉兒。」

郁琳身邊的紅杏便布上新碗，將食盒內的八珍粥盛了兩份出來。這八珍粥的食材都極為名貴，也確是春季進補的佳品，老太太瞧著卻不動勺。郁琳明白老祖宗的意思，不情不願地向郁心蘭福身，「四姊好。」

老太太這才笑著嚐了嚐。

郁琳見曾祖母只嚐不語，便晃著老祖宗的胳臂邀功，一定要老祖宗給評一評。老太太禁不住她這麼一纏，大大誇獎了幾句，她才喜孜孜地作罷，又小黃鶯似的嘰喳著昨日裡做女紅時的趣事兒，半句話也不讓郁心蘭插上。

兩位嫡小姐從不跟溫姨娘的一雙兒女說話，這事兒全郁府的奴僕都知道。不說話也好，沒有交集，就難產生表面衝突，反正她該有的禮數都全了，每次見面都搶先施禮問安，即使姊妹不和，旁人不能說是她的錯。因此，郁琳這般無視自己，在長輩面前排擠自己，郁心蘭是打從心底裡完全不在意的，仍是靜雅如蓮地在老太太身旁服侍，嬌豔的小臉上掛著從容淡然的微笑。

老太太瞥了郁心蘭一眼，心中對這個新出現的曾孫女十分滿意，無論旁人怎樣輕慢她，她都能回以不卑不亢的笑容，這份從容極是難得。

老太太與兩個曾孫女說笑了幾句，便讓她們去向夫人請安。

郁琳出門就瞪了郁心蘭一眼，「不許跟著我！」又啐了一口：「馬屁精！」扶著紅杏的手，提裙先走了。她一肚子怨氣，原本為著不讓郁心蘭分了老太太的寵愛，特意熬了八珍粥，只是沒有料到，今日郁心蘭也帶了粥，還來得比她早，看上去，就像她在拾人牙慧。

郁心蘭看著郁琳遠去的背影，搖頭失笑，其實她們何苦如此防著，老太太是個和善的人，只希望一家子和和氣氣，絕不會故意偏頗誰，而她，也不過是想找棵大樹好乘涼，不會被欺負了去罷了。

她一邊尋思，一邊加快步伐，趕著只比郁琳慢一步進入夫人的內室，與郁琳一同蹲身見禮。

王氏剛處理完府內事務，正斜倚在美人榻上閉目養神，溫氏蹲在榻邊為其捶腿，另外兩名暫時被王氏放過一馬的侍妾秋容和玉柏，垂首立在榻邊，屏息靜氣，連眼睛都不敢亂掃。

郁心蘭看著心裡就是一嘆。

王氏聽到女兒的聲音，笑著睜開眼，招了招手，「琳兒，快過來坐。」

郁琳笑吟吟地傍著母親坐下，郁心蘭走至一旁婷婷玉立。

對於郁心蘭的舉動，王氏不是沒有意見。第一天，郁心蘭與郁玫、郁琳一同來請安的時候，她故意說：「女兒起身。」待郁心蘭站直身子，便趁機發作，明白地說，她不是她的女兒。誰知郁心蘭忙裝作慌亂地請教，原來《女訓》上所說的嫡母應當珍愛庶子女，庶子女應敬愛嫡母的話是錯的嗎？若她以後也成了嫡母，應當如何對待庶子女？

王氏在心中堵得慌，偏又被《女訓》二字堵了嘴，只好吃下這個啞巴虧，以後也只是當作沒看見。當下她只管拉著郁琳的手說話兒，又讓上茶又讓奉果的，完全無視郁心蘭。

不多時，紫纓打了門簾進來，卻只站在門邊不說話，王氏瞟了一眼，便向溫氏道：「你跟蘭兒退下吧。」同時還打發兩個侍妾回去。

眾人施了禮退出來，轉過院角，郁心蘭尋思，今日王氏這麼早放娘親回去，定是父親提早下朝了。王氏防得極嚴，父親就只敬茶那日到槐院來過，其後娘親連父親的面都見不著一次，這形勢可真不妙啊。

母女倆回到槐院，郁心蘭去水缸處取了水，兌上熱水給娘親淨面。現今，除了從榮鎮帶過來的張嫂和錦兒，整個槐院就只有兩個粗使婆子，所以平時自己還得做些家務。

錦兒其實已經被王氏改名叫碧綠了，郁府的丫鬟按等級以紫、紅、碧、青取名，錦兒被分為三等丫鬟，名中得有個碧字，但郁心蘭認為王氏是故意取這麼難聽的，比如好好的一個冬院，在他們娘仨住進去之後，便給改成槐院，指桑罵槐的「槐」。

服侍著娘親歇下，郁心蘭回到自己的房間，錦兒跟著進來，悄悄向她稟報自己從府中僕婦嘴中打聽到的消息，「……老爺家雖是世家，可聽說已經沒落三代了，所以老爺從前只能算是窮書生，被王相爺瞧中了才華，才將夫人許配給老爺的。現今府中的管事和管事娘子，都是夫人帶過來的陪嫁，只有林管家是郁家的老人兒。」

郁心蘭聞言，心一寸寸變涼，她就說父親怎麼這麼讓著王氏呢，原來是得仰仗岳父的緣故。她這陣子正猛啃《女訓》、《女誡》、《女則》，想完全參透規則後好鑽漏洞。漏洞暫時沒找到，規矩倒是懂了不少，不談男女之間的地位差別，就單指妻妾之間，真是有別如天地，完全是單向的壓榨。妻可以差使妾、處置妾，而妾則只能處處讓著妻。若是別的官宦之家，男主子還有絕對的權威，可郁家就幾乎是王氏的一言堂，而王氏，她是無論怎樣討好也沒用的。

郁心蘭正在凝神思索，張嫂過來請她，林管家有事求見。來到正廳，林管家恭恭敬敬地捧上一個彩紙包裝的盒子，「這是老爺剛剛命我為四小姐添置的首飾，還請四小姐趕緊裝扮，晌午時府中會來貴客。」

郁心蘭道過謝，接下盒子，打開一瞧，竟是一套價值不菲的金鑲玉頭面。之前郁老爺已送過她一套銀頭面、一套金頭面，若是要見客，她一介庶女也足夠用了。到底是什麼貴客，竟令郁老爺如此重視？

林管家恭謹地道：「老爺未說。」

溫氏彷彿福至心靈，抿唇淡笑，送走林管家之後，與錦兒一同為女兒重新梳頭著裝。

郁心蘭不喜繁複的髮式，不斷地說：「錦兒，隨便一個鬟就行了。」

溫氏斥道：「既是貴客，怎能隨便？還有，叫碧綠。」

郁心蘭心中懊惱，別當我什麼都不知道，這所謂的見貴客，肯定是變相的相親了！

來到這古代，最讓她煩惱的事，就是盲婚啞嫁。她是有重擔的人啊，她想嫁得好些，憑藉夫家的勢力來保護娘親和弟弟。偏偏貴族最重出身，以她庶女的身分，若想做正妻，只能下嫁；若想嫁得好，幾乎只能當妾……

思緒紛擾間，郁心蘭被娘親打扮得漂漂亮亮。許嬤嬤卻忽然前來告知，今日聖駕光臨，任何人等不得到二門處徘徊。廚房沒空做姨娘小妾們的吃食了，讓她們自己到荷院的小廚房去解決。

原是郁老爺邀請了幾位同僚到府中賞睡蓮，不知當今聖上建安帝如何知曉了，竟也來了興致，御駕親臨。雖是微服私訪，但接聖駕是件多麼榮耀又惶恐的事，後院裡能見外男的婆子都被調去前院聽差，廚房更是忙得腳不著地，還得臨時採買大量食材。

溫氏聽說來了聖駕，心知今天是沒有女兒露臉的機會了，也就隨郁心蘭除去滿頭首飾，眼瞧著晌午快到了，尋思著不如早些去做吃食，免得萬歲爺臨時想來後院賞園，自己一介粗鄙婦人衝撞了聖駕。於是，她領著張嫂錦兒出去了。

郁心瑞考入了童生院，要到晚飯時分才能下學，郁心蘭一個人在槐院小睡了一會兒，肚子餓得咕嚕叫。飯不來就我，我便去就飯吧。她晃晃悠悠地出了門，尋著小徑去荷院。

郁心蘭正式成為郁府的小姐不過才六、七天，每日裡基本就只在槐院、梅院、菊院之間穿梭，荷院只知一個大概的方向。她一個人溜達地邊賞風景邊找地方，看到一片荷池，便認為沿著荷池一定能找到荷院，哪知走著走著，竟走入一方死角。

此處兩面是圍牆，牆角處有一座假山，假山上還有幾叢花草，倒也別致。池邊楊柳垂於池面，剛好擋去路人視線，小徑又有一個轉彎，來了人她也能先瞧見。郁心蘭正好有些累了，便決定在這好好放鬆放鬆。可是裝淑女裝得久了，一下子也想不起來要如何放鬆。沒有勁爆的音樂，舞也跳不起來，想了半晌，決定做一套體操。

剛打完收功，她便聽到身後的假山處傳來一個純淨悅耳的男聲：「妳這是在做什麼？」

郁心蘭被這冷不丁出現的聲音狠狠唬了一下，深吸一口氣，才鎮定地轉身看去。只見假山上露出一個腦袋，那是一名十六、七歲天使般的少年，輪廓柔和、五官精緻，臉龐透著白瓷般的色澤，一雙朗月似的明眸，純淨如孩童。

人人都道相由心生，這少年應當也是心思純淨的人吧？

美好的事物果然值得欣賞啊！郁心蘭凝眼仔細打量，直到發覺少年的眼中流露出幾分詫異，才發覺這少年怎麼都算是異性，而自己這樣盯著一個異性看，實是失禮，忙斂衽行了一禮，轉身便打算離開。

眼前一花，少年已經擋在她的身前，好看的眉峰蹙起，「無禮之至！妳還沒回答就想走？」這話雖說得傲慢，但他眸中隱含一絲戲謔之色，估計是在鬧著玩，想看郁心蘭驚慌失措的樣子。

郁心蘭暗中打量這個少年的服飾，衣料極為名貴，襟前袖口的繡花極為精緻，不會是……她忙自我催眠，這貨不是皇子，這貨不是皇子……若真是皇子就麻煩了，剛才自己那樣盯著他看，就足以治個不敬之罪。

她忙「驚慌失措」地福了一禮，「原來是表少爺，婢子剛入府，請表少爺恕婢子眼拙。婢子還要去聽差，先行告退。」反正她穿著從榮鎮帶來的衣服，質地還沒府中大丫鬟的好，就先客串一下丫鬟，免去不敬之罪。

少年一怔，隨即又像聽到了什麼好笑的話，哈哈大笑了起來。這麼一笑，漂亮的眉眼都彎成了月牙兒，更顯得他秀美純真。他笑了一會兒，便收了聲，手中扇柄指著自己高挺的鼻子問：「妳說我是表少爺？」他斂聲收笑，便自然地流露出一股高雅清貴之氣，顯然不相信郁心蘭真以為他是什麼表少爺。

郁心蘭心中一驚，這廝看出來了？可這會子她怎麼也不能當面承認她猜出他是皇子，只好笑了笑，輕點螓首，暗自焦急：就算是皇子，他到後院來，也得有府裡的主子和小廝陪著吧？怎麼就他一個人？

少年側跨一步，擋在她身前，嗤笑一聲，本想揭穿她，忽見她垂眸輕顫，心中不知怎的一動，便沒再糾纏在身分上，只堅持問：「妳剛才在做什麼？」

郁心蘭只好回答：「婢子在活動手腳。」

少年側頭打量她片刻，蹙眉道：「蹦蹦跳跳的，不成體統，不如少爺教妳一套粗淺的吐納之法吧，不必蹦跳就能全身通泰。」

郁心蘭真想揪著他的耳朵狂喊：「你會不會太閒了一點？」可實際上她只能為難地感激地歉意地道：「多謝表少爺一番好意，只是婢子真的要去聽差了。表少爺是否不記得去前院的路了？要婢子去喚個小廝過來嗎？」

她居然在暗示他不應該留在後院？少年的眼中升起一股興味，正想再說幾句，忽然臉色微變，側耳聽了聽，便讓開半步，「妳去吧。」

郁心蘭鬆了一口氣，行了一禮，忙快步走開。

轉過前方的小彎，小徑處多了幾個人，府中一名小廝正引著幾名神色緊張、面白無鬚的內侍往這邊而來。郁心蘭不想惹火上身，忙哧溜往徑邊的樹後一藏。這幾人循著小徑找到少年，一疊聲地哀嘆：「我的十四主子啊，萬歲爺都問了您好幾聲了，奴才們……」

少年淡笑道：「怕什麼，父皇那兒自有爺擔著。」說罷便當先而行，走過那株大樹的時候，眸光輕輕掃了一眼，心裡尋思著：我怎麼就沒有這般有趣又古靈精怪的丫頭呢？不知問郁大人討要，郁大人肯不肯給？

等這一行人走遠，郁心蘭才敢鑽出來，也不去尋荷院了，順著原路快步回槐院。溫氏早將飯菜做好，碗碟都布在桌上了，見到她進來，忍不住輕嗔：「就這麼小半個時辰，妳也要往外跑，萬一衝撞了聖顏，就是給妳十個腦袋也不夠砍的。」

郁心蘭委屈地扁扁小嘴，用嬌懦的聲音道：「姨娘就愛冤枉人，我本來是想去幫姨娘的。」

溫氏笑瞪她一眼，「我還不知道妳？快淨手用飯。」

母女倆用過飯，小憩了一會兒，便聽到林管家在院中高聲喚道：「溫姨娘在嗎？聖上有旨，宣您見駕。」

溫氏被唬了一跳，忙在張嫂的說明下更衣梳裝。母子三人到郁府不久，新衣還未做好，能穿的都是從榮鎮帶來的質地普通的綢衫。郁心蘭在一旁看著太寒酸，忙把父親今日送的那套頭面給娘親戴上，免得失了郁府的臉面，事後夫人肯定要責怪。

溫氏隨著林管家去後，郁心蘭總覺著不安。好好的為何要宣一個姨娘見面？是否旁人說了什麼不該說的話兒？姨娘不知能否應付？

其實她倒是多慮了。溫氏的父親溫良是進士出生，但不會走關係，沒混到個一官半職，可一直準備著哪一天會走馬上任，應教的禮數都盡數教給了女兒。

郁心蘭正在屋裡擔心這擔心那，忽聽院中又一陣急促的腳步聲響，老太太身邊的紫菱帶著幾個婆子匆匆走進來，見到她就一拊掌，「我的四小姐啊，妳怎麼這副裝束？難道老爺之前沒交代您要好好裝扮嗎？」說著就衝上來挽住她的胳臂往裡屋走，邊回頭交代，「快快快，妳們手腳快點，不能讓皇上久等！」

郁心蘭急了，「皇上？皇上要見我？」

紫菱笑道：「可不是嗎？妳種睡蓮那法子，聖上原以為是溫姨娘想出來的，召見之後才知是妳的主意，便要見妳一見。四小姐前輩子肯定做盡了善事，才會有這般的福氣呢。」

郁心蘭邊由著她們擺弄，邊懊惱地想，早知道會引來皇帝的注意，她才不出那主意了呢！

原是溫氏打聽到王氏喜愛睡蓮，榮鎮又盛產這個，便想帶幾盆送給王氏。其實送就送吧，種不種得活有什麼關係？郁心蘭偏多此一舉地出了個主意，睡蓮是熱帶的植物，京城偏寒，不適宜種植，她便畫出一個雙層的大木桶，在夾層兩邊貼上錫箔紙，中間就可以放些燒紅的木炭之類，這樣，只要仔細用清水控制溫度，桶裡的天地就與溫熱的南方無異。

她們做了三個大桶，用這法子護了三株睡蓮到京城，可能是溫度調得過高，竟在這春季就開了花，這才引聖上屈尊駕臨郁府。

❖　❖　❖

所謂的把酒賞花，就是聊著不著邊際的風花雪月，再時不時相互奉承三、兩句，虛偽做作，遠不如弈棋比武來得痛快！十四皇子明子期坐在皇帝下首，明亮的眼睛中已經有了隱約的不耐之色。

恰巧聽到李大人場面性地恭維郁大人對奴僕管束有方，他心思一動，便笑言：「的確管束有方，就連後院中的小丫頭也機靈守禮。」

這人臉皮忒厚，沒事自己跑到人家後院去，還好意思當眾說出來。可人家最得皇帝的歡心啊，即將年滿十七還住在宮裡啊，誰敢當面指責他？

幾名大臣不知如何接話，帝后二人也是一臉的似笑非笑。郁老爺只得出面謙虛幾句，忽然瞥見明子期笑盈盈地瞧著自己，心念疾轉，莫非十四爺看中了哪個丫頭？這可真是天大的喜事了，他正愁沒機會巴結呢！

於是，兩人相視微笑，彼此心知肚明。

恰內侍來稟，郁氏四女堂外候傳，建安帝便道：「宣。」

眾人都看向門口嫋嫋走來的玉色佳人。只見她膚光勝雪、眉如遠峰、眸含春水、唇如花瓣，一身天青色襦裙清新淡雅，頭上挽了個流雲髻，髻底一排碎花簪，金光在髮間若隱若現，鬢邊只插了一支金步搖，垂珠隨著她一步一個風情地微微晃動。

佳人如畫！

在座的諸位大人都露出讚歎之色，不自覺屏住了呼吸，明子期明亮的眼睛睜得更圓了幾分，看得王氏和郁玫、郁琳惱恨不已。

待郁心蘭行至御前三叩九拜之後，皇后便笑道：「平身。這是妳家，不必拘禮。妳過來，讓本宮瞧瞧，郁大人家的千金怎的都生得這般好顏色。」

郁心蘭再三告罪之後，才走至皇后跟前，仍是低垂眼眸，嘴含淡笑，既不拘謹也不激動，令建安帝的眼中都露出幾分讚賞來。建安帝問道：「妳如何會想到做個雙層的木桶來養殖睡蓮？」

郁心蘭便用早已想好的話回答，自己也只是看冬季家中安了地龍就不寒冷，便想到地龍也是在牆面的隔層中燒，才想到做個雙層的木桶。

建安帝聽後微點了點頭，「燒地龍誰都知道，卻難為妳能舉一反三，很是聰穎。」他瞥了一眼皇后，見皇后也是滿眼讚賞之色，便忍不住想考校考校她，遂和藹地笑問：「睡蓮是皇后最愛之物，郁愛卿已將睡蓮呈給了皇后，朕得賞賜妳才行，想要什麼只管開口。」

此言一出，在座眾人都暗抽一口氣。

這個賞賜許得大，裡面的學問更大，別以為皇上真的什麼都能答應。睡蓮既是皇后所愛，這賞賜若她不要，或是要得少了，難免不敬，可要得多了，顯得貪婪，弄不好還惹來一頓板子。

郁心蘭在競爭激烈的外企打滾多年，這點子深淺還是看得出來，只是來這時代才三個月，不知道這裡的價值觀幾何，要什麼樣的賞賜才不輕不重正合宜。她不由得偷偷瞟向父親，郁老爺無法暗示出具體事物，急得一張玉面紫漲，王氏則狠狠瞪她一眼，警告她別丟了郁府的臉。

那怨毒的眼神令郁心蘭心中一顫，原來皇上宣我覲見會令王氏這般怨恨，若是不能給皇上皇后留下深刻的印象，只怕日後會被王氏暗中整治。不行……必須讓她打鼠也忌個玉瓶兒。

心思一轉，有了主意，郁心蘭淺笑盈盈地深福一禮，略帶俏皮地道：「皇上金口玉言，臣女先謝過皇上的恩典。」

建安帝威嚴的目光掃過來，「別忙著謝恩，先說說妳想要什麼賞賜吧。」

郁心蘭略顯羞澀地道：「臣女想建個小溫房用來培育睡蓮，因為母親也極愛睡蓮。只是，即是孝順母親，總不能還管母親伸手要銀子，可臣女的銀兩又不足……所以想請皇上賞賜一筆紋銀。」

一番話將自己抬升到了二十四孝的高度，又向皇上賣了個好——她會建溫房。既然皇后最愛睡蓮，當然不會滿足於就著木桶欣賞三盆睡蓮，若能有個蓮池，哪怕很小，也賞心悅目得多。

建安帝果然龍心大悅，「我朝以孝立國，難得妳一片孝心，朕准了！銀子便不賞了，妳一介女流不方便拋頭露面，況也不懂土木，明日朕讓工部郎中柳大人來與妳協商，要什麼材料到太府寺領取，用工部的巧匠幫妳建便是。」

郁心蘭歡喜地磕頭謝恩，暗中卻腹誹：什麼派人幫忙，就是想竊取我的設計圖！你不給我銀子，我怎麼好偷工減料存私房錢啊？

於是，郁心蘭的第一次面聖之旅圓滿結束，成為京城貴女中的孝悌楷模，還得了皇后一句「定是個當家的好手」的讚譽。王氏氣到內傷，郁老爺卻非常開懷，有皇后娘娘這句讚美，還怕日後找不到好婆家嗎？

當然如果沒有明子期趁人不備時調侃她「見到爺怎麼不叫表哥」，那就更完美了。

❖ ❖ ❖

第二日是三月初三，一年一度的上巳節，須臨水祓禊，祭祀高禖，再順便踏青、約會、相親……當然，反過來說亦可。

郁心蘭難得出趟門，心情是格外的好，只是被擠得有些難受。原本府裡配了三輛馬車，三位小姐一輛，丫鬟們兩輛。可郁玫和郁琳非要自己的大丫鬟坐在車裡服侍，導致郁心蘭被擠到門邊，俏臉幾乎貼在車門上。

到達東郊的白雲山時，山腳已經停滿各式香車，華衣香鬢的美人們在丫鬟的陪伴下，沿著草間小徑緩緩而行。而風流瀟灑的年輕公子們，則三五成群地吟詩作對，當然，也不忘偷偷打量難得一見的美人們。

郁琳挑起車簾，在人群中瞧見熟人，忙令車夫將車駛過去。

待馬車停下，車夫放好馬凳，打開車門，還未等錦兒過來攙扶，郁心蘭就以一個五體投地的姿勢直撲草地。

眼見挺俏的小鼻尖就要猛烈撞擊地面，還是當著一眾華衣公子和美人的面。郁心蘭的腦中空白一片，連推她下車的人都來不及咒罵，只能祈禱別摔得太難看。

郁玫和郁琳已經準備好欣賞郁心蘭的窘態，再斥責她人前失儀。昨夜她們便使人去給幾位手帕交遞話兒，要一起羞辱郁心蘭的。

只是預想的情形竟沒出現，車門前玄色一閃，郁心蘭的身影旋即重返車廂，還穩穩地坐在紅杏的膝上——那個身穿玄色衣裳的人是如何扶住了郁心蘭，郁玫和郁琳都沒瞧清楚。事實上，就是在車外等著看好戲的幾位千金，也只覺眼前一花，那人的速度快如閃電，就連她們想以「男女授受不親」為由來指責，都找不到證據。

後座力極大，紅杏又是個不必勞作的二等丫鬟，自然吃不住，慘叫了一聲。郁玫正要斥責郁心蘭幾句，被郁心蘭回眸似笑非笑的一眼給噎了回去。

郁心蘭淡笑道：「杏丫頭的手勁兒可比腿勁兒大多了。」

雖然她背後沒有長眼睛，可是從方位上還是能判斷得出來是誰推她的。紅杏是郁琳的丫鬟，這指使人不必猜了。那姊妹倆只是裝傻，紅杏不敢再吱聲，忍痛忍得眼淚都溢了出來。郁心蘭先向車外道了聲「多謝公子相助」，才將髮間鬆斜的簪釵扶正，扶著錦兒的手婀娜地下了車。

那位幫助過她的玄衣人已經一瘸一拐地走遠了，叫也叫不住。沒有當面道謝總是失禮，可她一個未出閣的姑娘追在一個男人身後，同樣失禮，只得朝那人遠去的方向欠身施禮，算是謝過。

郁玫和郁琳已經同一眾公子小姐見過禮，約好一同上山。幾位公子是千金們的兄長，走在周邊充當保護之職。幾名千金與郁氏姊妹很熟，一路言笑晏晏，刻意冷落郁心蘭。郁心蘭哪會在意這些，只放眼去看滿山的明媚春光。

行至靜心庵，拜過高禖後，眾人便去庵後的涼亭休息。郁琳一路發覺幾位公子不時偷瞟郁心蘭，完全沒按事先說好的冷嘲熱諷，心下惱恨，成心要在眾人面前落她的臉，聽著擔憂實則嘲弄地道：「四姊，剛才那個玄衣人是赫雲連城，這京城裡，只怕連屠戶也不願將女兒嫁給他，妳可千萬別讓他纏上啊！」

郁心蘭本不想理會，可一聽屠戶都不會將女兒嫁給他，心裡的八卦因子紛紛湧出來作祟，忍不住問了一句：「為何？」

她這一問，幾名小姐掩唇嗤笑她的孤陋寡聞，幾位對她的美貌頗為心動的年輕公子，便好心向她解釋：「赫雲連城是六年前秋山圍獵一事的主謀。」

郁心蘭細問下去，這幾位公子卻含糊其詞，似有什麼避忌，只是將諸如陰險、奸惡此類的詞語往赫雲連城的身上堆去。末了，李姓公子一臉八卦地低聲道：「若非他母親是清容長公主殿下，這種奸險小人，皇上定是早就午門斬首了！」

到底事情如何，郁心蘭不得而知，可聽到幾位公子興災樂禍的腔調，就覺得噁心。這些人一定是以前嫉妒赫雲公子出身高貴，趁人家落魄了，就想多踩幾腳吧？想到那人能對一個陌生人伸出援手，肯定不會是大奸大惡之人。

因此，她佯裝懼怕道：「快別說了，我一介女子，不懂朝政，可不敢妄揣聖意。」

李公子聞言臉皮微變，皇上並未給赫雲連城定罪，他們這般議論，可不正是妄揣聖意嗎？頓時生出懊惱之感。

成功將這些人的八卦趨勢剎住，郁心蘭本想作罷，但想到那人曾幫過自己，忍不住又加了一句：「人人都道姻緣天定，我想，只是他的姻緣還未到吧。」頓了頓，輕笑一聲：「我瞧見一個熟人，去打聲招呼，失陪了。」她可不想跟這堆虛偽做作的人再談下去，起身獨自到一旁賞花去了。

涼亭挨著一塊石壁，石壁之後還有一方涼亭，靜心庵的住持無願大師正陪著一位貴氣逼人的美婦在弈棋，美婦的身後佇立著一抹筆直的玄色身影，三人都將幾人的對話聽得一清二楚。

美婦落下一子，朝身後之人笑道：「城兒，娘說的沒錯吧？世上總會有不被流言所困之人。」

玄衣人似乎也對石壁後的女子感到幾分好奇，卻不願當著娘親的面顯露出來，低聲告罪幾句，便逕自走開了。

美婦的臉上顯出幾分喜色，朝身旁一名侍女使了個眼色，那名侍女瞬間消失在涼亭之中。

靜心庵的後山十分幽靜，遠遠望去，豔紅的杜鵑、粉紅的桃花、嫩黃的迎春，重重疊疊，引人陶醉。郁心蘭覺得有些渴了，便打發錦兒回去取水囊，自己沿著山道漸行漸遠。

忽然，前方傳出微弱的呼救聲，郁心蘭忙快步跑去，呼救聲時遠時近，她邊聽邊找，忽覺腳下一空，身子頓時往下墜落，慌忙中兩手胡亂一揮，抓住了一把小草，手臂堪堪扒住眼前的土地，支撐住下墜的身體。

郁心蘭倒抽一口涼氣，撇頭瞧了一眼，竟是個獵人捕獸用的陷阱。她忙曲著手肘支在坑邊，兩隻腳不停在坑壁上點踏，可長裙太礙事了，妨礙她往上爬。片刻後，她就覺得精疲力竭，只好放棄掙扎，留著力氣保持不掉下去。

支撐了好一會兒，樹叢的間隙間，隱約走來一抹玄色的身影。郁心蘭驚喜交加地大叫「救命」，轉眼，面前便站了一名玄色華衫的男子，長鋒一般的劍眉，深如幽潭的鳳目，挺直如山的鼻樑，色淡如玉的雙唇……可惜，這麼完美的五官，被右頰一道長約五寸，從眉骨直至嘴角的紅肉翻轉的疤痕給破壞了。

是赫雲連城！

郁心蘭還來不及說什麼，他就迅速地彎腰將她提到地面，接著一言不發地轉身便走。

「喂……等等！」郁心蘭醒過神來，忙提裙去追。

赫雲連城聽到少女急切的喚聲，反倒愈走愈快，本已將她遠遠甩開，忽聽得「啊」一聲痛呼，眉峰一蹙，莫非她扭了腳？俊目掃了掃四周，後山人煙稀少，不得已，只能返回去幫她。

郁心蘭皺著小臉蹲在地上，一隻手按在左腳踝處，表情很是苦惱。

赫雲連城走過去，在她左側蹲下，低聲道：「傷了哪裡？給我看看。」

低柔如大提琴般的聲音，可以去當新聞主播了。郁心蘭一抬眸，正巧看到他的左側面，長長的睫毛輕垂著，擋住了鳳目中冷峻的微光，顯出幾分慵懶的風情；穿透樹枝的點點春光灑落在他挺直的鼻樑上，暈出淡淡光圈，玉色的唇被隱於光圈之中，只有雋秀的眉、風情的眼和完美如天神的弧線。

郁心蘭當下便怔住了，呆呆地看著眼前如畫般的俊顏。

赫雲連城久等不到她的回應，這才挑眉望去，不期然撞入一雙春水雙瞳之中，那明亮的眼瞳中還印著自己的身影。從未與年輕女性如此貼近的他，心頭湧上一股不知如何言說的怪異感覺，不知名的體驗讓他皺了皺眉頭。

郁心蘭醒過神兒，記起自己叫住他的初衷，忙向他表達謝意。

赫雲連城見她總是不說重點，乾脆道聲：「得罪了。」輕輕一推，讓她坐在草地上，伸手執起她的左足，除去繡鞋，閉上眼睛「非禮勿視」，打算幫她按摩，可修長的手指沿著足踝一直摸到足根再摸到前掌，也沒發覺哪根骨頭不對勁。

這一系列動作太快，郁心蘭還沒反應過來，小腳已經被他的大手握住，只得對他道：「呃……不用按摩的，就是踩到一塊尖石頭而已，過會子自然不疼了。」

「哦。」赫雲連城連忙燙手似的放開她的小腳，神色依然冷峻，可耳根卻染上一片紅暈。人家剛剛的確沒求他，他卻脫了人家的繡鞋，怎麼看怎麼像在占人便宜。這該怎麼解釋呢？他斟酌半晌，才擠出兩個字來：「抱歉。」

郁心蘭連眨了幾下眼睛，才會意他是為什麼道歉，忙笑道：「沒關係，你也是一片好意。而且，我看起來的確像是扭了腳。」

赫雲連城微訝，若是別的少女，不說哭鬧，也必會斥責他無禮，可這個少女卻灑脫隨性，很是特別。

郁心蘭自己穿好繡鞋站起身，赫雲連城也已經恢復正常，又變成孤傲冷峻的陌生人，一言不發地轉身就走。

郁心蘭抖了抖腳，覺得不痛了，才提裙往回走。

赫雲連城回眸瞧了她一眼，皺了皺眉，快步走了。走至無人處，低喝一聲：「出來！」

一名少女一閃而出，蹲身行禮：「見過少爺。」

赫雲連城微瞇雙目，懾人的氣息洶湧而出，他冷冷地問：「為什麼？」

少女嚇得臉煞白，慌忙解釋道：「是夫人吩咐屬下……」

赫雲連城無奈地閉了閉眼，他也想到了，除了那個憂心他終身大事的母親，還有誰會這麼無聊，故意製造這種「英雄救美」的機會？只是，他卻不屑用這種手段來奪取佳人的芳心。

「沒有下次。」天籟之聲夾著冰凌飄至，眼前再無那抹玄色的身影，少女這才鬆了口氣，順勢抹了抹額頭的虛汗。

郁心蘭往回走了好一陣子，才遇上來尋她的錦兒。錦兒一手拿水囊，一手拿披風，一見到她，忙將披風為她披上，嘮叨道：「怎麼才一會兒就弄得這麼狼狽？」

郁心蘭瞧了瞧裙子，因為在坑裡使勁撲騰，裙子上沾了許多土，拍都拍不掉，的確是不雅，若是被郁玫、郁琳瞧見，還不知道會怎樣編派，不由得笑道：「還是錦兒妳機靈，知道拿件披風來，是怕我冷了嗎？」

錦兒搖頭道：「是之前幫您的那位玄色衣裳的公子吩咐我帶的。」

郁心蘭一怔，沒想到他竟會如此心細，頓時將他定義為「好人」，只是被命運給捉弄了。這人到底與自己沒有直接的關係，她感慨一番，也就拋至腦後了，卻不知，直到她安全達到靜心庵，一抹玄色的身影才消失無蹤。

郁玫、郁琳等人仍坐在涼亭之中，而且隊伍還有擴大，多一位身穿寶藍色華服的公子，他一人坐在正中的上座，其他幾位公子都是一臉奉承樣，而小姐們則開始撫琴吹簫，各展才藝。

上巳節是年輕男女唯一能自主相會、在心上人面前著意表現的日子，這樣的機會不把握住，郁心蘭都替她們可惜。她在一旁冷眼看了會子熱鬧，斷定郁琳對那位寶藍公子有意，而寶藍公子的態度卻很模糊，不說無意，但也絕稱不上中意。

郁心蘭咋了咋舌，又一齣落花有意流水無情的戲碼。

郁琳一曲奏完，幾位公子拊掌稱妙，而她一心想取悅的那人只是低頭喝茶，而後才敷衍地道：「曲妙、技妙。」她不由得萬分失望。她的琴藝，在京城的貴女中可算是數一數二的，所以她說由她彈奏一曲之後，其他千金都紛紛改了樂器，如果這樣還得不到他的讚美，如何才能吸引他？

眸光一轉，瞧見了俏立在石壁處的郁心蘭。溫氏的琴技極普通，想必郁心蘭也沒學到什麼，花嘛，總是要有綠葉襯著，才顯得紅豔，不是嗎？

「咦，四姊，妳站在那邊幹什麼？快過來。」郁琳熱情地將郁心蘭拉到涼亭裡，向寶藍華服的公子介紹道：「秦小王爺，這是我四姊郁心蘭，不如讓她彈一曲榮鎮的小調吧，都說江南水鄉的小調最是柔美的。」

秦肅無可無不可地笑了笑，郁琳就當他答應了，不管郁心蘭推辭，硬將她按坐在箏前。

現代的孩子為了增強日後的社會競爭力，寒暑假哪個不是在各種才藝班泡大的，郁心蘭當初學的就是古箏，早已過了十級，郁琳此舉並不能難倒她。只是溫氏的確琴技普通，原來的郁心蘭亦然，她若忽然彈得好了，只怕引人懷疑。但若不顯山露水，這種大好的傳播名聲的機會就白白浪費了。她日後想要嫁得好，想憑藉夫家的勢力保護娘親和弟弟，才名與美名是不可或缺的。

沉吟片刻，她有了主意，彈一首曲調優美，卻不太需要技巧的曲子：〈沉默是金〉。

琴弦在青蔥十指的輕抹慢拈之下悠悠顫動，優揚的音符如細流般輕緩流淌，在場眾人都露出悠然恬靜的神色。

待琴弦停下，曲聲還在眾人心頭繚繞，片刻後，秦肅率先鼓掌，「好曲！」餘下眾人也紛紛附和，但小姐們的眸中明顯帶著厭惡和嫉妒，還順帶剜了郁琳一眼，都是這個多事的女人！

郁琳的臉皮也極為難看，讚的是曲不是技，但一首優美曲子的彈奏者，一樣也能給人留下深刻的印象，這根本不是她想要的結果。

郁心蘭謙虛地垂下眼眸，心中湧上一點點喜悅，她就是要這樣慢慢樹立自己的才女形象，而不是一夜成名，因為那會招來王氏的重擊。

❖　❖　❖

日薄西山，小姐公子們各回各府。

馬車一停，郁琳一下子擠開郁心蘭，氣呼呼地搶先下車，郁玫追在她身後安慰，而郁心蘭卻僅是挑了挑眉。

溫氏見到女兒，便笑問今日玩得如何？隱藏在話裡的意思就是，有沒有看中誰或是被誰看中？

郁心蘭揀了些令娘親安心的話回答了，錦兒卻擔心姨娘被王氏責怪，趁小姐回房，忙稟報：「五小姐硬逼著小姐彈了一曲，得了秦小王爺的稱讚，五小姐很生氣，婢子怕……」後面的話不言而喻。

溫氏訝異，蘭兒的琴技也能得到讚美嗎？來不及細想，隨即又替女兒揪心，雖然她希望女兒能嫁個好人家，可王府的門第太高了，她們攀不起，況且還為此得罪五小姐，實在不值啊。

待郁心蘭換了衣裳出來，溫氏忙拉著她叮囑：「一會兒給夫人請安的時候，可千萬要記得先向五小姐道歉。若是夫人要責罰，妳也不可回嘴頂撞。」

郁心蘭點頭應承，與錦兒一同去菊院向夫人請安。

郁琳果然已告了狀，還哭得梨花帶雨，王氏一臉怒色，見到郁心蘭便喝道：「妳給我跪下！」

郁心蘭無奈地在心中翻了個白眼，還是老實地跪下。

王氏的手指抖成抽風狀，「妳竟敢在秦小王爺面前賣弄風騷，壞我郁府的名聲，妳、妳、妳……真是不知羞恥！」

相較於王氏的氣急敗壞，郁心蘭倒是從容淡定得很，跪伏一禮後，方道：「請母親明鑒。蘭兒當時刻意躲在一旁，是五妹先獻曲後，一定要蘭兒也獻上一曲。蘭兒自知是蒲柳之姿，獻曲之後便告退了。此事，不單是府中隨行的丫鬟們，就連靜月庵的各位師父也可以作證。」

王氏怒目而視，這個小賤婢，故意點明是郁琳「先」為小王爺獻曲，又是郁琳「一定」要她彈奏，她只是不得已而為之，再抬出靜月閣的尼姑們當證人，如果這樣我還要罰她，那便得落個處事不公的把柄。可是，我身為嫡母，教訓庶女哪要什麼理由？我便是罰了妳，又有誰人敢說三道四？

王氏怒極反笑，「好好好，妳居然敢跟嫡母頂嘴，來人，給我掌嘴，我先教教妳跟長輩說話的禮儀！」

王氏的話音剛落，便有幾個婆子走上前來，將郁心蘭架住，許嬤嬤抬起手來便要打。

「慢著！」郁心蘭淡然說著，清亮的眼瞥了許嬤嬤一下，許嬤嬤竟有些不敢下手，訕訕地停住。郁心蘭望向王氏，柔順地道：「剛才女兒只是向母親敘述事情的經過，並非頂撞，還請母親息怒。若母親要罰女兒，女兒自是應當領受教誨的。只是，明日工部的柳郎中便會來府與女兒協商建溫房一事，女兒怕屆時儀容不整，恐外人以為母親對庶女刻薄，那就真是女兒的錯了。」

威脅！這是明目張膽的威脅！

今天若是罰了她，明天她的小臉肯定是腫的，若是她跟柳郎中胡說些什麼，弄不好還會傳到皇上的耳朵裡。這話裡的意思，王氏自然明白，心中怒極，卻又有所顧忌，想忍下，又不甘。

郁琳氣惱至極，跺腳道：「母親，一定要罰她！」

郁玫在一旁輕柔地勸道：「五妹，罷了吧，若是明日柳郎中第一次登門，咱們就說四妹病了不便見客，也不大好的。」

真會出主意啊，還是這般不經意地說出來！郁心蘭迅速地抬眸看了一眼郁玫，看來得對她重新評價了。

王氏眼睛一亮，正要下令掌嘴，林管家急匆匆來求見，皇后有懿旨。原來五天後的三月初八是劉貴妃的生辰，皇后令王氏帶郁心蘭入宮賀壽，而兩位嫡女卻提都沒提一句。這下子，王氏不敢動郁心蘭了，柳郎中可以推辭不見，卻不能不遵懿旨入宮的。

郁玫和郁琳嫉妒得幾欲發狂，郁琳見到郁心蘭便冷嘲熱諷，郁心蘭自是當成狗吠；郁玫雖是不說話，但那偶爾投過來的飽含嫉恨的目光，卻令郁心蘭如芒刺在背。

只是，接下來的幾天，郁心蘭都沒時間尋思郁玫，整天與柳郎中商討建溫房的事。溫房的草圖她早已畫好，她以前所在的公司是生產食品的，有蔬菜種植基地，對溫房比較熟悉。可這個年代沒有塑膠薄膜，郁心蘭將問題拋給了柳郎中，只說自己要可以隔熱又不阻光的材料來糊窗戶。柳郎中便盡職地去尋合適的材料了。

❖ ❖ ❖

一晃眼，四天便過去了，郁心蘭穿著最流行的最華麗的衣裳，插著滿頭金釵，與王氏一同入宮賀壽。

今年是劉貴妃的四十整壽，內務司早就開始籌備壽宴，一眾命婦貴女早早地候在回雁宮外，按品級大小，依次入內向劉貴妃請安賀壽。

郁心蘭是沒半點品級的，只能在宮殿外的寬廊處向殿內磕頭，良久，才聽到內侍傳來劉貴妃的旨意，令她與另外七名官員的千金到皇后的鳳棲宮請安。

非是她們不先去向皇后請安，而是她們沒這個資格。七名千金初聽旨意，驚喜得差點暈過去，跟在內侍的身後，小臉上滿是壓抑的興奮，人卻緊張得連呼吸都是小心翼翼的。

郁心蘭心裡卻緊得慌，一般會有什麼不可預測的事情要發生時，她才會有這種感覺，這讓她的心情很不好，直覺這事兒另有蹊蹺。

從回雁宮到鳳棲宮，要繞過幾乎小半個後宮，走至一處小廣場時，領路的內侍停下來，欠了欠身道：「請各位小姐在此稍候，咱家要為貴妃娘娘辦個小差，一會兒便回。」一說罷便走了，將八人晾在廣場上。

廣場正南面，聽風閣的最上層，兩名華服男子正在對弈。絳紫衣裳的赫雲連城全神貫注，而九皇子明子恆則明顯心不在焉。一名在閣廊上觀望的太監躬身進來，向明子恆點了點頭，明子恆便笑道：「這局我輸了，不如去外面看看風景吧。」

赫雲連城沒說話，只是睇了他一眼，滿眼都是警告之色：「你不說原因，休想我到外面去」。

明子恆無奈苦笑，朋友間太過熟悉也不是好事啊！他只得實言相告：「母后從此次應選的采女中挑選了八人，讓你先過過眼，若有中意的，便賜給你，兩個三個都成。若是這幾個看不上眼，再另外挑就是了。」他躊躇了一下，終是沒說出「只不過，不是門第不高，便是庶出」這句話。

父皇到底還是不想連城與權貴結親啊，若不是自己早已指婚，只怕指給自己的正妃也是一樣。

明子恆見赫雲連城眉峰微聚，知他有所不願，便微笑起身，生拉硬拽地將他拖出閣樓，來到欄杆處俯視廣場。

廣場之中，正婷婷嫋嫋地候著八名閨秀，有七人在不斷打量周圍的宮殿，唯有一人通身粉藕色的襦裙，如一枝含苞待放的蓮，淡然而立，清新靜好。

赫雲連城的目光在她的身上多停留了片刻，旋即又移開，在另外七人的臉上隨意轉了一圈，不冷不熱地道：「普通。」便旋身進了閣樓。

明子恆指了指那名粉藕色襦裙的少女，身邊的太監立即會意，一溜煙下了樓，去向皇后稟報。

「你不願意也沒辦法，你已經二十一歲了，再不娶妻，實為不孝。今日給你機會自己挑選，讓母后替你作主，總好過父皇胡亂牽紅線。」明子恆在好友的對面坐下，見他又將棋局擺上，便伸手一推，「今日不下了，去鳳棲宮吧，總要去的。」

赫雲連城略向兩旁看了看，明子恆會意，遣退侍人，他才說出心裡話：「非是我不想成親，而是不願這般隨意。娶妻是一輩子的事，你不說我也明白，京城中的名門貴女是不會讓我挑的。我總不信此生就此沒落，你我二人都在等待時機，只盼有朝一日能為國出力，憑所學之能封侯拜相，到那時，我再娶個名門淑女為妻也不遲。」

明子恆儒雅的眼中湧上一陣激動，是啊，六年前之事，他和連城何其無辜，他們沒有一天不在盼著沉冤得雪重回朝堂……可這跟成親不衝突吧？

「連城，娶妻娶賢，並非名門千金便是好的。只有能陪著你共嘗辛苦的女子，才配與你白頭偕老。等你榮耀之時娶回的妻子，你真的認為她是愛你而不是愛你的權勢嗎？」

明子恆太了解好友了，赫雲連城根本不是這種重視門第，非名門千金不娶的人，只是現在只讓他從門戶低的千金中挑選，他又素來驕傲，自是覺得受到了鄙視。旁人的鄙視和嘲弄他可以不在意，卻不希望原本應由他保護的妻子，看著他時，目光是同情、悲憫或輕蔑的。

只是他年紀的確不算小了，皇后又是個賢良淑德的女子，定不會委屈了他。明子恆一心為好友著想，強拉著他下樓。

而此時等候在廣場的少女們，則遠遠迎來了一隊人，為首之人一身杏黃色的長衫，頭戴玉冠，腰束玉帶，完整的皇子裝扮。少女們頓時一個個收回了亂瞄的眼，姿態優雅地立好，務求在皇子面前留下一個好印象。

郁心蘭眼尖地瞧見為首的正是那個長著天使面孔、貌似純真乖巧的十四皇子明子期，這傢伙的內心跟外表絕對是反比，她忙低下頭，心中默默祈禱：不要看到我！不要看到我！

待明子期走至近前時，恰巧引路的內侍也辦完差趕回來，忙領著眾女向明子期見禮。明子期一臉淡淡的笑容，明亮純淨的眼睛在眾女臉上一瞥而過，最後定格在郁心蘭的烏雲髻上。因為她腦袋垂得與地面平行，他只能看見她的烏雲髻，以及髻上那支金鑲白玉的玉蘭花釵。

明子期勾唇無聲地笑笑，以只有他二人能聽見的聲音道：「再不抬頭，我就把釵子取下來。」

這傢伙絕對說到做到！郁心蘭只好迅速抬頭，對上他純淨無垢的眼，還沒來得及說話，就聽到一個溫厚的男聲道：「十四弟，你又在欺負人了。」

明子期回頭一笑，「從來只有別人欺負我。」猛然發現了赫雲連城，立即興奮地跑過去，也不管人家願意不願意，就搭上人家的肩膀，一疊聲地道：「怎麼你臉上的疤還這麼明顯？上回我送你的玉肌膏你沒用嗎？」

「那是女人用的。」赫雲連城對這個打小就崇拜自己，怎麼甩都甩不掉的狗皮膏藥非常無語，真不知道自己一直這麼冷淡，他怎麼還能這麼熱情洋溢。不過，在人人都避開他的時候，他卻一如既往地關心自己，還多次入天牢送吃穿用度，這份情義，赫雲連城還是銘記於心了。

明子期不樂意聽了，「唉唉，誰說是女人用的？玉肌膏對疤痕最有效了，我好不容易才向父皇求來的。用吧，用吧，用完又是玥國第一美男子了。」說完還怕赫雲連城不肯答應，一把抓來一人，以期同盟，「蘭兒，我說的對吧？他若臉上沒疤，一定是個美男子吧？」

我跟你沒熟到叫乳名吧？再說我能當眾誇一個男人嗎？郁心蘭無法回答，唯有羞澀一笑，低頭不語。

明子期挑眉輕笑，「上回瞧我瞧得眼都不眨，這回怎麼不敢看連城哥？」雖說他極力壓低了音量，可怎麼避得過內功深湛的人？於是引得明子恆和赫雲連城向她行了一番注目禮。

郁心蘭的淑女形象差點破功，真恨不得撲上去一頓拳打腳踢，一張俏臉紅了又白，白了又紅，不知道到底該紅還是該白。

赫雲連城見郁心蘭羞窘難當，忍不住蹙了蹙眉，飽含警告地盯了明子期一眼，「休得胡鬧。」

郁心蘭感激地瞥了他一眼，她還真怕明子期愈說愈離譜。

明子期被瞪得悻悻然，嘀咕道：「開個玩笑而已。」

赫雲連城冷哼，「女兒家的閨譽也可以玩笑？若是一般人，我少不得要他道歉，你是皇子，自是不同。」

郁心蘭心中驚訝，就是平時關係再好，也沒人敢這麼跟皇子說話的，他的膽子竟如此之大？

「唉，連城哥，我哪是這種權勢壓人的人。」明子期給唬了，忙衝郁心蘭道：「我說著玩兒的，妳別放在心上。」

幾人的聲音本是極小，後面的人應當聽不到，郁心蘭也不想將事情鬧大，便點頭承情，又朝赫雲連城微笑頷首，多謝他制住了這個惹禍精。

赫雲連城淡淡地瞟了她一眼，便當先往鳳棲宮而去。

明子期幾步追上，嘟囔道：「連城哥，你重色輕友……」

赫雲連城冷冷地瞥他一眼，明子期不敢再說了，明子恆卻「噗哧」一聲笑了出來。

到達鳳棲宮時，明子恆還在笑，赫雲連城的俊眸中閃過一絲無奈，明子期這傢伙瘋起來連他一個大男人都受不了，何況是養在深閨的千金？他僅是因此才幫了那位小姐一下，並非明子恆想的什麼動了情。只是他素來不愛解釋，想笑就笑去吧，他該怎樣還是會怎樣。

郁心蘭不想跟這些個權貴扯上任何關係，故意走得極慢，那內侍也只能慢下腳步等她，一行人到達鳳棲宮時，早已沒了赫雲連城和兩位皇子的身影。

到了鳳棲宮中，臆想中的不可預測的事並沒出現，皇后僅是讓她們幾人在外殿隔著珠簾跪拜請安，隨口問了她溫房是否在建，便打發她們一行八人返回回雁宮了。幾位皇子雖坐在簾後，但皇后並未問詢他們一句，這讓她的心安定不少。

在回雁宮外苦候一個時辰後，郁心蘭被打發出宮。王氏有二品誥命，要留在宮中出席壽宴。可是，到了宮外，郁心蘭卻接到一枚定時炸彈——明子期差人送來一個非常重的楠木大箱，說是代皇后賞給她的。打著皇后的旗號，她自然只能謝恩收下，卻又怕是明子期本人的主意，惹來一身麻煩，回到府中便立即讓人抬著木箱直奔老祖宗的梅院，向老祖宗求助。

木箱裡盛放著一套金絲纏花的玉十二件，玉碟、玉碗、玉杯、玉盞、玉筷、玉盤、玉如意等，一應俱全。

郁心蘭是玩過玉的，一看就知這是極品的羊脂玉，油潤滑膩，半瑩半透，玉碗、玉杯、玉盞的壁厚僅一毫米左右，通體透光，碗身用金絲拈成的折枝芙蓉纏於其上，精緻非凡。

老太太連讚了幾聲好，老眼裡流露出萬分驚喜的神色，「這可是鶴東大師的手件，他的作品從來只供皇宮，丫頭，妳可是得了一套體面的嫁妝了。」

郁心蘭頓感接了個燙手山芋，還沒說話兒，紫菱挑簾進來笑稟：「三小姐和五小姐來向老祖宗請安了。」

老太太笑道：「不是早晨才請過安的嗎？」

那就是特意來偵察的了！郁心蘭在心中笑道。

郁玫和郁琳隨後便走了進來，行禮請安，老太太忙讓看坐。

十二件玉器在炕上擺了一大排，要多搶眼有多搶眼，兩位嫡小姐自然也是識貨的人，心中甚是驚訝。郁玫要拿捏著大家閨秀的風範，眼睛一溜兒瞧過去，心中好奇得緊，卻並不急著出聲，反正有她那個年紀尚幼的妹妹。

郁琳果然捧起一只玉碗，「嬌憨」地道：「老祖宗有好東西怎麼都藏起來，怕琳兒討了去嗎？」瞧了瞧碗底的刻印，立即驚訝道：「鶴東大師製的？」隨即便將嫉恨的目光射向郁心蘭。不用問，肯定是郁心蘭入宮得來的賞賜。

老太太笑道：「是啊，皇后娘娘令十四殿下賞的。」

「那真是……恭喜四妹。」郁玟一聽，婉約嫻靜的大家風範差一點就端不住，手中的帕子絞成了細線，水潤的眼中幾乎要噴出火來。

憑什麼郁心蘭這個連名字都沒錄上族譜的野種，不但可以進宮賀壽，還得了這麼一套價值連城的玉件，想自己上回隨母親進宮向姨母請安，在皇后面前千般討好，也只得了一個純銀的香囊。況且，這還是十四皇子賞的。不行！自己心心念念的就是嫁給十四皇子，無論如何不能讓這個小婦養的賤婢奪了寵去！

郁玟只覺得再也坐不住了，使了個眼色給郁琳。

郁琳也怒火中燒，正打算去母親處告狀，忙一把拉起姊姊，向老太太告辭。

老太太眸中精光微閃，也沒多留，待兩姊妹走後，她拉過郁心蘭坐在身邊，柔聲道：「以後，多跟妳三姊親近親近。玟兒一出生，便有術士批命曰『貴不可言』，妳母親一心盼著她能當皇后，如今皇上最寵愛的就是十四殿下。就憑著她們外公當朝丞相的身分，這十四殿下的正妃，妳三姊也當得起。日後，妳們很有可能共侍一夫……」

出了梅院，郁心蘭完全是用凌波微步「飄」回去的，她被老太太的話給打擊到了，老太太還覺得姊妹倆共侍一夫很好，可以相互幫襯。

郁心蘭嘴角直抽，她怎麼受得了與別人共侍一夫？

當天夜裡，郁心蘭輾轉難眠，而菊院內也是燈火通明。

「砰」的一聲脆響，王氏又摔了一個粉彩芙蓉杯，她剛回府，聽到郁琳的哭訴，氣得渾身直抖，「這個賤婦養的小騷貨，居然打起了十四殿下的主意！」

郁琳立即揚聲道：「母親，您一定要狠狠整治整治這個狐狸精，為三姊出口氣，十四殿下可是我的未來的三姊夫！」

郁玫神情黯然地垂下頭，死命地咬著下唇，卻一言不發。

王氏憐惜地看了郁玫一眼，擲地有聲地道：「放心，娘不會放縱這個不知廉恥的東西！」

貳之章 溫泉再見定姻緣

次日休沐，郁老爺不必上朝，王氏用溫氏相伴一日換得老爺同意，讓溫氏母女二人去白雲寺齋戒沐浴。

郁心蘭等人請過安，王氏便吩咐下來，「你們姊弟倆應當齋戒沐浴七日，清明祭祀時才好參拜祖宗。只是瑞哥兒要去上學，就由溫姨娘代替，明日啟程去白雲寺。」

明明在府中也一樣可以齋戒沐浴，為什麼非要跑到白雲山去？就算到白雲山，為什麼不是住在庵堂，而是寺廟？

郁心蘭訝異地看向郁老爺，郁老爺似乎很贊成，面帶喜色地道：「白雲寺是皇家寺廟，能在白雲寺齋戒沐浴，旁人求都求不來。這可是夫人替妳們求了岳父大人才求來的，妳們要好好謝謝夫人。」

王氏神情淡淡的，「罷了，一家人，說什麼謝不謝的，下去準備吧。」

溫氏和郁心蘭忙恭順地應了，回槐院收拾行囊不提。

郁老爺小坐片刻，便藉口去書房看書，出了主屋，待出了菊院後，腳跟一轉，去了槐院。

王氏心中暗恨，可是為了大計，只能忍上一忍，日後再千倍萬倍地討回來。

郁琳沉不住氣，因王氏不理會她，便跟著郁玫到了竹院，嗔怨道：「母親怎麼不收拾那小賤婦？還讓她們去白雲寺……」

郁玫淡淡一笑，「妳何曾見過母親做些無意義的事？」說罷，見妹妹一臉怔忡，有心想細說，又怕她在父親面前露了餡兒，便拉著她去賞花，揭過不提。

而槐院的花廳內，郁心蘭瞧著面前這三個齊頭整臉的丫鬟，有那麼點鬱悶。

領人來的許嬤嬤道：「原本四小姐身邊應有兩個二等丫頭、兩個三等丫頭服侍，只是春季農忙，採買不易，所以現今還只碧綠一個三等丫頭。夫人說了，這回出門在外，不能讓旁人笑話了去，先從莊子裡調了三個過來給四小姐使著。四小姐若是喜歡，只管留下，若是不喜歡，日後買著合適的，再換也成。」

三個丫鬟都在十五、六歲之間，瓜子臉的秀美溫柔，圓臉的甜美討喜，鵝蛋臉的清爽幹練，個個生得容光照人，還型號齊全，看得出是精心挑選出來的，只怕是王氏打算給她陪嫁，一來監視，二來日後好給她添堵的，由不得她拒絕。

郁心蘭含笑一一看過去，頷首道：「有勞嬤嬤親自送來，人先留下，合不合意，等齋戒回來我親自向母親稟報。」說罷，塞了個荷包到許嬤嬤手中，又令錦兒送嬤嬤出去。

郁心蘭逐一問了三個丫鬟的名字，瓜子臉的叫蕪兒，圓臉的叫巧兒，鵝蛋臉的叫小茜。她淡笑道：「我這的規矩跟夫人教的一樣，沒特別的要求。妳們先跟著張嫂去收拾行囊，明日一同去白雲寺齋戒。」三個丫鬟乖巧地跟著張嫂出去了。

少頃，錦兒從外面回來，忍笑忍得十分辛苦。郁心蘭轉身進屋，錦兒忙跟上，笑著小聲道：「許嬤嬤一瞧荷包裡只有五個銅板，臉都綠了，想扔了，又捨不得。」她總算知道小姐說的「有的人養不熟，沒必要浪費銀子」是什麼意思了。

郁心蘭想像了一下，咯咯地笑得花枝亂顫，見錦兒看著窗外一臉疑問，便笑問道：「想知道我為什麼不給她們立威？」

錦兒點了點頭，郁心蘭讚許地看了她一眼，她就喜歡錦兒這一點，不該問的絕對不問，十分知進退，於是解釋道：「她們既是夫人精心選出來的，肯定是來監視我的，我立威也好，拉攏也罷，都不會有什麼作用，還會讓夫人防備。再說，父親現在在槐院，若是發現我對母親送來的人不滿，心中會做何感想？」

錦兒會意地點了點頭。

一日無話，溫氏母女帶著一眾丫鬟婆子小廝護院，次日清晨出發，馬車直接趕到白雲山的後山。當郁心蘭站在後山的石道前時，仰得脖子都疼了，也沒看到頭。

許嬤嬤要笑不笑地道：「夫人說了，敬神要心誠，從這裡跪拜上山，是最誠心的。」

天啊！白雲寺在白雲山的峰頂，這石道少說也有幾千級臺階，還要一路跪拜上去，不得累去半條命？王氏這是在變相折磨她們吧？

郁心蘭滿肚子腹誹，溫氏卻神情堅定，「蘭兒，我們一定能跪上去的。」

郁心蘭深吸一口氣，強笑道：「自然。」

於是，娘倆就一步一跪地往山上行去，一眾小廝護院跟在後面保護。才不過登了百來階臺階，郁心蘭就覺得腰痠背痛了，好不容易來到半山腰，她已經累得連抬手的力氣都沒了。錦兒和小茜合力架著她到半山亭休息，蕪兒忙把水囊遞到她手中，巧兒乖巧地為她揉捏雙腿。

好一陣子後，郁心蘭才緩過一口氣。溫氏也累得一張臉慘白，郁心蘭便想怎麼說服許嬤嬤讓她們先上去，以後再將餘下的補上。

忽聽到守在下方的小廝道：「許嬤嬤，來了一隊人。」

許嬤嬤道：「等看來人是誰，咱們再決定讓不讓道。」

郁心蘭瞟了許嬤嬤一眼，沒吱聲。不多時，那隊人馬行到近前，還沒等郁心蘭看清來人，就聽到一個純淨悅耳地男聲驚喜地道：「蘭兒，妳怎麼也來白雲山了？真是有緣啊！」

郁心蘭的嘴角抽了抽，我真不想跟你有緣啊！

許嬤嬤的臉瞬間就黑了，心道：夫人啊，您安排得天衣無縫，卻沒料到十四殿下也會來這白雲山，還一樣走後山啊！

儘管郁心蘭和許嬤嬤都不歡迎他，可神經大條的明子期還是迅速出現在眾人眼前，身後還跟著赫雲連城。眾人慌忙跪伏一地，明子期顯得親和力十足，說自己是微服出宮，不必拘禮，得知她們要虔誠地跪拜上山後，便歡樂地決定陪同郁心蘭，好為她打扇。

這一決定把個溫氏駭得不輕，讓皇子打扇，這傳出去可還了得？

許嬤嬤也膽戰心驚了半晌，只好改了主意，一行人徒步上山。

雖說達成了目的，但郁心蘭還是覺得累，所以明子期說了些什麼，她一句都沒聽進去，只是機械地「嗯」、「啊」幾聲。

明子期熱火朝天地說了大半個時辰，終於發覺郁心蘭在敷衍他，只好轉移話題，問道：「妳猜我怎麼會來白雲山？」也不用她回答就直接昭示答案，扇柄一指身後的赫雲連城，「這個傢伙惹姑母生氣了，只好到白雲寺齋戒反省，我是來陪他的。」

郁心蘭有氣無力地「哦」了一聲，明子期十分鬱悶，「妳不問我他怎麼惹姑母生氣了？」然後再一次不等她問，又直接答道：「姑母好不容易求父皇給他指門親，他卻死活不答應。」

說罷一臉「快問我父皇要將誰指給他」的表情。

這回不用等郁心蘭如何反應，赫雲連城兩步走上前來，拎起明子期的衣領就走。

明子期邊掙扎邊回頭笑，「我們白雲寺見。」

別！千萬別！郁心蘭在心裡小聲嘀咕。

可事實總是不如人意，等溫氏一行人到達白雲寺後，發覺赫雲連城和明子期已經住進她們早已訂好的禪院隔壁。

明子期還在門口與她們「偶遇」了一下，驚喜地道：「原來妳們住在隔壁！」

赫雲連城嫌他丟人，拎著他的領子，把他丟進屋去，而後朝郁心蘭微微頷首，也進屋去了。

已近黃昏，溫氏一行人也忙入屋休整。郁心蘭住在南二房，蕪兒和小茜殷勤地跟進來，服侍她洗漱更衣，周到得令錦兒都側目。

第二日一早，服侍郁心蘭的活又讓這兩個丫鬟給搶了，蕪兒的手十分巧，給她梳了個反綰的烏雲鬢，插上一支純金蝴蝶簪，既素淨又嬌美。

小茜便在一旁讚道：「小姐這般美麗，十四殿下定會看得不錯眼珠兒。」

郁心蘭笑了笑，沒說話。之前這兩丫鬟雖然沒有輕慢她，但也知道她們的恭順很表面，可現在卻能感覺出幾分真誠了，還真是不能小看美男子的魅力啊。

第一天要去大殿進香，郁心蘭與溫氏出了院門，「巧遇」明子期和赫雲連城，相互見禮之後，明子期剛想說話，就被赫雲連城給拎走了。大抵是赫雲連城不願與旁人來往，自那次以後，郁心蘭就極少再遇上明子期，心中不由得對赫雲連城萬分感激。

她可不想跟郁玫姊妹共侍一夫！

因著狐疑王氏的用意，郁心蘭這幾日非常小心，除了第一天進香後到主持的禪房拜見一空大師之後，就再也沒與寺中的僧人打過任何交道，一切事宜都任由許嬤嬤打點，還暗中差了錦兒小心監視著。

在白雲寺齋戒沐浴，有一個天大的好處。白雲寺的後山有一處溫泉，被分隔成幾間浴房。郁心蘭和溫氏母女每日去大殿進過香後，便到泉中泡浴一番，便算是完成大半的工作。至於齋戒，在寺裡，自然是吃齋菜的。

一連五天都過得相當平靜，日子輕鬆愜意，要不是齋菜吃久了有點饞肉，郁心蘭真想一輩子住在這兒。

這一天進過香，郁心蘭又要去泡浴，因為溫氏的小日子來了，她便將錦兒留下來服侍娘親，自己帶著蕪兒和四個小廝到後山。

小廝們守在浴房外面，蕪兒服侍著她脫了衣坐入水中。在溫泉中泡著泡著，郁心蘭睏意上湧，吩咐蕪兒過一刻鐘叫醒她，便昏沉沉地睡了過去。

不知睡了多久，露在水外的皮膚凍起了小疙瘩，她才猛然驚醒，左右一瞧，竟沒看到蕪兒的身影，外面也靜得可怕。她直覺不妥，忙起身穿衣，一邊順著濕漉漉的長髮，一邊輕喚「蕪兒」。

浴房共分內外兩間，內間是溫泉，外間是給丫鬟們休息的地方。可現在的外間裡，除了一臉苦相的蕪兒外，還有兩個男人，明確地說，一個是昏迷不醒的李公子，一個是冷峻迫人的赫雲連城。

郁心蘭怔在當場。赫雲連城猛然見到如出水芙蓉一般的她，從心底竄出一股輕微的異樣之感，不自在地偏了頭，正要說話，神色忽地一凜，朝她道：「有人來了，先進去。」

郁心蘭不明所以，卻又莫名地信任他，轉身又回了浴房。

少頃，赫雲連城跟了進來，攔腰抱住她的纖腰，躍上房樑，示意她從天窗鑽出去。郁心蘭坐到房頂，不過片刻，赫雲連城也鑽了出來，抱著她從後方躍下，幾個飛縱，躲入山林之中。

赫雲連城也沒帶郁心蘭跑多遠，跑了半個圈，在一處無人煙的地方停下。

郁心蘭明媚的水眸一眨不眨地看著赫雲連城，等著他的解釋。赫雲連城被她盯得有些微的不自在，別開眼，天籟般的嗓音低低地道：「今日去山壁處晨練的時候，不留神聽到隨妳來的那個婆子跟人商量事情，妳……怎麼得罪了妳嫡母？」

得罪了嫡母？聯想到浴房外的李公子，郁心蘭蹙眉微惱，「李公子是我嫡母叫過來的？」

她竟然一點就透，赫雲連城的眼中流露出幾分讚賞，不再遮掩地道：「的確，是想讓李公子撞見妳沐浴……然後，將妳許配給他。」

若不是全盤聽了那番對話，他還真是想不到世上有這樣陰險的嫡母。原本這不關他的事情，但他總覺得郁心蘭不會喜歡這樣的安排，況且，需得用這種方法來嫁人，只怕背後有著不可告人的目的。所以他在聽到後，便暗示明子期。哪知明子期平日裡看起來對她似乎非常有意，這回卻裝傻充愣，還說要下山一趟，傍晚再回來。他只有暗中留心，幫她一把。

果然，目睹郁心蘭進入浴房後不久，守門的小廝就溜開了，沒多久，李公子就躡手躡腳地潛了進去。赫雲連城自然是飛速地竄進去點了這兩人的穴道，坐等郁心蘭出來。

這個李公子便是在上巳節時向郁心蘭大獻殷勤的那個，他的父親是工部郎中，他侵略性的目光總讓她覺得不舒服，所以一直沒有回應過他半分，沒想到王氏竟會串通他來壞她的名節。

細細一想，這主意不可謂不妙，皇家是怎麼也不可能娶一個被別的男人看過身體的女子，郁玫便少了一個情敵，而且這件事可以推說是意外。小廝們只需說以為寺廟清靜地很安全，所以去躲個懶，日後或打或賣全是王氏一句話；而蕪兒在浴房服侍她，可以推說不知情；至於李公子，說是不知裡面有人就行了，因為浴房本來就是公用的，誰租誰用。事後上門求個親，還能得個有責任有擔當的美名。自始至終代表王氏的許嬤嬤都沒有露面，王氏可以把自己摘得乾乾淨淨。日後，即使是明子期真對她有情，想找人出氣，也尋不著什麼理由。

郁心蘭無聲地笑了笑，這一招隔山打牛可以先學著，以後說不定會用得上。

赫雲連城一直關注著她，見她的水眸忽閃幾下，便淡淡一笑，似乎是想明白了，卻又不羞不惱，不由得對她產生了些許好奇，「妳……不生氣？」

郁心蘭老實回答：「有一點，不過也不是很生氣。」

竟然不是很生氣？赫雲連城深深地瞧了她幾眼，肯定地道：「妳很豁達。」

郁心蘭微微一笑，「人生難免不如意，不豁達一點，不待旁人逼迫，自己便會將自己逼迫得難展歡顏。」

赫雲連城怔了一下，隨即一笑，「身為女子也有好處。」

郁心蘭眨了眨眼，他這話的意思是，當女子的只要心不太大，安心待在父母、丈夫給的一方小天地裡，一生也就能平平順順，而不是像他需要搏名利、掙身家吧？

聯想到他的際遇，郁心蘭便放柔了表情，輕聲道：「任何人都一樣。一時落魄不必放在心上，山窮水盡，不如韜光養晦，等機遇來臨之時，才能把握住。我始終相信，只有有準備的人，才會有成功的機會。」

赫雲連城驚訝萬分，沒想到一個女子也能有這般的卓識，與他的想法不謀而合。

他凝視著她問：「可是……妳不恨？比如剛才那件事，若是真的被設計了，妳不恨？」

郁心蘭笑了笑，「一個母親為自己女兒的幸福做點出格的事，不算大錯。與其恨人，不如強己，若我自己足夠強大，便不用擔心任何人來使小伎倆了，即使不得不嫁給李公子，我也要將時間花在如何管束好夫君不讓他有二心上，而不是恨誰上。」

她一個女子有這般的胸襟，卻又不是旁人那般逆來順受的認命，不由得讓赫雲連城更高看了幾分，一時間竟覺得能與這樣獨具風采的女子攜手一生，是件值得期待的事。隨即又自嘲，不是說好成功之前不談婚論嫁的嗎？怎麼忽地想這些有的沒的？

郁心蘭瞧見他臉色古怪地變來變去，以為他還想不開，便好意地轉了話題，「這事兒十四殿下知道嗎？」

赫雲連城以為她在意明子期、在意明子期的看法，胸口不知怎麼的一滯，故作輕鬆地答道：「他知道。妳放心，他本就對妳姊姊沒什麼印象，這下就更……」忽地不想再說，轉過身道：「我們回去吧，不過得開道，因為從浴房回寺廟只有一條小路，這會子，應當有人去浴房『撞見』妳和姓李的了。妳的丫頭她會說是妳讓她沐浴，而妳自己先回禪房了。」

他是怎樣逼迫蕪兒如此作假，怎樣幫她圓了後面的場，半句也沒多言，因為他不想讓她感激，只是抽出腰間的軟劍，劈開幾根樹枝，當先而行。一路上，細心地壓住多出的樹枝，讓郁心蘭走得順利一點。儘管如此，沒有路的樹林還是很難走，郁心蘭深一腳淺一腳地跟在赫雲連城身後，長髮和寬袖時不時被枝條扯住，頗為狼狽。

赫雲連城皺了皺眉，貌似隨意地問：「要麼，我背妳回去吧？」雖說男女授受不親，可這樣走回去，郁府那群「捉姦」的奴才定也已回去了，郁心蘭帶著一身狼狽樣，就很難解釋她一人跑到了哪裡。

這一點郁心蘭也很清楚，所以毫不矯情地道：「那就有勞了。」

然後大方地將雙手一抬，準備搭上他的後背。

這般爽快倒將赫雲連城弄了個措手不及，怔忡了一下，才半蹲下身子。

郁心蘭趴到他的背上，雙手圈住他的脖子，反而彆扭了起來。這麼一來，她的身子就緊緊地與他的背貼在一起，小臉離他的頸部不過一寸的距離，他身上類似迷迭香的氣息直滲入她的心肺之中，悄悄熏紅了她的俏臉。

赫雲連城亦是渾身一顫，他沒料到女孩兒的身子會這麼柔軟，完全貼伏在他的背上，帶來異樣的觸感。他敏銳地察覺到她輕淺的呼吸拂動他頸邊的碎髮，令他耳熱心跳，悸動莫名，連呼吸都開始不順暢，深吸了幾口氣，才穩住亂撞的心跳，負起她一路飛躍。

他奔跑起來的時候，完全不像走路時一高一低，而是非常平穩，速度也極快。耳畔風聲呼呼直響，兩旁樹木飛速倒退，可負住她的背脊如此寬厚結實，郁心蘭並不覺得恐懼，反而感到很安心。

香軟在背，有那麼一瞬間，赫雲連城竟希望路再漫長一點，想就這麼背下去。旋即，他又狠狠地提醒自己，不該有這種想法，這只是權宜之計，一會兒到了寺廟，要在竹林內放下她，不能讓旁人見到他們如此這般，不能壞了她的名節。

少頃，兩人穩穩地落入白雲寺後院的竹林內。在這裡分開，各自回禪房是最好不過的。只是乍一分開，驟失的溫度令兩人都不由一怔，互看了一下，又尷尬地別開眼。

郁心蘭覺得自己今日有些失常，忙收斂了心神，欠身福了福，「多謝公子相助。」

赫雲連城沉默地回了一禮，轉身離去了。

待他走遠，郁心蘭才慢悠悠地走出竹林，回禪院。

溫氏正在房中休息，見女兒一人獨自回來，不由得詫異萬分。郁心蘭不便解釋，只是問：「許嬤嬤呢？」一邊說邊掃視一圈，小茜的臉上劃過一絲驚慌和疑惑，想來也是知情的。

溫氏示意錦兒給小姐取杯熱茶，隨口答道：「她也想沐浴一番，帶著巧兒去浴房了，妳沒見到她們嗎？」

正巧，許嬤嬤帶著神色惶恐的蕪兒走進院來，郁心蘭便用外面能聽到的音量解釋道：「我早就回來了，我見蕪兒這幾天服侍我挺累的，便讓她也去沐浴，只是不知怎麼沒遇上許嬤嬤。」

話音剛落，許嬤嬤便走進屋來，不甚恭敬地福了福，要笑不笑地問：「四小姐，我有句話不知當問不當問。」

郁心蘭笑了，「嬤嬤服侍母親數十年，最是知曉規矩的，若妳都不知當不當問，那自然就是不當問的。」

一句話將許嬤嬤的話頭給堵住，噎得她上不去又下不來，終是不甘心，裝模作樣地嘆了一聲：「可是不問，我又怕旁人嚼舌根，對四小姐不利啊。是這樣的，剛才我在妳的浴房見到了李公子，不知這是怎麼回事？」

郁心蘭裝著糊塗，「哪位李公子？嬤嬤怎麼不問看守的小廝，他們是怎麼守著的？」沒當場抓到，卻還是想將污水潑到她頭上嗎？

這回出門，奴才們可都歸許嬤嬤管，小廝們擅離職守，她也別想逃得了責罰。

可許嬤嬤對這話聽而不聞，一心認為她想狡辯，自然是步步緊逼，「是工部李郎中府上的李二公子，上巳節上四小姐可是見過的，雖說他昏迷不醒……」

「什麼？昏迷不醒？」郁心蘭騰地一下站起來，打斷許嬤嬤的話，厲聲問：「他人在哪裡？」

許嬤嬤以為她慌了，面有得色，便高了聲音，「我已經令人抬了回來……」

啪！一記響亮的耳光狠狠地甩在許嬤嬤的老臉上，厚臉皮看不出五指印，但也紅了一大片。

許嬤嬤被她忽來的怒氣和這記重重的耳光給唬住，半晌才回過勁兒來，氣得滿臉的橫肉亂顫，她是夫人的陪嫁丫鬟，是郁府的內院管事，就是王氏也沒掌過她嘴巴，雖然郁心蘭明面上是主子，可也不過是個小庶女，居然敢爬到她的頭上作威作福。

只是，她不能打回去，便在心裡拿定主意，一定要將這事兒鬧大。

她剛想駁斥幾句，卻被郁心蘭一通喝罵：「我離開的時候，浴房裡可沒什麼李公子，現今忽然多出個昏迷不醒的人來，這事何等蹊蹺？嬤嬤妳不馬上報知知客僧知曉，反而將人抬到這裡來，是不是想讓人以為我們郁家謀財害命？若是一會兒他醒來說是被人打暈的，嬤嬤可是想充當那謀害朝廷命官子嗣的賊人嗎？若是他永不會醒，嬤嬤可是想一命償一命？」

許嬤嬤聞言一怔，回想起燕兒說李公子剛進來就忽地昏迷，冷水也潑不醒，莫非真是遭了什麼人的毒手？這麼一想，頓時害怕了起來，「這……這……跟我有什麼關係，我去的時候，他就昏迷在外間……」

郁心蘭板起小臉，眸光清冷，不怒自威，「妳這個沒見識的老太婆，妳說沒關係就沒關係了嗎？還不即刻著人抬去知客房，讓寺中人自去料理，妳還想被人尋到後，去衙門過堂不成？妳丟得起這個臉，我們郁府可丟不起。」

許嬤嬤驚慌起來，也顧不得行禮了，慌慌張張地帶人將李公子送去知客房，交給寺裡的僧人，只說是在後山遇到的。返回的時候再一細想，猛地一拊掌，「哎呀」叫一聲，被那個小丫頭片子給繞進去了，這事兒明明也可說成她是李公子的救命恩人，不過這也不能怪她，實在是李公子昏迷得太古怪了，人像睡著了一樣面帶微笑，就是不醒。只不過，現在人都已經交給寺僧了，再去尋郁心蘭的穢氣，那丫頭肯定不認帳。

許嬤嬤暗恨得咬牙，夫人交代的事情必須完成才成，可現在也只能等李公子醒來後再說了，只要找齊人證，不管她承認不承認，這盆髒水潑她頭上潑定了。

而郁心蘭在許嬤嬤走後，便向娘親告辭，回了自己的房間。

蕪兒乖覺地跟了進來，將門帶關上後，便撲通跪下，連磕三個響頭。

郁心蘭雖有心給她個下馬威，可身為一個現代人，看著別人向自己磕得額頭青腫，卻也覺得萬分彆扭，喝住她道：「有話就說吧！」

蕪兒自是涕淚橫流地表明她是家生奴，一家子的賣身契都在夫人手裡，不得不從命。可她剛才完全是按那位公子的吩咐說的，回到家後，多半會因辦事不力而受罰，隨便配個小廝都有可能，她想求四小姐向夫人討了她。

郁心蘭沉吟片刻，有點為難，「妳是母親的人，去留都由母親決定。我不能應承妳，但可以盡力而為。」

蕪兒聞言，略有些失望，但也知小姐所說在理，便恭順地道了謝，又殷勤地跑出屋去捧了水盆為她淨面更衣。

郁心蘭的目光若有所思地瞟向一臉柔順的蕪兒，暗忖道：這三個丫鬟明明就是王氏想硬塞給我的，蕪兒剛才那番話是什麼意思？是真的怕王氏責罰而想討好我，還是刻意想讓我拿她當心腹？

來日方長，她決定慢慢觀察，用過晌午，便歇下了。

❖　❖　❖

晌午剛過，白雲寺內一片寂靜，下午進香的香客們還未到，僧人們也各自回禪房休息。此時，一隊人馬疾馳至後門，矯健地跳下馬背，匆匆從後門而入，直奔主持一空大師的禪院。

為首之人五十左右的年紀，生得濃眉虎目，精神矍鑠，進得禪房便將手一揮，一空大師忙讓服侍的小沙彌退出院子，只留他二人在禪房之內。

那人心中萬分焦急，可面上卻半分不露，待人走空，才道：「皇叔，朕又做了那個夢。」

❖　❖　❖

「皇叔，此卦如何？但說無妨，朕要聽實話。」

問話的正是當今聖上建安帝，他昨晚做了一個血月照山河的夢，玥國的江山在血月的映照下，鮮紅一片，陰森非常。

這個夢，六年前他也做過，當時一空大師說是大凶之兆，他並未放在心上，可事隔不到一個月，他就亡了五個皇子，悲痛欲絕。昨日，他又做了相同的夢，心中的震驚可想而知，強作鎮定地開過早朝，便急急地趕到白雲寺向一空大師求助。

一空大師是建安帝的皇叔，也是他一介小采女所生的皇子能登大寶的功臣之一，卻早早地看破紅塵，遁入空門。一空大師為建安帝占了一卦，卻對著卦象久久不語，因此建安帝才會沉不住氣地連連追問。

一空大師沉吟良久，才緩緩開口，「此卦乃變卦，凶中藏吉，吉中有凶，且與六年前的卦象遙相呼應，或許，與六年前的事有莫大的關係。所謂禍兮福所倚，福兮禍所伏。萬事萬物都有著不與表面一致的暗面，皇上切莫武斷地認定任何人或事。」

與六年前的事有關？建安帝焦躁地在房中踱了幾圈，仍是沒想明白其中關鍵，急切地問：「皇叔能否進一步明示？」

一空大師搖了搖頭，「天機哪能隨意勘透？老衲已知無不言。」

建安帝正想再問清楚一點，禪院門外傳來一陣嘈雜的聲音，似乎是有寺僧想進來找方丈。建安帝忍不住蹙眉，白雲寺的寺僧在一空大師的管束之下，是極有進退的，如果不是大事，一般不會這般吵鬧，於是建安帝低聲道：「讓寺僧進來稟報。」

一名寺僧匆匆走進來，向建安帝合手唱了個佛號，便轉向方丈稟報：「工部李郎中府上的二公子在我寺後山暈倒，剛才甦醒過後，竟什麼事也不記得了，連自己叫什麼都不知道……還有點癡癡傻傻的，弟子覺得事有蹊蹺，特來稟與師父知曉。」

建安帝微服，本想裝作普通香客，可一聽與朝中大臣有關，便上了心，吩咐寺僧帶他的隨從去瞧一瞧。

那寺僧以為建安帝是大夫之流，忙帶人過去查看。不多時，侍衛回來小聲稟告：「回皇上，那李公子中的是『無根香』。屬下已經查過，李公子送入禪房時就是昏迷的，其間無人探望，但……赫雲公子和十四殿下都在寺中。」

建安帝眸光陰沉，無根香可令人忘記一切看過經過之事，是宮中的祕藥，真是小十四幹的嗎？他跟李郎中的二公子有什麼過節？

建安帝的眸光閃了幾閃，吩咐侍衛去請十四皇子。

李公子醒後變「傻子」一事，郁心蘭也極快地聽聞，心中不免擔憂，怕是赫雲連城下手太重造成的，萬一被人發覺可是不妙。於是寫了張紙條，假裝到禪院中溜達，趁小廝們不備，用小石子包著紙條拋到隔壁，這才大大方方地到寺中後院的竹林裡去。

過不多久，赫雲連城也趕了過來。郁心蘭忙問他李公子是怎麼了。

赫雲連城安慰她說：「我給他服了一點藥，讓他忘了之前的事，免得他胡言亂語。」

還有這種藥？郁心蘭張口結舌，「可是我聽說他傻了，我怕官府會來調查，那就……」

「妳放心，我下的量很小，剛醒來會迷糊一陣子，過得小半個時辰就會好了。」

郁心蘭這才放下心來，點頭道：「我知道了，我回去會再敲打敲打蕪兒，讓她別亂說話。」

赫雲連城看了她一眼，「我聽說妳讓人將李公子抬到知客房，沒等他甦醒後談清楚，所以才去下藥的，妳的丫頭不知情。」

聞言，郁心蘭失笑道：「啊？這樣啊……其實不用這麼麻煩的。」

赫雲連城深深地看了她一眼，極為慎重地道：「必須要！」

他暗中相助原也不想讓郁心蘭領什麼情，可見她似乎沒想明白其中深意，不得不出言提醒：「若是李公子甦醒之後，一口咬定在浴房見過妳沐浴，那妳就是百口莫辯了。若是妳父母深信妳，願為妳出頭去李家評理，此事還有轉圜的餘地，否則妳的閨譽……」

不必他再細說，郁心蘭也明白了，她的閨譽肯定是毀了，除了嫁給這個李二，再無別的出路。

她以為將人打發走就是萬事大吉了，卻忘了這裡不是公平且開明的二十一世紀，在這裡，一點點流言都有可能逼得一名少女懸樑自盡。將流言封鎖住的最大可能，是父母的支持。可是她的嫡母王氏壓根兒就是巴不得出現這種流言才好，還怎麼會替她出頭？肯定是說服父親將她嫁出去了事。

郁心蘭忍不住打了個寒顫，生出些害怕，幸虧赫雲連城想得周到，否則她今天上午算是白忙活了。看來以後還得多長個心眼，凡事多多思慮幾遍才好。

想到這裡，她斂衽深深一福。赫雲連城本就不想讓她感激，見她施此重禮，忙伸手去攙扶。一個硬要施禮，一個硬要攙扶，兩人就這麼僵住了。

忽地，郁心蘭敏銳地感覺到赫雲連城的手瞬間收緊，正想詢問是怎麼回事，竹林裡竟衝出兩列侍衛裝扮之人，左右分護，個個如同出鞘的刀鋒。

郁心蘭心中一驚，好強的煞氣。正在她驚訝的當兒，明子期笑咪咪地晃出來，扇柄一指兩人，笑道：「怎麼？還捨不得分開嗎？」

赫雲連城忙鬆開扶著郁心蘭手臂的手，冷眉瞪了明子期一眼。若不是看出這幾名侍衛是皇帝身邊的劍龍衛，定是要喝斥他幾句的。他便是要開玩笑，也不應當拿這種事來說，女孩家的名節何等重要。

郁心蘭已經退開兩步站好，她臉皮厚得很，明子期再要混說什麼，她就來個死不認帳。

這時，從竹林內又走出兩人來，一人是白雲寺的住持一空大師，另一人竟是當今聖上。郁心蘭大驚之下，忙跪拜在地。赫雲連城也跪倒磕頭。建安帝遠遠地瞧了他們倆一眼，眸光晦暗莫名，沉聲問：「你們來這幹什麼？」

赫雲連城回道：「回皇上，是臣子與郁四小姐恰巧在此遇上，便聊了幾句。」

建安帝走近幾步，微不可察地蹙了蹙眉，「你怎的連這點禮數也不知了？孤男寡女在竹林有什麼好聊的？好在皇后原本打算給你二人賜婚，否則成何體統？看來，這聖旨得早些下了。」說罷，轉身離去。

赫雲連城急道：「皇上請留步！」

但建安帝腳步不停，幾名劍龍衛抬手擋住赫雲連城的去路，不讓他上前分辯。

明子期朝兩人擠眉弄眼地笑了笑，快步跟上。

一瞬間，竹林裡只留下驚疑不定的郁心蘭和神情不明的赫雲連城。

郁心蘭的神情有些恍惚，聽皇上剛才那話的意思，似乎要將自己指給赫雲連城。她之前一直在擔憂自己的婚事，現在，未來已經確定下來，她的心中竟升起一股淡淡的惆悵。不為別的，只為了自由的戀愛已是奢望。

赫雲連城也不知該說什麼好，想了又想，最終只擠出了一句：「我送妳回去吧。」

郁心蘭垂了眸，看著地上蔥蘢的碧草，輕搖螓首，「不必了，我想在林子裡走一走。」

赫雲連城只得抱拳施禮，先行離開了。

郁心蘭等他走遠後，才抬起頭來看著他的背影，他走路時一高一低的，卻驕傲得彷彿將命運都踩在腳下。其實他也算不錯，雖然說前途不太光明，但至少是很實誠的一個人。再說，他有個當長公主的母親，多少可以支撐她的地位吧？可以護著娘親不被王氏欺負吧？

郁心蘭本不是一個喜歡糾結的人，她一向認為將時間浪費在已經發生的事情上，不如花費在當下。況且來到這個世上，她就已經給自己做足了心理建設，聘為妻奔則妾，這就是這個世界的法則，自由戀愛基本是不可能的事。所以小小的惆悵了會子，她就想開了，漫步於青翠的竹林間，想著回府後如何應對王氏的怒火——王氏應該會憤怒的吧？赫雲連城被皇帝猜忌，她結了這麼一門親事，只怕郁玫很難嫁入宮中了。

時間不知不覺地流去，來到竹林外的小山坡時，已經是晚霞滿天。夕陽為青翠的山林灑上一層金黃的光暈，整個世界一片暖暖的色調。

在這樣的美景裡，郁心蘭不可避免地想起遠在現代的奶奶。她父母早亡，是奶奶一手將她拉扯大，畢業後，她忙著在職場打拚，回家的時間愈來愈少，好不容易等到她功成名就，可以孝順奶奶了，卻無緣無故地來到了這個時空。

夕陽無限好，只是近黃昏。

這是奶奶最喜歡的詩句。在另一個時空裡，奶奶是否還像往常一樣，站在陽臺上欣賞著夕陽美景呢？如果她還陪在一旁的話，奶奶一定又會叨念著「不要老想著工作，要快點找個男朋友」吧？

奶奶，孫女就要嫁人啦，您高興嗎？

郁心蘭心中忽然一酸，淚水便不受控制地蜿蜒而下。她不敢哭出聲來，只能在心中小聲地對奶奶說著話兒，將思念和牽掛托夕陽送去奶奶身邊。

哭了許久，她才慢慢平復了心情，擦乾臉上的淚水，返回禪院。

❖ ❖ ❖

在她走後，藏身一旁的赫雲連城才默默地轉身離去，清寒如星的眸中，泛起一股難以言狀的情緒。

明子期叫嚷著：「連城哥，你要訂親了，怎麼不見一點欣喜若狂啊？」

赫雲連城瞥了他一眼，「你對皇上說了什麼？」

明子期立馬叫屈，「我能對父皇說什麼呀？父皇叫我去是問無根香的事，我說我討厭姓李的，讓你去捉弄捉弄他，別的再沒有了啊。」然後在心裡補充，外加「我覺得連城哥對別的女人可是理都不理的，見到蘭兒，雖也不搭話，但總會點頭打個招呼」這句話。

赫雲連城一臉的不相信，「我本已推了指婚的，皇上為何又忽然提起此事？不是你弄的鬼？」

明子期忙賭咒發誓，「你也不想想，父皇是我一兩句話就能改變主意的人嗎？之前父皇為何會來白雲寺，我一點都不知情，我怎麼弄鬼啊？」

他衝著赫雲連城擠眉弄眼，赫雲連城奉送冷眼兩枚，卻也無話反駁。

不論各人心中如何作想，建安帝這次是動了真格的。

原本建安帝也是因皇妹多次來哭訴，才同意為赫雲連城指門親，聽說他推拒了，也就沒放在心上。這一次，因著那個夢，因著一空大師說即將發生的事與六年前的事有莫大的關聯，建安帝非常想知道到底是什麼人敢如此大膽，連他的皇子也敢謀害。

他覺得不論六年前的事與赫雲連城有沒有關聯，賜其一門親事，讓旁人以為他已經對其完全沒有芥蒂了，應當是個引蛇出洞的好辦法，因而，賜婚的想法就這麼忽地明確且急迫了起來。

❖　❖　❖

待七日齋戒期滿的時候，賜婚的聖旨已下達了。

馬車在側門處停下，應門的小廝何喜立即上前來施禮。府裡早安排了小車在門內候著，郁心蘭與溫氏轉乘了小車，一路來到菊院外。

紫絹笑盈盈地向溫氏福了福，轉身挑起門簾，一切與往常沒有半分不同。郁心蘭與溫氏進到內室，王氏正歪在香妃榻上，見到她們母女，立即坐直了身子。

溫氏規規矩矩地磕了三頭，「給夫人請安。」

身為女兒的郁心蘭只需蹲身福禮，「給母親……」

「妳這個小賤婢，跪下！」未說完的話，被王氏忽如其來的一聲怒吼給喝斷。

王氏衝過來，表情猙獰，彷彿要將郁心蘭給生吞活剝了去，「也不看看自己是個什麼東西，居然想攀十四殿下的高枝兒，若不是妳不知羞恥地去勾引十四殿下，聖上又如何會將妳賜給赫雲連城？」

皇上賜婚？這難道不是喜事嗎？溫氏不知夫人為何發怒，忙抱住王氏的雙腿，極力解釋：「夫人，蘭兒絕對沒有勾引十四殿下，您誤會了！」

王氏被溫氏抱住，進不得又退不得，心下盛怒，大喝：「放開！」掙了幾掙，見溫氏死不放手只管哀求，便朝紫絹等人喝道：「妳們都是死人嗎？過來把這賤婦拖開！」

紫絹和紅綾等人忙著上前，加上幾個婆子，總算是把溫氏的手給掰開了。

溫氏猶在央求，「夫人，您要罰就罰婢妾吧！」

王氏最恨的就是她這副嬌怯怯的模樣，她以前可是京城雙姝之一，論容貌，還在溫氏之上，只是她的相貌屬於冷豔高貴型，做不來這種小女人的姿色，也不屑於此，認為無才無德的女人才要用這種柔態來勾引人。可現在丈夫的一雙眼睛總黏在溫氏的臉上，怎不讓她恨？

本來就心中狂怒，又見溫氏哭得梨花帶雨，王氏哪裡還端得住什麼風度，揚手就要一個耳光搧過去。

郁心蘭瞧見溫氏的險情，立即大呼一聲：「母親還是罰蘭兒吧！」

她撲上前裝作要下跪，用力將溫氏等一團人撞開，王氏這一巴掌就搧了個空，偏又用力過大，整個人旋了半個圈，站立不住，撲通一聲摔倒在地。

屋裡的丫鬟婆子們都架著溫氏，郁玫和郁琳還坐在榻邊，王氏身旁一個人也沒有，這一摔下去，頓覺尾椎骨要裂了一般，「哎喲」地叫了出來。

大夥兒又忙著圍上去攙扶，郁玫和郁琳急得眼淚水都湧了出來。

眾人忙將王氏攙扶起來，王氏還沒站穩，就揚手朝郁心蘭搧去。

郁心蘭提防著呢，哪會讓她得手。趁人多混亂，假裝被人擠開，往旁邊跌開一步，王氏那記大耳刮子，不偏不倚地正搧在湊著往前擠來獻殷勤的許嬤嬤臉上。

「啪！」非常響亮，非常有力，滿屋子立時安靜了。

許嬤嬤好不容易才消腫的左臉再度紅腫了起來，可主子打的，她不敢發作，只能用委屈的淚眼望回去，希望能得到一點體恤或補償。

郁心蘭極力忍住臉上的笑意，裝出膽小怯懦的神情。

王氏掌心疼，見是打在許嬤嬤的臉上，到底是自己的陪嫁丫鬟兼得力助手，不由悻悻然，可瞧見許嬤嬤委屈的眼神，又氣不打一處來，若不是這老奴辦事不力，何來這場指婚？於是怒道：「沒用的東西，什麼事都辦不成！」又指著郁心蘭怒罵：「妳個小賤婢，居然敢推我？來人，先給我拖出去重打二十，再來治她輕浮無行的罪。」

王氏的話音一落，幾個婆子湧上前來，架起郁心蘭便往外走。

溫氏被人抓著，上不得前，只能哭求。

郁心蘭倒是很冷靜，聲音清越地問：「母親，蘭兒離您還有好幾步之遙，如何推得到您？您是不是看錯了？」

王氏囂張地道：「我說妳推了妳便是推了，休得狡辯！」

這屋裡屋外全是王氏的人，說理根本沒用，郁心蘭便道：「放開，我自己走出去！」清冷的目光淡掃一圈，帶著懾人的不怒自威的流光，原本架著她的人居然情不自禁地鬆了手。

郁心蘭理了理衣裳，略帶嘲諷地輕笑，向王氏福了一禮，轉身走出正堂。

院子裡，早有人擺好了長凳，長而粗的家法也請了出來，執杖的是菊院廚房的管事李嬤嬤，平日裡的囂張程度僅在許嬤嬤之下，力氣又極大。李嬤嬤看著郁心蘭，不懷好意地笑道：「四小姐請吧。」

郁心蘭回以淡笑，端莊地走至長凳前，極低聲地道：「李嬤嬤行杖可要仔細了，別如了夫人的意，卻在聖上面前無法交代。」

今日聖旨傳到郁府，府中的奴才全都知曉了，聽著這話兒，李嬤嬤原本囂張的笑容頓時一僵，握著家法的掌心竟滲出汗來。沒錯啊，聖上賜婚的人兒在她手中出了點事，她一家子幾口的命都不夠賠的。

王氏在屋內等了片刻，沒聽到外面的動靜，便火大地揚聲問：「怎麼還不打？」

郁心蘭又磨蹭了會子，委委屈屈地伏在長凳上，李嬤嬤舉起家法，醞釀了半晌，才啪一聲打下去，郁心蘭頓時慘叫一聲。

其實並沒有多痛，李嬤嬤被她一唬，是拿捏了分寸的，但她挨了打，總得告訴別人她很疼是不是？這個別人，一是屋裡的王氏和郁玫，另一個就是……

李嬤嬤的第二板剛剛舉起，便聽到門外傳來老太太蒼老卻威嚴的聲音：「住手！」

郁心蘭聞聲心中一鬆，還好，蕪兒還沒讓她失望。猜測到王氏會發作，所以她早早地吩咐了蕪兒，進府後趁人不備去梅院請老太太過來，一來蕪兒算是王氏的人，沒人監視著，二來也是對蕪兒的一種試探。

王氏由紫絹扶著迎出來，接老太太接進屋。老太太扶著紫菱的手在羅漢床上坐下，王氏隔著矮几陪坐一旁，太太反倒坐到老太太的下手。

郁玫、郁琳忙上前見禮，溫氏在一旁跪安。見過禮後，各自尋著自己的位子坐下，老太太便問：「蘭丫頭才回府吧，這是犯了什麼事了？」

王氏咬牙切齒道：「老祖宗，咱們郁家被她牽連了，都是因為她無恥放浪想攀高枝兒，我今日說了她兩句，她竟然推倒我，有人這樣對待嫡母的嗎？」說到後來，眼眶一紅，哭了起來。

溫氏慌忙跪倒，言辭懇切地道：「夫人，當時蘭兒被我的腳絆了一下，離您還有幾步之遙，真的不是她推倒您的啊。」

王氏狠瞪她一眼，「放肆！誰許妳說話了？妳是她親娘，當然向著她！」又朝老太太道：「孫媳可半點沒冤枉蘭丫頭，這裡的人都可以作證。」

老太太掃了一眼屋裡的丫鬟婆子，全是王氏的人，溫氏的幾個隨從都杵在院子裡呢，她便淡淡地道：「既然公說公有理，婆說婆有理，蘭丫頭也挨了幾板子了，這事兒便作罷了吧。」

王氏不滿，剛要說話，被老太太截斷，「溫姨娘的話作不得數，妳屋子裡的丫頭婆子都是妳的人，她們說的話豈不是一樣作不得數？」

聞言，王氏的聲音立即拔高了，「老祖宗這是在說我冤枉蘭丫頭了？我連個庶女都不能教導處罰了？」

老太太淡淡地掃了王氏一眼，平和而威嚴，「且不談這些個，只說妳這樣高聲同長輩說話，我是不是也能罰妳？」

王氏立時被堵了個半死，她平日裡跟老爺說話就是動不動高聲的，不想今日被老太太拿了錯處，又實是理虧，只能抿緊了唇不言語。

老太太也沒繼續糾纏，語重心長道：「妳這屋裡這麼多人伺候，人多手雜的，妳一時看錯也是常事。蘭兒也挨了幾板子，若妳不願甘休，傳了出去，被人說成是對聖旨不滿，妳可想過後果？」

此時郁心蘭已經被人攙了進來，郁玫和郁琳紅著眼眶，憤恨地瞪著她。

王氏也怒瞪著郁心蘭，轉而想到女兒今後的命運，忍不住開始抹淚，「朝野上下都知道皇上有多麼猜忌赫雲連城，一個不好就是誅連九族的事，郁府上下幾百口人都得搭進去，結了這麼一門親事，玫兒和琳兒還怎麼說婆家？」

郁心蘭早已知情，垂了眸不出聲。溫氏驚恐萬狀，她不知道這婚事竟如此凶險，心中頓時替女兒擔憂了起來。

老太太瞧在眼裡，暗自嘆息，柔聲安慰：「孫兒媳婦，妳且寬寬心，聖上仁慈，即便將來真的有個什麼意外，也絕不會隨意連坐。只是蘭兒就……唉，各人有各命，或許將來是段好姻緣呢！」

「將來的事誰說得定？」王氏提起這事兒便恨，「我只管眼前，有了這樣一門姻親，玫兒怎麼入宮？琳兒怎麼許親？就連過幾日寧郡王府的壽宴，這都到晌午了，我還沒接到請柬，難道不是這個掃帚星害的？聖上也是……」

「好了！」老太太一拍几案，將奴僕們都打發出去，嚴肅又惱怒，「妳這般指責蘭兒、排斥這門親事，知道的明白妳這是替郁府擔憂，不知道的還會以為妳對聖旨不滿，對聖上不敬呢！不必等赫雲連城的罪名證實，只怕郁府就得以藐上之罪給抄了。聖上的旨意，可是我等後宅婦人可以置喙的？妳居然還當著滿屋子奴僕的面對聖上說三道四，可是豬油蒙了心？」

郁心蘭在心中大聲喝采，這些話她原也想到了，可是由她來說，就是忤逆嫡母，不但不起作用，反倒會招來家法，而由老太太說出來，效果就完全不同了。原本她請來老太太，就是想將這話兒給引出來的，沒想到老太太早就想到這一層。

王氏被老太太說得一愣，心中頓時清明了起來，剛才的話的確是說得過了，雖然她沒提聖上半句，可是卻能被有心之人拿去大做文章，不說抄家，對老爺的前途也是大礙。她恨恨地瞧了郁心蘭一眼，少不得要另做打算，不讓這門親事真結成才行。

老太太沉吟片刻道：「今日傳的聖旨，按說待清明之後，定遠侯府應該就會送納采的信物過來了。孫兒媳婦，妳得在蘭兒的嫁妝上用些心思，萬不可寒薄了。聖上賜的婚事可馬虎不得，一個不好，便會讓人尋著把柄彈劾老爺。」

王氏聽著心中就堵得慌，一個小妾養的女兒，也想十里紅妝嗎？害得自己的親生女兒難以許親的人，還想風光出嫁？她當即拒絕道：「老祖宗，話也不是這樣說。清容長公主盼這個媳婦可是盼了好些年頭了，這回下的聘禮肯定豐厚，咱們直接還回去就是，不必另外準備什麼。」

老太太微惱道：「哪有人直接用聘禮當嫁妝的，一看就不是誠心結親，妳非要弄點把柄給人才甘心嗎？」

王氏賭氣過後，也明白理是這麼個理，遂不情不願地點頭應承下來，心裡卻冷笑，休想我會給這小賤婢準備什麼好東西，要玩花樣，我有的是辦法。

老太太滿意地一笑，「嫁妝單子備好後拿來讓我這個老骨頭瞧一瞧，也好開開眼界。」

這話裡的意思，還是不大相信王氏，可又讓人挑不出骨頭來，王氏卻也不是個好相與的，當下便笑道：「不敢讓老祖宗空等一回，這嫁妝單既然事關重大，我與老爺商量過後，還得讓父親拿拿主意，或許直接就送去定遠侯府了。」

老太太淡淡一笑，狀似不在意，與王氏說起了閒話。

郁老爺下朝回府，給祖母和母親見過禮，王氏讓出了她的首位，一家子又談起郁心蘭的婚事。

郁老爺長嘆一聲，當初若送郁玫的庚帖和畫像上去，二品重臣的嫡女，斷沒得許配給赫雲連城的道理，也就沒了這番煩惱，可現在，不單得煩惱日後的身家性命，還得憂愁蘭兒的嫁妝。

郁老爺懇求：「蘭兒陪送什麼樣的嫁妝，還請老祖宗多多費心了。」

老太太自然是含笑應承下來，王氏在一旁氣到內傷，她剛推掉的事，老爺又雙手送了回去。

紫絹打了簾子進來，稟報飯菜已經擺好，一家子便移到花廳，和和樂樂用了一餐午飯。

用過飯，老夫人走後，王氏便朝溫氏道：「瑞哥兒這幾日無人照應，我便讓他搬來菊院，他還在上學，不必搬來搬去的耽誤時間，先暫且住在我這吧。」

溫氏微微一怔，瑞兒他……要過繼到夫人名下了嗎？這對瑞兒來說，是件好事啊！是件開心的事啊！心中這般說服著自己，可瑞兒再也不屬於自己的這個認知，讓她心如刀絞，苦澀的滋味湧出心頭，漫至舌尖。

郁心蘭聞言心中一震，王氏想搶瑞哥兒嗎？她……好狠的心啊！自己沒有兒子就來搶娘親的。若真如此，娘親的心中該有多痛？不行，我不能讓她得逞。只是，現在她只說讓弟弟住在菊院，一時沒有證據，只能先走一步看一步，小心防著。

❈ ❈ ❈

次日便是清明，郁老爺率郁家眾人祭祀過祖宗之後，親筆將溫氏、郁心蘭和郁心瑞的名字添進族譜。郁老爺看著自己名字下的一妻一妾，心中微感唏嘘，如今，他也算是將郁家重新帶入輝煌了。想他郁家輝煌之時，有哪個家主僅有一正一側的？又有哪個家主僅有兩個庶子的？

他將這事兒放進心裡，祭祀過後，便尋了個機會向王氏建議：「瑞哥兒如今養在夫人這兒，不如乾脆過繼到名下，既能享受天倫之樂，又全了夫人的賢名。」

王氏聞言，心中大怒，她其實原本也有這個打算，如若她真的無法再生育，自然是要有個兒子養老送終的，可這話由郁老爺提出來，她便覺得是溫氏和郁心蘭的主意，那自然是堅決不允的。當下做出深明大義狀，「老爺這話說得糊塗，我要兒子享天倫之樂，難道溫姨娘便不要了？我怎麼能幹拆散人家母子的事？」

郁老爺一陣腹誹，不想過繼就不想過繼，都在一個府裡，談什麼拆散？

面上，他呵呵一笑，「夫人說得在理，是我沒想周全。」說完不想再跟王氏談下去，藉口過問聚宴的事，溜到書房生悶氣。

王氏也很生氣，覺得老爺被溫氏那個賤婢迷了心，這會子還想讓她生的兒子當嫡子，繼承郁家的一切？作夢！嫡子必須由自己生！

郁玫過來請安，見到母親胸膛起伏不定，正在盛怒之中，不由得關心道：「母親，您怎麼了？又是郁心蘭那個丫頭氣了妳嗎？」她以為是今個兒郁心蘭的名字錄入族譜讓母親生氣。

王氏盛怒，「你父親居然想讓我將瑞哥兒過繼到我名下當嫡子，哼！」

郁玫蹙起秀氣的眉毛，「父親怎的這般向著那母子仨？如今連老祖宗都向著他們了。母親，不是我說您，當初我就不贊成接他們進京的，可您和大姊自認為可以拿捏得住。現在可好，老祖宗和父親向著他們，郁心蘭許給了那個瘟神，我下回即使去參選，也沒可能了。」說罷，泫然欲泣。

王氏也陪著紅了眼眶，將女兒摟在懷裡搖了搖，半晌後怒道：「都怪那個十四殿下，年紀也不小了，為何不肯選妃？」

王丞相看好十四皇子是日後的儲君，想讓郁玫成為十四皇子的正妃，可王氏得了內幕，十四皇子求得聖上同意，明年選妃，這次不選。禮部卻又要求，京城中正五品以上官員家中，但凡有未訂親的女子，必須至少送選一人。郁琳的年紀還未滿十四，不能送選，而郁玫送選則極可能被十二皇子明子信選上。因此，她們才會將郁心蘭接進京來頂上。偏那小蹄子招來了這般婚事，要她如何不恨。

母女倆正在憤怒兼愁苦著，紫絹輕聲在門簾外稟道：「夫人，六奶奶求見。」

王氏又是一哼，老大不滿，郁玫卻揚聲道：「讓六奶奶進來吧。」然後低聲說：「打人也得有根棍兒。」

六奶奶是郁老爺六堂弟的夫人。郁家是大排行，郁老爺的長輩只餘下了老太太和太太，可這一輩倒是有六個兄弟、三個姊妹。郁老爺在族中排行老三，老大老實沉穩，老二精於計算，都在家鄉寧遠城管理祖產，過年才會來京團聚；老四、老五還算有點才能，郁老爺為他們在京兆尹衙門謀了個差使，算是吃皇糧的國家公務員；三個姊妹早就出嫁了，嫁的俱是家鄉的名紳，平日裡只書信往來；唯獨老六，是個吃喝嫖賭樣樣都來的傢伙，郁家剛有點起色，他就迫不及待地納了兩房小妾，到現在，六老爺已經有了七房妾室、十來個兒女，吃用比負責賺錢的郁老爺一家都要多。

王氏平時瞧著這一家子就心煩，偏偏這夫妻倆都是臉皮厚的，被王氏罵過多次、羞辱過多次，仍是恬著臉貼上來，有事沒事拍拍馬屁，動不動就伸手要銀子。

這回不必說，肯定是為了錢來的。

紫絹打起簾子，六奶奶笑咪咪地走進來，欠身福了福，「給三嫂見禮。」說罷起了身，自來熟地走到榻邊，紫絹搬了張錦杌給她坐下，又布上果子點心。六奶奶看著郁玫便讚：「哎喲，三姑娘真是愈長愈漂亮了，這真真是個當皇后的模樣兒啊！」

雖說這話王氏愛聽的，但六奶奶說的她不愛，因為這預示著要支的銀錢比較大。

果然，六奶奶讚了幾句，便轉了話題：「我家瑛丫頭雖說沒有三姑娘的美貌，可前陣子也跟陳監道的長子訂了親。我是想啊，陳監道也是三哥官場上的同僚，這嫁妝不能太寒酸了不是？所以我想請三哥將西郊的那個果園……」

王氏一聽便怒了。

她真有臉說啊！老爺賺的銀子多數用來贖回祖產，而收成也悉數算成公中的銀子。各房的開支和例銀自己從來不苛扣，各房沒有官職的子嗣也都在京郊的莊子上分了相應的差使，除了領月銀，盈利還有分成。按說這樣嫁娶之事就得各家自己出了，她卻有臉上門來伸手要老爺的私產。還說什麼官場上的同僚，區區一個六品監道配跟老爺稱同僚嗎？

未等她說完，王氏便將手中的茶盅重重頓在坑桌上，「砰」的一聲打斷她接下來的滔滔不絕。

王氏冷豔的眉眼本就有幾分高傲，這會子更是有幾分斜睨天下的氣勢，六奶奶剛冒上頭的不滿，頓時偃旗息鼓。想一想又覺得不甘心，強撐著笑問：「三嫂，妳看……」

郁玫握了下母親的手，笑盈盈地道：「六嬸，非是母親不給妳那個莊子，實在是已經先被四妹給要去了……妳也知道，聖上下旨賜婚，她的嫁妝可不能含糊，京郊的三個莊子都得給了她去，少不得還得從寧遠再拿幾張地契。」

什麼？不單將京郊的莊子搜刮了去，還想霸占祖產？

六奶奶一聽便火了，「我說三嫂，你們可不能這樣啊，自己的女兒出嫁，用自己的銀子就罷了，怎麼還打祖產的主意？那可是公中的。我們家郁誠是嫡長孫，他求親時的聘禮都沒動用過祖產，憑什麼一個庶出的丫頭要用祖產做嫁妝？」

這會兒王氏已經明白了女兒的意思，順著這話長嘆一聲：「有什麼辦法？四丫頭開口要了，還拿聖旨說事兒，我跟老爺敢不應嗎？」

六奶奶聞言，哪裡還坐得住？當下便風急火急地站起來，咬牙切齒道：「不行，我得去跟這個小……丫頭說理去，沒她這般恬不知恥的！她那個夫婿整個京城的人都知道是個瘟神，她還有臉得意？」

郁玫忙將六奶奶按坐下，陪著笑道：「六嬸，您別衝動，四妹的夫婿雖是不好，但婆婆卻是不能得罪的，您不怕她日後一狀告到長公主那裡？」

六奶奶這就奇了，「長公主又如何？難道長公主就能伸手管我郁家的家事？我不讓她動公中的財產，又不是搶她的財產，她憑什麼告我？」

郁玫面露贊同之色，卻又轉瞬間變為擔憂，「可是，老祖宗和父親都怕長公主會遷怒於郁家，所以都想順著四妹來，還讓我和母親不得多言。六嬸若是去找四妹的麻煩，只怕老祖宗和父親會怪罪於妳。」

六奶奶聽說老祖宗和郁老爺會怪罪，多少露了些怯，又實在是不甘心，便鼓動著王氏不答應。王氏只是嘆氣，六奶奶恨得咬牙，再也坐不住，告辭走了。

王氏母女倆相視而笑，這下子，六奶奶必定會暗中想法子整治郁心蘭，也不必擔心老爺和老祖宗會知道是她們下的蠱了。

❖ ❖ ❖

郁心蘭還在陪著老祖宗說話兒，祭祀過後，一家子聚餐，席面擺在梅院的大堂裡，她就乾脆不回槐院了。

郁家是沒分家的，郁老爺將郁府的西面劃出來給幾個堂兄弟住。因為幾位叔父都沒有官職，所以娶的妻子和兒媳婦都出身一般的書香門第，王氏頗有幾分輕蔑，平日裡便喜歡頤指氣使，四房、五房的人不想受氣，多半都在西院不過來，六房倒是想過來，王氏又不讓，因而東院雖大，平日裡卻頗為冷清。

難得今日孫兒孫媳曾孫曾孫女的歡聚一堂，老太太興致極高，說起了郁老爺小時的趣事兒，太太也跟著回憶，兩個老人家都樂呵呵的，眾人也在一旁陪笑湊趣兒。

郁心蘭細細地不著痕跡地打量在場所有人。這是她第二次見到四嬸、五嬸和幾位堂兄堂嫂，前一次是溫氏敬新婦茶的時候。四嬸、五嬸安靜不多話，給她的印象頗好，倒是六嬸好像是個多事的人……

正思忖著，六奶奶就風風火火地進來了，一進屋，不先向太太、老太太請安，而是先剜了郁心蘭一眼，恨意強烈。郁心蘭心裡打了個突，這是怎麼回事？有人給她上眼藥了？

老太太瞧見六奶奶，笑容就淡了幾分，待她見過禮，也給看了坐，紫菱奉上茶水果品。

六奶奶坐定，奉承了老太太兩句，便將目光轉向郁心蘭，陰陽怪氣地笑道：「哎呀，我還沒恭喜蘭丫頭，可真是結了門『好』親事啊！妳家婆婆盼媳婦盼了這麼久，肯定會待妳如同親生的女兒一般的。」

郁心蘭柔順地笑，「多謝六嬸。」

老太太素來知道這個六孫媳婦的性子，怕她說出什麼難聽的話來，便淡淡地道：「好了，定遠侯府自有規矩，妳好好待妳的兒媳婦就成了。」

六奶奶聞言，更是堅信了郁玫的話，老太太怕清容長公主！她被老太太訓斥也不是一次兩次了，知道再說下去必定會被趕回西院去，便忍住不說，只陰陽怪氣地盯著郁心蘭瞧，用飯的時候也不例外。

郁心蘭倒是完全不在意，被人盯幾眼又不掉肉，有什麼可怕的呢？

午飯過後，郁老爺兄弟幾個坐在一起陪著老太太和太太，小輩們便各自散了。郁心蘭悄悄將弟弟拉到一邊，細細問他這些日子學了些什麼、過得可好，回到槐院，她要說與娘親聽的。雖然王氏沒有明說，但是看得出不想讓郁心瑞跟溫氏接觸，溫氏雖是心中痛苦不堪，可為了兒子的前程，也就強行忍著思子之情，只敢趁郁心瑞上下學的時候，遠遠地瞧上幾眼。

姊弟倆沒說上幾句話，負責照顧郁心瑞的管事斐恩便過來，說是老爺有請。郁心蘭只得讓他將弟弟帶走，陪著娘親回槐院。

走到半路，便「巧遇」上了幾位嬸娘和堂姊郁瑛。

溫氏少不得要停下腳步打個招呼，六奶奶將她一掌推開，六奶奶身後的四個丫頭立即上前將溫氏圍住，不讓她上前。

這架勢似乎是衝著我來的啊！郁心蘭淡笑著向幾位嬸娘見禮，等著接招。

六奶奶走過來，揚手便想搧一耳光，郁心蘭抬手扣住她的手腕，淺笑盈盈地問：「六嬸這是幹什麼？蘭兒有什麼錯處，自有母親教誨，不敢勞動您的大駕。」

六奶奶甩了幾個胳臂，竟沒能掙開，當下便怒了，「妳個小賤蹄子，許個瘟神不算，還想謀奪家產，我難道還教訓妳不得？」

郁心蘭放下她的手，欠身福了福，「六嬸何出此言？莫不是對聖旨不滿？」

六奶奶被憋了個滿臉通紅，四嬸和五嬸蹙了蹙眉，正想說話，被郁瑛搶了個先，上前一步，怒道：「妳居然有臉將京郊的莊子都要了去，還打寧遠城祖產的主意，真是無恥透頂！妳也不想想妳還有沒出嫁的姊妹，再說了，祖產是給哥兒們繼承的，妳一個女人也想霸占？」她倒是記得不說自己想要，而是將兄弟姊妹們都推出來。

郁心蘭掃視一圈，發覺四嬸和五嬸看她的眼神也十分不善，完全不似聚餐前的和善。當我是傻子呢！人不為己天誅地滅，京郊的三個莊子是父親的私產，不算公中的，跟郁瑛一點關係都沒有，她何時成了俠女為旁人打抱不平了？

至於祖產，我連祖產有些什麼都不清楚，怎麼伸手要？再說王氏打算將哪些莊子給我當嫁妝，還不一定呢，郁瑛又怎麼會知道？這話兒多半是從王氏那兒傳出來的，想讓我成為家族的公敵。瞧瞧，現在幾位嬸子看到我就跟看到仇人似的。

郁心蘭抿了抿唇，狀似糊塗地問：「瑛姊姊是聽誰說的？我……」

郁瑛打斷她的話，「妳管我是聽誰說的？反正妳想謀奪家產之事已經被我們知曉了，便不會讓妳得逞。妳想拿著大筆陪嫁去婆家耀武揚威，門都沒有！」

六奶奶也警告她：「祖產可是郁家所有人共有的，妳休想打主意！」

溫氏在一旁聽到，忙替女兒解釋：「蘭兒從來沒說過這樣的話，她絕不敢霸占祖產的。」

六奶奶冷哼一聲，「她是妳的女兒，妳當然替她說話。」

郁心蘭無辜地眨了眨剪水雙眸，「幾位嬸子，還有瑛姊姊，妳們誤會了，蘭兒從來都不知京郊還有莊子呢。至於祖產，要處置不是要伯伯和叔叔們都同意才行嗎？再說，哪有女兒家管嫁妝的事兒的？不是都得聽父母大人的安排嗎？」說罷，怯怯地垂下眼眸，充分展示未婚少女在談論婚嫁時應有的羞澀。

溫氏也忙證明：「是啊，當時老爺是讓老太太和夫人一起拿主意的，還說要送給王丞相過目後，才能送到定遠侯府去。」

郁心蘭感激地看向娘親，娘親這麼個柔弱的性子，竟能幾次為她辯解，果然是個好母親。

六奶奶仍是不信，冷哼道：「說得好聽，妳不是還拿聖旨來逼得妳父親和老祖宗同意嗎？」

郁心蘭抬起眼，嬌憨地望著六奶奶問：「六嬸覺得老祖宗是個耳根子軟的人嗎？」

「這……」一個夫婿早亡，獨自帶大兩個兒子，將偌大的家族維繫得平穩不亂的老祖宗會聽一個小丫頭的話，這話說出來，六奶奶也不相信了。更別說四嬸和五嬸，這會子眼眸裡都流露出幾分疑惑，看著六奶奶，用眼神問，妳到底是從哪裡得來的消息？

郁瑛是不管這些的，盯著郁心蘭問：「這麼說，妳沒要京郊那幾個莊子的意思是嗎？妳能在這發個誓，說妳不要那三個莊子做嫁妝嗎？」

這種誓，傻子才會發吧？如果父親打算把那幾個莊子給我，我幹麼要拒絕？郁心蘭心中好笑，面上卻是柔弱又無辜的模樣，「婚姻大事，都是父母之命，媒妁之言，蘭兒自是什麼都聽長輩的。」想了想，決定將有些話挑明，便又故作羞怯地垂了頭，低聲地道：「況且，正如六嬸所言，這婚事……未來婆婆……盼了許久，蘭兒縱使一錢銀子的嫁妝都沒有，也不會被夫家小瞧半點的。」

這話……也有道理啊！原本鬥志最昂揚的六奶奶，也嚼出些不對勁來了。

瞧出六嬸眼裡的遲疑，郁心蘭再加一把火，「何況還有兩位嫡姊妹沒出閣的，父親也必會為她們考慮。」

父親都會考慮了，嫡親的娘親王氏又怎麼會不考慮？

四奶奶、五奶奶頓時覺得自己明白了其中奧妙，為自己剛才沒有出頭，沒跟郁心蘭將關係鬧僵大感欣慰。

六奶奶差點不顧儀態一拍大腿，是啊，她就覺得奇怪了，以往她去多要點月例銀子，王氏那臉子甩得跟甩餅似的，今天怎麼態度這麼好，還向她大倒苦水。原來是打算找這個藉口將祖產劃為私產，好給自己的兩個嫡親女兒當嫁妝。

郁瑛還是盯著發誓這事兒問：「妳到底願不願意發誓？」

六奶奶一把拉過女兒，準備去找王氏評理，「別問她，她拿不了主意。」又怕郁心蘭日後打起主意，回頭威脅道：「若是讓我知道妳暗地裡使手段，我定會要鬧到祠堂裡，讓祖宗們評評理的。」

郁心蘭露出畏懼的模樣，六奶奶才帶著女兒得意地走了。四奶奶和五奶奶頗有幾分不好意思，支吾著說了幾句天氣什麼的，便告辭回西院了。

❖　❖　❖

回到槐院，溫氏還心有餘悸，「六奶奶那個樣子真是凶啊！」

郁心蘭不以為然，「這種人只是表面上凶一點，反倒好應付，真要是敢打我，我可是要打回去的，怕就怕那些背後下刀子的人。」

溫氏便不出聲了，她只是守著妻妾如天地的原則，只是性子溫和綿軟了些，到底不是傻子，哪會看不出這是王氏挑出的事兒，不由得輕嘆一聲：「夫人是不想給妳太多嫁妝吧？」要不然，怎麼會挑得家中人來找蘭兒的麻煩？

郁心蘭輕嘆：「何止不想給嫁妝，她就希望我不要嫁給赫雲公子才好。」說到這兒，心裡忽地生出一股不安，她這陣子也弄明白了，她若是嫁給赫雲連城，別的人怕受牽連，只怕不願跟郁府結親。她的這門婚事，成了王氏的眼中釘、肉中刺，不會僅是讓嬸子們來吵鬧幾句便作罷的。

郁心蘭說了幾句讓娘親寬心的話，便服侍著娘親歇下。她挑簾出來，見巧兒一個人在擦桌子，還一手掩著小嘴打哈欠，便體恤道：「罷了，東西都放在這兒，一會兒讓碧綠擦。妳去歇午吧，我這不用伺候了。」

巧兒喜不自勝，她在王氏的莊子裡也是二等丫頭，沒幹過這種活計，動一動便覺得累，奉承了小姐幾句，便回西廂房去了。

郁心蘭走到門口看了看，錦兒在掃院子，那兩個粗使婆子早不知道去了哪裡，她便挽起袖子，絞了抹布自己擦起桌子來。沒過多久，六奶奶又帶著郁瑛氣沖沖地直殺進槐院，所有的氣勢在見到郁心蘭親自擦桌子的舉動後，化為了驚訝，「妳在幹什麼？」

郁心蘭顯得很慌亂，匆忙將抹布丟進水盆裡，將六奶奶和堂姊迎進屋，隨後又揚聲喚道：「小茜、小茜……」

連喚兩聲沒人答應，郁心蘭只好歉意地笑了笑，親自去堂屋邊的隔間泡了兩杯茶端上來，錦兒知趣地放下掃帚跑進來幫忙，奉上果盤和點心。

「六嬸、瑛姊姊，請吃茶。」

六奶奶和郁瑛都嫌棄地看了眼茶杯，彷彿那上面還沾著郁心蘭黑乎乎的手指印，她們都看到了，剛才郁心蘭在擦桌子，而且沒淨手便去泡茶了。

六奶奶原是在王氏那碰了硬釘子，又被郁玫幾句話撩起了對郁心蘭的猜疑，特地過來尋穢氣的，不過親眼這麼一瞧，想法立即就變了，這丫頭連個婢女都使喚不動，怎麼可能去要祖產？必定還是三嫂想藉機吞下公中的財產。

郁心蘭陪著笑，「六嬸可是不喜歡喝這茶？要不，我去換杯雲霧毛尖……還是要找我姨娘，那我去喚姨娘起來。」

「不用了，」六奶奶端著長輩的模樣道：「我就是來看看妳們的，這便走了。」說罷真的起身，帶著女兒揚長而去。

郁心蘭送至院門口，待六奶奶和郁瑛的人影兒都瞧不見了，才轉身回屋。錦兒已經自動地將家具都擦拭乾淨，杯盤也已撤下，見到小姐，屈身行了一禮，又去院子裡掃地了，剛才的事，明明知道小姐是從來不用幹活的，卻半句也不問。

這丫頭愈來愈伶俐，愈來愈有眼力勁兒了。

郁心蘭瞧著錦兒在院子裡的身影好一會兒，才收了神細想，幸虧剛才做了這麼一齣戲，讓六奶奶越發地認定是王氏在弄鬼了，也免得日後王氏吞了公中的財產，卻讓自己背黑鍋。但只是這樣還是不行，自己妨礙了兩位嫡小姐的前程，王氏必定不會善罷甘休，看來，得找個機會，陪老太太「聊聊天」了。

❖　❖　❖

主院裡，王氏也正在大發脾氣，「也不看看自己是個什麼東西，居然敢到我面前來撒野！」

郁玫忙替母親順著背，嘴裡勸著：「母親消消氣，您是當家主母，不必跟六嬸這種粗鄙婦人一般見識。」說罷又蹙眉，無奈扶額，「去年六嬸打發六叔最寵的小妾時，不是挺陰狠毒辣的嗎？我還以為她長心計了呢，誰知道還是這麼蠢，居然直接去找那個丫頭。若是她先暗中聯絡上大伯、二伯，等我們把嫁妝單子擬好後再發作，哪裡會是這個樣子？」

王氏亦是憤怒異常，「沒腦子的東西，說什麼我要吞公中的財產！真是可笑，公中的財產全是老爺的年俸贖回來的，我若要占，當初就不算公中的便是了！」

郁玫也恨道：「是啊，您還用嫁妝養了她們好些年，現在呢，卻一個個跟白眼狼似的。」她隨即又想到，即使是扣下了郁心蘭的嫁妝又如何？她仍是難以入宮，心中的恨意便如潮水一般瘋狂漫出心岸，衝擊四肢百骸。

暗恨了一場，心情平復下來，郁玫拉著母親商量：「母親，我們必須阻止這婚事……」

王氏又是恨又是無奈，「我當然也知道必須阻止，否則妳和琳兒連許人家都難，就更別提入宮了，可是……唉，聖旨都已經下了，還能有什麼辦法。」

郁玫的眼中閃過一絲狠色，「聖旨是不能改，可一個人總成不了親吧？娘親，明日跟父親說一聲，回丞相府省親，咱們去跟外公商量商量吧。」

王氏一聽，便知三女兒已經有了主意。於是，第二日便同老爺說了回家省親，帶著郁玫一同回丞相府。

這時代，沒有重要的事情，出嫁的女兒是不能隨便回娘家的。王丞相下了朝回來，聽說二姑奶奶回來了，當下便一蹙眉，不必猜也知道是為了何事。王氏在郁府說一不二，到了家中卻是謹小慎微，老實地站在書房外，等人傳稟了，才進去向父親請安。

王丞相瞧了一眼二女兒和外孫女，不動聲色地問：「今日怎麼回府省親？」

對於這個權傾朝野的外祖父，郁玫是打從心底裡敬佩的，也從來不在外祖父面前遮掩心意，於是搶在母親說話前深深行了一禮，「懇請外祖父將青衣衛借幾人給玫兒。」

❖　❖　❖

王氏回娘家省親，沒帶上郁琳，讓郁琳很是鬱悶，因而第二日清晨給老祖宗請過安後，便藉口身體不適告退了。

郁心蘭則留在梅院陪老祖宗賞花。

如今已是草長鶯飛的三月末，氣候漸暖，整日裡春陽明媚，不需再著厚重的棉襖皮革，只需穿輕薄的春衫，人都覺得神清氣爽起來。

老太太親手掐下最後一朵鳳仙花，讓郁心蘭收進小瓷罈裡，笑道：「這花兒顏色極豔，到時製好了蔻丹，我讓紫菱給妳和妳姨娘送一瓶去。」

郁心蘭欣喜地欠身道謝，將小瓷罈交給紫菱，扶起老太太的胳臂，回到內室，坐到羅漢床上。

老太太示意她也坐下，郁心蘭謝了座，才側著身子坐下。

老太太將人都打發出去，只留下紫菱一人，輕啜了一口茶，狀似無意地問：「聽說昨個兒妳四嬸、五嬸她們去找妳，都聊了些什麼？」

幾個奶奶無緣無故怎麼會在那僻靜小道上攔下她們母女？之後六奶奶又怎麼會去菊院找王氏吵鬧？這事兒肯定不小！郁家的家規是永不分家，老太太最重視的就是一家子人的和睦，而溫氏又嫌軟弱，老太太怕她們吃了虧，才會想知道。

若是老太太不問，郁心蘭都要拐著彎兒說到這件事的，現下老太太問及，倒讓她從心底裡感動了一把，若不是想為她出頭，老太太完全可以當作不知情的。

只是，她身為女兒，卻不能說嫡母的不是，於是側面地將昨日六奶奶去尋她的原因說出來，隻字沒提自己的猜測，反而感激涕零地道：「母親這般為蘭兒著想，蘭兒實是感動又慚愧。其實蘭兒並不需要多少嫁妝，想來公主府裡什麼沒有呢？如今為了這事兒讓嬸娘她們心裡不舒坦，反而怪罪到母親頭上，這可真是蘭兒的罪過了。」說罷拭淚，滿臉都是誠惶誠恐。

老太太聞言，心中大怒，面上卻不顯，總不能讓她們母女間生出隔閡，又得給王氏留幾分臉面，便是道：「我們的確本想從寧遠拿幾個小莊子給妳當嫁妝，畢竟那都是妳父親攢下來的。只是這般一鬧，這話兒便不好說了。」思忖片刻，輕嘆一聲：「罷了，我這把老骨頭了，有些個東西要了也沒用，便給妳吧。」說罷，抬眸看了紫菱一眼。

紫菱會意，從隔間裡費力拖出兩個大箱子，又從腰間解了一串鑰匙下來，將兩個箱子打開。

郁心蘭好奇地湊過去一瞧，頓時睜圓了眼睛，滿箱子都是各式古玩玉器，皆做工精美、質地上乘、價值不菲，亮晶晶地晃花了眼。

老太太笑了笑，「若是早些年，我便是想給妳些體己也沒有，這些年因著妳父親高升，每到壽辰總會收上一大堆賀禮。好東西我都收在這兩個箱子裡了，想要什麼自己挑吧。」

戶部掌管天下稅賦，是個肥差，那些豪門富戶自是趁著各種年節喜慶之日大送豪禮，老太太的私房錢也就愈來愈多了。

郁心蘭吃了一驚，隨即又化為感動，這年代的人時興留棺材本，死後要大量的陪葬品，以期轉世後也能富貴榮華，若不是真心疼自己，老太太怎麼會把自己的私房拿出來讓她隨意挑選？她不由得哽咽道：「老祖宗，蘭兒真的不要這些，您還是自己留著吧，公主府裡不缺吃用。」

老太太斥道：「傻孩子，嫁妝是妳自己的，公主府裡的月例再高，也不過幾十兩銀子而已，妳平時人情往來不要用銀子？打賞下人不要用銀子？就是偶爾嘴饞，想另外做些吃食，也得用銀子的。況且，嫁妝能顯示出娘家人對出閣閨女的重視程度，妳沒豐厚的嫁妝，如何在婆家硬氣？」

郁心蘭想了想，還是搖了搖頭，「老祖宗，還是罷了。您給了我，三姊和五妹那便說不過去，若是都給，您一點私房錢都沒了。」雖然她覺得這麼些東西用來陪葬是種浪費，可也不能日後便宜了郁玫和郁琳不是？

「妳呀！」老太太抬手在她額頭上輕敲一記，「心裡明白著呢，卻在這跟我玩心眼子。這些東西都是我的，我想給誰便給誰！況且，妳三姊是要進宮的，半點嫁妝都不用準備，琳兒有她娘親張羅著，丞相府出來的玩意兒會比我的差？」

郁心蘭這才滿懷感激地道了謝，卻不自己挑，只說讓老祖宗幫著選。

老太太笑罵道：「妳就是個心眼多的，怕自己挑多了惹我罵，又讓我給妳挑，我倒不好意思送少了。」

嘴裡這麼說，手上可半點不含糊，挑了十餘件珍品，讓紫菱記錄在冊，待王氏回來送到王氏那兒，給郁心蘭添妝。

郁心蘭再次道謝，又陪著老祖宗說好一陣子話，眼瞧著快到晌午了，老太太笑話她，「怎麼，想在我這兒蹭飯？」

郁心蘭撒嬌，「蘭兒想陪老祖宗用次飯也不成嗎？」其實她是猜，今日王氏不在府中，父親必定下了朝就會去槐院，娘親好不容易見次父親，自己怎麼能去當電燈泡？

老太太心下明白，笑道：「也好，我這梅院也有陣子沒熱鬧過了。」

❖　❖　❖

兩人用過飯，郁心蘭在梅院午歇過後，又陪了老太太許久，快到晚膳時分，才告辭回槐院。不曾想，遠遠地便聽到了錦兒的慘叫聲和娘親的哭求聲。

郁心蘭隱約聽到王氏的聲音，不知她何時回府，心中一凜，忙緩下腳步。扶著她的蕪兒機靈地問：「小姐，要不要奴婢去打聽打聽？」

這丫頭自白雲寺回來後，總是刻意在她面前表現，郁心蘭也有心考察她，點了點頭，「小心些，莫被人發覺。」

不過片刻，蕪兒便慌張地跑過來，小聲稟道：「夫人在為老爺今日來槐院生氣，要逼溫姨娘喝落子湯。好似錦兒姊姊求情，惹怒了夫人，正在挨板子。」

「父親呢？」

「朝中來了同僚，老爺去書房了。」

郁心蘭聞言心中一緊，二話不說轉身返回梅院，在院子中撲通一聲跪下。早有小丫頭稟了進去，紫穗忙忙地上前來攙扶，「四小姐有話進屋去說吧，這是幹什麼呢？這裡盡是小碎石，仔細傷了膝蓋。」

郁心蘭搖頭，高聲道：「求紫穗姊姊幫忙通稟一聲，心蘭有事求老祖宗駕步槐院一趟。」

紫穗還要拉她，這時，紫菱扶著老太太的手走了出來。

老太太蹙眉道：「這是怎麼回事？」

郁心蘭眼眶泛紅，哽咽道：「今日父親去了槐院……夫人此時正在發怒，要姨娘喝下落子湯。蘭兒求老太太，救救姨娘。」

老太太聞聽，氣得胸膛起伏，郁家三房本來就子嗣單薄，這個王婧居然還要逼妾室喝落子湯！重重一杵祥雲拐杖，老太太命令道：「立即備轎，去槐院。」

參之章　嫡母陰狠下殺手

一行人來到槐院外，正聽得溫氏央求：「夫人，求您先問一問老爺的意思好嗎？」

隨即聽到王氏冷氏笑連連，「郁府即是由我主持中饋，後院的事我一概可以做主！少說廢話，來人，給我灌她喝下去！」

轉過拐角，老太太的軟轎還沒到槐院的院門，便被看守的婆子瞧見，一個溜進去報信，一個忙上前迎接，「老太太您來了，奴婢來扶您吧。」

老太太一頓拐杖，「直接抬進去。」

裡面的王氏已經得了訊兒，帶著郁玫親自迎出門來，施禮笑道：「老祖宗怎麼來了。」說著暗橫了郁心蘭一眼。

郁心蘭蹲身萬福，「請母親安，三姊安好。」

老太太瞧了她一眼，淡笑道：「蘭丫頭入府這麼久，我都沒來槐院瞧過，自是要來一趟的。」這話兒說得也合情理，只是太過巧了一些，王氏心中暗惱，面上卻不得不笑。郁玫仍是那般柔美恬靜，規矩地向老太太請了安，退至一旁垂首不語。

軟轎直抬到堂屋外，老太太才扶著紫菱的手下了轎，瞥一眼跪在院中的溫氏和臂部血肉模糊早已昏死過去的錦兒，蹙了蹙眉，「這是幹什麼？都進來吧。」說罷率先入屋。

堂屋裡的正主位上，几案上還有一杯熱茶，想是原本在屋裡鬧騰的，不知怎麼又跑到了院中。也幸得如此，否則郁心蘭也聽不到聲響，進了槐院，就只有任憑王氏處置了。

老太太和王氏隔著矮几一左一右坐定，郁心蘭和郁玫分立在兩人身旁。巧兒忙奉上熱茶和果子，其餘眾人也進了屋，溫氏跟老太太見過禮，低頭站到一旁。

老太太見她髮髻凌亂，似是被人撕打過，淡淡吩咐道：「張氏，妳帶姨娘下去梳理一下。」王氏似乎不滿，但抿了唇沒說話。溫氏忙道謝，張嫂上前扶了她下去。

老太太這才問王氏：「這是怎麼了？」

王氏斂了怒意，狀似完全出自為郁府考慮一般，「老祖宗不知，這溫氏竟勾引著老爺大白天的在屋內行那……」考慮到自家未出閣的女兒在，改成溫和點的詞語道：「不合禮數之事。妾身這才要好好教訓教訓她，若是被外人知曉，還以為是老爺淫猥荒唐。」

郁心蘭暗嘆，多半是父親和娘親久未見面，加之等王氏省親回來，又不能在一起，所以一時把持不住。只是古時之人講究白日不行房，認為那是浪蕩子才會有的行徑，王氏拿著這個做文章，倒是合情合理的，可其中有多少是為了父親的名譽，還真是值得商榷。況且這在她看來根本不算什麼錯處，她自然不能讓娘親受欺負。

郁心蘭悄悄掐了自己一把，擠出幾滴眼淚，走至王氏跟前撲通跪下，「母親請息怒，姨娘此番的確錯了，可現今最重要的，是挽救父親的名譽，不知母親有何良策？」

王氏被她說得心情煩躁，慍怒道：「假惺惺哭什麼？妳父親名譽好得很，我是說『假若』，『假若』妳懂不懂？」

郁心蘭這才止了淚，張著小嘴驚訝道：「原來沒有傳出去啊……也是，槐院裡都是自家的奴才，這事兒又是……屋裡的事，應當不會傳出去才是。」

看似無心的話，卻點到了要害，王氏心下恚怒，當著老太太的面又不便發作，只作沒聽懂。

老太太眸中滲出一絲笑意，旋即斂容威嚴地道：「沒錯，這裡裡外外都是郁家的奴才，誰敢亂傳話出去，立即拖出去打死。」

一屋子奴才俱是一驚，慌忙齊齊下跪，賭咒發誓絕不會透露半點。

其實真傳出去又如何，又不是天天如此，頂多讓人笑話上一兩句，於名聲沒有半點妨礙。這一點王氏清楚，老太太也清楚，只是先順著王氏的話，給足她臉面罷了。

旋即，老太太又問：「夫人這是剛從丞相府回來吧？這事兒是怎麼知道的呢？」

這是要抓遞話兒給王氏的人了。這事兒就像郁心蘭說的，是「屋裡」的事，若不是刻意去聽牆角，怎麼會知道得這麼清楚？即便聽了，又為什麼要傳話給夫人？老爺與妾室在屋裡要如何如何，還輪不到正房夫人來管。

王氏的臉頓時黑成鍋底。

王氏避重就輕地道：「這等有辱郁氏門風之事，我作為當家主母，自然要管。」

老太太點了點頭，「三孫媳婦這話說得沒錯。只是，老身想先知道，妳是如何得知的？」

老太太一直是稱王氏為「夫人」的，是對她主持中饋的一種尊重，可現在忽然改口叫「三孫媳婦」便是告訴她，我是長輩，我問話，妳必須回答。

王氏哪會聽不出這言下之意？臉皮忍不住湧上一股血色——給氣的，當下便直接拒絕：「誰報與我的有何關係？我早說過，對郁府名聲有礙之事，無論誰知道了，都必須報於我知曉。」

老太太淡淡地道：「有礙郁府名聲的事，的確應當知曉，可老爺跟妾室的屋裡事，夫人還是不要管得太多。況且，國有國法，家有家規，郁府的一條家規便是，做奴才的不得背後議論主子的是非。就像民告官須得先滾釘板、過刑堂一樣，向妳傳話的奴才，也理應受杖責。」說罷見王氏仍不打算說出是誰，便轉頭吩咐紫菱：「將槐院的奴才都帶過來。」

王氏氣得胸脯不斷起伏，卻礙於是晚輩，不能連老祖宗要傳奴才問話都不允，發作不得。

紫菱立即去了，少頃，槐院的奴僕魚貫而入，跪了一地。張嫂、巧兒、小茜、燕兒、兩個粗使婆子，昏迷中的錦兒也被人抬了進來。

郁玫柔柔地看著老祖宗，極斯文地輕言細語：「母親定會依了老祖宗的話，賞那人幾板子的，老祖宗不必操勞了，玫兒陪您去用晚飯好嗎？」

老太太含笑瞥了郁玫一眼，「還是玫丫頭乖巧，放心，我一把老骨頭，自己也金貴著，我不會操勞這些個，讓紫菱問就是了。」

說罷示意紫菱開始。

紫菱含笑福了一禮，犀利的眼睛一個一個看過去，讓人將她們先帶出正堂，再逐一喚進來詢問她們今日都當了些什麼差，還需說出別人幹了些什麼。這麼一對質，那兩名粗使婆子便暴露了出來──張嫂和巧兒都曾見她們進了正堂。

就是三等丫頭也不能隨便進正堂，更不必說是粗使婆子了，而她們進正堂，肯定是去偷聽內室的動靜。若是沒人授意，一般的奴僕哪有這麼大的膽子？

老太太譴責地看向王氏。王氏覺得臉面掛不住，便砌詞強調：「有些人喜歡使狐媚子，我不得不多用些心，免得壞了後院的規矩，連累到老爺的名聲。」

老太太的目光意味深長，頷首微笑，「這後院的規矩是差了些，的確是要立一立了。」隨即挑眉問紫菱：「紫菱，妳祖母以前是咱們郁家的管事嬤嬤，妳說說看，咱們郁家後院原本的規矩是怎樣的？」

紫菱笑著答：「後院之中，以嫡妻為尊，妾室需侍奉老爺和嫡妻。每月行夜時，無論老爺有多少妾室，嫡妻都可占一半的時間，另外半個月由妾室平分或老爺自行定奪。」

紫菱每說一條，王氏的臉便黑一分，等全部說完，王氏的臉已經跟包公一個樣了。自打她嫁入郁家，就幾乎一直獨霸著丈夫，現如今雖多了個溫姨娘，可溫氏來府中一月有餘，也不過跟老爺相處過兩回，今天還是躲著她悄悄相處的。她在以前的手帕交之中，最得意的便是這一點，旁人最羡慕她的也是這一點，若真要她與這三個妾室分享丈夫，她如何嚥得下這口氣，又如何丟得起這個人？

老太太對她難看的臉色視而無睹，輕啜口茶，慢悠悠地放下茶杯，再慢悠悠地開口：「這本是極為合理的，只是這些年來，老爺和夫人恩愛，沒有遵從罷了，以後還是讓老爺按著這個來行夜吧。郁家三房的子嗣太過單薄，既然嫡妻難以生出嫡子，總得多幾個庶子才好，子嗣眾多，才好選出英才來繼承家業。」

郁心蘭真是佩服老太太，居然趁機管起人家房裡的事，理由還如此光明正大，又直戳王氏的痛處，半點迴旋的餘地也不留。

王氏想拍案而起，哪知氣急攻心，一張嘴竟被一口濃痰給卡住了喉嚨，頓時噎得兩眼翻白。

郁玫和紫絹幾個嚇得趕忙上前為她捶胸撫背，忙活好一陣子，王氏才順了氣，當下便咬牙切齒地道：「老祖宗，這是我和老爺之間的事，還請老祖宗不必操心了。」

老太太冷哼一聲：「子嗣乃宗族之大事，豈是妳和老爺兩個人之間的小事？要不要現在去請老爺過來，問一問老爺的意思？」

王氏無詞對答，老爺什麼意思她還會不清楚嗎？這會子有老太太撐腰，自然是一口答應下來，到那時就真的沒法子挽回了。她只好重重地哼一聲，不再作聲，心裡拿定主意，一會兒一定要先去找老爺恐嚇威逼，休想坐享齊人之福。

此時溫氏正好換完裝出來，老太太便問她，剛才所求何事。

溫氏眼淚盈盈地跪下道：「婢妾想求夫人開恩，不要賜落子湯。」

老太太點了點頭，「老爺子嗣本就少，這湯自然是不喝的。我已經跟夫人說了，日後妳們妻妾要一同服侍老爺，妳好好地為郁家多添幾個兒子。」

溫氏又羞又喜地磕了三個頭，老太太讓人給她看座，她推辭了一番，才側著身子坐下。

王氏只覺得鬱結於心，再坐下去只怕會氣病去，禮也不施一個，站起身便往外走。

老太太微惱地瞥著她的後背，淡聲道：「夫人，從明日起，讓蘭丫頭跟著妳學學如何管家裡事。她過幾個月就要出嫁了，妳也該教她了。」

王氏腳步一滯，轉回頭來，怒極反笑，「老祖宗還真是操心啊，您可能不知道定遠侯府的情況吧？清容長公主不過是定遠侯的平妻，侯府裡主持中饋的是嫡妻甘氏。甘氏自己育有三子，且都已娶妻，日後管家之人，怎麼輪也輪不到蘭丫頭身上去。」

老太太不以為意地淡淡一笑，「長公主另有一座公主府，也得有人管著，蘭丫頭嫁過去是公主府的嫡長媳，當然得學一學。」

王氏不意老太太長年待在後院之中，從不出席什麼貴族宴會，竟也會知曉這些，一下子被噎住，半晌才道：「長公主還有個次子，已經訂了親的，又不一定是她，若真是由她來管，長公主自會教導。」

論理，家中的女兒如若會成為嫡媳，母親都得教導掌家之法，老太太的這個要求合情合理，可就是不合她的意，她是堅決不會教那個小賤婢的。

老太太面色不豫地盯著王氏，「夫人這是不打算履行母親之職了？若是如此，那就由老身來教，少不得要代管一段時間的家務了。」

王氏氣得胸口鈍痛，這麼多年來，不論她多麼霸道專橫，她跟老太太之間都是相安無事的，可現在，為了這個小賤婢，老太太居然一而再，再而三地逼迫她。雖說家中的管事娘子幾乎都是她的人，老太太就算想差使，也不一定差使得動，可是帳房卻是由林管家管的，林管家是郁家的老僕人，必定會聽老太太的差遣，銀子被人捏著，她最後還不一定爭得贏。

郁玫忙順著母親的背，極輕地道：「母親，罷了，教教也無妨。」

這一點王氏自然知道，主持中饋有許多學問，她若只教些表面的東西，郁心蘭根本學不到什麼，可她就是嚥不下這口氣。

妳讓我教是嗎？好，我就教個白癡主母出來，讓妳日後擔憂個沒完沒了！

王氏恨恨地瞪了一眼郁心蘭和溫氏，深吸一口氣，才勉強道：「不敢勞動老祖宗，還是由我這個母親來教導吧。」

老太太深深地看她一眼，意味深長地道：「要好好地教。」

王氏「哼」了一聲算是回答，轉身欲走，哪知迎面撞上郁老爺。

郁老爺滿面喜色，走進屋內見到老祖宗微微一怔，似乎沒料到老祖宗會在這兒，隨即請了安，在老太太對面坐下。

王氏也不急著走了，在老爺的身邊坐下。

紫絹俐落地奉上熱茶，郁老爺輕啜一口，平穩了一下心情，方向老太太說明：「孫兒剛剛得了訊，皇上明日會下旨，敕封赫雲靖為京畿守備，雖說只是個正五品的官職，比他之前的禁衛軍統領差了不止一星半點，可這多少表示聖上已經摒棄前嫌既往不咎了。」

老太太聞言也是一臉喜色。

王氏卻似不大相信，她從丞相府回來還沒到一個時辰，之前都沒聽父親提起過，聖上不可能忽然做出這麼大的決定吧。她忙問：「老爺這消息可準確？我怎麼沒聽父親提及？」

郁老爺喜氣洋洋地道：「聖上也是剛剛決定的，方才宮裡的何公公來送建溫房的材料，我去迎接，是何公公親口告訴我的。」

王氏一聽心頓時涼了，何公公是皇帝身邊的老人兒，嘴巴最是嚴謹，不能說的絕不會說，說出口的，就絕對是真的，而且還必定是皇上授意他出口的。京畿守備的官職不大，但責任卻極重大，是京城的門戶之一，若不是皇帝信任之人，是絕不可以被委以此任的。難道赫雲連城又要發達了？若真是這樣，那個小賤婢可就攀了一門好親事啊！

想到這更是憤恨，狠狠剜了郁心蘭一眼，這個小婦養的賤婢，憑什麼這麼好運，居然攀上了長公主的嫡子？

她就不回想一下，幾秒鐘之前，她還是那麼的嫌棄這個長公主的嫡子。

「蘭兒定是因種植睡蓮的法子得了皇上喜愛，才會被賜給赫雲靖的。」郁老爺樂滋滋地道。用欣喜若狂都不足以形容郁老爺現在的心情，他在官場混了這麼久，能混得這麼好，即便是王丞相的政敵也對他和顏悅色，自是深諳官場之道。郁心蘭被指給赫雲連城，他並沒怪罪女兒，反而是認為自己做了什麼讓皇帝猜忌的事，才會惹來這場婚事。現下得知皇上又重新啟用赫雲連城，不就表明沒對他有任何疑心嗎？

郁心蘭直到這會兒才明白父親口中的赫雲靖就是赫雲連城。她就說呢，這時代以單字為尊，嫡子嫡女都取單字名，庶子女才取雙字名。赫雲連城明明是嫡子，怎麼會取個雙名，現在想來，連城多半是他的字吧？只是因著以前落魄，旁人就只稱他的字，以示嫌棄。

郁心蘭正思忖著，又聽父親道：「定遠侯府那邊已經遞了話過來，兩天後長公主會親自帶赫雲靖過府來提親，蘭兒，妳得先準備準備，到時定要見一見妳未來婆婆的。」

郁心蘭忙作嬌羞狀垂首，細聲細氣地道：「全聽父親母親的安排。」

王氏哪裡會安排什麼？見老爺和老太太都望著自己，不情不願地道：「新衣還未做好……」

郁老爺聞言蹙眉，溫氏和蘭兒入府都一月有餘了，新衣怎麼還沒做好？

王氏見狀氣悶，可如今老爺的官愈做愈大，她的氣勢已不如從前，偶爾也要看老爺兩分臉色，只好道：「明日先去金繡坊買幾套吧。」

郁老爺滿意地頷首。

老太太心中並不滿意，面上卻不顯，只是笑道：「夫人要管整個府中雜事，忙不過來吧？想是忘記蘭丫頭身邊還得添幾個人，跟著她幾個月學學規矩，總不至於人都要出嫁了，才去買陪嫁丫頭吧？」

王氏隨即道：「我已經給她選了三個丫頭，只是沒有乳娘和粗使婆子。」說罷鄙夷地瞥了眼溫氏，居然自己哺乳，真是有失身分。

老太太沉吟片刻，「四個丫頭不夠，還得再採買幾個，再說妳前陣子總說莊子裡人手少，還是領回去吧，反正要買，全用新人也沒事……夫人，妳事忙，買人的事，老身就替妳把關了。」

王氏胸脯一陣起伏，這是不讓我插手丫頭的事呢？

王氏到底是知書達理的大家閨秀，儘管氣惱異常，還是很快恢復了端莊的儀態，無懈可擊地笑道：「這本是孫媳我的事，怎敢勞動老祖宗？這三個丫頭還是給蘭兒吧，我這個當母親的，本就該為她添點人手的。至於其他人，買人的事素來由林管家負責，我選好了，讓老祖宗過過目便是。」

老太太聞言，知道王氏已經讓了步，這才點頭應允，又道：「乳娘沒有現成買的，我就把紫菱給蘭丫頭吧，身邊得有個管事的媳婦才像話。」

這事兒，昨天老太太便跟紫菱說了，紫菱聞言出列，站到郁心蘭的對面蹲身行禮，「紫菱給四小姐請安。」

郁心蘭倒是真沒想到，忙上前親手扶起紫菱，又朝老祖宗深深萬福，「多謝老祖宗疼愛。」心中對老祖宗真是萬分感激，她若出嫁，身邊的確需要一個有能力的助手，難得老祖宗願意將這麼伶俐的人兒賜給自己，客氣的話就不多說了，日後好好孝敬老祖宗便是。

紫菱雖不過二十五、六歲，卻跟在老太太身邊服侍了十餘年，行事進退有度，心思也細膩靈活，況且她是個孤兒，家裡沒有牽掛，老太太很疼她，以前曾放出府，給配了個京師衙門裡的師傅，可惜命薄，沒兩年成了寡婦，婆婆認為是她剋夫，將她趕出夫家。她一名弱女子無法謀生，這才又回到郁府當差，不過並沒簽賣身契，是自由身。紫菱剛才一拜，說明她願意跟著自己，這讓郁心蘭很是滿意。

王氏看不得這幾人當著自己的面做戲，卻又找不出話來阻止老祖宗往郁心蘭這送人，暗哼了一聲，便想藉口走開。

哪知老太太轉頭跟老爺提起了之前所說的規矩：「老爺以後每月半個月在夫人屋裡，另外半個月去幾個妾室那吧，你可是郁家的家主，得多開枝散葉才行啊。」

這話正中郁老爺下懷，當即強抑著激動的神色，故作謙恭地應下。

王氏這下子真要吐血了，將手中的茶盅往幾上一頓。郁老爺習慣性地眼皮一跳，心中卻也不滿，當著老祖宗的面摔杯子，夫人心裡哪有半個孝字？

老太太卻是不怕的，向著外面道：「來人，把這兩個刁奴拖出去打二十板子。」

郁心蘭心中暗讚，隔了這麼會子，老太太原本應該是想假裝忘了處罰槐院兩個粗使婆子的事，暗裡給王氏一點臉面的。可惜王氏霸道慣了，一點不如意，就敢在長輩面前摔杯子，忘了當晚輩的禮儀，就不能怪老太太要下一下她的面子了。

這番作派王氏如何不知？心裡氣得絞痛，只覺得這一家子都是忘恩負義的人，也不想想她堂堂的相府千金當年肯下嫁一個窮書生。當下哪裡還顧得上禮節，騰地一下站起身，扶著丫頭的手便徑直離去。

老太太卻不放過她，衝著她的背影道：「夫人記得安排，明日讓蘭丫頭跟去竹院學理家。」

王氏身形一滯，隨即氣沖沖地大步走了。

郁心蘭一直在暗中觀察老太太的處置方法，並非一下子捏住王氏的七寸，引得她大幅反彈，而是讓王氏氣憤一時，卻能最終忍住，待她心平氣和後，又再次出擊，一步步地一點點地達成自己的目的，彷彿是溫水煮青蛙。對待王氏這種有靠山又霸道的人，用這種方式顯然更有效。

郁老爺這才發覺堂屋內的氣氛有些怪異，細問原因，老太太不說，溫氏也不會背後議論嫡妻的是非，郁心蘭倒是想說，但不能明說，待日後再找機會告訴父親吧。於是郁老爺揣著一肚子糊塗，陪著老太太走了。

人都走了，郁心蘭才衝娘親俏皮地一笑，「女兒恭喜姨娘，就要給蘭兒添個弟弟了。」

溫氏羞紅了臉，啐道：「沒影的事兒……這是妳一個大姑娘說的話嗎？」

❖　❖　❖

次日凌晨，郁心蘭起了個大早，到梅院向老太太請過安，便到竹院候著。王氏每日辰時到竹院來處理事務，見到郁心蘭只當她是透明的，逐一分派了當天的各項事務後，便冷冷地道：「妳剛才也看到了，當家主母，也就是每天將府裡吃的用的分派人去採買，再就是些日常瑣事，待下人報來，妳再處置便是。各府要採買的東西都不相同，這得妳到了侯府，跟妳自己的婆婆學。好了，每日就這麼些事，我能教的都教妳了，明日妳不必來了。」

說罷，王氏斜眼看她，只等她說沒明白，就罵她蠢笨的。郁心蘭卻早知王氏不會真心教自己，何況剛才王氏的確是在處理府中事務，她也瞧了個大概，如何控制人心的部分，卻在她當外企人事主管的幾年裡早就學會了的，也的確沒必要再到這裡來站崗，當下笑盈盈地謝過母親。

王氏以為她逞強，冷笑一聲沒再理她。

郁心蘭樂得清閒，溫房已經開建了，有柳郎中和工部的巧匠們，壓根兒不必她多操心，每天到工地轉一轉便是，她現在要做的事，就是繡一套鴛鴦枕套出來，大婚的時候用。以她前世那十字繡都沒摸過的針法，這重任便落到了溫氏和張嫂的頭上。

郁老爺下了朝便來到槐院，想等得了赫雲連城敕封的確切消息，便與溫氏和郁心蘭一同分享，哪知，直到天色全黑，派去的小廝才回來稟報，壓根兒沒這事兒，頓時又讓郁老爺如墮冰窖，只覺得聖意難測。

❖ ❖ ❖

雖說是聖上賜婚，但納采、問名、納吉、納徵、請期、親迎等六禮一樣不可少。兩日後，清容長公主攜赫雲連城來行納采禮。

清容長公主一身寶藍牡丹暗花的宮裝，頭飾鑲寶石八尾金鳳簪，標準的長公主品級裝束，顯得對這門親事極為鄭重。赫雲連城一身絳紫色高束腰直襟四幅長衫，祥雲白玉冠束髮，長著疤痕的右臉戴著半面銀質鏤空翔鷹面具，露出完美無暇的左側面，顯得他玉樹臨風，氣質卓然。

而且納采禮用的竟是一隻鮮活的灰雁，比玉雕的雁更顯誠意，這多少讓心情低落的郁老爺得了些安慰。

負責接待長公主和赫雲連城的，是郁老爺和王氏。郁老爺看在這隻灰雁的分份上，打起精神言笑應酬，可他到底是外臣，不便與長公主過於親熱，而赫雲連城又是個冷峻寡言的人，場面漸漸有些撐不住。

郁老爺只得求助地看向王氏。

王氏的臉沉得有如鍋底，一星半點的笑容都沒有。她可一點也不怕長公主，長公主身分自是尊貴，可她也有二品誥命，又沒犯事兒，就是長公主也得跟她和顏悅色。況且讓長公主知道自己不喜歡這門親事，心裡添了堵，日後在郁心蘭身上找回來，那可就是她求之不得的驚喜了。

清容長公主看在眼裡，心中不滿，卻又不便表露出來，只得笑問：「不知本宮今日可否見一見貴府四小姐？」

這幾天給蘭兒買了幾身華美新衣，為的不就是這一刻？

郁老爺正要答應，王氏卻皮笑肉不笑地道：「這恐怕不合禮數！今日若只是長公主您來了，倒也無妨，可赫雲公子也在這，哪有未訂親的男女見面的道理？」

理雖是如此，但郁心蘭是通過採選被指婚的，在皇后的鳳棲宮中，長公主和赫雲連城等人都已經見過她了，所以此時再來端這個架子，便顯得矯情做作且對婚事不情願。

清容長公主心中恚怒，玉面沉了下來，尋思這到底是王氏的意思，還是郁心蘭本人的意思。

郁老爺心中大急，怎麼能讓女兒還沒入門，就先得罪婆婆？

赫雲連城心知郁心蘭縱使心中不願嫁給自己，也絕不會如此不識大體，當即冷冷地瞥了一眼王氏，硬是讓嬌橫的王氏情不自禁地打了個寒顫。

兩個不希望長公主誤會的男人同時開口。

「蘭兒她素來害羞……」

「母親，我想四小姐定是害羞……」

竟連說的託辭都是一樣，兩個男人忍不住對視了一眼。

赫雲連城衝郁老爺淡淡頷首，令郁老爺對這個準女婿的好感又上升了一層。

其實清容長公主上回在鳳棲宮隔著珠簾見過一回郁心蘭，朦朧間覺得是個容貌上乘的美人兒，今天只是想近距離看清楚而已。罷了，反正是她的兒媳婦，日後每天都要見面，不急於一時。

清容長公主也知這門親事來得不易，好不容易兒子沒表示什麼反對意見，自然不想在納采禮上就跟未來親家鬧得不愉快，當下和婉地笑道：「是本宮未想得周全，想來郁四小姐的禮教定是極好的。」

一番客套之後，清容長公主便帶著兒子回府。

扶母親上轎之時，赫雲連城極輕聲地道：「她不是這般矯柔做作之人。」

清容長公主微微一怔，才明白兒子是為郁心蘭解釋，忍不住唇角上揚，兒子何時會替一個女子說話？難道真如十四所言，兒子心中對這個郁四小姐還挺滿意？

❖ ❖ ❖

郁府內，待送走長公主，郁老爺便朝髮妻開火，「妳何時這般不知深淺了？若是讓長公主對蘭兒心生不滿，日後蘭兒要如何自處？不過是見一面而已，妳平日裡難道少帶玫兒和琳兒參加宴會了嗎？難道玫兒和琳兒少見了哪個貴族子弟了嗎？」

王氏覺得自己剛才的那番話站在一個「禮」字上，不意丈夫竟會為一個庶出的女兒責怪她，還出言暗諷玫兒和琳兒，當下便發起潑來，將手中的茶杯噹啷一聲摔在地上，「有你這樣當父親的嗎？竟將嫡出的女兒說成輕浮無行之人！我看你是被那個溫氏給迷了心竅，這樣的狐媚子，我們郁府可容不下，待婚禮後就讓人將她送回榮鎮去！」

以往她只要提到一星半點威脅到溫氏地位的話，郁老爺都會立即軟下態度，可惜這回郁老爺半分不讓步，冷哼一聲：「我何時說玫兒、琳兒輕浮無行了？我的意思是，既然未出閣的女兒可以出席宴會見到陌生男子，蘭兒為何不能出來見一見自己的未婚夫君？況且我們三個長輩都在場，又不是私下會面，有什麼於禮不合的？婉兒的名字已經錄入族譜，是我郁達的側室，送不送回娘家，不是妳一個人說了算的。」

言罷拂袖離去，留下王氏兀自氣得渾身亂顫。

真是……反了天了，居然為了那個狐媚子朝她這個嫡妻大吼大叫！

王氏此時恨不得一口咬死溫氏，可偏偏溫氏不在眼前，只能拿手邊的東西發洩，砸了一地的碎瓷片。郁玫聽到丫頭稟報父母爭吵，忙趕到主院來勸解，卻只見母親一人坐在滿地碎瓷的大廳裡嚶嚶哭泣。

郁玫輕嘆一聲，體貼地摟住母親，輕柔地問是怎麼回事。王氏自是添油加醋地描述一遍，末了恨聲道：「玫兒，就按妳的計畫辦吧，之前我還覺得太過狠毒了些，可是……我現在才發覺，對這種狐媚子真是半點也姑息不得。」

王氏冷豔的眸中寒光暴長，溫氏、郁心蘭，是妳們逼我的，到時可不要怪我心狠手辣！

❖ ❖ ❖

次日，定遠侯府請了京城最有名的六名官媒來郁府行問名禮，這一回郁老爺獨自去接待，怎麼也不再讓王氏插手了。

因著是聖旨賜婚，自不會存在什麼分歧意見，接連幾天，六禮行得十分順暢。

定遠侯府送來的聘禮十分豐厚，讓前來觀禮的幾位大臣都面露羡慕之色，令郁老爺覺得面上有光，加之郁心蘭大方地將其中幾幅名家字畫送給父親裝飾書房，所以郁老爺報去定遠侯府的嫁妝也自是十分豐富。

王氏事後才得知這嫁妝單是老爺和老太太一同擬定的，其間根本沒來問一問她的意見，當下氣呼呼地衝進書房找郁老爺理論。

郁老爺愛理不理地道：「都已經送去官府備註了，還說什麼呢？況且定遠侯府那邊希望早些將大禮過完，早些成親。讓妳定個嫁妝單子幾天都定不下來，我才只好親力親為。妳放心，單子上有妳的印鑑，旁人不會說妳薄待庶女的。」

王氏氣得渾身亂抖，敢情這還是給她面子了？又吵鬧了幾句，郁老爺也不發脾氣，自顧自地看書，只當她是透明人，把個王氏氣得回去便病倒了。

❖ ❖ ❖

不過半個月，兩府之間將訂親的前五禮辦理完畢，因著是聖旨賜婚，不用遵循長幼，郁心蘭便先郁玫出嫁，婚期定在兩個月後的五月二十七，大吉之日。

即將出閣的小姐一般都是被家人當作貴客來對待的，郁心蘭去菊院探病，也就第一次被王氏拿杯子砸了出來，後來王氏索性稱要清靜，免了她去請安。不用跟王氏、郁玫、郁琳見面，她心情不知有多好。

這一天，去官府備註的嫁妝單子返回了郁府，郁老爺讓人抄送一份給郁心蘭。郁心蘭拿著跟紫菱和溫氏一起研究。古代的嫁妝除了金銀地契，幾乎還要將日後女兒會用的東西全都準備齊全，鍋碗瓢盆一樣不少，馬桶、腳榻都有二十幾個。

當郁心蘭看到有銀釵三百支、銅鑲彩石釵三百支、上等木釵三百支、絹花三百朵的時候，咋舌道：「這不得把腦袋插成蜂窩？」

紫菱噗哧一笑，「四小姐，這些是給您打賞下人用的。若是下人辦事得力，或者家中有什麼喜慶之事，就可以分了級別和事宜賞出去。」

郁心蘭心念一動，事先做好功課，總比將來嫁過去再摸索人脈要好得多，於是柔笑道：「紫菱姊姊，這些人情往來我可一點也不懂，日後妳可得幫襯著我……嗯，先幫我打聽一下定遠侯府都有哪些親眷，按著親疏幫我備下見面禮。」

紫菱笑道：「四小姐怎麼這麼客氣？老爺這會子將嫁妝單子送過來，自是這個意思。老太太已經著人去打聽定遠侯府的事了，等有了確切的消息，奴婢自會幫您準備好的。」

郁心蘭對老太太又是一番感激，父親雖跟定遠侯一朝為臣，可到底不熟悉人家後院的事情，王氏知道，卻不會告訴她，多虧老太太想得周到。

紫菱將丫頭們都打發出去，將目前所知的一些定遠侯府的情況悄聲告訴郁心蘭和溫氏：「……侯爺是手握重兵的兵部尚書兼第一大將軍，世襲罔替，與王丞相分別為文武大臣的馬首，年輕時還是玥國的第一美男子呢。當年長公主愛慕侯爺，求先帝賜婚，可侯爺有位青梅竹馬的甘夫人，不願娶長公主，後來，長公主自願以平妻的身分下嫁，才一償所願……所以，府中主持中饋的是甘夫人，並非長公主。」

她頓了頓，又左右仔細看了看，確定無人才繼續道：「聽說，侯爺也挺喜歡長公主，只是更在意甘夫人一些，所以姑爺雖然是嫡長子，可這世子之位一直未定下來，似乎……侯爺想傳給甘夫人生的嫡次子。長公主平日裡都不居住在公主府，可能是怕侯爺覺得她擺架子。」

確認了有兩個婆婆，郁心蘭不免頭疼，「可知那位甘夫人的性情如何？平日裡與長公主相處得如何？」

「甘夫人是甘將軍的獨女，甘將軍膝下無子，從小拿甘夫人當男孩兒養的，還曾隨父駐邊三年，聽說為人豪爽大方，頗有男子風範。與長公主之前相處得不錯，自從姑爺……就差了些，當著奴僕的面也曾爭吵過。」

郁心蘭暗忖，若是當著奴僕的面爭吵，倒是能說明甘氏性子豪爽，不是那種使陰損招術的人。不過，這還能說明一點——甘氏性情暴躁，怕得多花些心思跟甘氏處好關係才成。

定遠侯府家風嚴謹，並沒什麼關於諸位主子的傳聞在市井流傳，所以紫菱除了這些京城百姓都知道的陳年舊事，別的也不清楚，只能看過些天老太太派出的人能不能打聽到什麼。

郁心蘭悠閒地過了幾日待嫁生活，凡事都有溫氏和紫菱替她忙前忙後，她學習了一下婚禮上的規矩後，便閒得發霉了。

溫房在工部巧匠的建設之下，進度很快，已經初具雛型。她無事就往工地上跑，與柳郎中十分熟稔，動不動就將「建好溫房先請母親來看看」掛在嘴邊，顯得十分孝順，心裡是拿定了主意的，這溫房一定要叫「蘭閣」，匾額上還要題上「致最敬愛的嫡母，蘭兒敬上」幾個字。讓王氏見到這房子就能想起她可愛的笑臉。

回到槐院，紫菱邊為她淨手邊道：「何大人家的別苑建好了，何夫人請了夫人和幾位小姐去玩兒，剛才許嬤嬤帶話過來，讓四小姐和姨娘準備準備，後天一起去。」

郁心蘭有些奇怪，「會請我和姨娘嗎？一般應該只是寫誠邀夫人及家人前往吧？」

紫菱笑了笑，「您怎麼說也是長公主的兒媳，夫人若不帶您去，倒顯得她小氣了。至於姨娘，各府的夫人們外出赴宴，也都會帶的啊。」

郁心蘭撇了撇嘴，別的夫人會帶，可王氏卻是不怕別人說她善妒的，若是只帶她還在情理之中，帶上娘親，這事兒就不得不防了。

郁心蘭覺得王氏定是想在這種貴族的聚會上讓她們母女倆丟臉。納采禮上的事，早有服侍的小丫頭告訴紫菱，她也知道，現在她丟了臉，就等於是丟長公主的臉，日後怕是難討婆婆歡心。這種事，自己應該能應付，可是帶上溫氏就不行。

她正尋思著怎麼幫娘親推了這個聚會，溫氏房中忽然傳來噹啷一聲水盆翻倒的聲音。

郁心蘭和紫菱嚇了一跳，忙跑去看，竟見溫氏暈倒在地，身邊連一個丫頭都沒有。兩人忙合力將溫氏抬上軟榻，紫菱絞了帕子為溫氏擦了擦臉上的灰塵，郁心蘭用力掐娘親的人中，溫氏才悠悠轉醒，卻只說是站得太猛，頭暈，可眼神閃爍，明顯是心虛。

郁心蘭一挑眉，有什麼事能讓娘親對我撒謊？細細一尋思，她腦中靈光一閃，「姨娘，妳這個月的小日子沒來吧？」

溫氏的臉頓時紅了，聲音輕得跟蚊子似的：「嗯。」

紫菱歡喜地福了福，「恭喜姨娘。」

郁心蘭開心了一會兒，隨即面容一整，「姨娘，紫菱，這事兒先別張揚出去。」

王氏現在恨死了她們母女，若是知道娘親懷孕，還不知道會使出什麼陰毒的手段來呢。俗話說，不怕賊偷就怕賊惦記，懷孕有十個月的漫長時間，要是日日防著，也影響胎兒生長啊，所以這事兒愈晚讓王氏知曉愈好。

不過娘親暈倒，倒是給郁心蘭一個推辭赴會的好藉口。她讓紫菱急匆匆地去報給王氏，說溫姨娘上吐下瀉，手足無力地暈倒了。王氏哪會給溫姨娘請大夫，反而斥責她嬌生慣養，要紫菱給她熬碗薑湯了事。

這倒是正中郁心蘭下懷，細細安排了錦兒好好服待娘親，才回自己屋內休息。郁心蘭淨面漱口後，就打發蕪兒和巧兒出去。一轉頭，嚇了一跳，自己窗邊的小榻上竟多出一個人來，還是個天使外表無賴內心的傢伙。

「十四殿下為何會在這兒？」

明子期笑得純良，「自然是來探望我未來的表嫂啊！」

郁心蘭嘴角直抽抽，有晚上闖到人家閨房來探望的嗎？

明子期嘿嘿地笑，「我是來告訴妳，連城哥生病了。」

郁心蘭不大相信地挑眉，赫雲連城看起來身體挺好的，怎麼會生病？

明子期故作神祕地低聲說道：「我也覺得他不是生病，我擔心他是受傷了，父皇……似乎也懷疑了。」

郁心蘭更加驚訝，赫雲連城又沒官職，聽說平日裡也不出府走動，怎麼會受傷？況且又讓皇上猜忌的話……

明子期邊打扇邊不著痕跡地觀察著郁心蘭，見她久久不語，便誇張地嘆了口氣，「唉，不知要怎麼讓父皇相信他沒受傷……」

郁心蘭隨口道：「可以去出席一些聚會啊，讓人覺得他病好了……禮部何大人的夫人不是在別苑宴客嗎？應該也請了長公主吧？」

明子期眼睛一亮，「妳去嗎？」

「去。」

「那好，我告訴連城哥，妳邀請他去。」話音未落，人就已經消失在夜幕之中了。

郁心蘭無奈地挑眉，什麼叫我邀請他？

❖　❖　❖

赴宴的時候，因為溫氏還在病著，所以王氏也就不堅持要她跟去了，只是衝郁心蘭道：「坐後面的馬車去。」

正好啊，她還不想跟王氏和郁玫、郁琳坐一輛馬車呢。

何大人的別苑建在京城西郊，相對來說是比較偏僻的地方，因為東郊和南郊這兩處風景秀麗之地，早被各色官員和王侯給瓜分了，剛剛上任的何大人只能在相對北郊而言繁華一點的西郊建園子。

西郊的高山不多，官道兩旁多是樹林，如今已經是四月，四周樹木鬱鬱蔥蔥，不時有小鳥在林間飛來飛去。

郁心蘭將車簾挑開一條小縫，愉悅地觀看路邊的風景。

蕪兒一臉興奮，「小姐，日後您成了親，就能常常出席這類的宴會了，蕪兒也能跟著妳多長些見識呢。」這回出門，郁心蘭將紫菱和錦兒都留在府中照顧娘親，只帶了蕪兒出來，讓這小妮子樂得見牙不見眼。

郁心蘭笑了笑，沒答話。想出席各式宴會？這小妮子的心還不小呢！

蕪兒伸頭往外瞧了一眼，面色大變，「蜂群！仔細別讓蜜蜂飛進來了！」說著關上了車簾。

郁心蘭並沒見到什麼蜂群，滿眼疑惑。

蕪兒拍著胸脯保證：「奴婢的老子就是在莊子裡養蜂的，奴婢不會看錯的。蜂群最可怕了，不過沒惹牠們就沒事……」

她的話音還未落，車外就響起車夫們的慘叫，「好多蜜蜂……好多……」

郁心蘭只覺車身一彈而起，瞬間被結實地摔在車板上，跟著就被搖晃得站都站不起來。耳邊聽到隨從驚恐地大叫「馬驚了」，車廂搖晃得如同風雨中的小舟，她勉強抓住車廂邊的橫欄，將車門打開一條小縫……車轅上竟然已經沒有了車夫了。

蕪兒嚇得哭了起來，郁心蘭也緊張得心怦怦直跳，馬匹不管不顧地往前疾衝，看起來是被蜂群給驚到了，她根本不會駕車，要如何讓馬車停下來？

幾次想衝到車外拉住韁繩，可都被顛簸得摔到車板上，照這樣衝下去，只有被撞得粉身碎骨這種方法才能停下來了。饒是郁心蘭活了兩世，也被駭得心跳幾乎停止。

「救命！救命——」她大聲地呼救，希望能有英雄從天而降。

馬匹不知疾馳了多久，前方一面沒有路的斷壁出現在郁心蘭眼前，而馬兒仍沒有停下的意思，蕪兒早嚇得暈了過去，她也只能絕望地閉上眼睛。

就在郁心蘭感到絕望的時刻，耳邊忽然聽到劈啪幾聲脆響，隨即就被帶入一個溫暖的懷抱。一陣旋轉之後，耳側響起一道低柔如大提琴般的聲音：「妳沒事吧？」

睜開眼，赫雲連城那張神情冷峻的臉就出現在她的眼前，腳下也感覺到穩實的大地。

赫雲連城半途見到險情，發覺馬車上是郁府的標徽，忙趕去救援，在聽到她的呼救聲後，心都不自覺地收緊，好在……她沒事。

見她沒暈，赫雲連城的眸中露出幾分讚賞，只是覺得懷中的嬌軀抖得厲害，放手只怕她會摔倒在地，反正這裡沒有外人，不必講那些個虛禮，便半摟半抱地扶著她。

這時離斷壁已經只有幾步之遙，馬匹帶著馬車一頭栽了下去。郁心蘭聽著馬匹的嘶叫聲，和車廂撞到山壁上的碎裂聲，舒緩的心跳又變得瘋狂起來……好險好險，她剛才離死亡真的只有一步之遙啊！

心情一鬆，人就卸了勁，無力地往「牆」上一靠，隨即感覺這面「牆」僵硬了起來，郁心蘭不解地抬眸，這才發覺，她居然把赫雲連城當成了「牆」，整個人軟軟地靠在他懷裡。

郁心蘭大窘，慌忙推開他，退後幾步，斂衽萬福，「多謝公子相助。」

赫雲連城沒有還禮，實際上，他非常想笑。

紫菱花了一早上為郁心蘭精心梳理出的雲鬢，在馬車中甩得凌亂，釵簪鬆斜，再配上她故作鎮定卻難掩羞窘的表情，實在是太有喜感了。

不過，赫雲連城知道女孩兒面皮薄，忙將右手虛拳放在唇邊輕咳幾聲，將笑意強壓下去。

如果郁心蘭沒有就著陽光投下的身影，看到自己那跟雞窩有得一拚的髮型，也就會慢慢鎮定下來，可偏偏被她發覺了自己的窘境，還是當著自己的未婚夫婿的面……血色一下子衝上了俏臉，這會兒如果有個地洞，估計她都會鑽進去了。

赫雲連城忙轉過身，令自己的侍衛將蕪兒帶過來，讓蕪兒幫她重新梳理一下。

等這兩個男人走遠幾步，郁心蘭才恢復了點常態。那種高難度的雲鬢在這野外自然是無法梳理了，蕪兒為她梳了一個反綰髻，插上一支金鑲寶石的花簪和一支金步搖。待整好妝，郁心蘭發覺遠處僅見赫雲連城一人，那名侍衛已不知去向。

赫雲連城察覺她們走近，轉回身來道：「請郁小姐稍待一會兒，我吩咐賀塵去辦些小事。」

郁心蘭點了點頭，覺得乾站著不是個事兒，便輕聲問：「聽說妳病了。」

赫雲連城的眸中升起一股暖意，「沒事了，多謝小姐記掛。」

其實後面這句是正常的客套話，可赫雲連城說出口後就覺得彆扭，微微覺得羞赧，郁心蘭也不知怎的俏臉一熱，別過了眼看風景。

乾等了約莫一刻鐘，賀塵的身影從斷壁下竄了上來，面色凝重地在赫雲連城耳邊輕聲嘀咕幾句，雖然四人站得很近，可郁心蘭就是聽不見賀塵說了些什麼，但他會從斷壁下上來，定是與她有關的吧？

赫雲連城仍是戴著那半邊銀質面具，冷峻的俊面上看不出任何表情，聽完賀塵的稟報，只是示意他退到一旁，向郁心蘭道：「我跟賀塵帶妳們過去吧，只是時辰不早，不能慢慢而行，一會兒要請小姐與我共乘一騎。」

郁心蘭知道這裡離官道不知有多遠，便低聲道：「有勞公子。」

赫雲連城扶住她的纖腰，輕輕一用力，便將她送上馬，自己隨即飛身上馬，一提馬韁，當先而行。蕪兒本是有些羞澀，可見小姐都不在意了，也只好紅著臉坐在賀塵的鞍前。

馬匹跑得不急不緩，赫雲連城的心卻跳得極快。剛才情勢危急沒有多加注意，這會兒才發覺掌下的纖腰不盈一握，柔弱得彷彿一用力就會斷，少女清清淡淡的蘭香不斷地往鼻子裡鑽，讓他想專心尋思些事情都不能。

郁心蘭的心思卻放在之前的險情上，思量半晌，幽幽地問：「剛才賀塵在下面查到了什麼？」

赫雲連城的眸中劃過驚訝，沒想到她一介深閨女子竟能聯想到這些，原本他是不想讓她害怕，才不說，現在卻可以告訴她：「馬車被人動過手腳，只能往右轉彎。不過動得很巧妙，只是將車轅前的一根橫樑斬斷再重搭，想往左轉就會卡住。從官道一直往右，就是這片斷壁……現在，說是撞斷的也可以。對了，妳們的馬匹是怎麼受驚的？」

郁心蘭想了想道：「方才在官道邊遇上蜂群，似乎，蜂群不會主動攻擊無關的人。」

赫雲連城淡道：「現在蜜蜂的確多。」

他心中已經明瞭，這是一場精心安排的謀殺，無外乎就是要懷中小女人的性命，可恨的是很難找出證據。他情不自禁地將手收緊，將嬌小的人兒摟入懷中，無比希望婚期能早日到來，這樣他才能時時刻刻保護她。

郁心蘭也在想著同樣的事情，剛才赫雲連城的意思，車轅處的斷痕可以被推給在斷壁處的撞擊，不能當成證據，那麼能證明這場陰謀的，就是誰將蜂群引到郁府車隊了。

赫雲連城自然也想到了這一點，可郁府不是他能插手的地方，只能派人暗訪，這樣需要的時間會很長。在這之前，他的未婚妻的安全，得派個人保護才行。細想了一遍人選，輕聲道：「一會兒看到需救之人，就救下吧。」

郁心蘭微微一怔，不太明白他的用意，不過還是將這話記在心裡。

快到官道之時，赫雲連城和賀塵都跳下馬來，牽著馬走。

王氏還在原地「焦急又驚慌」地指揮家丁四處尋人，郁玫和郁琳一人扶在一邊，紅著眼眶安慰：「母親，您別心急，四妹吉人自有天向，不會有事的。」

郁心蘭遠遠聽到，忍不住勾起一抹嘲諷的輕笑，揚聲道：「母親，蘭兒沒事，讓您掛心了。」

王氏和郁玫這回是真的驚慌了，傻傻地看著赫雲連城一瘸一拐地牽著馬愈走愈近，那在馬背上淺笑盈盈的，不正是毫髮未損的郁心蘭嗎？

行到近前，郁府的小廝忙搭好馬凳，蕪兒小跑過來扶著小姐下馬。郁心蘭儀態萬方地走至王氏跟前，盈盈一拜，「女兒請母親安，勞母親操心掛念了，女兒幸得赫雲公子相救，平安歸來了。」

王氏仍處在震驚之中，勉強笑道：「蘭兒……沒事便好……妳……沒受傷吧？」

郁心蘭柔柔地一笑，「女兒一點傷都沒有，這次多虧了赫雲公子。啊……剛才赫雲公子還差人去斷壁下看了，馬車已經毀了，女兒一會兒只能跟母親擠一擠了。」

聽到赫雲連城派人去斷壁下查看，王氏和郁玫的臉上飛快地閃過一絲驚惶，聽說馬車已經毀了，又明顯地鬆了一口氣。

王氏這會兒多少恢復了些儀態，故作慈母狀，「妳要不要回府休息？畢竟受了驚嚇，我想何夫人不會怪罪的。」

郁心蘭抬眸見赫雲連城衝她微微頷首，於是笑著應下，謝過母親體諒。

王氏又朝赫雲連城一福，赫雲連城忙側身避過。

王氏試探地問：「此番真是多謝赫雲公子了。不知赫雲公子如何會正巧遇上？」她明明沒在官道上見到定遠侯府的車隊呀。

赫雲連城解釋了一番，長公主身體微恙沒有出席，甘氏平生最討厭坐馬車，她的女兒也是如此，所以一家人騎馬走小道，才正巧遇上。

王氏暗忖，莫非真是巧合，是蘭丫頭今日命不當絕？她心知此時不是深究的時機，得快點打發走赫雲連城才行，遂吩咐一輛車出來，送郁心蘭回府。赫雲連城自告奮勇護送，這正合王氏心意。

待目送一行人離開，王氏立即暗中吩咐一名心腹，速去丞相府將事情經過報與父親，要以最快的速度消除一切證據。

且說郁心蘭與蕪兒坐入馬車後，便陷入沉思。

王氏雖然脾氣差又霸道，性子倒不算陰狠，要不然，府中就不可能有那個庶長子，而且這段時間雖總是折騰娘親，卻也都是明面上的，這種主意多半應是郁玫想出來的。呵呵，是因為父親提到的敕封赫雲連城的詔書一直沒下達，怕我的親事會影響到妳入宮嗎？說起來，我還真是沒猜出妳們會用什麼方法來破壞這段婚事，畢竟聖旨擱在這兒，就算壞了我的名聲，也會牽連到郁府，卻沒想到是般狠毒的方式，直接殺了我。年紀小小，卻這般有心計有魄力有膽量，還真是當皇后的料啊！

郁心蘭勾唇一笑，可惜啊，我大難不死，還被我知道了妳們的陰謀，就算以後找不出證據來指證，我也會用別的方法報復回去。我雖然愛吃好吃，卻從來不會吃虧，所以妳想入宮想嫁給明子期，很抱歉，我會盡我一切能力來阻止的。

蕪兒心有餘悸地看著小姐，見她一會兒擰眉一會兒微笑，心裡好奇得跟貓抓似的，卻又不敢隨意開口詢問。

馬車忽然停住。郁心蘭問：「什麼事？」

車夫忙答：「路邊有一個小娘子，好像快死了。」

許嬤嬤幾步趕上來，呵斥道：「管什麼閒事？小姐受了驚，回府要緊。」

她急著將小姐送回府中，回去覆命，況且這女孩兒看起來家境貧寒，若是救下了，多半會留在府中，夫人早就說過，給四小姐陪嫁的人，必須是由她來選出，絕不能讓四小姐有自己的人，所以才會阻止救人。

赫雲連城悅耳的聲音傳進來：「救人一命，勝造七級浮屠。」

郁心蘭記起他之前說的話，微笑道：「帶上車來吧。」

許嬤嬤還想攔著，可被赫雲連城深不見底卻又似乎洞悉一切的黑眸盯著，腳底升起一股寒意，不由得退了幾步，任賀塵將女孩抱上馬車。

回到府中，正巧遇上郁老爺下朝回府，見到郁心蘭獨自回來，不由得奇道：「蘭兒怎麼回來了？」話是衝郁心蘭問的，眼睛卻看向赫雲連城，莫不是你欺負我女兒？

赫雲連城抱拳施禮，沉穩地道：「連城赴會之時，驚見郁四小姐馬車的馬匹受驚，車上又無車夫，連城幸得救下小姐，只是貴府馬車墜入斷崖摔得粉碎。因小姐受驚不小，夫人命連城送小姐先行回府壓驚。」

郁心蘭心中感激，當著許嬤嬤的面，這番話若由她來說，多少有告暗狀之嫌，沒想到他竟搶先回答……面上，她向父親盈盈一拜，小臉上泫然欲泣，還有幾分餘悸未消。

郁老爺大驚，忙拉著女兒仔細瞧了瞧，見她確實無恙，這才放下心來，向赫雲連城客氣地道謝。隨即心中大怒，馬匹受驚，車夫不想著如何控制馬匹，反而在危急時刻棄主而逃，這樣的刁奴，夫人竟沒將其綁回來受罰？

當著未來女婿的面，他又不好細問，只對郁心蘭道：「妳快快回屋梳洗休息吧，讓府醫開份壓驚藥。」
郁心蘭瞧見父親臉色，知他對王氏這般處事非常不滿，狀似感激涕零地道：「多謝父親關心。母親這次也受驚不小，蘭兒被赫雲公子救回時，母親還在指揮家奴四處尋找女兒呢。」
受驚的馬兒跑得特別快，夫人不讓人騎馬快追，反而在原地「指揮」？夫人這打的是什麼主意？郁老爺被女兒話裡的暗示驚得寒氣直衝頭頂，眸色沉了又沉。
赫雲連城讚賞地瞥了身邊的小女子一眼，朝郁老爺一拱手，先行告辭了。
郁老爺心中裝著事兒，只虛言挽留了一下，便親自送出府門。
郁心蘭扶著蕪兒的手回到槐院，為了不驚嚇到娘親，只輕描淡寫地說馬車出了問題，夫人讓她先回府了。至於路上救回的少女，她已經稟明了父親，拿著牌子讓巧兒請來府醫，給自己請過脈後，順便請府醫給少女把了把脈。
那府醫笑道：「不過是餓的，無妨。」
紫菱便張羅著給少女餵了些白粥下去。沒多久，少女悠悠地轉醒，聽說是郁心蘭救了自己，當即跪下請郁心蘭收留自己，哽咽著道：「小女父母雙亡，來京城投親不遇，實在是走投無路了……」
之前赫雲連城已經給了她暗示，此女是他安排給她的，郁心蘭假裝遲疑地問紫菱：「我可以自己買人嗎？」
紫菱輕笑，「小姐即將出閣，總歸是要添人手的，只要稟報老祖宗一聲就成了。」
郁心蘭這才應下少女，問明她叫「岳如」，請紫菱幫忙稟報了老祖宗，在得到首肯後，讓岳如簽下賣身契。

郁心蘭用過飯歇了午，林管家就來到槐院傳話，老爺有請，肩輿都準備好了。郁心蘭忙整理衣裳上了肩輿，兩個小廝抬著她，竟不是去主院，而是過了二門直接抬到老爺的書房外。

郁心蘭扶著蕪兒的手下轎，因為書房是男人們議事的重地，蕪兒只能站在臺階下候著。

郁心蘭跟在林管家的身後進入梢間，便聽到王氏因激動而拔高，變得有些破裂的聲音：「你的意思，莫不是我郁府連女兒都保護不好，需要你定遠侯府來保護？真真是可笑，這般汙衊我們郁府，你定遠侯府也不要欺負人太甚了！」

郁心蘭見四下無人，悄聲問：「林叔，裡面在說些什麼？」

林管家也聽出裡面不對，同樣壓低聲音道：「方才夫人回府，恰遇上準姑爺上府拜訪，老爺便使了老奴去請四小姐，裡面具體說些什麼，老奴也不知。」

雖然不知具體說些什麼，不過聽說來客是赫雲連城，郁心蘭便心裡有了底。待林管家入內稟報後，她垂眸端莊地走進去，向父母親問了安，向赫雲連城行了禮。赫雲連城還是上午赴宴時的裝束，似乎直接從宴會上過來的。在他身後站著兩名英姿颯爽的少女，相貌一模一樣頗為平凡，但眉宇間英氣迫人。

郁老爺令人給她看坐，上了茶水果子，遂和藹地問道：「蘭兒，赫雲公子從定遠侯府帶了兩名女侍衛，想贈與妳，不知妳可願意？」

郁心蘭來不及表達意見，王氏便搶著道：「我們郁府沒有家丁嗎？用得著用定遠侯府的人？」

郁心蘭表情純真地眨了眨眼，「咱們府中也有女侍衛嗎？」

王氏夫人立時被噎住，狠狠瞪了她一眼，「家丁雖在外院，但是足以保護家人了。京城乃天子腳下，哪有賊人敢強闖官員府第？妳一介小庶女，要女侍衛何用？」說著斜睨了赫雲連城一眼，「就算要安排什麼人保護，也是我郁府內院之事，與外府的男人無干。」

赫雲連城掃了王氏一眼，神情冷峻，語氣不卑不亢：「伯母有所不知，貴府赴會的五輛馬車，蜂群不襲前不襲後，單襲中間四小姐所乘那輛，車夫又棄車而逃，可見四小姐身邊的確需要人保護。雖然四小姐是夫人之女，但一個月後就是晚輩的嫡妻，晚輩自問贈未婚妻兩名女侍衛，並無半點不合宜之處。」

話中暗指之意，將王氏後面想說的話給凍住，半張著嘴，又是惱怒又是震驚，心中惶惶然不知他到底猜到了些什麼。隨即想到父親王丞相當權四十餘年，處事最為謹慎周密，手下的青衣衛比之皇家的劍龍衛也不讓半分，當下膽氣又壯了起來，朝赫雲連城冷笑道：「就憑剛才這幾句話，我可以去告你汙衊。」

赫雲連城神情仍是冷峻，「晚輩說的句句屬實，何來汙衊？」

郁老爺已經從初聞此言中的震驚中緩過神來，當下神色一整，作一家之主狀，「賢侄一番好意，老夫便替小女應下了，不知這兩位女中豪傑貴姓名。」

王氏還想制止，被郁老爺給瞪了回去。

赫雲連城身後的兩名少女得到他的暗示後，立即走至郁老爺跟前，抱拳施禮，「末將姊妹二人姓李，單名榕（樺）。」

自稱末將，至少也是正六品的軍銜，玥國女人有軍銜的，唯有劍龍衛中專司保衛皇后和清容長公主的粉衛十二人。

郁老爺、王氏和郁心蘭心中皆是一驚，旋即又都明白，赫雲連城定是為了避免日後其他人找藉口差使她們二人，特意如此的。頓時，各人臉上的表情五彩繽紛。郁心蘭滿心感激，郁老爺極為讚賞，王氏卻惱怒異常。

李榕、李樺二人本就長得一樣，穿著打扮也一樣，雖然通報了姓名，但一時還是難以分得清楚。赫雲連城目的達到，便施禮告辭，郁老爺示意郁心蘭親自送其出府。

待郁心蘭一行人出了書房，郁老爺便朝王氏怒道：「夫人當時為何不讓家丁騎馬去救蘭兒？事後為何不處置棄主逃車的車夫？」

郁老爺已經從之前赫雲連城的話語中聽出許多疑點，但也知道沒有證據是不能胡亂指責的，況且就算有證據又如何？嫡母謀害庶女，郁家這樣的人家也丟不起這種臉面，不可能鬧到官府去，頂多私下裡找親家處置了。

大約是郁老爺的眼神太過陰鷙，表情太過失望太過傷痛，使得王氏胸口一滯，早想好的託辭竟說不出口。

王氏這一遲疑，更證實了郁老爺的猜測，也說不出心中是傷痛還是失望，少年攜手，二十餘載夫妻，娶的還是這麼一個名滿京都的美人，怎麼可能沒有一點感情？可現在妻子竟為了自己所生的嫡女，做出這種傷天害理的事情，他一時覺得再也不想見到她。

揮了揮手，郁老爺彷彿老了幾歲一般，「夫人前陣子身體不適，這一個月就在菊院靜養吧，府中諸事我會請老太太多加費心。」

這是要削她的權啊！王氏立時不滿，剛想反抗，郁老爺不耐煩地蹙眉道：「夫人即使不為自己著想，也替玫兒多抄幾遍佛經積積陰德吧。」

王氏驚得跌坐到椅子上，半張著嘴，不敢置信地看著丈夫，老爺他……他猜出玫兒也參與此事了？

郁老爺陰鬱地掃了眼妻子，揚聲道：「來人，送夫人回菊院。」

事後郁玫聽到母親被禁足，原想替母親說情，可聽母親說起原由後，便作罷了。

郁老爺明著沒給她處罰，暗中也禁了足，每日裡除了梅院和菊院，她只能待在自己的玫院裡。她倒是半點也不害怕，她是嫡女，又已經及笄，閨譽正是最緊的時候，父親和老祖宗只會旁敲側擊地點醒她幾句，斷不會給她什麼處罰。只是她心中非常不甘，也非常惱怒，眼看著郁心蘭的婚期一天一天近了，難道真的任由那個小賤婢阻礙自己的前程？

❖ ❖ ❖

因著王氏被禁足，老太太主持中饋，郁心蘭覺得這是告訴父親，娘親懷孕的大好時機。趁著某日父親到槐院來用飯，她特意吩咐廚房做了兩道略帶腥味的菜色，溫姨娘果然聞著便開始反胃。郁老爺心疼得不行，立即吩咐請府醫。

府醫還未到，郁玫便來求見。

郁老爺吩咐讓請，郁玫嫋嫋婷婷地走進來，未語淚先流。郁心蘭發覺王氏身邊的紫絹跟在其身後，這會子見三小姐只哭不語，跪下連磕三個響頭，焦急顫抖道：「老爺，請您去菊院看看吧，夫人暈倒了。」

郁老爺心中煩躁，「這才靜思了幾天，就來整這些妖蛾子？」

郁玫一改之前的默默流淚，頓時哭出聲來，神情哀痛，「父親，母親這些日子身子不好，您也是知道的，如今母親暈倒了，難道請您移步去看望一下都不成嗎？」言罷又轉向溫姨娘，滿臉懇求：「還請姨娘寬心，若母親沒有大礙，母親和玫兒斷不會強留父親在菊院的。」

好利的一張嘴，說得父親不去菊院是娘親唆使的一般，又暗指父親寵溺妾室，置暈倒的髮妻於不顧。

郁心蘭心中冷笑，暗中戳了娘親一下。

溫氏正惶惶然不知如何應對，被女兒一提醒，忽地福至心靈，掩唇乾嘔了幾聲。

郁心蘭忙遞上一杯溫茶，邊為其順背邊關心道：「姨娘可覺得好些了？」

溫氏喝了口清茶，方點了點頭。

郁心蘭遂抬頭朝郁玫微笑，「三姊切莫誤會，非是父親不關心母親，而是之前姨娘無故嘔吐，父親已著人去請府醫，這會子怕是快要到了。父親必是想等府醫到後，再一同去給母親請脈。姨娘的病再嚴重，也得待府醫給母親請脈後，再來給姨娘看診。便是父親不在這兒，姨娘也絕不會亂了規矩。」

郁玫聞言心中一緊，沒想到自己挖下的幾個陷阱，都被這小丫頭輕鬆避過，當下只得歉意地一笑，「是我太心急了。」

郁心蘭滿面真誠地讚嘆：「三姊如此孝順，妹妹要好好向妳學學。」說著朝郁玫嫣然一笑，好像真的很欣賞她一般。

郁老爺對四女兒如此識大體感到非常欣慰，拈鬚看著她微笑，隨即又關切地看向溫氏。

郁心蘭寬慰父親道：「父親，姨娘這症狀已經有些日子了，只是聞不得腥味，每回吐後只要躺下歇息一陣子，便會好些。不如讓張嫂扶姨娘入內休息吧。」

郁老爺也是當過幾次父親的人，聞言神色大動，端杯的手都有些顫抖，一疊聲道：「那就快扶姨娘去內室休息。」

張嫂忙上前扶了溫氏下去。郁老爺猶覺不妥，放下茶杯親自跟了進去，張嫂退出來後，還留在內室。

郁心蘭的目的達到，留神仔細觀察郁玫的神情。郁玫始終半垂著頭，看不真切表情，眼睫毛卻顫了顫。郁心蘭心中一動，一個念頭一閃而過。

少頃，府醫便到了，郁老爺才神色激動地走出來，吩咐下人們好好服侍溫姨娘，叮囑了半晌，才帶著府醫和郁玫去菊院。

待人走後，郁心蘭遣退了丫頭們，細問錦兒和張嫂：「這陣子可是按著我說的處置姨娘吐出的汙物？」

錦兒道：「婢子是按小姐吩咐做的。每日天黑後，婢子親自到前院花壇下挖洞，將汙物埋起來，張嫂在一旁幫著看有沒有人。」

郁心蘭咬唇蹙眉，發現姨娘懷孕已經一月有餘，這院子裡又添了七、八名粗使婆子，難免人多眼雜，會不會是被誰偷瞧了去，洩漏給王氏或郁玫了？

不論是與不是，這院子裡的人都要清理一遍才行。她請來李榕和李樺，請她們幫忙調查這幾日院子裡的丫頭婆子們都幹了些什麼，出了院子後，又見哪些人。

直至申時正，林管家才帶著府醫來槐院給溫氏請脈，郁老爺仍是留在菊院。

脈自然是喜脈，林管家激動不已，喃喃道：「雙喜臨門啊。」

郁心蘭心一沉，王氏果然是懷孕了……還真是巧啊！

隨即，她心中又生起一股淡淡的嘲諷，可惜晚了些，我已經先讓父親知曉了姨娘懷孕之事。隔了十年再當父親，父親心情之激動是可想而知的，即便是之後又得知嫡妻懷孕，即便這世界如何重視嫡出的子女，也蓋不過最初的激動。若是反過來，那麼姨娘懷孕就不過是錦上添花罷了，絕不可能讓父親這般高興。

李榕、李樺的辦事效率極高，晚間時分便找出了那個曾在菊院出入的婆子。

郁心蘭第二日起了個大早，那婆子還未將前院打掃完，她故意走過去，那婆子收不住掃帚，一帚灰塵便落在郁心蘭新製的白底藍花百合裙上。

因著四小姐平日裡總是親切和善，那婆子只是作勢道了歉，以為不會有什麼事。郁心蘭冷笑，有些人你對她再好，她也不會感激你，反而覺得你人善可欺。當下也不多話，令人將婆子拖下去重打二十大板，又讓人抬著一同來到梅院。跟老祖宗請過安後，郁心蘭便向現在主事的老太太稟報，要將這個婆子發賣出去。

郁琳陰陽怪氣地低呼：「哎呀，定遠侯府的大少奶奶還真是威風啊！」

郁玫也極斯文地蹙眉道：「咱們郁府可是和善人家，怎麼能這般對待下人？蘭妹妹這話可再莫說了。」

郁心蘭不理會郁琳的叫囂，只看向郁玫，意有所指，「三姊，妹妹我只是覺得，出賣主子的刁奴是容不得的。做人的確要和善，可有時須得心狠一點，總不能被下人欺到了頭上去。」

她就是要告訴這母女三人，她們狠，她也能狠，莫以為她跟姨娘那麼好欺負。況且人是老太太安排進槐院的，總得讓老太太知道，王氏的手能伸多長，溫姨娘肚裡的孩子就有多危險。

郁玫揪緊手中的帕子，垂眸不語。

老太太在三女的臉上逐一看過去，淡淡地道：「就依了蘭丫頭吧，把這婆子家中所有人的賣身契都找出來，交給人牙子。」

郁心蘭忙施禮道謝。

待幾位小姐走後，紫穗忍不住道：「四小姐平日裡看著斯文溫柔，怎麼忽然這般心狠了？」

老太太歪在軟榻上闔目養神，語調平淡：「嫡妻與姨娘不同，當心軟時心軟，不當心軟時萬不可心軟。她今日這般，我倒不必擔心她日後在婆家會被人欺了去。」

紫穗還想說道幾句，老太太忽地張開眼睛，冷笑一聲：「哼，蘭丫頭若是在婆家抬不起頭來，身為她的娘家人難道就有面子了？這話妳只管告訴妳心裡的主子去。」蘭丫頭方才那舉動不也是想告訴自己，人雖是自己安排進槐院的，可是夫人仍有辦法收買嗎？

紫穗嚇得撲通一聲跪在地上，邊磕頭邊表明衷心。

老太太仍是神情淡淡，「我一把老骨頭，沒幾年活頭了，妳尋後路是聰明之舉。不過這幾年，這郁府還在我手中，我得看著嫡子女、庶子女都平安長大才成。這話兒，妳也帶給妳那主子去吧。」

❖ ❖ ❖

王氏因為懷孕，郁老爺不讓她再費心管理家事，郁玫和郁琳整日在菊院陪著，所以之後的一個月，郁心蘭過得十分清閒愜意，每日裡除了向老太太和夫人問安，便是想方設法給娘親熬補品補身體。

再過三天就是婚期，林管家將十餘名新買的、經府中管事嬤嬤教導後的丫頭婆子帶到槐院，交給郁心蘭。

郁心蘭細細地一一問了姓名，指了其中老太太說「懂事」的四個丫頭為二等丫頭，改名為千夏、千雪、千葉、千荷，其餘的則分派為三等丫頭。婆子們暫且沒分，讓紫菱仔細觀察一陣子，再挑出幾名升為管事娘子。錦兒、蕪兒、巧兒、小茜自然是一等陪嫁丫頭，因為名字已經叫慣了，便沒更改。

郁心蘭向林管家提起蕪兒等三人的賣身契夫人「忘了」送來，林管家立即去請示了老太太，傍晚時分，王氏陪嫁莊子上的管事親自將賣身契送了過來。

次日，郁心蘭當著定遠侯府前來接妝的喜婆的面，在鴛鴦枕套上落下最後幾針，以示這枕套是自己親手繡的，免得日後被婆家的人說三道四。

當日下午，郁心蘭的一百八十抬嫁妝一路吹吹打打送達定遠侯府，同時跟去的還有「福瑞媳婦」。「福瑞媳婦」是一名兒女雙全家庭和睦的管事娘子，她領人去定遠侯府給新人鋪床。鋪好床後，提前到達定遠侯府的四名二等丫頭，便將新房門鎖上，守在新房外，不讓閒人進入。

❖ ❖ ❖

五月二十七日寅時一刻，郁心蘭就被錦兒幾個丫頭從床上挖了起來，梳洗過後換上嶄新的真絲白中衣。這時，早已候在一邊的全福夫人一邊說著吉祥話一邊為她開臉，郁心蘭有些緊張地感受著那兩根棉線在臉上帶來的麻麻小疼。開過臉後，全福夫人又拿起梳子，連梳三下，邊梳邊道：「一梳身長健，二梳白髮齊眉，三梳子孫滿地。」

討吉的儀式結束，錦兒幾人忙給她點上絳唇，梳起髮髻，穿上金繡坊的十餘名繡娘趕製的金絲繡鳳吉服，髮髻插上六支金鑲寶石的髮簪，戴上鳳冠。打扮齊整之後，四婢目露驚豔之色，齊齊地抽了口涼氣，好一個華色含光、體美容冶的美人兒！

溫氏看著華容婀娜的女兒，心中湧出「吾家有女初長成」的自豪，瞬間又被不捨的傷感取代，眼眶微微濕潤，哽咽著說不出話來。好不容易才能回槐院一次的郁心瑞忙安慰娘親：「姨娘，姊姊過幾天就能回門的。」

郁心蘭心中一澀，出嫁之後，她再想見娘親一面就難上加難了，雖然留下岳如在郁府照料娘親，雖然現在父親比以往強勢了不少，雖然母親手中的權力暫時被剝奪，可是，她仍是不放心。

「姨娘、弟弟，過來坐。」郁心蘭忍淚微笑著向溫氏和弟弟招手，拉著姨娘說體己話兒，叮囑弟弟要照料娘親。

不多時，老太太、太太攜東西院諸位女主子和各家小輩到槐院來送嫁，眾人紛紛送上賀禮。許多人雖見過，可郁心蘭實在是認不全，好在新娘子不能多說話，一律以微笑點頭代替招呼。

老太太欣慰地看著妍麗無雙的曾孫女，叮囑她要孝順公婆、侍奉丈夫，以及恪守婦道。

郁心蘭一一應承。

隨著眾人一同來的，有郁老爺的庶長子郁心和，他之前一直在國子監上學，半年才能返家一次，所以今天還是他與郁心蘭的第一次見面。

郁心和生得像其母秋容，眉目清秀略帶女相，舉止斯文有禮，郁心蘭對他的第一印象不錯。他今日主要的任務是送嫁，出嫁的女兒上花轎前腳不能沾塵，一會兒得由他將四姊背上花轎。

婢女奉上茶果，老太太讓溫氏好好坐著，不讓她應酬。秋容對溫氏多有討好之意，幫著服侍各位主子。郁心蘭覺得在這後院之中，娘親能多一個朋友是一個朋友，因而沒有阻止娘親與秋容交流，只是趁人不備囑咐岳如多注意一下秋容，若發覺她有什麼不軌的念頭，要及時提醒姨娘。

兩盞茶後，吉時到了，遠遠地聽到府門外傳來鞭炮聲響，老太太忙道：「快準備好。」

全福夫人為郁心蘭蓋上了金鳳呈祥的喜帕。

巧兒一溜煙地跑進來，小喜鵲似的興奮：「稟各位主子，姑爺親自來迎親，陪同迎親的是十四殿下和九殿下呢。」

滿屋子的人無不露出喜悅又自豪的笑容，當然，其中也不乏羨慕嫉妒恨的，能得兩位皇子陪同迎親，這是何等殊榮啊。

迎親的還沒到，槐院就來了兩位不速之客——郁玫和郁琳，兩人均是盛裝打扮，手中還拿著一個小小的檀木匣子。郁玫進門便笑，「四妹大喜，一點心意別嫌棄。」

早不來晚不來，這會子卻來了，郁心蘭只一眼便看出了她的用意，笑容帶上輕嘲，「心蘭惶恐，居然能得兩位嫡出的姊妹來送嫁，一會兒讓迎親的人見到，定會讚姊妹們和睦。」

郁玫的心思被戳穿，俏臉上也忍不住泛起紅暈，到底是未出閣的千金，這般尋著機緣去見十四皇子，傳出去著實不雅，偷眼瞧了瞧屋中各人的表情，好似許多人並未察覺，心中才鬆了下來，隨即又升起一股對郁心蘭的不滿。

老太太和善地輕笑，「蘭丫頭出嫁，若是家中的姊妹都不來送嫁，那成何體統？」

正說著，守在院門處的小茜大聲道：「來了來了！關門關門！」

聲音傳到屋內，剛才還在各位長輩的眼皮底下安安靜靜的小輩們，立即歡呼起來，一股腦兒地跑到院門處守著，討要開門紅包。

不一會兒，迎親的人便到了槐院外，小輩們高喊：「紅包，要大紅包！」

一道帶著笑意的男聲道：「好咧！」

百來封大紅的包封雪花般從院牆上飛落下來，小孩子們立即一哄而上去搶。

剛才的男子笑問：「可以開門了嗎？」

小孩子很容易滿足，紛紛說好。

原本拿了紅包，少女們就要避到內室，因為以前見過，郁玫自然能聽出這正是明子期的聲音，她如何肯放過這樣的機會，忙揚聲道：「不行！若是能答出我的三個問題，我才開門！」

門外邊的明子期朗聲大笑，「只管放馬過來！」

郁玫知道這是展示自己才華的大好時機，忍不住展開嬌豔的微笑，不慌不忙說出三個字謎。

郁心蘭的視野一片豔紅，只能見到自己裙幅前的一小方地面，因而覺得時間特別漫長。不知過了多久，終於聽到外面一陣喧譁，隨即便聽到明子期高聲道：「我和九哥是來迎親的。」他意在告訴屋內人，不要對他和九皇子行禮。

可屋裡人哪能真的不行禮，不過是簡化版而已。

迎親只有喜婆和新郎能進閨房，郁心蘭只聽到那大提琴般悅耳的聲音說：「赫雲連城來迎娶小姐。」便被迎親的喜婆帶著到父母親面前行禮，聽了父母的訓示後，被郁心和背上花轎。

花轎離地，輕微的晃動感令郁心蘭心中頓時彷徨了起來，往後，又是另一種人生了。

郁心蘭心中彷徨不已，對於未知的未來，彷彿想了很多，又彷彿什麼也沒想。時間就在她的混混噩噩中慢慢溜走，直到耳邊猛地響起震天的鞭炮聲，才將她的神智喚醒。

似乎沒有聽到踢轎門的聲音，一隻潔白修長的男性手掌伸到了喜帕下，她的眼前——骨節修長，指形完美，自然地平攤著，卻帶有不可忽視的堅定和力度。

郁心蘭略一遲疑，將自己的青蔥玉指輕輕地搭在他的指上。

只搭四指，這是最端莊最生疏的禮儀。赫雲連城微不可見地蹙了蹙眉，扶郁心蘭走出花轎，然後將大手一放一收，將這隻柔軟細膩的小手完全收入掌心，緊緊握住。

突如其來的溫度自小手傳來，郁心蘭的小臉不可抑止地湧上血色，好在有喜帕擋著，不至於太不自在。

赫雲連城握著她的小手來到階前，新郎新娘要改為紅綢牽引，喜婆在另一邊扶著她，跨過火盆，來到禮堂，好一番折騰之後，終於聽到禮官高唱：「禮成，送入洞房。」

洞房裡早有丫鬟婆子候著，見到兩位新人，立即將其引至喜床上坐下。這不過是個形式罷了，因為明子期跟在後面就衝了進來，笑嘻嘻地道：「新表嫂莫怪，新郎官先借我們一下，待敬過酒再還給妳。」

赫雲連城低聲道：「我會盡快回來。」頓了頓，又道：「等我。」說罷與明子期一同出去了。

房間裡頓時靜了下來。

未揭蓋頭的新娘子是不能說話也不能進食的，郁心蘭只覺得又累又餓又渴又受罪……受罪是因為床墊下不知放了多少桂圓紅棗花生，硌得慌，偏生又不能隨意起身換地方。

郁心蘭正在心裡嘟嘟囔囔，房門忽地被人推開，一大群人湧了進來。新房內有定遠侯府的丫鬟，認得來人，忙蹲身行禮：「給程夫人、蓉奶奶、惜奶奶、二奶奶、三奶奶、二小姐、三小姐、四小姐、芳姐兒、芸姐兒、麗姐兒、玉姐兒請安。」

聽了這麼一長串人名，郁心蘭知道是侯府的女眷們來了，不禁有些頭疼。

郁老太太已經打聽清楚了侯府的人事。定遠侯有七、八個兄弟，旁的庶兄弟都在封地上管事，不住在侯府，只有一個嫡長兄住在侯府中的西院，人稱大老爺。因為侯爺自幼便十分出色，而大老爺沒什麼本事，只在軍中混了個低級的文職，所以這侯爵，老侯爺傳給了侯爺而不是大老爺，使得大老爺心理不平衡，有事沒事就要鬧騰一下。

程氏就是大老爺的嫡妻，蓉奶奶、惜奶奶是程氏的兒媳婦，三小姐、四小姐是程氏之女，二小姐是定遠侯的正妻甘氏之女，二奶奶、三奶奶是甘氏所生的二子的嫡妻，郁心蘭的正經妯娌，而芳姐兒是侯爺妾室所出的庶女，芸姐兒、麗姐兒、玉姐兒幾個是大老爺的庶女。

郁心蘭這廂正理著關係，一道略有些尖銳的女聲咯咯笑道：「咱們來熱鬧熱鬧，大奶奶可別介意啊。」

郁心蘭不能說話，心中卻明白，新婚三天無大小，就是男子也能來鬧洞房，可她們這樣單獨來，還是趁著赫雲連城不在的時候，只怕不是來玩鬧的。

紫菱深施一禮代答：「程夫人和幾位奶奶、小姐能來，是我們大奶奶的榮幸，怎會介意？」

剛才那人又笑道：「好個伶俐的媳婦，看來大奶奶也是個會調教人的，日後府中的當家主線可有人選了。」

現在府中當家的是甘氏，日後要傳位，多半也是傳給二奶奶或三奶奶，所以這話怎麼聽怎麼就是挑撥，定是西府那邊的人，就不知是蓉奶奶還是惜奶奶。程氏雖也愛挑事，但到底是長輩，至少不會當這個出頭鳥。

她這話一出口，果然就有人不滿了，一道略顯嬌縱的女聲道：「惜奶奶可真會看人，就這麼一句話，她主子就能當主母了？我二嫂、三嫂哪個不是名門望族的嫡出千金，哪個不會調教人？」

惜奶奶忙掩唇裝作驚慌，一疊聲地道歉：「哎呀，我只顧著長幼了！對對對，二小姐說的有道理，二奶奶、三奶奶都是嫡出的名門閨秀，自然比那些個臨時學的人更會調教人！」

所謂的「臨時學的人」，不就是指我嗎？郁心蘭輕笑，拐著彎說我是庶出，以為這樣就能打擊到我嗎？

二小姐的性子想來跟她的聲音一樣嬌縱，緊走幾步，來到床邊，郁心蘭隔著蓋頭都聞到了一陣香風，就聽她道：「這床單上的水鴨是大嫂妳親手繡的嗎？繡藝很普通嘛！」

此言一出，一眾女眷皆掩唇輕笑，聲音不大，保有端莊之姿，但也不小，足以讓郁心蘭和屋內眾人聽得清楚。

郁心蘭不屑地勾唇，這二小姐是個沒腦子的，這些個女眷還附和，這話看起來是污辱了她的繡藝，可換個角度，明知新床上只能有鴛鴦還說是水鴨，說明其沒有見識。若不是她現在不能說話，一句話就能讓二小姐無地自容，讓這些女眷尷尬難堪。

女子的德、言、容、工都非常重要，二小姐這般取笑，紫菱聽著心裡堵得慌，可她只是個下人，主子說話的時候，她插不上嘴，不然反而會讓人指責大奶奶縱奴無禮，所以只能暗中握緊手中的帕子，垂眸掩飾心中的怒意。

錦兒等四人亦是如此，垂眸不語。屋內定遠侯府的丫鬟們看向這五人這般模樣，眼神裡帶上幾分輕蔑。

惜奶奶就是個唯恐天下不亂的，笑著笑著誇張地一嘆：「唉，以咱們侯府的門第，大哥的嫡妻怎麼也該是個名門嫡女才是。唉，可惜聖意難違，大哥不得不娶個庶出的……」

「縱是庶出，亦是我的妻子，定遠侯府的大少奶奶。自古長幼有序，嫂嫂如何，由不得弟妹來議論。」赫雲連城不知何時來到了門口，俊眸帶著冷意看向屋內的一眾女眷，一字一句夾著冰霜擲向眾人。

大約是沒人想到赫雲連城會這麼早回來，冷不丁聽到他的聲音，一眾女眷無不大吃一驚，面露尷尬之色，在他冷嚴的目光之下垂下眼眸或是移開目光。

自己的媳婦被人呵斥，程氏覺得面上無光，端起長輩的架子作語重心長狀：「連城啊，惜兒也是替你不值……」

赫雲連城的聲音更冷：「我覺得很值。」言罷側身做了個「請出」的手勢，光明正大地下了逐客令。

原本在一旁看戲看得津津有味的喜婆忙上前來打圓場，「各位夫人、奶奶、小姐，新人還沒全禮，不宜有外人觀看……」

女眷們多少有點怕冷峻的新郎，訕訕地福了福身，輕手輕腳地走了出去。

喜婆忙引新郎官到床邊，有丫鬟將盛有喜秤的托盤呈上。

赫雲連城用喜秤挑起喜帕，露出一張嬌美的芙蓉面，平添一室芳華。

赫雲連城的心漏跳了一拍，他知道她很美，卻不知道會有這麼美，美得令他無法移開雙眼，美得幾乎讓他忘了呼吸。

郁心蘭原本坦然地抬頭回望，在他灼熱目光的注視下，赧然垂首。

喜婆咯咯直笑，「哎呀，這可是婆子我見過的最美的新娘子，瞧新郎官看得都錯不開眼呢！」兩個新人都被她說得有些不好意思，還好赫雲連城戴了半邊面具，多少擋了些尷尬，掩飾性地清咳幾聲，便自然地坐在郁心蘭身邊，輕輕地卻又緊緊地握住她的小手。

喜婆為兩人結了髮，剪下一小撮放在鴛鴦戲水的荷包內，塞入枕頭下，請新人喝下合巹酒、吃下子孫餃子，便是禮成了。紫菱代大奶奶打賞了喜婆和定遠侯府的丫鬟，指揮錦兒等人為大奶奶梳洗換裝，收拾妥當後，立即領人退出了新房。

新房內，只留下了兩位新人。

郁心蘭已經換了一身大紅輕煙羅的高腰襦裙，襯得她腰肢纖細、上圍飽滿，輕移蓮步時，煙紗擺動，婀娜生姿。

赫雲連城毫不掩飾自己欣賞的目光，走至她身前牽起她的小手。

這一刻，郁心蘭才認真打量自己的丈夫，一身大紅的束腰喜服襯得他身材頎長，未戴面具的左臉俊美得彷彿是天上的神祇……未免讓他覺得自己嫌棄他毀容，郁心蘭建議他取下面具，說是天熱了，怕將臉捂壞。

若說赫雲連城不感動那可不是真的，只是他素來喜怒不形於色，表情仍是淡淡的，卻依言取下了那半邊面具。

兩人一起吃了些東西，便得歇息了。看著大紅喜床上那寬兩尺長四尺的白絹，郁心蘭頓時神經緊張，跟他還不算熟，卻要做那麼親密的事，不是沒想過在兩人感情濃了後再洞房，可是她知道那樣不可能，新婚第二日清晨就會有喜婆來驗證象徵女子貞節的錦帕，所以，今晚這一關她躲不過，一想到此，心跳就開始紊亂……

習武之人對周遭的感覺十分靈敏，她這般緊張得呼吸急促，赫雲連城自然察覺得到，於是放開她的手輕聲道：「累了一天，休息吧。」說著自己動手寬衣。

古時服侍丈夫是妻子的主要職責，郁心蘭不敢怠慢，忙近前一步，羞澀地小聲道：「我來幫你吧。」

「不用。」

真的不用，已是五月底，天氣雖不算熱，但也不冷了，通常都只需穿三層衣物，赫雲連城只衣帶一解就完事了。

郁心蘭卻花了半晌，才磨磨蹭蹭地除下外裳。

赫雲連城一直坐在床邊極有耐心地等著，待她脫得只剩褻衣褻褲，飛快地爬到床裡側，飛快地掀起蠶絲薄被從頭蓋到腳，眸中忍不住升起幾絲笑意，揭了被子躺進去，然後抱住了正假裝極度困乏的郁心蘭。

郁心蘭頓時僵成了木板，緊閉的睫毛顫得像風中的樹葉，敏銳地感覺到耳邊拂過一陣灼熱的氣息，隨即，她小巧如玉蘭片的耳垂就被某人溫潤的唇含住，害她心跳立即如同暴雨一般密集，緊張得大氣不敢出，很快地……睡了過去。

肆之章 新媳難為戲連篇

赫雲連城望著近在咫尺的俏麗睡顏，嘴角揚起一抹溫柔的笑意，湊上前在她的臉頰上輕輕落下一吻，隨即翻身而起，盤腳打坐。他的天闕神功只差一點就能衝破最高層，在這萬分緊要的當頭，必須收心養性，專心練功，自然不能圓房。

運行了一個周天後，窗外天光已漸亮，赫雲連城起身更衣，回眸瞧見喜床上那條潔白的錦帕，不由得微微皺眉。

新婚之夜不得新郎寵愛的女子會被夫家人嫌棄，他不想因為自己的原因讓小妻子被人指指點點，也不想自己練功的事被別人知道，於是取出一支銀針，戳破指尖，滴了幾滴鮮血在錦帕之上。

郁心蘭被臉上的搔癢感弄醒，睜開迷茫的雙眼後才發覺，是赫雲連城的呼吸拂過她的臉頰將她「吵」醒的，赫雲連城半支著肘撐在她上方俯視著她。

郁心蘭忍不住俏臉一紅，輕微地掙了掙，察覺自己身體沒有異樣，這才想起自己昨晚居然緊張得「暈」了過去，是不是因此他就「放過」了自己？思及此，不免對他有些歉意。

赫雲連城攬著她的肩幫她坐起，門外守候的四婢聽到房內的動靜，忙輕聲問：「姑爺、大奶奶，婢子們可以進來了嗎？」

「進來吧。」

郁心蘭已經起身披上了外裳，俏臉上不動分毫，但心中卻驚疑不定。她看到了錦帕上的血滴，可身為一個現代人，雖然沒有這種經驗，但也知道自己還是完璧，這是怎麼回事？

待四婢服侍兩人梳洗過後，赫雲連城握住她的手邊往外走邊道：「一會兒去上房請安，若妳覺得府中人不好相處，我們就搬去東府住。」東府，即是建在定遠侯府東面的公主府，只是住在那邊，長公主就是君，定遠侯就是臣，為免侯爺心生不滿，所以母親和他們兩兄弟都沒住在那邊。

他已經從小妻子剛才的表情中猜出她有所察覺，但他現在不想解釋，並非他對她不滿意，而是現在還不到時候，等日後時機成熟，他會一五一十地和盤托出。

只是夫妻之間，若是一開始就有隔閡，日後也很難相處，所以赫雲連城才會用這種方式告訴小妻子，我是在意妳的。

聰慧如郁心蘭，自然明白丈夫話中的意思，不由朝他嫣然一笑，正好她也希望等兩人感情濃厚些再洞房，這算是心有靈犀嗎？不管怎麼說，這是個好的開始。

走了兩步，郁心蘭忍不住停下腳步，歪著頭打量身邊人，他今天走得很穩啊。

赫雲連城知道她的疑惑，略抬了抬左腳，「鞋底加厚了。」

「哦。」郁心蘭便沒再問，只是心底疑惑，像他這樣以前健全後來被打斷一條腿才瘸的人，應當是接骨時沒接好才對，怎麼是長短的問題？不過她將疑問壓在心底，待日後慢慢再問吧，現在問得太急，顯得她很在意他瘸腿似的。

新人住的小院在侯府後院的中段東面，僅在侯爺住的主院和兩位夫人的院子後面，這得益於赫雲連城嫡長子的身分。

儘管路程不長，但屋外階前早停了一輛內院行走的小馬車，赫雲連城先扶小妻子登上去，與她並肩坐好，指著四周建築向她介紹侯府中的情況，未及說完，上房便到了。

上房裡已經坐滿了人，赫雲連城牽著郁心蘭的小手走進去，很是讓眾人側目了一陣。有羨慕的、有嫉妒的、有鄙視的，定遠侯和長公主見到兩個新人如此恩愛，卻很是欣慰，不禁面露笑容。

定遠侯真不愧是當年玥國的第一美男子，如今四十有餘，仍是俊朗挺拔，只是他久掌兵權，鳳目之中威光懾人，令人不敢逼視。赫雲連城並不像父親，倒是與母親有五分相似。大老爺相貌亦是俊美，但喜歡端著架子斜眼看人，顯得氣量不大。

程氏應該是個大美人，可她臉上的刻薄生生給她扣了好幾分；甘氏遠不如郁心蘭想像的美貌，略顯平凡，不過眉宇間英氣十足，有不同於一般婦人的沉穩和大氣，想是這一點吸引了侯爺。長公主是個絕色美人，歲月也沒能在她臉上留下什麼烙印，珠翠環繞，貴氣逼人，赫雲連城的眼睛和嘴巴十分像她。

郁心蘭依次向定遠侯、甘氏、長公主、大老爺、程氏敬了茶，收下紅包和賜賞，並送出針對各人愛好精心準備的厚禮。長公主大大地誇了她幾句，定遠侯和甘氏的態度不冷不熱，除了程氏不陰不陽地說了句「侄媳婦費心了」，敬茶儀式倒算順利。

餘下的人都是平輩，而且都是赫雲連城的弟弟、妹妹，郁心蘭只需認識認識就行了。

二爺赫雲策頗有幾分父親的邪魅，算得上是美男子，只是揉和了些甘氏的五官，外表比不得赫雲連城出色，而二奶奶生得柔美，氣質嫻靜。

待赫雲連城帶著郁心蘭來到赫雲策座前時，赫雲策懶洋洋地站起身，敷衍地行了個禮，語氣嘲弄地道：「恭喜兄長『終於』成親了。」將「終於」兩個字咬得極重，諷刺意味明顯，舉止怠慢輕忽，一點都沒有對兄長的恭敬，可定遠侯和甘氏卻沒有置評一句，視若無睹。

郁心蘭想起老祖宗說過，雖然赫雲連城被皇上猜忌沒有影響到侯爺的地位，但卻使得他的幾個弟弟都難在軍中一展拳腳，所以幾個弟弟對這位長兄都十分不滿。況且外界一直傳聞，侯爺有心將爵位傳與次子赫雲策，想必這兄弟不和早就已經鬧到檯面上了，所以侯爺和甘氏才會這般漠然吧？長公主婆婆氣惱不已，卻也只是抿緊了唇，沒有發作。

她悄悄抬眸看了看，只見赫雲連城寒星般的眼中眸光淩厲，握著她小手的大掌也忽地一下收得很緊。

就在赫雲策以為這一次的挑釁也會如往常般得不到任何回應，微感無趣之時，忽聽長兄冷聲問：「為何不向長嫂行禮？」

赫雲策忍不住掏了掏耳朵，追問一句：「你說什麼？」

赫雲連城冷聲重複：「跟長嫂行禮。」

赫雲策差點噴笑出來，指著郁心蘭道：「她？就憑她一介庶女？」

郁心蘭垂眸不語，嘴角卻微微下彎，顯出幾分委屈求全的柔順，赫雲連城瞧見頓感心疼，都怪自己，若非自己不夠強勢，又怎麼會讓新婚妻子受種汙辱？

他不由得冷冷瞪向赫雲策，「不論她是否庶出，只要她是我的妻子，就是你的長嫂，你的禮儀忘到哪裡去了，居然敢當面羞辱長嫂？」言及此，轉眸掃了一眼鎮定喝茶的甘氏，冷笑道：「《禮書》有云，父母若喪，長嫂如母，你這不是等於在羞辱大娘嗎？」

這是那個一句話說五個字就是極限的赫雲連城嗎？他居然搬出這麼一條理由來將赫雲策的話堵回去，這不得把甘氏給氣死？郁心蘭頓時怔住了，若不是垂著頭，怕真掩飾不住臉上的驚訝，不過想到他是為了自己出頭，心頭又微微漾起幾分感動，肯保護妻子的男人才是好男人啊。她情不自禁地往他身邊靠了靠。

赫雲連城以為小妻子害怕，立即握了握她的小手，示意一切有自己擔著。

甘氏果然被氣暈了，暈得一時沒有反應，端著茶杯呆看著赫雲連城好一會兒，才想起來要發作，「噹啷」一聲將茶杯摔得粉碎，「這是你為人子女該說的話嗎？居然詛咒父母！侯爺，你瞧他……」

甘氏話未說完，就被長公主給截住了，「姊姊莫不是沒讀過《禮書》？《禮書》中確有此句，是教導為人弟者，應當尊敬兄長。若按姊姊的說法，難道《禮書》是要詛咒全天下的父母嗎？」

堵得好！郁心蘭暗讚。之前見赫雲策嘲諷丈夫時，長公主婆婆忍氣吞聲，加之婆婆又只是平妻，她還以為婆婆在這個家中沒有地位呢，現在看起來，婆婆也不是個好惹的，而且還很疼愛兒子，那自己往後的日子倒不會太難過了。

在口舌上，甘氏哪是長公主的對手，辯無可辯，只氣得一掌重擊在紫檀木的榻几上。長公主無奈輕搖螓首，鳳釵的垂珠微微晃動，給出良心建議：「姊姊，這可是侯爺心愛的榻几，妳仔細些，下回跺腳吧，地磚總是硬些。」

甘氏被激得騰地一下站起來。

定遠侯淡淡抬眸掃了她一眼，意帶不滿，她只好又氣鼓鼓地坐下。

定遠侯這才放下手中茶杯，平淡卻威嚴地道：「策兒，你的禮儀的確是要從頭學學了。」一句話判定了是非曲直，赫雲策縱有滿腹的牢騷也不敢表露出來，終是恭恭敬敬地向郁心蘭鞠了一躬，「見過大嫂。」

有了前車之鑒，二奶奶自然不敢懈怠，行了個全禮，只是打量郁心蘭的時候，眼睛內精光隱隱，接過禮物時還輕聲地道了謝，顯然是個內斂又會隱忍的。郁心蘭心想，這個人可得防著些。

三爺赫雲傑比二爺還像其父，外表更俊美些；三少奶奶十分漂亮，很精緻的五官，富千金小姐的嬌氣。兩人在定遠侯的注目下，也恭敬地施了禮。

來到二小姐赫雲慧的眼前時，郁心蘭忍不住想，為什麼二小姐要長得像其母甘氏呢，還沒有甘氏那種中性化的英爽氣質，在一屋子俊男美女中顯得十分普通。昨晚鬧洞房的時候，這位二小姐就給郁心蘭留下了深刻的印象，嬌縱、任性、沒頭腦，配上這麼一副普通的外表，以後在婆家就差不多得完全仰仗娘家了。

赫雲慧見郁心蘭打量自己，嬌哼了一聲，朝父親道：「父親，不論您怎樣說，我都不會給這個庶出的、辱沒咱們侯府的女人見禮。」

「哦？老大媳婦妳怎麼說？」定遠侯聽到二女的挑釁，並不動怒，反而將問題拋給郁心蘭，明顯不讓兒子再為其出頭。

赫雲慧聽著父親沒有呵斥自己，不由得萬分得意，小下巴抬得高高的，不屑地看向郁心蘭。

郁心蘭先給了赫雲連城一個安心的微笑，方向定遠侯福了福，恭順地道：「這裡有公爹和兩位婆婆在，全京城的百姓都知道，公爹和兩位婆婆都是極講規矩體面的，最會教導兒女，叔子、小姑們都是極知禮數的。媳婦雖是小姑的長嫂，卻也是同輩，日後媳婦還要請公爹婆婆多指點媳婦為人處事的規矩，媳婦怎敢越過去說道小姑？」

這番話明裡恭順，暗裡卻是擠兌定遠侯，你們不是自認為最有大家風範嗎？那麼該怎麼教出守禮的小姐，可是你們當長輩的事兒。

方才定遠侯問她那話，就是給她下套兒呢，她怎麼答都不合宜，說赫雲慧可以不必行禮，等於自己甩了自己一巴掌。這才成親第一天，就被婆家人瞧不起，日後還怎麼立足？說赫雲慧不對，又會得罪甘氏，也是明著跟小姑子翻了臉。於是只有用禮教和長幼來擠兌公爹和婆婆們，讓他們自己出面訓斥女兒。

郁心蘭這是在賭呢，早聽說定遠侯對甘氏數十年恩寵不斷，今日見到甘氏本人，毫無顏色，她便猜想，侯爺定是喜歡性格潑辣的女子，所以與其裝柔弱，不如強勢一點，至少也要讓某些人明白，她也不是可以任人搓圓搓揉扁的。

果然，定遠侯聞言便笑了起來，扭頭朝甘氏道：「老大媳婦倒是跟妳像呢。」

甘氏要笑不笑地輕哼一聲：「我可沒這麼伶牙俐齒。」然後瞪了二女兒一眼，「胡鬧什麼？聖上賜婚的長嫂，豈是妳承認不承認的？還不快見禮！」

赫雲慧看向二嫂和三嫂，這兩人都躲避她的目光，令她氣惱不已，明明昨日就說好，要給這新嫂子一點顏色看的，總不能讓一個庶出的丫頭當了長媳，日後名正言順地接管侯府吧？自己這廂為她們出頭，她們倒好，還假裝不知。

儘管滿心不情願，但見到父親威嚴的目光掃了過來，赫雲慧還是駭得馬上站起身福了一福。

四爺赫雲飛是赫雲連城同母的親弟弟，與侯爺生得很相似，是個極出色的美男子，對郁心蘭的禮數倒是周全，但郁心蘭覺得他的態度並不熱情，似乎與赫雲連城並不親近。

五爺赫雲徵才十歲，長得與侯爺最為相似，小小年紀，就已經生得一副唇紅齒白、鳳目瀲灩的妖孽相了。加之跟郁心瑞同齡，對郁心蘭又友好，未語先笑，郁心蘭瞧著就喜歡，若不是屋裡人太多，她真想在他白嫩嫩的小臉上掐上幾把。

大老爺家的兩個兒子目前都在外放，只兩房媳婦在府中，惜奶奶和蓉奶奶，而幾位庶出的小姐表面上看起來怯生生的不多話，郁心蘭與她們友好地相互見禮，送上禮物便完事了。

見過家中親戚，晚輩們都各自回房用早飯。赫雲連城也回房了，郁心蘭卻要留在上房立規矩，站在婆婆身後服侍。偏偏她有兩個婆婆，還喜歡一左一右地坐在侯爺身側，她只得來回奔波，以桌心為圓點反覆畫半圓。一餐飯下來，相當於跑了三千公尺，又時值夏季，端的是出了一身香汗。

長公主接下郁心蘭遞上的香茗，淡笑道：「妳也忙了一早上了，回去吧，這不用妳服侍了……姊姊，妳說呢？」

郁心蘭又趕緊走至甘氏身邊，接過丫鬟手中的茶杯遞上。

甘氏只「嗯」了一聲。郁心蘭如蒙大赦，忙蹲身行禮，全了禮數，才告罪退下。

出了上房，郁心蘭才狂吐出一口氣，難怪人人都說體面的媳婦不如受氣的閨女，這古代的媳婦還真是不好當啊。隨即又想到，古時的有錢男人身邊總是會有那麼幾個大丫頭服侍著，以赫雲連城的年齡，只怕早就收用過了，可偏偏老太太收集來的資訊裡沒有這一條，少不得一會兒回院子要好好問一問。

❖ ❖ ❖

赫雲連城體貼地讓小馬車在正院外候著，郁心蘭登上馬車，不多時便回了新居——靜思園。

扶著紫菱的手下了車，郁心蘭便覺得院子裡冷冷清清的，回到屋內，巧兒上了茶，小茜稟報說：「大爺去了前院，吩咐說回來陪大奶奶一同用午飯。二奶奶、三奶奶和西府的惜奶奶、蓉奶奶，使人來叫婢子們去取給大奶奶的回禮。……婢子想，原是該她們差人送過來的，可初來侯府，又怕得罪人，讓大奶奶難做，所以使了千夏、千雪她們四個去了。」

郁心蘭立時蹙眉，冷冷地橫了小茜一眼，「妳既然知道這事兒不對，怎麼不推說要等我回來請示過，反而自作主張？她們去了多久？」

小茜被她這一眼掃得心驚，慌忙跪下，「婢子也是怕大奶奶得罪人……」

「先說她們去了多久？」

「有一個時辰了。」

郁心蘭心下更躁，已經有一個時辰了，這幾個丫頭怎麼還沒回來？這幾個人沒事叫她的丫頭去，只怕沒安著好心思。

正思量著，四個丫頭各自捧著一個盤子回來了，是四位妯娌送給她的回禮。

回禮倒都還體面，郁心蘭令錦兒收好，回頭問四人都見了什麼人、被問了什麼話、怎麼回的。四人一一答了，細想想並沒半分不妥之處，可郁心蘭總覺得這事古怪，叮囑眾人，沒事不得出院子，有要出院辦的事，也叫上一名侯府的丫頭相陪。

叮囑過後，郁心蘭覺得安心了些，這才使人喚來院子裡的管事安嬤嬤。

剛喝下一碗清粥，安嬤嬤便進來了。

安嬤嬤是名三十餘歲的婦人，五官端正，行事嚴謹，看起來是個正派的。郁老太太打聽出，她是赫雲連城乳娘的親妹妹，乳娘待赫雲連城極好，只是去得早，臨終前託他照顧這個新寡的妹妹，赫雲連城就真的將人接了進來，聽說連賣身契都沒簽。

安嬤嬤在這靜思園已經有十年了，主管這院子裡大小的事務，今日一早赫雲連城就向郁心蘭介紹過，所以郁心蘭對安嬤嬤十分禮敬，笑容滿面地道：「嬤嬤坐。」

安嬤嬤看上去十分講規矩，進屋便行了大禮，對於郁心蘭的讓坐，堅決地辭了又辭，盛情難卻，這才在下首搬了個小杌，挨著邊坐了。

郁心蘭笑得親切，「嬤嬤是這院子裡的老人，以後什麼事還是請嬤嬤管著，我年輕不經事，也不熟悉爺的喜好，還要請嬤嬤多多教導才好。」

安嬤嬤忙站起身來，連稱不敢當，「為大奶奶辦事是老奴的本分，還請大奶奶萬莫再說教導二字。不如先由老奴介紹一下院子裡的日常事務，再將院子裡的下人指給大奶奶認識？」

郁心蘭稱好，安嬤嬤立即將赫雲連城平日的作息和喜好簡要地說了，又將院子裡的下人都領進來，將花名冊交到郁心蘭手中，按名冊先介紹了幾位管事婆子，再將粗使丫頭和婆子分組介紹給郁心蘭。赫雲連城身邊的長隨喜來、運來以及幾個老僕，則在屋外連廊上向郁心蘭行了禮。

郁心蘭讓人一一看賞，笑著勉勵幾句，遂揮手讓各人各辦差使。

錦兒給她換了茶，郁心蘭半輕啜一口，才微笑著問：「平時貼身服侍爺的是哪幾位？」

安嬤嬤忙解釋道：「爺原本有兩個貼身丫頭，不過年紀到了，就配出府去了。長公主殿下原本還要添置，被爺給推了，現今在爺身邊服侍的只有喜來和運來。」

郁心蘭聽了這話，渾身那個舒泰，笑容更加真誠親切了幾分。

安嬤嬤見大奶奶沒別的吩咐，便進言道：「大爺現今成了親，院子裡可以有四個一等丫頭、四個二等丫頭、六個三等丫頭。大奶奶定好了人選，老奴便使人報給內總管，這個月開始就能按級領銀。」

對於陪嫁人員的分級，郁心蘭早就和紫菱商定妥當了，錦兒、蕪兒、巧兒、小茜為一等丫頭，千夏、千雪、千荷、千葉為二等丫頭，當下讓紫菱將名單給安嬤嬤。安嬤嬤接過後，退出了正堂。

❖ ❖ ❖

眼瞧著快到晌午了，郁心蘭記得剛才安嬤嬤說的赫雲連城的喜好，令小茜去準備好普洱茶，自己則到內室歪了會子。

不多時，赫雲連城回來，郁心蘭忙跟進裡間，服侍丈夫更衣，出來後，親手接過小茜奉上的茶遞到他手中。

赫雲連城正覺口渴，手摸著茶杯覺得溫度剛好，便幾口喝下。茶是他喜歡的普洱茶，而且是他認為最好喝最出味的第四遍茶，當下便轉眸瞟了郁心蘭一眼。郁心蘭唇角輕揚，巧笑倩兮，一雙春水般的明眸正盈盈地注視著他。

赫雲連城心中一動，揮手讓丫鬟們退下，拉著她的手一同坐到大榻上，輕聲問：「院子裡的人可見過了？」

「回爺的話……」

「叫我連城。」

雖然話被打斷，但郁心蘭並未有任何不快，反倒有些開心，他讓她叫他的名字，這說明他是拿她當平等的人看待，這比那些喜歡端大老爺架子的男人強得多了，於是笑盈盈地改口：「連城，我正想同你說這事。」便將自己的安排一一說了。

赫雲連城點了點頭，「院裡的事妳只管安排就好，若有哪個不服管的，妳再告訴我。」

郁心蘭又發覺了一項赫雲連城的長處，一開始就想到替她出頭，定是個極顧家的男人，再說這麼些年他身邊也沒什麼通房之類的人，可見是潔身自好，這個男人值得她真心對待。

郁心蘭低頭一笑，對往後的生活充滿期待。

赫雲連城見小妻子如此容易滿足，不由得也眼帶笑意，情不自禁地將她攬入懷中，下巴輕擱在她頭頂。

郁心蘭的心怦怦直跳，不知是緊張還是期待他接下來會做什麼……可赫雲連城卻只是抱著她，並未有下一步的動作，這讓她有些失望和失落。莫非是她的魅力不足？不然怎麼他們孤男寡女共處一室，他一個血氣方剛的青年，軟玉溫香地抱了個滿懷，卻連一點想親吻她的想法都沒有……哪怕只是親親頭頂也好啊。

「想什麼？」赫雲連城從妝鏡中發現小妻子蹙眉的樣子，忍不住出聲詢問。

「呃……沒什麼。」郁心蘭慌忙否認，她怎麼能告訴她剛才在希望他吻她？真是夠了，活了兩世的人居然還會發花癡！

郁心蘭幾乎將臉埋到了赫雲連城胸前，只將插滿珠釵的後腦勺給他看，自以為掩飾得極好，卻不知斜對面妝台上的菱鏡早將她又羞又窘的表情呈現在赫雲連城的眼前。

赫雲連城的眸中忍不住湧上幾絲笑意，隨即，那璀璨的光芒又暗了下去，忽然說了聲：「抱歉。」抱歉因我而令妳在家人面前抬不起頭來。

郁心蘭明白他是指的什麼，抬頭俏皮地一笑，「我們是夫妻，夫妻是一體的，何必說什麼抱歉？哪有自己對自己說抱歉的？日後我若是不小心得罪了夫君你，也不會對你說抱歉，這話我今日先擱在這兒，日後可不許惱我。」

就知道小妻子是個通透的人。聽著這耍賴似的寬慰話，赫雲連城也覺得開朗起來，又將她摟入懷中，以前不願說的心事，緩緩地吐出來：「我是家中嫡子，自幼便極得父母疼愛，皇上……亦是。我十四歲便當上了禁軍總領，即便是沾了父蔭，也算是很難得的成就了。」

「六年前，皇上領群臣於秋山圍獵，將眾人分為幾組比賽，我和諸皇子分在一組，大殿下一定要去蟒峰獵猛虎，去往蟒峰有一條羊腸小徑，地勢極險，回程的時候，正巧遇上山崩，我只來得及救下九殿下，另外五位殿下和一眾伴讀、侍衛都葬身山底。」

後面的話不必說，郁心蘭也能猜得出來。同時沒了五位皇子，不用說皇上會有多悲痛、震怒了，對活著回來的九皇子明子恆和赫雲連城，不遷怒、不猜忌，那是不可能的。

郁心蘭忙回握住他的手，輕言寬慰：「連城，皇上英明，日後定會明白你是清白的，你一身本事，總能再為朝廷出力，不必急於一時。」

赫雲連城以前的確是頹廢過一陣子，這幾年早就已經自行開解了，只是見小妻子說得認真，那雙翦水雙眸中全是心疼和真誠，心中倍感溫暖，不知怎麼就不經大腦地問道：「妳會陪著我嗎？」

問完有些期待，卻更多的是羞赧了。

赫雲連城問完便覺得不自在，可是說出口的話哪能再收回？好在他素來冷峻，面上鮮有表情，即使羞赧，也僅是耳根紅了紅，長而密的睫毛連眨幾下而已。

這個問題用「會」與「不會」來回答就行了，可這是夫妻間第一次坦誠交流，郁心蘭想表達得更完美、更真誠，在心裡拚命翻騰著詞彙，一時沒注意到他的表情。以往在公司裡，向新老闆表忠心那叫一個順口就來，可這會子那些錚錚誓言竟說不出口，最後只能用有力的點頭來配合語言表達：「會！一定會！」同時在心中備註：只要你不納姨娘，不收通房。

「謝謝妳！」赫雲連城的眸光轉暖，抬手輕撫上小妻子滑嫩的俏臉，見佳人臉泛粉紅、眸波流轉，忽地勾唇一笑，竟有幾分侯爺的邪魅之氣。他輕聲道：「蘭兒的心願我定會達成。」

真的？真的？你日後真的不會納姨娘、收通房？

郁心蘭眨著水靈靈的大眼睛，充滿期待地問：「連城，你知道我的心願？」

赫雲連城附耳道：「妳剛才不是想要我親親妳嗎？」

胡扯，沒有的事！郁心蘭頓時窘了，猛地一把將他推開。

赫雲連城微挑了挑眉，神情冷峻，彷彿剛才的話不是他說的。

郁心蘭嬌瞪他一眼：冷著一張臉調情，這什麼人！

好在這時錦兒在門簾外稟道：「大爺、大奶奶，飯菜送來了，現在擺嗎？」

郁心蘭忙道：「擺吧。」

錦兒和蕪兒忙端著臉盆進來，服侍兩位主子淨手。

午飯是六葷四素、兩個拼盤、兩盅羹，因她的喜好廚子並不知曉，這多半都是赫雲連城喜歡的菜色，郁心蘭用心記下。赫雲連城似乎的確是不喜歡有人服侍，蕪兒為兩人添好飯後，他就揮手讓她們退下，吃飯的時候，也嚴守食不言的規矩，細嚼慢嚥，舉止優雅斯文。

❖　❖　❖

用過午飯，赫雲連城便去了書房，郁心蘭歇了會子，算好時間去長公主居住的宜靜居請安。

長公主剛午歇起來，正坐在大榻上品茗，聽到丫頭來報，忙讓請進來，待郁心蘭見了禮，便笑道：「免了，坐吧。」

郁心蘭恭順地笑，「多謝婆婆。」

一名婆子搬來一個錦墩兒放在榻邊，郁心蘭側著身子坐了，笑著問起長公主身子可好，順便表達了一下自己願意好好孝順的心聲。

長公主面帶微笑與她交談，和藹地道：「妳好好服侍靖兒便是，我這裡有的是人服侍，妳不必每日過來請安。甘夫人那邊，逢年過節去請個安就成了。」

婆婆說不必每日請安，她哪能真的如此，郁心蘭忙站起來表忠心：「媳婦服侍是天經地義的，婆婆如此慈愛，媳婦更要多加孝順，好好跟婆婆學學行事的禮數。」不過甘氏那兒，估計是不用每天去請安。

長公主聽到這話便笑了，沒再提不讓請安的事。

婆媳倆正說著話兒，赫雲飛求見，長公主忙道：「快進來。」

赫雲飛進來後，郁心蘭便站起來福了福，「四爺好。」

赫雲飛打量了她一眼，冷淡地道：「原來大嫂在這兒。」

長公主似乎有些急切，拉著幼子坐到自己身邊，輕聲問：「那事兒如何了？你父親怎麼說？」

赫雲飛的俊臉上閃過一絲怒意，「父親說這事兒得緩緩，畢竟大哥的事還擺在那兒，若我求得急了，會讓皇上猜忌。」說著，冷冷地掃了郁心蘭一眼，似乎要把她當大哥給怨上。

長公主的玉面上現出戚容，「皇兄他……」頓了頓安慰幼子道：「你皇舅那兒，娘再去幫你說說，你軍功已經累積了不少，升職是正當的。」

赫雲飛嗯了一聲，又掃了郁心蘭一眼。

郁心蘭低頭喝茶，假裝沒聽懂，早聽說赫雲家幾兄弟在軍中都只領了些空閒的文職，原來累積了軍功也很難升職……唉，難怪幾兄弟看赫雲連城都不順眼。

長公主想是有話要跟兒子說，親切地朝郁心蘭道：「我沒事了，妳回去吧，多跟靖兒相處相處，他只是外表看起來冷點，其實還是挺細心的。」

郁心蘭正好不想待了，乖順地起身告辭。

一夜無話。

❖　❖　❖

第三日回門，長公主準備了整整兩馬車的豐厚禮物，郁心蘭一早就起來，與赫雲連城先去主院向父母親請了安，才登上小馬車，往府外去。到二門處換乘外用馬車的時候，沒料到會遇上明子期。

明子期一身寶青色暗花常服，白玉束髮，眉目純淨，唇紅齒白，真是翩翩少年郎。只是大清早的出現在定遠侯府，真是太奇怪了，難道是有什麼事要在上朝前跟侯爺商量？

郁心蘭怔了怔，忙屈膝行禮，「給十四殿下請安。」

明子期笑嘻嘻地還了一禮，「表嫂有禮。」扭頭朝赫雲連城道：「連城哥這是陪嫂子回門吧？我今日無事，就陪你們走一趟吧。」

咦？好像沒有人邀請他啊！雖說他是赫雲連城的表弟，可哪有人回門帶表弟的啊？

郁心蘭腹誹，赫雲連城也挑眉，「胡鬧！」說罷不理他，扶了小妻子上馬車，自己飛身上馬。

可明子期哪是這麼好打發的，自己騎了馬，跟在兩人身後到了郁府。

郁府大門外早有林管家親自看著，見到四姑爺和四姑奶奶回來了，忙讓人引至二門下車，請到了正院正堂。

郁老爺和王氏端坐在上座上，王氏原來將架子端得高高的，忽瞧見跟在二人身後進來的十四皇子，立即換上一副和藹可親的笑臉，同時悄悄向身後的許嬤嬤打了個手勢。許嬤嬤隨即會意，靜悄悄地退出去。

郁老爺沒料到十四皇子會來，忙忙地起身行禮。相互見禮過後，明子期被請到了上位，郁老爺坐陪，王氏坐到了郁老爺下首，赫雲連城和郁心蘭則在下位上坐下。

郁心蘭道：「公爹和婆婆為父親、母親準備了些禮品，我讓林管家收下了。」

郁老爺還沒說話，王氏就欣喜地道：「親家真是太客氣了！蘭兒，妳日後要好好孝順妳公爹和婆婆，要將他們當成親生父母來孝順！」完全是慈母的口吻。

郁心蘭內心裡打了個哆嗦，面上還要恭順地應承。

王氏又和藹地訓了幾句，門外便傳來郁玫驚喜的喚聲：「四妹妹回來了？可想死姊姊了！」

郁心蘭又是一個哆嗦。

郁玫一身織錦牡丹褙子粉色撒花宮裙，精心修飾了容顏，瞥見郁心蘭，又驚又喜，急切且婀娜地輕移進來，先拉了拉郁心蘭的手，顯得姊妹情誼十足。隨即向父母和十四皇子請安，又輕柔地喚了聲「妹夫」，得了父母的准許，郁玫便在郁心蘭的對面坐下。

赫雲連城給姨姊見禮後，隨即坐下，眼觀鼻，鼻觀心，完全無視對面的美人。

郁玫不甚在意，未語先笑，「蘭妹妹可真是越發漂亮了，看到妹妹、妹夫這麼和睦，我就放心了。」

呃，妳操哪門子的心啊？

不單是郁心蘭，就連赫雲連城和明子期都覺得郁玫關心得過了。就算是姊妹情深，到底是平輩，想說也得是私下裡說，而不是當著父母親和客人的面，以一種長輩的口氣說出來。

但王氏讚許地微笑，覺得十四皇子定會認為玫兒友愛姊妹，性情溫柔，而後轉向郁心蘭，「蘭兒，老祖宗和太太還有妳姨娘很想妳，妳帶四姑爺去請個安吧。」

哎呀呀，郁玫一副姊妹情深的模樣兒跑進來，卻只跟她說了一句話，王氏就要打發她離開，她怎麼好意思拋下這麼好的姊姊啊？

郁心蘭輕笑，恭順地站起來向王氏道謝，又歉意地朝明子期道：「殿下好意來陪夫君，我們卻要拋下殿下一陣子，實在抱歉。」又轉向郁老爺，「還請父親陪殿下對弈幾局，一會兒夫君自會過來。」

郁老爺覺得如此甚好，也起身作揖，「還請十四殿下移步下官的書房，下官剛得了副盤田青玉棋盤，正好請十四殿下鑒賞一番。」

明子期極有興趣，「好。」

郁老爺側身讓了讓，明子期當先離開了正堂，郁老爺緊隨其後，並回頭吩咐許嬤嬤：「夫人身子不好，快扶夫人回屋。」

這就是說，王氏的禁足令還未解開嘍？郁心蘭滿意地一笑，和赫雲連城攜手離開，先去梅院向老祖宗請安。

王氏氣得仰倒，卻又不能出言挽留，使得女兒的心思外露，矜持全無。郁玫也很氣惱，但外表還能平靜，示意許嬤嬤扶了母親回菊院。將丫頭婆子們打發出去，只留下許嬤嬤一人服侍著，郁玫輕聲道：「反正要用過午飯才走的，總有機會見面，不急於一時。倒是之前計議的事，得往後推了。」

王氏喝口茶，心氣平順了些，挑眉道：「改改就成，一會兒這般這般……若能一箭雙雕，必是最好。」

郁玫搖了搖頭，「先給十四殿下留下個好印象再說，那事兒……攀扯不上四丫頭也沒什麼，拿捏住了溫姨娘就是拿捏住了她。母親，妳這段時間先別操心，免得父親總不放妳出去，什麼事都謀劃不成。」

王氏輕笑一聲：「我自然知道。妳外公已經將妳的畫像和庚帖送去禮部了，應該很快會被宮裡留牌，到時老爺不讓我主事也不成。老太太還差人送了整套的佛經過來，想讓我抄經誦佛呢。哈，可笑！」

郁玫被宮裡留了牌，日後就很可能是皇妃或王妃，身為郁玫的生母兼郁府嫡母，王氏就能重掌中饋，這是為了郁府和郁玫的臉面，不論郁老爺和老太太甘願否。

王氏陰沉了眼，到那時，溫婉那個賤人就等著瞧吧！

郁玫思慮了片刻，蹙眉道：「真不知十四殿下為何會與赫雲連城這般親近……外公說的對，十二殿下也有機會，十四殿下若要登基，必須得籠絡有兵權的人才行。定遠侯手握重兵，卻一直中立，赫雲連城多少有些用處……再說十四殿下與他這般親厚，若是殿下登基，只怕會重用赫雲連城，日後我會常與蘭丫頭見面。」語辭中已經拿自己當十四皇子妃了。

王氏取了帕子輕抹嘴角，「妳不會是想拉攏蘭丫頭吧？」

郁玫輕笑，「怎會？」其實她是想找人替了郁心蘭。

王氏自是思量到了這一節，也蹙眉發愁，「妳日後若想得十四殿下盛寵，身邊總得有人能用。赫雲連城與十四殿下這般親厚，他的妻子就是最好的助力，可蘭丫頭是肯定不會幫妳的，只怕還要搬弄是非，必須讓赫雲連城休了她，另換一個跟咱們親厚的。」

這個道理郁玫哪會不懂，替換的人選好定，幾位舅舅家多的是女兒，煩就煩在以赫雲連城現在的處境，哪有姑娘會願意嫁？

這母女倆愁得很，郁心蘭卻十分高興，老太太同她一起到槐院見溫氏。溫氏的胎兒懷得十分穩，老太太說姨娘喜酸，多半是個曾孫子。弟弟郁心瑞的學問做得十分好，已經被童子學的老師舉薦參加今年的秋闈，現今已經搬到學裡居住，由當代鴻儒施詠先生親自教導。

赫雲連城不便在內宅久留，請過安便去書房陪郁老爺和明子期了。走了不到半個時辰，喜來由林管家陪著來到槐院，站在堂屋外稟道：「稟大奶奶，九殿下有要事尋大爺，大爺入宮去了，走前留話給大奶奶，大奶奶可多留會子，馬車和護衛自會護送大奶奶回府。」

郁心蘭讓錦兒打賞了喜來，隨口問道：「大爺可有說是什麼事兒？去多久？」

喜來恭敬地應著：「奴才不知。」

郁心蘭打發他去服侍大爺，老太太伸手在郁心蘭的額頭輕敲一記，略為嚴肅地教導她：「蘭丫頭打聽爺們的事做什麼？男主外女主內，就算不是九殿下找姑爺，妳也不當問。」

郁心蘭恭順地應了，心中暗嘆，女人居然連問一聲的權利都沒有，這地位也太差了些。在現代，即使是涉及到某些行業機密，丈夫也會跟妻子說一聲：「我要辦些重要事情，這些天不能跟妳聯繫。」

郁心蘭在郁府留到快掌燈時分，才依依不捨地回了侯府。先向長公主請了安，才回到靜思園。赫雲連城還沒回來，她便獨自用了晚飯，等到二更天，才洗漱睡了。

❖　❖　❖

第二日，郁心蘭醒來後，摸到身邊的被子尚有餘溫，枕頭也是皺的，可人已經不見了。錦兒聽到屋內的動靜，與蕪兒端了臉盆和茶水進來，邊服侍郁心蘭梳洗，邊道：「大爺昨晚三更多才回，四更天便走了，說是近幾日不會回府。」

郁心蘭心裡有些不舒服，風俗說新婚第一個月不能空床，否則夫妻日後會生分，她雖然不會這麼迷信，但若是別人嚼舌根，她這新娘子的地位就更低了，況且出門幾天，幹什麼事、去哪兒都不交代一聲，讓她如何回覆婆婆？

喝了碗粥墊了墊底，郁心蘭由蕪兒和巧兒陪著去宜靜居請安。長公主剛梳洗好，聽說她來了，便讓進來。郁心蘭屈膝行禮，正思量著怎麼說丈夫不陪同一起來請安，長公主便拉著她的手道：「好孩子，過來坐。靖兒與九殿下有要事要去築州縣，過幾日再回來，妳若覺得閒，就到我這兒來陪我一同用飯吧。」

敢情婆婆是知道的，只有她這個妻子不知道？

郁心蘭壓下些許的不暢快，微笑著道：「只要婆婆不嫌媳婦煩，媳婦自然多來親近婆婆。」

於是這一整天，郁心蘭都在宜靜居陪著長公主，直到晚飯後，才回到靜思園。入睡之前，她想，赫雲連城願意留訊給父母，是身為孝子的責任，可對她這個妻子，卻只是隨意交代一句，這般大男子的行徑得慢慢讓他改了才成。

❖ ❖ ❖

郁心蘭在屋內與紫菱談話，「這些天妳仔細瞧了她們幾人沒？覺得誰可用？」

紫菱道：「老太太的眼光不必說的，這四個丫頭都不錯。千夏是個機靈的，會揣摩人的心思，事兒辦得巧；千雪雖不愛說話，但眼力好，心思細膩，人也踏實，見事做事；千荷口齒伶俐，會攀談，以後打聽消息的事兒可以交給她；千葉女紅極好，人也潑辣，有些事可以讓她去出頭。至於忠心……她們的賣身契都在大奶奶手上，目前自然是忠於大奶奶的，不過，也要找時機試一試。」

郁心蘭點了點頭，她身邊現在只有紫菱和錦兒是信得過的，蕪兒、巧兒、小茜是王氏送給她的，她並不想重用，而安嬤嬤是侯府的人，還得慢慢觀察……自然要盡快再找幾個出來。

紫菱繼續稟道：「蕪兒目前看著倒是個規矩的，小茜和巧兒規矩還是不錯，就是心大，總是打聽府裡其他主子的事，怕不會安分，我本不想讓她倆辦到園子外的差使，可安嬤嬤每天都是吩咐她倆去廚房催菜，大奶奶現在將園子裡的人交給安嬤嬤管，我不好多說。」

郁心蘭聞言也蹙眉，她剛嫁入侯府沒幾天，不好一下子就奪了安嬤嬤的權，但安嬤嬤若是亂指派差使，日後出了差錯可都得算她的。況且……到底是安嬤嬤看不出巧兒和小茜不安分，還是故意這般安排？

正商議著，錦兒在門外稟報：「回大奶奶，喜來遞話兒說，大爺已經回府了，現在在前院侯爺的書房回稟。」

「知道了。」

郁心蘭舒了口氣，出門四天，終於回來了。想著分別幾日，不如去迎一迎，便喚人進來梳洗，打扮齊整後出了靜思園。

在主院的抄手遊廊處，迎面遇見了二奶奶、三奶奶和二小姐。郁心蘭面露微笑，這三人卻彷彿沒看見她似的，半途轉下臺階，改走青石甬道了。

郁心蘭也不在意，繼續往二門而去，耳朵卻聽到二小姐嬌縱地「哼」了一聲。

二奶奶問：「誰惹著姑娘了？」

三奶奶笑道：「哪有人惹姑娘，姑娘這是感嘆呢，女人啊，這輩子靠的就是男人，新婚期新郎就遠行，這新娘子多不得歡心，日後怎麼在夫家立足啊！」

聲音漸遠，只留下一串輕笑。

郁心蘭微挑了挑眉，前幾日這幾人只當她是透明人，遇見了也不打招呼，今天赫雲連城回來了，她們反而說起這碴，是什麼意思？

思量間，正遇上赫雲連城，兩人一同回了靜思園，郁心蘭讓丫頭們打好熱水香茶，放入內室，便打發她們退出去。赫雲連城很不喜歡身邊人過多，許多事情也是親力親為，連她這個妻子也不讓服侍。

換過了衣服，淨了臉，赫雲連城啜了幾口茶後，才滿足地長舒口氣，看向郁心蘭問：「這幾日家中如何？」

「一切都好。」郁心蘭伴著他坐下，微笑道。

赫雲連城便寬了心，母親說這幾日小妻子都在宜靜居服侍，想來沒遇到什麼人為難。

郁心蘭細細打量他，見他滿臉輕鬆，不由得暗嘆，他居然就信了，也不多問一句，真是的。她微笑著問：「事辦得順利嗎？」

「嗯。」赫雲連城的眸中閃爍著喜悅，應了一聲，卻沒再多一個字，婚後第二天說了那麼多話後，他又恢復成那個冷峻寡言的赫雲連城。

郁心蘭覺得他比平時高興了許多，於是不死心地追問：「是有什麼好事兒嗎？」

「可能。」

呃……比剛才多了一個字。

郁心蘭滿足了，傳了丫頭擺飯。

❖ ❖ ❖

連著三天一早，赫雲連城就出門了，這挺不平常的，就連安嬤嬤都說，他平日裡就是在書房看書，或者練武場習武，這般連續出門怕是幾年都難得一回。

這天，郁心蘭去宜靜居請安的時候，長公主的興致也顯得極高，卻只讓她福了身，就放她回去了。

郁心蘭微笑著應了，眼光在榻邊小几上的尊一品宮服和頭飾上打了個轉兒，這是要入宮嗎？不過平常入宮，也不必穿戴得這般正統的。

郁心蘭回了靜思園，立即打發千荷去二門打探消息。

等了不過半個時辰，千荷一臉興奮地小跑回來，喘著氣稟報：「回大奶奶，大喜啊！姑爺被封為正五品京畿守備，即刻上任呢！」

這麼說，定是與前幾日出門辦差有關了。郁心蘭聽父親說過，這京畿守備官職雖小，卻領兵二萬，守衛京城四門，地位極其重要，不是皇上信任的人，不可能得到這個職位。這是不是表明皇上已經不再猜忌他了？

不及細想，就有管事請她到上房去。

郁心蘭忙乘著軟轎來到上房。侯爺竟提早下朝，與兩位夫人坐在上首，面相雖是威嚴，眉宇間卻是流露出幾分喜悅之情。長公主自不必說了，笑得眉眼彎彎，一張絕色的面龐更添風韻，見到她便招呼：「蘭兒，快過來坐，靖兒被封為京畿守備……妳可真是靖兒的福星啊！」

定遠侯瞟了郁心蘭一眼，微微點頭，好似贊同長公主的話。甘氏原本神色淡淡的，聽到這句話，鄙夷地扯了下嘴角，發覺侯爺看過來，便將頭扭到一邊，侯爺也不以為忤。

郁心蘭忙謙虛道：「媳婦哪是什麼福星，是公爹和婆婆們一起扶持著夫君，夫君才會有今日。」說著抿唇一笑，真心為夫君高興。

終於有他施展才華的舞臺了！

不論是古代或現代，男人的事業都是男人心中第一位的存在，何況赫雲連城這樣精通文韜武略的人，抱負更是遠大，他本就不該久困在淺池之中。

赫雲連城入宮謝旨去了，幾位弟弟都陪坐在正堂之中。郁心蘭偷眼打量，二爺赫雲策的笑容有幾分勉強，三爺赫雲傑低頭喝茶，神情淡漠，四爺赫雲飛則扭頭看向堂外，唇角的笑容很冷。

連城封了官，說明皇上已經消除了對他的猜忌，三位弟弟也不必再被他連累，卻為何無人真心替他高興？

主位上的定遠侯夫婦三人，已經在商量辦個宴會，邀請文武百官為連城慶賀，時間就定在明日午時。侯爺吩咐管家赫雲忠盡快製好請柬，今晚之前就送至各府，定遠侯府要好好熱鬧一番。

安排宴席的諸多事情自然是交由甘氏負責，甘氏道：「只一日便要安排出數百桌宴席，我這邊怕出錯，二媳婦、三媳婦自然是要來幫手的，至於大媳婦……」說著瞟了一眼郁心蘭，接著道：「她剛入門沒幾日，府中的情況不熟，這次就罷了。將你們靜思園的管事婆子派幾個出來，交給老二媳婦分派。」

長公主有些不滿，不過也知道明日的宴會事關重大，便沒提出異議，而郁心蘭對這些小權沒興趣，自是恭順地應承。

不過她卻沒想到，甘氏一下子抽走了靜思園七名管事，其中還包括安嬤嬤和紫菱，她只得讓錦兒先暫時管了園子裡的大小事務，並吩咐其少讓巧兒和小茜出園子。

❖ ❖ ❖

第二日酉時初刻，剛剛下朝，文武百官便攜同家眷陸續到達定遠侯府。郁心蘭和幾位妯娌負責在主院的小花廳接待女眷，可郁心蘭根本沒參加過任何貴族聚會，誰也不認識。

負責迎客的管事婆子是連勝家的，郁心蘭早早地塞了個大荷包給她，連勝家的一迎進女客，便會介紹一番，郁心蘭邊應酬邊用心記下，免得日後記不住人而鬧笑話。

門口又是一陣喧譁，連勝家的笑道：「親家奶奶和親家小姐來了。」

話音剛落，王氏、郁玫、郁琳和溫氏的身影便出現在花廳門口。瞧見了溫氏，郁心蘭唇角含笑，忙迎上去屈膝一福，「見過母親。三姊、五妹近來可好？姨娘可好？」

旁人還沒來得及回答，郁玫便熱情洋溢地拉起了她的手，「妹妹真是大喜啊！」

郁心蘭未及答話，門外又傳：「禮部尚書賀夫人到賀！忠正伯蔣夫人攜家人到賀！」

禮部尚書家是郁心蘭的大姊郁瑾的夫家，忠正伯家是二姊郁英的夫家，兩家女眷竟一起到達，彷彿約好似的。

郁心蘭等人忙迎上去，二奶奶和三奶奶引著賀夫人、蔣夫人和王氏去了正堂，郁心蘭和惜奶奶陪著同輩的女眷到花廳，相互見過禮後依次坐下。

說起來，這是郁心蘭第一次見到大姊和二姊，郁瑾像極了王氏，高貴冷豔，而郁英生得漂亮，卻有點不知像誰。郁心蘭成親時，這兩人都託病不來，這會兒乍見，也不好像郁玫那樣裝熟，只一邊跟旁人說話，邊偷偷打量郁心蘭。

只見郁心蘭一張俏臉點了淡淡的唇紅，素淨的臉頰白裡透紅，嫩得可以掐出水來；豐潤的雙唇微微帶笑，眉毛、鼻子很像父親，清雅妍麗，一雙眼睛如同注入了春水，眼波脈脈，熠熠生輝，一身正紅的煙羅褙子配絳紅十二幅金紡宮裙，使她顯得端莊大氣。

再看裝飾，頭上是赤金鑲紅珊瑚的團花釵，翠玉搔頭，赤金鑲紅寶石扁簪，兩耳上的垂墜是眩目的粉鑽，胸前是赤金瓔絡項圈，兩隻玉手上各戴一只血紅瑪瑙指環，更襯得十指纖長，肌膚如雪。

郁瑾暗自蹙眉，沒想到蘭丫頭生得這般好，看來這人選得再挑一挑才成。她彎眼一笑，親切和氣，「四妹大婚之時，偏不巧我病了，沒能親自回門恭賀，還請妹妹見諒。」

郁心蘭忙起身道：「不敢！妹妹未能去府上探望大姊，也請大姊原諒則個！」

郁瑾找到了話頭，便拉著郁心蘭攀談起來。郁心蘭總覺得大姊是在探她的底，於是什麼都含糊而過，刻意顯出沒有個性的樣子。

此時門外又報，丞相夫人攜家人到來。一人之下萬人之上的丞相夫人及其家人，自然有許多人想巴結，大夥兒都迎了出去。郁心蘭上前見過禮，就被人群給擠到一邊，她趁機吩咐蕪兒幾句，才跟在眾人身後進了花廳。

一番見禮之後，花廳內喧賓奪主，王丞相的嫡親孫女，刑部侍郎王大人的小女王姝成了眾星捧月的那個月，高坐在上位，微帶著笑，矜持地聽著眾人的奉承。

無人注意自己，郁心蘭正想著藉機開溜，冷不丁身旁一人道：「別看她這麼得意，她那個親姊還不是嫁給了忠正伯家的癱子！」

郁心蘭回頭，原來是御史家庶出的四小姐李清言。李清言以為郁心蘭有興趣，壓低了聲音故作神祕：「聽說忠正伯三公子癱了好幾年，脾氣特別差，經常動手打蔣三奶奶，妳二姊看在堂姊妹的分上去勸架，都被打過幾次呢。蔣三奶奶今日不來，定是被打得鼻青臉腫了。妳家三奶奶跟蔣三奶奶是姨表妹，居然問都不問她一句。」

郁心蘭這才想起來，的確沒見到蔣三奶奶，但三奶奶問也不問一句，確實是冷漠了些。又想到這位李小姐如此傳播旁人的隱私，自己還是離遠些好。

正巧三奶奶趕過來找她，拉她到一旁輕聲問：「再借我兩丫頭可好？正堂那邊上茶水都忙不過來了。」

郁心蘭忙道：「好，這就讓蕪兒、小茜去吧。」因為園子裡的管事都被借走，她只得留了錦兒在園子裡管著，也順便看管一下明顯興奮過頭的巧兒。

三奶奶卻搖了搖頭，「妳要在花廳裡陪客，身邊沒有丫頭怎行？我去妳園子裡借兩個，妳不會捨不得吧？實在也是因為妳的園子離這裡最近。」

這宴會本就是為她的夫君所辦，幾個丫頭還能捨不得？郁心蘭忙道：「那行。我園子裡的千夏、千雪、千荷都是辦事麻利的，我讓蕪兒陪著妳去。」又特意囑咐蕪兒：「讓千夏、千雪跟三奶奶去。」

三奶奶笑道：「好。」便由蕪兒引著往靜思園去了。

郁心蘭見無人注意到自己，便向身邊的人告了罪，出了花廳，過了穿堂，走入丫頭放置茶具的隔間。

少頃，小茜領著溫氏過來，郁心蘭忙扶著溫姨娘坐下，嗔道：「姨娘是有身子的人，何苦還來受罪？」

一般出席宴會，妾室們都是站在正房的身後服侍，落不得座的，當然也會有些主母放她們去一旁休息，但王氏肯定不會有這麼好心，況且客人的丫頭不能近身服侍，她怕王氏使妖蛾子。

溫氏笑了笑，「已有三個月，懷得穩了。夫人自己也有身孕，近來脾氣好很多，沒事兒。」

郁心蘭簡直對娘親的善良無語，「脾氣哪是那麼容易改過來的？那日我驚了馬，夫人根本沒派人來救我，存心讓我摔死，免得阻了三姊的前程呢。」

這事兒之前沒說，是怕娘親擔心，現在點幾句，免得這個沒心計的娘親給人害了。

溫氏臉色立時煞白，緊緊抓著女兒的手，半晌才放開，「萬幸，妳放心，娘親會當心的，何況還有岳如。」

幸虧這個娘親還沒單純到無可救藥，郁心蘭心寬囿了幾分，問了幾句弟弟的學業，又叮囑姨娘離夫人遠點。溫氏不敢久留，起身回正堂，郁心蘭也回到花廳侍客。

正午時分，宴席開場。女席這邊，郁心蘭陪著王妹、郁瑾、郁玫等自家姊妹姻親一桌，旁邊兩桌分別是二奶奶的本親姻親，和三奶奶的本親、姻親。

酒正酣時，郁玫笑著端起酒杯敬道：「咱們一起敬四妹妹一杯吧！四妹妹可真是有福之人，成親不到半月，妹夫便沾了妳的福氣升了官！」

哎喲，昨天婆婆在自家人面前讚了她一句「福星」，她都得了白眼數枚，今天郁玫竟當著賓客的面，說夫君升官是沾了她的光，這話傳出去，人們必定覺得她淺薄無知，家裡的妯娌定會認為她想借勢奪權，公婆定會猜測她想爬到夫君頭上去……哪家會喜歡這樣的媳婦？

這不，幾記眼刀已經殺到了！

郁心蘭忙正色道：「三姊這杯酒我可不敢喝。夫君能有今日完全是皇上的恩典，托皇上的洪福，也得益於公公婆婆平日的教誨，與我半點關係都無。」

若郁心蘭接了酒，便落下不是；若不接，就是郁玫的不是了。

郁玫見她不上當，只得訕笑，「自然是皇上的恩典……我是高興妹妹有福氣，一時說岔了。」

郁瑾打圓場笑，「妹夫日後定會步步高升，四妹是個有福的。」

同桌的紛紛附和，便將這話蓋了過去。

直至未時初刻，宴會才結束，丫頭小廝們撤下席面，重新換過茶水、果品，搬開南面的屏風，主院廣場中早已搭好戲臺。

前三折都是武戲，估計是侯爺點的，郁心蘭看得津津有味，二奶奶卻說：「我們女人家不愛看這個，不如去園子裡逛逛，現在荷花開得正好。」

不少奶奶小姐回應，郁家和王家的女孩子們都往外走。郁心蘭滿心不願大暑天的正中午逛園子，可自己的本親、姻親都去，總不能無動於衷。

站起來的同時掃了一眼全場，看到甘氏身後的幾名丫頭時，郁心蘭心中一動，低聲問蕪兒：「看到錦兒和巧兒去哪兒了？明明還在的。」

蕪兒張望一眼，回道：「婢子不知，不過，好像是錦兒姊姊先離開。」

郁心蘭沉了臉色，之前她明明說借千夏、千雪她們幾個，三奶奶卻硬要錦兒和巧兒來幫忙，這已很不對勁了。錦兒不是個會躲懶的人，這會兒賓客未散，她會跑到哪兒去？

蕪兒機靈地問：「要不要婢子去找找？」

「妳去園子裡找千雪她們，要她們四個分頭去找，找到錦兒就要她立即會主院服侍，不許離開半步。若有人阻攔，就說是我吩咐的。」

吩咐完了，郁心蘭才快步跟上眾人。

侯府的荷花池占地數畝，正值六月荷花盛放，萬綠襯托著星星點點的粉紅，美不勝收。一行人在柳蔭下尋了幾張石凳坐下，邊賞風景邊輕聲談笑。忽然，一個小丫頭跑過來，喘著氣向眾人見了禮，神色急迫道：「稟大奶奶、二奶奶，親家王夫人摔倒了，血流不止呢！夫人讓婢子請大奶奶和親家小姐快些過去！」

王氏摔倒了？郁心蘭直覺就想問溫氏是不是也摔倒了。可這年代妾室沒地位，她放著嫡母不關心，卻關心庶母，會被人指責不孝，因而她只能焦急地詢問：「到底是怎麼回事？妳快給我說說。」

郁瑾、郁英、郁玫、郁琳卻道：「去了就會知道，快些走吧。」說罷，四姊妹拖著郁心蘭便走，還將她夾在中間，似乎怕她跑了。

小丫頭回道：「婢子只知親家夫人摔倒了，已請了李太醫去請脈。」

郁心蘭「哦」了一聲，回頭吩咐蕪兒：「妳回靜思園取盒百年老參來，若不知道地方，問一下千夏，她跟著錦兒收的……」

郁玫打斷道：「人參什麼的，還不知道能不能用得上，妹妹先別忙。」

二奶奶也道：「是啊，親家太太在我們侯府摔倒了，要什麼藥自然由侯府出，不用大嫂拿私己出來。」

這就是連訊兒都不讓她傳一個了？郁心蘭更覺得不妙，遂問小丫頭：「郁大人和大爺去了嗎？」

小丫頭先瞧了一眼二奶奶，方答道：「婢子不知，婢子只負責來尋親家小姐和大奶奶。」

郁心蘭跺腳，「若一時忙亂忘了通知大爺，讓人指責大爺不孝便不好！蕪兒，妳立即去！」

「是。」蕪兒脆生生應了一聲，低頭跑了。

二奶奶和郁瑾、郁玫交換了一個眼神，郁心蘭只當沒看見。

王氏被安排在專門供賓客居住的留芳居的一間內室裡，郁心蘭等人到時，床單什麼的都已經換過了新的，房裡還有著淡淡的血腥味氣。

李太醫正在給王氏請脈。因著前頭賓客未散，三奶奶見來了人，便先去主院了。二奶奶在一旁問了聲好，說了幾句寬慰話。郁瑾四姊妹只管拿帕子抹眼角，哭得兩眼通紅，鼻尖卻沒紅。

郁心蘭瞧在眼裡，心中疑惑更大，也抹了眼角，揉紅了眼睛，哽咽著問：「母親，到底是怎麼回事？女兒必要為您討回公道。」

王氏面色慘白，有氣無力，只神色複雜地看著郁心蘭，卻不說話。

此時李太醫已請完脈，搖頭嘆息：「滑胎了，氣血兩傷，得好好休養。」便說邊走到桌前開處方。

門外一陣腳步聲，赫雲連城陪著岳父郁老爺直衝了進來。郁老爺雖對王氏不滿，但此時見到她面色憔悴，亦十分心疼，坐在床邊柔聲安慰。

王氏哽咽道：「是我沒福分為夫君開枝散葉，夫君切莫怪溫姨娘。」之前怎麼問都不肯說，這會兒忽然扯到了溫姨娘身上，王氏還一臉「賢慧」的為溫姨娘求情，只怕是要六月飛雪了，絕不能讓她再說下去。

郁心蘭一臉的悲痛欲絕，追著問李太醫：「我母親的身子已有四個月了，胎兒已然成形，不知是男是女？」

李太醫怔了一怔，嘆道：「是男胎。」

郁瑾幾個大哭起來，「父親盼了二十年的嫡子就這麼沒了！」

郁老爺的眼睛也紅了，雖然他已有了兩個庶子，但嫡庶有別，他還是非常盼望有個嫡子的。

郁心蘭暗掐了自己一把，撲簌簌滾下了幾滴眼淚，「李太醫，可否將胎兒取出來讓我瞧瞧？」

李太醫頓時尷尬了，二奶奶忙攔著：「那等汙物瞧來作甚？剛才端出去倒了。」

郁心蘭哭得更狠，「那是我未曾謀面的嫡親弟弟，怎麼是汙物？快使人尋了來，讓父親帶回去好好掩埋。」

郁老爺也覺得十分有理，欣慰地看向郁心蘭，覺得這個女兒真是貼心。

郁瑾卻勸道：「父親，咱們過門是客，母親還得在這兒休養一個月，況且今日侯府這麼多賓客，丫頭小廝們忙得腳不沾地，咱們總不好太過打擾。」

郁老爺原本聽了郁心蘭的話，想將未出世的嫡子葬在家中，也全了一場父子之情，這會兒聽長女一勸，又覺得的確是給親家添了麻煩。

郁心蘭瞟見父親的神色鬆動，忙靠到赫雲連城身邊，淒淒婉婉地求道：「連城，丫頭們忙不過來，你差幾個侍衛去尋一尋好不好？左右就在這幾個院子裡，問一聲倒水的丫頭就成了。」

這年代沒有下水道，除了夜香有專人收拾，污水什麼的多半是倒在院中的土地裡，最多是廚房後的那條暗溝，剛倒不久，要找也能找出來。

赫雲連城垂眸看了她一眼，應聲道「好」，便出去吩咐侍衛，郁老爺便將要出口的「罷了」二字吞了下去。

二奶奶和郁瑾姊妹幾個的臉色頓時難看了。

郁心蘭悄悄打量屋中各人的神色。郁瑾和郁玫緊抿著唇，郁英神色緊張，對上郁心蘭的目光後又心虛地移開。郁琳的目光不離床榻，臉上只有對王氏的擔心。

二奶奶有些坐立不安，掙扎了一下，終於走到郁老爺跟前福了福，歉意地笑道：「向親家老爺告個罪，我還得去前面幫婆婆侍客，這……」

話未說完，郁心蘭就拉著二奶奶的手，更加歉意地道：「還請二弟妹留下，一會兒要給母親取藥熬藥的，我沒在府中當過事兒，還得二弟妹幫我。為了侯府和郁府的和睦，婆婆必定不會怪罪。」

別走啊，這齣戲裡，妳的戲分也不少呢！

二奶奶被郁心蘭強拖著挽留，答應也不是，不答應也不是，只好拿眼睛覷了覷郁瑾幾姊妹。

郁瑾正暗暗心驚，莫不是被蘭丫頭瞧出了什麼端倪？況且那事兒一時半會兒也想不出對策，不如舊話重提，先處置了溫姨娘再說。於是，她也懇求道：「還請二奶奶留下來幫襯。」又走至父親身邊低泣：「父親，您可要為未出世的弟弟做主啊！」

郁老爺也正尋思這個，忍著悲痛問王氏：「好好的怎麼會摔了？紫絹怎麼不扶著妳？」

王氏眼中又湧上淚水，「我只是……」大概太過悲傷，竟哽咽得說不出話來，半晌才繼續道：「我只是想去解手，剛好溫姨娘也要去，我就只帶了她和紫絹兩個。溫姨娘不知怎麼絆了一下，我們三個都滾下樓梯。」

郁心蘭心裡一驚，正要詢問，郁老爺已經搶著問道：「那婉兒怎麼樣了？她也有身子了！紫鵑呢？我倒要好好問問她，是怎麼服侍人的！」

見丈夫這般關心那個賤婢，王氏暗恨得捏緊了拳頭，語氣嗆人：「當時我就暈過去了，我怎麼知道？老爺別亂怪人，紫絹和溫姨娘各扶我一邊，是溫姨娘絆了我，跟紫絹一點關係也沒有。」

郁老爺此時心中焦急，只怕另一個孩兒也不保，哪裡聽得夫人說些什麼，直走至二奶奶跟前，懇請道：「還請賢侄女差個人帶路，我去看看溫姨娘。」

不必二奶奶吩咐，一名婆子不知從哪個角落裡閃出來，屈膝福禮，「老奴給親家老爺帶路吧。」郁心蘭見是長公主身邊的紀嬤嬤，便沒阻擋。

郁老爺領首，跟著紀嬤嬤出去了，頭也沒回一下，直把個王氏氣得差點沒從床上跳起來。

郁玫睇著郁心蘭，「四妹妹不去看看姨娘嗎？」

其實郁心蘭很想跟去，可又怕她走後，這幾人趁機商量什麼。剛才這幾人的神色頗為慌張，似乎是因她提出要男胎的骸骨而起的。

郁心蘭冷笑，王氏的喜脈多半是假的，哪有那麼巧的事，娘親懷孕，她也懷孕。而且之前父親因對王氏不滿，已多日不曾留宿菊院，所以王氏診出喜脈已有兩個月的身子，之前怎麼半點風聲都沒有？到現在四個多月要顯懷了，又正值盛夏，衣裳輕薄，怕是瞞不下去了，才整出今天這齣戲！想來個一石三鳥，既害的娘親流產，又能把髒水潑到姨娘身上，還能順便把自己身上的包袱給卸了。

郁心蘭想到這兒，狠了狠心，嫣然笑道：「姨娘那兒自有侯府的下人伺候，父親也過去探望了，我還是在這兒服侍母親吧。」

絕不能讓她們商量出了對策！時隔這麼久，娘親肚裡的孩子保或不保，都已成定局，不能再讓她再受冤屈了。

郁心蘭拿定主意，往床邊靠了幾步，體貼地問：「母親可想吃些什麼？」

王氏心火正旺，當即甩臉子，「妳有沒有腦子，宴會剛過幾個時辰，我吃得下嗎？」

「哎喲喲，這剛落身子的人怎麼中氣這麼足？跟鄉下村婦似的強健。再說了，大奶奶是我們赫雲家的媳婦，有什麼不對，自有她兩位婆婆教訓，王夫人妳還是留著力氣回去訓自己的女兒吧。」

說這話的是年屆四十仍有顆憤青心的程氏，她倒不是跟王氏有什麼過結，她只是看所有丈夫官職比他家老爺高的貴婦人不順眼。

程氏跟在甘氏和長公主的身後進了屋，眼睛就四下轉，大聲驚訝：「哎呀，親家老爺居然不在呀？啊，是去看那位姨娘了吧？」。

郁心蘭一臉黑線，前頭說王氏那段她還愛聽，後面這話可就有挑撥之嫌了，這程氏果然不惹毛所有人不甘休。

好在郁瑾幾姊妹覺得程氏就是個潑婦，跟她鬥嘴有失身分。而甘氏和長公主兩個共侍一夫，鬥了這二十年，深諳後宅爭鬥的種種規則，這到底是親家的家事，她們只想作壁上觀。因而程氏說得再響亮，也沒人接話。

甘氏和長公主各問候了幾句，請王氏多保重身體。王氏回了幾句場面話，便拿眼覷長女。

郁瑾上前福了福，輕柔卻咄咄逼人地道：「侄女有句話想問兩位夫人，還請原諒則個。」

甘氏道：「問吧。」

「我母親如廁，她與娘親又都懷有身孕，不知道侯府為何不派幾個丫頭跟著？或是讓人傳郁家的丫頭來？」

因為今日賓客眾多，每家女眷都只帶了一個丫頭貼身服侍，其餘的丫頭，侯府另外安排了吃食。若主人有事，再去喚來服侍。郁心蘭不知郁瑾將事兒扯到侯府身上是什麼意思，難道想從侯府撈到什麼好處？

「唉，這事我知道。」程氏搶著答：「當時我兩位弟妹正同寧王妃和政王妃說話，沒注意到妳母親這邊，我三侄媳婦瞧見妳母親起身，立即親自上前問了，是妳母親自己不要，我在旁聽得清清楚楚。」

程氏這麼一說，王氏不好再裝，乾笑道：「是啊，我沒料到會這樣……瑾兒不得無禮。」

郁瑾忙向甘氏和長公主道歉，退到一旁，心中暗恨程氏多事，又恨母親行事不當，竟讓人瞧見聽見。

被小輩質問，甘氏和長公主面色不佳，沒出聲，屋內一時靜了下來。

恰好郁老爺看望過溫姨娘，又折了回來，神情輕鬆，郁心蘭便猜測娘親沒事。果然，郁老爺向甘氏和長公主拱手作揖，感謝侯府迅速請大夫救治，保全了姨娘的胎兒。

甘氏應酬幾句便想離開，王氏哪裡肯讓，抹著眼淚道：「溫姨娘害我摔倒滑胎，自己卻沒事，難道郁家就是沒有嫡子的命？」

郁老爺聽她當著親家太太的面說些這個，忍不住惱火，「妳還說！我剛才問過婉兒了，她腳下一滑，立即鬆開了扶妳的手臂，是妳自己摔倒，怨不得別人！」

王氏當即火了，拔高了聲音質問：「我說了是她撞到了我，你卻不信，她說什麼你卻相信，有你這般寵妾滅妻的嗎？親家太太，妳們給評評理！原本我以為是她無意之失，不想追究，現在，我懷疑是她故意謀害嫡子，少不得要拖去見官的，這賤婢絕容不得！」

郁老爺氣得鬍子直抖，又不想當著外人和兒女們的面爭吵，讓人看笑話，一時接不上話。

甘氏專心研究地磚，長公主仔細打量手中茶杯，都不想蹚這渾水。

郁心蘭暗暗心急，王氏有個權傾朝野的丞相父親，為人又極是霸道蠻橫，鬧將起來，只怕會要姨娘肚子裡的孩子抵「嫡子」的命。她掃了眼四周，瞧見看熱鬧看得兩眼放光的程氏，心生一計。

郁心蘭遞了個眼色給蕪兒，悄悄地挪到程氏身後不遠，故作神祕地吩咐蕪兒：「妳去外面打聽一下，當時有沒有人瞧見三人是怎麼摔的？只憑母親和姨娘之言，的確不妥。」

程氏支著耳朵聽到了，忽地想起當時旁邊的小丫頭描述，自認為想通了其中關鍵，當下捏著嗓子笑，「哎喲，親家太太別這麼生氣嘛！我的丫頭可是親眼瞧見了，妳摔倒在姨娘和那個丫頭身上，說姨娘害妳，可有點說不過去！」

郁心蘭知道程氏愛出風頭，顯示自己有多聰明，原本就是她出言攪局，自己再想辦法把話題引到流下的胎兒身上，卻沒想到程氏的丫頭瞧見了當時的情景，還對娘親十分有利，這可是意外的驚喜了。

「哪個混帳東西說的？叫她來，我倒要問問清楚！」王氏拍著床板吼道。

她現在終於知道被人冤枉心裡堵得有多難受了。她明明就是摔到地上，她倒是想摔在溫姨娘身上，可滾了幾個階梯後無法控制住姿勢，要不然那賤婢怎麼會沒事呢？

程氏只是聽小丫頭嘀咕幾句「好像」、「怎麼怎麼」，可拿不準是否確有其事，又見王氏氣勢凌厲，瞪著她的樣子似乎要把她吞下肚去，就忍不住往後縮了縮。

甘氏見狀氣悶得緊，王氏在侯府整治小妾，還給侯府冠了個待客不周的罪名，她十分不滿，只是問遍了丫頭小廝，也沒人知道當時是怎麼回事，不得不忍氣背下這口黑鍋。剛才聽程氏的話，似乎可以駁斥回去，甘氏心裡那個高興，可轉瞬程氏又蔫了，這個不省事的，這不是給藉口讓王氏撒潑嗎？

甘氏心思還未轉完，王氏已經掩袖哭泣，訴說自己如何命苦，盼了二十年盼來個嫡子，卻滑胎了，還要受人汙衊，被人懷疑。

郁老爺頓感面上無光，在兩位親家太太面前抬不起頭來，趕忙哄著，直言從未懷疑她，待回府後好好休養，別的不必急。

王氏哪裡肯回去？她回郁府肯定又禁足，老太太又發了話，不讓郁玫入宮徵選，她們必須留在侯府，這樣才方便走通入宮的環節。

王氏當即裝暈，沒法子，甘氏只好又讓人攔回李太醫。

李太醫一番診治之後，道：「最好暫時不要移動，王夫人恐有血崩的危險。」

郁老爺當即愣住了，血崩可是會死人的。郁瑾幾姊妹又嚶嚶地哭泣起來。

甘氏和長公主也連忙安撫了幾句，言辭懇切地請王氏安心在侯府休養幾日，待身子好些再行回府。

王氏趁機提出讓郁玫留下來陪伴，得到滿足後，這才喝下藥汁，安然睡去。

郁老爺不便久留，與甘氏客套一番，甘氏轉達了侯爺的關心與歉意，讓郁心蘭和剛剛折回的赫雲連城送親家老爺出府。

路上，赫雲連城道：「只找到了胞衣，沒找到胎兒。」

郁老爺聞言更覺得悲痛，擺手道：「罷了罷了，不找了！」

郁心蘭忙勸道：「父親，還是找到為妙！胞衣和骸骨送去白雲寺做場法事，為弟弟超渡，免得他怨氣沖天，糾纏不放，只怕對姨娘腹中的胎兒不利，母親的身子也難恢復。」

古人都很信鬼神之說，郁老爺琢磨了一下，便朝赫雲連城道：「那就麻煩賢婿了。」

郁心蘭扶著父親上轎，順便再添一把火：「母親的身子可虧損不得，民間的大夫亦有些過人之處，不如父親多請幾位名醫來為母親把把脈？」

郁老爺覺得這句話有些玄妙，不由得多看了女兒幾眼。郁心蘭低眉順目，彷彿完全只是擔憂王氏的身體，到底沒有證據，她可不想擔上「謗母」的罪名。郁老爺沒有瞧出什麼，可心底已經隱隱埋下了懷疑的種子，「嗯」了一聲便鑽進轎子。

郁心蘭屈膝應下，目送四臺大轎走遠，才與赫雲連城一同回內宅。

而此時的留芳居主室內，甘氏等人已經告辭離開，郁玫打發丫頭婆子們出去，又讓紫鵑、紅杏守好房門，母女幾人圍在床邊低聲議論。

郁瑾一臉隱忍的怒氣，率先發問：「原本說好的是四妹回門的時候行事，把責任推到她頭上。可妳們卻跑到侯府來鬧，就這麼點事，侯爺道個歉，賠點銀錢就能作罷，還要以此要脅侯爺不成？」

郁瑾愈說愈氣，冷哼一聲：「三妹未出閣，閨譽要緊，這得罪的話都要我來說。行事之前不來跟我商量一下，卻要我幫著收拾爛攤子，還被程夫人那碎嘴的聽見母親推拒侯府的丫頭服侍，真是……甘氏跟長公主哪個心裡不是透亮的？只怕連蘭丫頭都知道妳們在打什麼主意了！」

「現在蘭丫頭揪著胎兒骸骨不放，我看妳們到哪裡去弄四個月的胎兒出來？」說到這兒，郁瑾就想戳人，當然不敢戳母親，只重重戳了郁玫的腦門幾下，狠聲道：「妳平日裡的聰明勁呢？妳知不知道這種事傳出去了郁府還有臉嗎？」

郁玫揉著被戳痛的額頭，柔美的小臉並無半分不安。現在郁玫可是王氏的寶貝，王氏見長女訓她，忍不住輕推了郁瑾一把，「打妳妹妹做什麼？這是妳外祖父的意思。」

郁瑾一震，「外祖父？」那個權傾朝野、心機深沉、手段陰狠的當朝丞相？

「為什麼？」她忍不住喃喃地問。

郁玫輕輕一笑，「姊姊只看到侯府是否高興、郁府是否丟臉這種小事，外公看到的可是關係咱們整個家族能否繼續榮華富貴的大事！」

郁玫喝了口茶，繼續道：「姊姊說鬧將出去郁府會丟臉，可是鬧得出去嗎？侯府就沒點責任嗎？母親在侯府摔倒，為何甘夫人和長公主過了近兩個時辰才過來探望？還不是先假裝什麼事也沒發生，送走了賓客再說，所以這事兒只有侯府的人和咱們幾個才知道。」

「就算侯爺和夫人們猜出什麼，看不起咱們郁府，也只是對蘭丫頭不利而已。」郁玫想到日後郁心蘭被公公婆婆瞧不起，臉上的笑容就愉悅了幾分，「侯府與郁府至老死不相往來，蘭丫頭沒有娘依靠，以後的日子要怎麼過呢？」

郁瑾看著笑得開心的三妹，百思不得其解，「可是，日後十四殿下還要仰仗侯爺，不是嗎？」

郁玫搖頭，「外公說不必。外公是文官之首，侯爺是武官之首，妳覺得皇上會放心我們兩家親近嗎？可是這一次皇上為何要把蘭丫頭指給赫雲連城，又立即起復？」

郁瑾聽得心中一凜，是啊，以往外公和舅舅多次想拉攏定遠侯，不是定遠侯不理會，就是皇上暗中阻擾，就像她不喜歡手底下的丫頭們抱成一團一樣，皇上也必定不喜歡大臣們之間太過親近，尤其是位高權重的大臣。

想到外公把持重權四十年，朝中根基深厚，恐有震主之勢，難道皇上要對外公動手了嗎？若是因此才指婚，日後赫雲連城有個什麼罪名，誅連九族，可是誅得到王家的。若是郁府早些與侯府鬧翻，倒是有個脫身的餘地。

郁玫見姊姊想通了，又繼續道：「姊姊可曾想過，為何十四殿下最得皇上歡心？」

這事兒，她的夫君也議論過，郁瑾一點便心裡透亮，當今聖上去年剛做五十大壽，身子骨康健得至少可以活到七十歲，自然想穩穩地坐在龍椅上，所以對那幾個爭著展示才華、拉攏朝臣的皇子一直淡淡的，反倒寵愛那個只會吃喝玩樂、行事乖張的十四皇子。

「所以，十四殿下不必拉攏侯爺，只要日後能立為太子，這天下遲早都在手裡。」郁玫淡笑道。隨即又陰沉了臉，「跟侯府沒有半點聯繫才是最安全的，若是蘭丫頭被休棄便罷了，否則……」

❖ ❖ ❖

錦兒和蕪兒各端了一盆水送入內室的暖閣，便福了福退了出去。

郁心蘭用牙刷沾了青鹽刷了牙，見赫雲連城要淨面，忙過去幫他擰乾帕子。

「我自己來。」赫雲連城如往常一般說，並從她手中拿過帕子自己淨面。

郁心蘭並沒有像往常一樣忙自己的事去，而是站在一旁看著丈夫。還差幾天新婚才一個月，成親前兩人只是見過幾次面，談不上什麼感情，成親後又聚少離多，尤其是幾天前王氏鬧了那麼一齣，她很想知道赫雲連城是怎麼看待她和她的娘家的。

可赫雲連城已經上任，又是負責守備京畿，每天深夜歸家，清晨她還沒醒又離開了，以致於事情過了四、五天，她都沒機會跟他好好談談。

難得赫雲連城今日休沐，她得好好把握機會，畢竟這年代女子幸福與否都維繫在丈夫身上。

郁心蘭一邊思量，一邊偏頭打量赫雲連城。赫雲連城被她盯得加快了手中的動作，飛快地淨了面，丟下帕子轉身回了內室。

郁心蘭不緊不慢地跟出來，從錦兒手上接過茶盞遞到他手中，自己邊端上一杯，在他對面坐了下來，邊喝著茶邊暗中打量對面不算熟也不算陌生的丈夫。她剛剛才發覺，赫雲連城臉上那道疤痕有些古怪，確切地說，是疤痕下的肉有些古怪。

四、五寸長的刀疤，還生得紅肉翻轉，按理說疤下的皮膚應該會隨著疤痕或收緊或鬆弛，總之不平整，可赫雲連城右頰的皮膚卻很光潔。再聯想到他幾乎一出屋子就戴面具，不戴面具時也總以左臉對著自己，又從不讓人服侍淨面，郁心蘭暗自揣測，難道這疤是假的？如果是假的，他為什麼要瞞著她和所有人？要不要問、怎麼問，都是難題。

赫雲連城終於被她盯得生出幾分不自在，抬眸回望著她問：「有事？」

郁心蘭抿唇一笑，正想說話，卻聽錦兒在門外稟道：「稟大爺、大奶奶，二奶奶來了。」

郁心蘭訝異，這大清早的，連請安的時候都沒到，二奶奶過來幹什麼？

「快請。」

郁心蘭說著用眼神詢問丈夫，跟不跟我一起出去？

赫雲連城搖了搖頭，若是二弟妹找她聊些女人家的事，他在一邊算什麼。

郁心蘭便獨自來到了偏廳，丫頭們早上了茶水，二奶奶卻只拿著眼睛瞅著內門，見到郁心蘭，面色一喜，起身福了福，笑道：「真是好運，我今早要丫頭們幫我從花園子裡移株蘭花到我的靜念園，不曾想，竟將那日胡亂埋下的令弟骸骨給挖了出來。只是……這大熱天的，埋了幾日有些發臭，不知大嫂還要不要看。」

郁心蘭著實怔住了。

這年代的人很迷信，認為滑胎和早夭的嬰兒不吉利，一般都是盡快埋了，也沒人會去看。所以那天郁心蘭提出要看骸骨時，王氏她們才會如此驚慌，因為根本就沒有準備。故而她抓著這個不放，卻不曾想過了四、五天，居然被二奶奶的人「挖」到了。

郁心蘭沒有那麼多忌諱，自然是死要見屍的。

二奶奶便讓小丫頭捧上一個青瓷盅，蓋一揭開，便漫出一股惡臭。郁心蘭掩了鼻，讓巧兒取來一枝筷子翻看。的的確確是一個四個月左右的死胎，皮膚下的肉幾乎化成了水，還沾著些許泥土。她前世的同學中有婦產科的醫生，醫院的實驗室裡就有那麼一溜容器，裡面用福馬林泡著各個階段的胎兒標本，她曾好奇去看過，所以認得。

雖然是盛夏，可郁心蘭還是感覺有一股寒氣從心底漫了出來，直衝入全身經脈，讓她忍不住連打了幾個寒顫，這些人居然為了證明自己是清白的，就去傷害一個無辜的生命。

二奶奶見她此狀，眼露譏諷，面上卻滿是關心和欣慰之色，柔聲道：「還好找到了，大嫂快差人送會郁府吧，請人來做場法事，聽說嬰靈最是兇悍，免得被怨氣纏身。」

郁心蘭猛地轉頭看向二奶奶，冷不丁嚇得二奶奶往後一靠。郁心蘭古裡古怪得瞪了她半晌，陰森森一笑，「是啊，嬰靈最是兇悍，害他的、幫別人害他的，他都會糾纏不休。」

二奶奶被她陰陽怪氣地語調弄得心底發毛，深吸幾口氣，勉強擠出一絲笑，「時辰不早了，我要去向母親請安了。」

郁心蘭瞬間恢復了溫柔婉約的大家閨秀形象，站起來相送：「弟妹先請，我晚幾步過來。」

二奶奶扶著清歌的手，幾乎是用逃的離開靜思園。

郁心蘭恨恨地捏緊雙拳，陰沉著俏臉想了想，令人從冰庫裡取了幾塊冰放入瓷盅，讓巧兒送去王氏暫住的留芳居，總要讓王氏見一見她的「嫡子」不是嗎？

巧兒走了後，郁心蘭便與赫雲連城一同去向長公主請安。長公主見到了兒子，心情極好，拉著他坐到身邊，細聲詢問這幾日當差順利否、有何為難之事沒有。赫雲連城恭敬地一一回答。

郁心蘭面帶微笑地在一旁聽著，心裡卻是連連嘆息，自從王氏鬧了那麼一場後，長公主婆婆待她就遠沒有一開始的親切和善，言語態度都透著生疏和冷淡。她讓千夏花了兩天時間跟宜靜居的小丫頭套近乎，才弄明白其中關鍵。

長公主倒不是覺得王氏發作小妾有何不妥，而是王氏在赫雲連城的起復宴上弄出血光，此乃大凶之兆。對於一個一心盼著兒子出人頭地的母親來說，這是絕不能容忍的，可又不能拿王氏如何，因此，長公主便遷怒到郁心蘭這個媳婦頭上。

郁心蘭愈想愈怒，她只是想生活得好一點，溫姨娘更是個溫順聽話的，王氏和郁玫卻還要步步緊逼，真是泥菩薩也被逼出了三分火。還有那個無辜的胎兒，不，也許還不止一個！胎兒落下來之前，誰能保證一定是男的？只是為了證明自己真的是滑胎，就傷害無辜的小生命，還有沒有一點點人性？

想到這兒，郁心蘭暗暗握緊拳頭，一定要蠻橫霸道王氏和歹毒殘忍的郁玫一個教訓，幫自己，也幫那個小生命出口氣。

伍之章 妯娌設套毒心顯

這年代沒有DNA檢測，弄出這麼個死胎，王氏便腰桿子硬了，見到郁心蘭來請安，也不管姑爺還在一旁，便破口大罵：「妳叫巧兒把那汙物拿來與我是什麼意思？想害我睡不安寧嗎？妳這個小賤婦養的賤婢！」

郁心蘭輕輕一笑，「不做虧心事，不怕鬼敲門。母親這幾日不是總遺憾著無緣見到『嫡子』一面嗎？女兒這是一片孝心呢，哪裡是想害妳睡不安寧？小茜，快請母親多看幾眼。」

小茜不敢應聲，只低了頭把那只王氏吩咐丟掉的青花瓷盎捧上來。

「妳、妳、妳……」王氏氣得直抖，偏又無法反駁。

赫雲連城忽然不鹹不淡加上一句：「蘭兒已是我赫雲家的人，還請岳母言辭慎重。」言下之意就是，妳沒資格再罵她了。

王氏氣得雙眼圓睜，有出氣沒進氣了。

郁心蘭來請安本就是走走過場，隨即與赫雲連城告辭出來。到外間時，她恍若不經意地問服侍的小丫頭：「我二姊又出去了嗎？」

小丫頭福了福，「回大奶奶，親家小姐是乘郁府的轎子，回去向郁老太太請安了。」

請安？郁心蘭冷笑，在郁府也沒見她天天去向老祖宗請安，這時請的什麼安？

赫雲連城似乎沒聽到她與小丫頭的對話，抬腿先行出屋了。

回到靜思園，遣退了丫頭，赫雲連城歪在榻上看兵書，郁心蘭湊過去挨著他坐下，支吾著問：「我母親滑胎的事你怎麼看？」

赫雲連城頭也沒抬地說：「沒怎麼看。」

郁心蘭氣憤，默了片刻又道：「那男胎今日找到了，還是在花園子裡，你的人卻沒找到，你說怪不怪？」

赫雲連城的星眸閃過幾絲寒光，才淡淡地問：「妳想幹什麼？」不問想說什麼，而問想幹什麼，說明他已看得透澈，也知道小妻子要教訓嫡母了。可郁心蘭卻躊躇著說不說，這件事二奶奶也有份，她不打算放過她，可是在侯府裝神弄鬼，她怕赫雲連城會有意見。

赫雲連城等了會兒，不見她說話，便揚聲喚道：「賀塵！楊奇！」兩名貼身侍衛應了一聲，快步走近來，站在屏風外回話。

赫雲連城道：「大奶奶有事吩咐你們，按她說的辦。」這個態度就是，無論她做什麼，他都支持了。

郁心蘭高興得差點跳了起來，歡喜地對赫雲連城福了福，繞過屏風對兩侍衛交代細節去了。送走了兩名侍衛，郁心蘭又叫來紫菱問：「我讓妳去查的事情，有眉目了嗎？」

紫菱忙小聲回道：「我讓佟孝家的跟著三小姐，三小姐這幾日都是去丞相府。王夫人那兒，每天挑三揀四，倒也沒有什麼別的動作。二奶奶只有宴會那天在留芳居坐了坐，後來再沒去過，也沒跟三小姐或是郁府的丫頭說過話兒。」

這就奇了！這件事二奶奶肯定參了一腳，二奶奶是兵部尚書的千金，出身顯赫，與郁家、王家都沒有親戚，到底是什麼利益讓她幫著王氏？事後完全沒有交集，難道早就得了好處？

紫菱繼續道：「千荷打聽到一件事兒。二奶奶是前年入門的，不到一年就生下了嫡長孫，可惜不滿周歲就染上天花夭了。那會兒，三奶奶進門半年左右，剛有了身孕，就是去年八、九月的事。」

郁心蘭心中一動，她進門的時候，三奶奶才出了月子，生下一名千金，下月初正要辦百日宴。若是三奶奶一懷孕，嫡長孫就病死，會不會太巧了一點？不過天花這病，在古代是極難治癒的傳染病，三奶奶應該也沒法子控制才是，況且她生的是女兒……可若是兒子，不就是嫡長孫？

郁心蘭想了片刻，吩咐道：「妳讓佟孝去打聽打聽，去年八、九月間，京城是否流行過天花、病人是怎麼處置的，還有二爺、三爺屋裡的事，讓千夏、千荷去多打聽打聽些，小心別讓人發覺就行。」

叮囑完了，郁心蘭便回到內室，赫雲連城還在認真看書，她就去取過針線簍子，坐到臨窗的短炕上做活計。

玥國的官服都要官員自己準備，正式的官服要求甚多，自然是交給府中的針線局，但一身衣服裡裡外外七、八層，再加上一年四季的換洗，這一回至少要為赫雲連城置辦四十幾件衣裳，這還只是夏、秋兩季的。

郁心蘭不會女紅，所以把活計都分了下去，後來在紫菱強烈暗示下，幡然醒悟，至少內衣、內褲得由妻子親手縫製。她便命人將細軟柔滑的娟、錦等織物，取了白和淺黃兩色，裁了幾身衣褲，她只要負責絞邊和接縫，饒是這樣，仍舊忙得她暈頭轉向，四、五天了，還沒一套成品。

赫雲連城看完書，抬頭就看見小妻子坐在窗邊做針線，那表情絕不同於平日的端莊優雅，蹙起眉峰，咬緊銀牙，苦大深仇地瞪著手中的衣料。他瞧著有趣，便走了過去歪在短炕上，隨手拿起一團白絹展開看。

「剛做好的，你要不要試試？」郁心蘭一臉媚笑，邀功道。

「現在試？」赫雲連城抖了抖那條短褲，挑眉問。

郁心蘭這才發覺自己的提議很傻，而赫雲連城反問的語氣又過於曖昧，房間裡的溫度瞬間就升高了。

赫雲連城挑高了眉，雙眸中像盛滿了星光，閃閃發亮。他正要再說什麼，長隨喜來在門外稟道：「大爺，侯爺下朝了，傳你去東書房。」

「嗯，知道了。」赫雲連城起身更衣，出門的時候回頭慢悠悠丟下一句：「還是晚上試吧。」

不會是要……郁心蘭唬了一跳，想抬頭看他的神情，卻已只見門簾搖動。

郁心蘭發了會兒呆，忽地想到下朝了，父親定會過來探望王氏，忙收好了針線，領著錦兒去留芳園。

郁老爺已是來了又走了，勸不動王氏回府，只好先帶著胎兒骸骨去白雲寺。

郁心蘭剛進留芳居的院子，上午的那名小丫頭就丟下手中的活，跑過來行了禮，低聲道：「大奶奶，親家奶奶在跟親家小姐說話，不讓人進去。」

郁心蘭讚賞地瞧了她一眼，「妳叫什麼名字。」

「婢子叫妙環。」

「嗯，妙環，很好，以後有事告訴我。」郁心蘭說著，從手串上取下一顆小金鈴賞給她。

妙環欣喜若狂地謝了賞。郁心蘭笑瞥了錦兒一眼，錦兒會意，笑嘻嘻地拉妙環到一旁說話。郁心蘭見四下無人，提起裙子飛快繞到屋後，盛夏季節，房間的後窗果然是開的。

她雙手一撐窗沿，便順利地溜進暖閣，悄悄地走到暖閣與內室間的屏風外，偷聽王氏與郁玫的對話。

過了一盞茶的功夫，錦兒見大奶奶從屋後轉了出來，一言不發往外走，忙丟下妙環跟了上去。

郁心蘭回到靜思園，手寫了一張菜譜交給紫菱，吩咐道：「想法子讓紫絹按這做給王夫人吃，這是滋陰補血的。」

紫菱答應一聲退下了。郁心蘭歪在軟塌上，閉目靜思。她相信紫菱的能力，一定能讓紫絹親手做了送給王氏吃，那的確是補湯，只不過與府中常做的一道菜同食的話，後果就很嚴重。

赫雲連城同父親談完話，回到了靜思園。郁心蘭仍坐在窗邊做針線，蕪兒在一旁為她打扇。赫雲連城想到父親的交代，遲疑了一下，走到她身邊問：「想不想出門玩？」

「想。」郁心蘭幾乎立即回答：「我們去哪兒？出去用飯好嗎？」

這年代的女人出趟門可不容易，因而即使外面熱一點、曬一點，她也不想錯失機會。

看著兩眼放光，衝自己笑得萬分嫵媚的小妻子，赫雲連城的眸中帶笑，伸手捏住了她的小鼻子，「要去就快點換衣，我帶妳去白雲山騎馬。」

郁心蘭興奮莫名，也就不計較他捏著自己的鼻子，害她只能用嘴呼吸了，甕聲甕氣地道：「我更衣，你去叫車，吩咐廚房不用做飯。」

還支起他做事來了！

赫雲連城暗自好笑，他就知道這個小妻子平日裡對他恭敬溫順都是裝出來的。不過他還是鬆了手，到外間去吩咐打點。

郁心蘭想到要騎馬了，就逼著蕪兒拿了套丫頭的衣裳過來，窄袖褙子、百褶裙，比她那些婀娜生态的貴婦裝方便多了。

換好衣裳，重新梳了個簡單的婦人髻，小油車已經候在花園外了。郁心蘭乘著小油車出了門，在侯府東側門換了外行馬車，赫雲連城早就騎在一匹高頭駿馬上等她了。

那匹馬，個高腿長，肌肉強勁有力，通身黑得發亮的皮毛，無一根雜毛，只四蹄潔白如雪。

「烏雲蓋雪？」郁心蘭驚叫一聲，想到一會兒可以騎牠，就興奮得全身血流加速。

赫雲連城有些吃驚，「妳識馬？」

郁心蘭得意地一笑，放下車簾，催促道：「快走！快走！」

在城裡要端著貴婦的儀態，顧全侯府的臉面，想騎馬得到白雲山才行，郁心蘭早已恨不得瞬移過去。

白雲山古木參天，涼風習習，夫妻倆尋了個寺廟用過齋飯，赫雲連城便帶著她騎馬。

烏雲蓋雪果然是寶馬，馱著兩個人也能急馳如飛，跑了一個來時辰，仍步履矯健。郁心蘭被赫雲連城摟在懷裡，起初有些羞澀，隨即就被飛馳的快感淹沒，在馬背上只覺出輕微的晃動，一點也不顛簸，便生出了獨自騎一騎的念頭，她前世學過騎馬，呃……當然是在公園的小馬場裡學的。

「不行，踏雪脾氣不好，妳控制不了。」赫雲連城直接拒絕，不給半分協商的餘地。

「不會呀，牠看起來很乖，而且我會騎馬，我保證不騎快了。」郁心蘭揪著赫雲連城的衣袖，邊拋媚眼邊保證，還同時大力奉承，稱讚他武藝高強，有他在就絕不會出事。

可惜赫雲連城不為所動，抬頭看了眼天色，淡然道：「該回去了。」

心願沒達成，郁心蘭滿心遺憾，不過她也知道不能鬧得太過，只微微撅起小嘴，讓赫雲連城把她抱下來。

赫雲連城遞給郁心蘭一塊麥芽糖，用下巴指了指踏雪，郁心蘭心領神會，忙剝開糖紙，將麥芽糖伸到踏雪眼前。踏雪湊過來嗅了嗅，看了眼主人，見主人微微點了頭，才長舌一捲，吞下了麥芽糖，順帶舔了下郁心蘭的手心，表示感謝，復又轉過頭，擺出了名駒的高傲姿態。

希望再次萌生，郁心蘭笑靨如花地問：「是不是我跟牠熟了以後，就可以獨自騎牠了？」

「不行。」

再次被拒絕，郁心蘭滿腹委屈，咬著下唇，可憐巴巴地看著他，眼神幽怨。

赫雲連城只覺得心裡某處崩了一塊，恍神道：「待我幫妳尋匹溫順的……」

「溫順的寶馬！必須是寶馬，踏雪這樣的！」郁心蘭笑得明媚，飛快地報出一串馬名：「赤兔馬、汗血寶馬、千里一盞燈、萬里雲煙獸，隨便哪種都行。」

那點因她的喜悅而生的喜悅很快化為頭疼，寶馬都是有桀驁不馴的，何況她點的都是萬中選一的良駒，更是可遇不可求，這要他到哪裡去尋來？赫雲連城只當沒聽見，飛快地將小妻子塞進馬車，打道回府。

「明天我去軍營住幾天，我剛上任，軍務不熟，得多花點時間。」

吃完晚飯，赫雲連城突然提起這事，看向郁心蘭的目光，不自覺地帶出幾分小心翼翼。

按習俗是新婚三月不空床，人們都認為新婚頭三個月就分床而睡的話，夫妻很難白頭偕老。不過就是個說法，赫雲連城原本不在意，因此新婚沒幾天就陪九殿下去外地辦差。回來後聽到喜來、運來向他提到府中的竊竊私語，方想到許多事並不是他不在意，別人就不在意的。

當時他想，若是郁心蘭埋怨他，他就向她賠個不是，可是郁心蘭一句埋怨的話都沒有，出於男人的自尊，他當然也不會主動提及，只是對小妻子的寬容大度倍感欣賞，同時想著以後就在府中好好陪著她。所以前陣子再怎麼忙到深夜，他也會趕回府中休息。

只是，今日父親交給他一個案子，他不得不去軍營住上十天半個月。

一而再，再而三的如此，泥人也會發火了吧？

而郁心蘭只是嘴角含笑，調侃他道：「原來今日帶我騎馬，算是先給我賠罪？」隨即揚聲喚道：「蕪兒、巧兒，進來為大爺收拾幾身衣裳。」

赫雲連城仔細瞧了她幾眼，確認她並無半分不快，這才起身去書房。回來就寢時，發現她仍就著燈光做針線，不由得道：「歇了吧。」

郁心蘭抬頭笑道：「只差幾針了，總要讓你有身新衣帶去。」

赫雲連城注視了她片刻，便走到床邊，一面寬衣一面道：「明日若大娘問妳今晚的事，妳就推說不知，若是父親問妳，就據實回答。」頓了頓又說：「小母駒，性情溫和些。」

他是說，幫她弄匹小母駒是吧？郁心蘭眨了眨眼，今晚的事？難道是指她要賀塵他們幹的事？甘氏不可能知道吧？

❖　❖　❖

事實證明，她猜錯了。

在去宜靜居的路上，郁心蘭就被甘氏身邊的齊嬤嬤攔住，稱夫人要見她。

郁心蘭打發蕪兒去宜靜居給長公主回個話，自己跟著齊嬤嬤去宜安居拜見甘氏。

甘氏如同傳聞中的直率，開門見山地問：「留芳居鬧鬼，這是不是妳幹的？」

郁心蘭露出又驚又怕的模樣，顯得完全不知情。

甘氏幾番逼問未果，只好乾巴巴地恐嚇：「若是讓我知道誰在裝神弄鬼，我絕不輕饒！妳先去看看妳母親吧！」

郁心蘭施了禮退出來，到留芳居看望王氏。王氏顯然受驚過度，一張臉白得嚇人，嘴唇沒有半點血色，手還在不停抖著。郁玫神情憔悴，她也是昨晚被「照顧」的對象，不過猶自撐著安慰母親。

郁心蘭請過安，好心勸郁玫去休息：「我來照看母親吧，還有紫絹幫襯著，沒事的。」

將母親交給郁心蘭，郁玫還是不放心的，可她昨晚被那個閃著的幽光、飛來飛去的嬰靈嚇得一夜未合眼，也的確是萬分困乏，想著還有紫絹在這兒，便叮囑幾句，回屋休息了。

郁心蘭讓紫絹持鏡給王氏照著，自己拿著梳子，邊幫王氏梳髮邊道：「母親喝碗安神藥好好休息……哎呀，怎麼掉這麼多頭髮？」

一大把頭髮隨著梳子滑落到錦被上，彎曲成猙獰的曲線。

郁心蘭不相信似的在原處又梳了兩下，更多的頭髮掉了下來。

「這是怎麼回事？」王氏驚叫道。扒開髮絲，湊到了鏡子前，那處地方的頭髮已經脫光了，露出銅錢大小的雪白頭皮，在烏黑的青髮間分外讓人心慌。

郁心蘭喃喃地道：「冤鬼纏身，這是冤鬼纏身……」

語氣刻意地飄忽陰森。

王氏張了張嘴，彷彿想說話，又彷彿想尖叫，終是什麼聲音也沒發出來，「砰」一聲，暈死在床上。

❖　❖　❖

赫雲連城跳下馬，直接穿過穿堂和外間，走入內室。喜來緊跟進去服侍，嘴裡邊轉達回府時大奶奶讓帶的話。郁心蘭無非是讓赫雲連城愛惜身體、多注意休息之類。

赫雲連城換過常服，往書房前一坐。喜來提過一個三層的食盒，笑咪咪地道：「大奶奶說，這裡面的點心都是她親手做的，請您品嚐。」

喜來邊說邊麻利的打開食盒，最上一層放著三個小碟涼菜，一碟脆香藕條、一碟酥油魚仔、一碟芝麻肉脯。赫雲連城只瞥了一眼，推開前面的兵書。喜來知道，主子這是打算品嚐了，忙將小碟擺出來，第二層放著大碟小湯包，第三層是冬瓜鴨肉粥。

赫雲連城嚐了幾品涼菜，顯然很滿意味道，又取了只包子撕開，露出內裡的香菇素肉餡。喜來低聲道：「哎呀，爺，您不吃香菇……」話未說完，就見主子咬了一口，輕嚼慢嚥，驚訝得他半晌閉不上嘴，就因為是大奶奶親手做的，爺連最討厭吃的東西都吃嗎？

赫雲連城神色自若地連吃了兩個包子，才問：「府中有何事？」

喜來忙收回神回話：「今日一早親家太太就使人回去傳來了馬車，跟親家小姐回郁府了。親家太太和親家小姐看著極憔悴，親家太太的頭髮脫了大半，快成禿子了。」

見主子眼睛望過來，喜來忙解釋：「小的沒瞧見，可留芳居的串兒瞧見了，千真萬確。」

赫雲連城微微點頭，「串兒？」星眸微瞇，唇角抿緊，隱隱有絲不快。

喜來的臉頓時紅了，他察覺主子想了解與大奶奶有關的事，多事解釋了一句，哪知道將自己的私情給供了出來。在侯府裡，是不允許小廝丫頭們私下授受的。

喜來這廂悔得腸子都青了，卻不知道赫雲連城重複串兒的名字，不過是因為想到串兒的確是留芳居的丫頭，那麼所說的王氏頭髮快脫光之事就是真的了，也必是小妻子動的手腳，自己已經表明態度會幫她，她還要瞞下一樁。思及此，赫雲連城心中便有些發堵。

❖ ❖ ❖

同樣發堵的還有甘氏。

甘氏身為侯府的當家主母，府中的大事小事多半逃不過她的眼睛，儘管王氏因為心虛沒將鬧鬼一事宣揚出去，但甘氏還是知道了，猜測著多半是郁心蘭幹的，便加油添醋地彙報給定遠侯聽，給郁心蘭定了個目無尊長、妄為逾矩的罪名。

定遠侯卻一點也不激動，眼皮子都不抬地問：「證據？」

甘氏一下子就被噎住了。她哪有證據？她不過是問了兩個兒媳，都說沒幹，才推測到郁心蘭身上去的，「她一進門就鬧鬼，不是她是誰？連自己的嫡母都教訓，哪有半分孝敬之心？」

定遠侯索性連眼睛都閉上了，「沒證據就別亂說話。再者，就算是她鬧的又如何？這說明她的心是向著咱們侯府的。為侯府趕走討人嫌的客人，一向是妳幹的事，妳們倆性子還挺像，以後多親近親近，府裡的事也讓她練練手。」

定遠侯這昏昏欲睡的樣子，就表示他不想再被人打擾了。甘氏只好施禮退出書房，心中暗惱：「那丫頭又不是我的正經媳婦，親近個屁呀！憑什麼要分事給她管？」

走到半路頓住腳，「去，把大奶奶叫到我房裡來。」

郁心蘭得了傳喚，忙更衣梳頭，打扮停當，來到宜安居正廳。

甘氏端坐上首，二奶奶、三奶奶陪坐兩旁，三人正輕聲商議什麼，遠遠見到郁心蘭的身影，便停下不議。

郁心蘭上前請了安，甘氏給讓了座，也不繞彎，直接道：「侯爺說讓妳也管些府中的事。我尋思著，日常的採買已經分給老二媳婦和老三媳婦了，不好再細分。眼下正有件要緊的事，十二殿下十八歲的生辰要到了，府裡自是準備了一份厚禮，可這是十二殿下分府後第一次辦壽，侯爺的意思，好禮成雙，多送一份特別的禮去，價錢不論，最重要的是特別。這件事兒就交給妳辦吧，給妳三天時間，要銀子去帳房支。」

甘氏說完便斜眼看著她，藉喝茶掩飾，只等她惶恐不安地推拒，好回報給侯爺，不是我不給她機會，是她自己不幹。

哪知郁心蘭在大企業工作多年，深知上司吩咐的工作最忌諱下屬推拒，因而雖覺得三天時間有些緊，卻也恭敬地應承下來。

這倒是大大出了甘氏的意料之外，據她收集的資訊，這個老大媳婦是個庶女不說，還是在鄉下長大的，進京才幾個月，能見過什麼世面，竟敢接應下皇子的壽禮，怕是在逞強吧？或者是想去找長公主商量嗎？

甘氏暗自冷笑，遞了個臉色給老二媳婦，便打發郁心蘭回去了。

「大嫂，請留步。」郁心蘭剛出宜安居，二奶奶就追出來道。

郁心蘭停下來等她，笑盈盈地問：「二弟妹有事？」

二奶奶笑道：「不知大嫂想好選什麼作賀禮沒？」

郁心蘭俏麗的小臉染上輕愁，「我沒經過事，又不知十二殿下的喜好，真不知要選什麼，正打算去請教下公主婆婆。」

二奶奶換上一副推心置腹的笑臉，輕聲道：「不瞞嫂子說，幾位殿下的壽禮前兩年都是我採買的，原以為這回也是，因十二殿下喜歡狩獵，我早早去尋了張好弓，訂金都下了……。」

郁心蘭立即歡喜道：「那太好了，二弟妹帶我去瞧瞧。」

二奶奶沒料想郁心蘭接得這麼快這麼順，怔了一怔才笑道：「那好。嫂子先回去歇著，我忙完手上的事，安排好車馬再去請嫂子，要出府的，尚風軒的兵器從來都是上門搶的。」

郁心蘭笑著點點頭。二奶奶匆匆走了，郁心蘭也慢慢回靜思園。

錦兒沒有說話，蕪兒卻奇道：「二奶奶不是掌著廚房的採買嗎？都要晌午了，對牌還沒有派完嗎？那中午吃什麼？」

恐怕她是要去安排什麼，郁心蘭笑了笑，忽覺得胃裡一陣翻騰，忙掩著嘴乾嘔幾聲。

兩個丫鬟唬了一跳，郁心蘭擺擺手示意沒事。她不過是因為王氏被趕回去，又禿了半邊頭，肯定羞於見人，娘親能安安穩穩直到生產，所以心情大好，昨晚多吃了碗飯，加上夜裡抖被子凍了胃，這才有些不舒服罷了。

錦兒還是有些不放心，嘮念著要去請太醫，被郁心蘭制止了。

主僕三人邊說邊走，誰也沒多瞧路邊灑掃的幾個婆子一眼，可這幾個婆子卻將她們三人的話聽了去，一個個露出深思的神情。

❖　❖　❖

飯後歇了午，二奶奶才過來請郁心蘭，兩人同乘一輛馬車，直奔京城最大的兵器行尚風軒。

一路上，郁心蘭不停地搖扇子，心裡嘀咕：侯府難道缺馬車嗎？居然要兩位少奶奶擠在一輛車裡！這二奶奶時不時瞄一眼是什麼意思？

這時二奶奶正偷瞄過來，被郁心蘭捉個正著，趕緊笑道：「就快到了，嫂嫂一會兒仔細挑選，不要也沒什麼，那點子訂金就當我賠了。」

說這話還不就是想她買下？郁心蘭暗暗好笑，那天偷聽到郁玫說：「只要她出侯府就好辦。」今天二奶奶這般鼓動著她出府，怕是跟郁玫合謀好了吧？

發現了陷阱，理應躲開一些，不過她這人好奇心重，又想著躲過這一次，躲不過下一次，不如去看看，興許還能絕地反擊。

尚風軒很快就到了，隨行的小廝、侍衛將閒雜人等趕開，尚風軒的陳掌櫃請兩位奶奶上雅間，極有眼色的不讓夥計靠近，親自捧來三只寬大且長的扁匣進來，打開看，正是三張烏鞘金弦的角弓。

陳掌櫃一一介紹了選材、特性及製作大師後，感嘆道：「如今犀牛角漲了一倍不止，可當時與二奶奶說好了三張弓一萬兩銀子，咱們商行最重信譽，仍是按原價吧。」

二奶奶露出一個笑容，「難為你們了，不過我是兩個月前下的訂金，你們也當是兩個月前進的材料，只是少賺些而已。」

陳掌櫃陪笑道：「也是，也是！」

兩人唱了半晌雙簧，郁心蘭卻只是喝著茶，發覺這兩人都看向她，才慢吞吞地道：「不過是鑲了幾顆寶石，當不得特別二字。」

陳掌櫃差點沒被氣暈過去，拿起一張弓強調道：「這可是韋大師親手製的，他已幾年不製弓了，這一張弓就能賣五千兩銀子。」

郁心蘭放下茶杯，拿帕子抹了抹嘴，淡笑，「那不就妨礙貴店賺錢了，把我二弟妹的訂金退了吧。」

二奶奶沒想到她會拒絕得這麼乾脆，連價都不還一下。

十二皇子最討厭弓箭，二奶奶和甘氏商量好了，讓郁心蘭花大價錢買幾張弓回去，卻又送不得人，少不得會被侯爺嫌棄，斷了讓其分管內務的念頭……若想二爺繼承爵位，這內院的權就得先抓在甘氏這房的手裡。

二奶奶正想著如何不露痕跡地勸說兩句，郁心蘭已經不耐煩地站起身，作勢要走了，並催促陳掌櫃還訂金。

陳掌櫃看著二奶奶，目光並不友善，「還請二奶奶拿出訂金單子來。」

二奶奶一臉尷尬，表示自己忘了帶，一會兒讓小廝送過來。

郁心蘭懶得繼續看這兩人演戲，率先出了雅間，到一樓店面的時候，卻看中了一副鋼製的彈弓，笑道：「我倒覺得這個特別。」

陳掌櫃要笑不笑地，「這是尋常百姓家孩童的玩意兒，不過五兩銀子一套，怎麼能作壽禮？」

郁心蘭卻道：「尋常百姓玩的玩意兒，皇子才會覺得新鮮。」說罷吩咐蕪兒付了五兩銀子，讓夥計包好，交給錦兒吩咐道：「讓賀塵送你去京畿營，給大爺瞧瞧合不合用。」

說著飛快地將手中的帕子塞到錦兒手中，極輕地吩咐：「查下帕子上的茶水裡有什麼。」

二奶奶沒辦好差，有些心神不屬，店裡的夥計不敢攏侯府女眷的邊，誰也沒注意到郁心蘭的小動作。錦兒領了命，跟著賀塵走了。

二奶奶忽然悄聲說要去淨房，請郁心蘭等她一下，匆匆去後院。

郁心蘭的水眸瞇了瞇，陷阱不會在這裡等著她吧？掃了一眼店外守著的幾名侍衛，又覺得不太可能，還是剛才那杯味道有點不對的茶水有問題，反正她一點沒喝，都吐在帕子上了，就是不知能不能驗出什麼來，毒藥應該不至於，這也太明顯了，那會是什麼呢？

正思量到要緊處，一道難掩驚喜的男聲喚道：「郁姑娘！」

伴隨著喚聲，一名青衫男子一臉驚喜地衝下樓來，跑到郁心蘭面前幾步處，拱手施禮，嘴裡熱絡道：「想不到在這裡遇見了郁姑娘，不知姑娘……和令弟別來無恙？」

令弟？郁心蘭打量了一眼來人，十七、八歲的樣子，一身書生裝扮，或許是榮鎮來京趕考的舉子？

郁心瑞在京裡念的是童子學，她一個人也不認識，倒是榮鎮小地方，規矩沒京裡嚴苛，弟弟常邀些同窗回家溫習功課，溫氏和郁心蘭都見過，還留過飯，只是此人……她腦子裡沒印象，恐怕認識的是以前的郁心蘭。

那人還在問郁心瑞的學問如何、不知可否去府上拜會等等，言辭間極有禮儀，但看向她的目光卻十分令人遐想。

郁心蘭惱道：「請叫我赫雲奶奶。」隨即瞪了蕪兒一眼，蕪兒後知後覺地上前半步，擋住那人直視過來的目光。

「咦？」二奶奶不知何時出現，驚訝地輕哼，她身邊的丁香立即擋在奶奶身前。

那少年書生似乎這時才發現郁心蘭梳的是婦人髻，裝扮貴氣，店外還有小廝、侍衛服侍，當下白了臉色，深深一揖，「在下唐突了。」

郁心蘭忽視二奶奶看過來的探尋眼光，沉聲道：「你既是心瑞的同窗，一會兒我差人帶你去童子學，他這會兒還沒下學。」

少年書生又施了禮，跟著郁心蘭指定的侍衛走了。

二奶奶進前兩步，笑問：「嫂嫂，這位是……？」

郁心蘭冷笑看向陳掌櫃，「這要問陳掌櫃，侍衛沒告訴你要清場嗎？怎麼店裡還會有生人？」

陳掌櫃冷汗直流，「這……這……黃公子是老闆的親戚，早就在樓上了，是我疏忽了，請大奶奶原諒則個。」

郁心蘭冷冷地盯著他不說話，這年代的好女人多跟陌生男人說句話都是罪過，可這裡店門大開，她身邊有丫鬟，門外有侍衛，並拿不到她什麼錯處，只怕沒這麼簡單。

二奶奶忙過來打圓場，「罷了，既是令弟的同窗，也沒有什麼，咱們回府吧。」

郁心蘭這才收回目光，乘車回府，卻沒想到在二門處見到了赫雲連城。

幾天不見了，這會子忽然見到，郁心蘭只覺得滿心歡喜，忙上前福了福。赫雲連城看著她的眸光溫柔帶笑，轉向上前來見禮的二奶奶時，卻倏然變冷。

「我去書房給父親請安，妳一起去嗎？」

「自然是要去的。」

知道公爹下朝了，當媳婦的沒有不去請安的道理，所以二奶奶也跟著一起來了。

定遠侯的心情似乎極好，問了兒子幾句後，看向兩位媳婦，「妳們出府了？」

郁心蘭忙將去挑選送十二皇子壽禮的事說了，二奶奶似乎有些坐不住，因為郁心蘭強調弓是她訂的。

赫雲連城蹙眉道：「十二殿下臂力小，最討厭拉弓了，妳沒買最好，只是……二弟妹怎麼也不問過大娘的意思便私自下訂？」

二奶奶小心地瞧了眼定遠侯的臉色，惶恐至極，「是我魯莽了，不過，我是用自己的銀子訂下的，也可以退。」

誰能告訴她，原本要算計郁心蘭的事，最後怎麼算計到了自己頭上？

❖　❖　❖

二奶奶鐵青著臉回到靜念園，二爺赫雲策心情極差，見到妻子這幅模樣，更覺晦氣，喝道：「哭喪著臉給誰看呢？」

二奶奶嚇了一跳，忙擠出笑容湊過去，「我這不是剛被父親呵斥了幾句……」

話沒說完，赫雲策便狐疑地打斷她：「父親呵斥妳做什麼？妳犯了什麼事？」

也不怪他生疑，定遠侯掌管八十萬兵馬，每日裡軍務多得忙不完，從來不管內宅的事，即便是親眼看到媳婦、小妾們犯了事，也只會提點甘氏，要甘氏去處罰。

二奶奶也覺得自己運氣背，將事情原原本本說了，赫雲策直罵她沒腦子：「這種事怎麼不讓三弟妹去？就算嫂子買下那弓，父親若知道是妳帶她去的，能不怪罪到妳頭上來？妳怎麼就那麼喜歡被老三媳婦拿著當槍使？」

「父親以前從來不管這種事，弓買好了也是母親拿去給父親看，自然是母親說什麼就是什麼，母親又怎會說出我來？」二奶奶委屈地道。主意是三奶奶出的，她就是怕功勞全被三奶奶搶走才特意去的。

赫雲策雖覺得這回可以歸為媳婦運氣差，趕上父親親自過問了，可少不得還要訓斥幾句：「妳離三媳婦遠點，妳不是她的對手，別忘了世子之位還沒定，咱們玥國是立賢不立長的，老三媳婦出的主意，肯定是對老三有利的。」想到剛得知道的事兒，更怒，「父親竟將那麼好的差使派給大哥，明明是我管轄之事，那可是大功一件！」

二奶奶驚訝，「父親怎麼忽然偏心大哥了？」

赫雲策不耐煩地揮揮手，趕蒼蠅一樣揮開她，「父親只是給我們幾兄弟均等的機會，妳別拖我後腿就行。」

二奶奶想起一件事，俯首耳語，赫雲策驚道：「大嫂有身孕了？」

❖ ❖ ❖

靜思園內，郁心蘭正給赫雲連城賠不是。

赫雲連城聽說小妻子和二弟妹出門挑兵器，特意趕回來，就怕她吃虧，郁心蘭心下感動，笑盈盈地道謝，赫雲連城卻涼颼颼地丟出一句：「謝倒不必，只要妳別有事瞞著我就行。」

意有所指啊！

郁心蘭深刻地自我反省，應該是王氏脫髮那事兒，忙主動交代，只是讓王氏吃了兩種相剋的食品，停吃後就會慢慢長回來的。

赫雲連城聞言暗鬆了一口氣，他原擔心郁心蘭使人去外面買了什麼藥，容易留下蛛絲馬跡，總得想法子替她抹去，現在倒不必了，卻仍對她的隱瞞有些介懷，冷著臉瞥她一眼，自顧自地拿出本書看。

郁心蘭再深刻反省，將今日在尚風軒遇見弟弟往日同窗黃公子一事坦白了，解釋道：「我早不記得他了，聽他問起心瑞，便讓人帶了他去。」頓了頓，又惱怒道：「只是府裡的小廝、侍衛，明見憑空出來一個人，竟無一人上前來，二奶奶恰好趕在那時候辦事去了。」

她眨了眨眼，不知道這樣說，他聽明白了沒有。

赫雲連城眼中閃過一片冰寒，沉聲道：「改日我會處置他們，妳別管了。」

這便是要尋藉口處置那些小廝和侍衛了，以這件事來處罰，怕他們私下傳什麼難聽的話，這既是護住了郁心蘭，也為她出了口氣。

郁心蘭見幾件事情坦白出去，他也不惱，難得他既不愚孝，處事也不拘於俗禮，心下對他的好感又多了一層，就下意識地往他身邊挪了挪。

赫雲連城察覺到妻子的小動作，眸光頓時柔和了許多，叮囑她道：「若有什麼為難之事，就派人到京畿營來尋我，帕子上的茶水查不出來的，妳日後飲食注意些，有父親在，諒她們也不敢做什麼太出格的事。」

頓了頓，他伸手抬起郁心蘭的下巴，讓她看著自己的眼睛，一字一頓地道：「府裡的東西不必去爭，我自會努力上進，求個封妻蔭子的。」

「嗯。」郁心蘭羞澀地垂眸應承，心中卻嘆道：有些人就喜歡以己度人，自己想搶的東西，就以為別人也會搶，再讓也沒用，他根本不會相信。
要說她跟甘氏、二奶奶她們有什麼過節呢？無非就是她們不想讓赫雲連城繼承侯府的一切罷了。不過甘氏有兩個兒子，都已成家立室，這一碗水可不好端平。或者，讓二爺、三爺自己鬥去？
正想著，錦兒在門外稟道：「大奶奶，廚房送湯盅過來了，您要端進來嗎？」
「端進來。」郁心蘭應了一聲，朝丈夫笑道：「你剛不是說餓了嗎？」
侯府有少食多餐的好習慣，兩次正餐之間，大廚房都會給各位主子送上一份湯點。因今日赫雲連城突然回府，廚房不知道，仍只送了郁心蘭的分例。
郁心蘭本不喜歡大熱天的吃補湯，便吩咐錦兒只盛給大爺。
端著托盤進來的巧兒一聽這話，臉上閃過一絲驚慌，端出笑容勸道：「奶奶，這是雞絲干貝湯，滋陰補血，女人吃了最好的，還是您吃吧，婢子馬上去廚房再傳一份大爺的湯點來。」
郁心蘭道：「不必了！外頭太陽毒著呢，何必跑來跑去？」
錦兒素知她的喜好，便轉身去多寶格取那套粉彩纏枝牡丹的碗筷。郁心蘭將針線簍子放在炕桌上，沒法放托盤，巧兒忙又轉頭往小圓桌去。
「啊呀！」
巧兒轉得過急，與錦兒撞在一起，托盤裡的盅摔在地上，湯水濺了一屋。
赫雲連城眸光一寒，拂袖大步走了出去。
巧兒嚇得撲通一聲跪在地上，不住口地道：「婢子該死！婢子該死！」
郁心蘭沒有理她，吩咐錦兒收拾乾淨，追著丈夫去了書房。
赫雲連城坐在太師椅上，手中玩著一枚飛鏢，面容冷峻，眼神陰沉得可怕。聽到她走進，眼也不抬地道：「將那盅湯水留些交給賀塵。」

郁心蘭抿唇一笑，「我已經暗中吩咐錦兒了。」

赫雲連城微訝地看著妻子。他是習武之人，眼神銳利，看得出巧兒是故意撞向錦兒的，她也發現了嗎？

郁心蘭笑著指指外面的日頭，「巧兒最喜歡躲懶，偏偏去廚房傳飯的事兒幹得起勁，多曬都搶著去。」

赫雲連城眯了眯眼，片刻後方道：「妳慢慢查，我留賀塵在這裡助妳，一切待我回府再說。」

郁心蘭笑著應了，赫雲連城想在書房歇一下，她便回了正房。

巧兒仍跪著，哭得兩眼通紅，見到郁心蘭便哭求：「求奶奶饒恕婢子這一回！」

郁心蘭在美人榻上坐下，和藹地笑，「妳跟著我也有段日子了，何時見過我為這等事罰人？快起來吧，妝都花了，回屋洗洗去。」

巧兒磕了三個頭，千恩萬謝地走了。

湯水潑濕了地面，香味還漫在屋中，嫁進來一個月，湯水可沒少喝，不知哪些加了料、哪些沒加料，是王氏、郁玫的意思，還是侯府哪一位的意思。

郁心蘭胡亂想了會子，最後決定等查出湯水裡加了什麼，再來判斷。

❖　❖　❖

那日，赫雲連城用過晚飯便回京畿營了，湯水中加的藥物不是一般大夫可以辨別得出的，賀塵帶著保存好的一點湯水連夜去往外地尋找一位名醫。

因赫雲連城說所謂的「特別的壽禮」，只是湊個好事成雙罷了，郁心蘭便讓紫菱去尋一件吉利些的繡屏或畫屏。三日後，紫菱尋了件十八牡丹的雙面繡三扇小炕屏，紫檀木的框，精緻富貴，每面九朵豔麗牡丹，每屏三朵，繡功精湛，且拆開組合都十分喜氣。原是別人訂製的，不知何故又不要了，被紫菱買下，郁心蘭忙拿去交差。

甘氏挑剔地打量半晌，不屑地輕哼：「繡屏宮裡還少了嗎？十二殿下會覺得稀罕才怪！」宮裡面什麼東西都不少，除非是真正的龍鱗鳳毛，否則送什麼都不過是錦上添花！

當然，這話只能在心裡說，表面上郁心蘭恭順聽訓。

二奶奶忙打圓場，「母親，反正最後要由父親定奪，不如我們再挑一樣，一起給父親看。」

三奶奶思量道：「十二殿下好像喜歡弈棋，我記得庫房裡有一套墨玉和白玉製的棋子。」

甘氏點了點頭，朝郁心蘭道：「這事兒妳沒辦好，就由妳去找出來。」又吩咐單嬤嬤帶路。

單嬤嬤是侯府老人，丈夫是侯府管家，平日裡對甘氏極恭敬，但實際心中只認侯爺為主子。

郁心蘭見是單嬤嬤帶路，忙客氣地一福，令蕪兒回去多喚幾個人來。

單嬤嬤忙側身避禮，又回了一禮，笑道：「大奶奶不如去傳幾名侍衛過來，老奴記得棋子放在貨架高處，咱們要拿可不容易。」

侯府不同於別的府第，哪個園子都派了四名侍衛，白天在園子裡守衛，晚上統一歇在前院。

蕪兒去傳侍衛不提，單嬤嬤引著郁心蘭和錦兒繞過花園，來到後院的庫房重地。

整個庫房是個四合院，十數間房，打開其中一扇房門，一排排的貨架上放的都是名貴精細物的件，有玉製擺件、鑲寶石盆景等等。

單嬤嬤邊找邊走，停在第三排貨架處，道：「應該是在這個架子的頂層。」

正說著，蕪兒領著侍衛趙明來了，趙明是分在靜思園的，向大奶奶鞠了一躬，便去取了梯子，搭在貨架上，就要爬上去取單嬤嬤指的那只檀木匣子。

「等等。」郁心蘭的安全意識很強，示意錦兒和蕪兒一人扶住一邊梯子，免得梯子打滑。無論趙明怎麼保證沒事兒，她都不肯改變主意。

趙明無奈，只得登上有二美相扶的梯子。

貨架足有八層高，直達屋頂，趙明才登了一半多，就聽「咯吱」一聲，梯子滑出數寸，幸虧錦兒和蕪兒用力扶住，趙明只在上面晃了兩晃，又穩住了。只是梯子的斜度愈大，扶的力也要得愈大，兩名丫頭額頭上滲出些細汗，郁心蘭趕緊上前幫忙，手將扶上梯子之際……

「啪」一聲脆響。

郁心蘭只覺得梯子重重往旁邊一斜，嚇得她忙往旁邊一跳，便聽到幾聲碎響。

定睛細看，原來是梯子有道橫杆斷了，趙明忙一個鷂子翻身，凌空躍了下來，梯子卻因他足尖用力一點，往一旁斜去，蕪兒無力扶持，反被梯子壓倒在地上，連帶撞下幾件瓷器玉器，碎了一地。

趙明一臉驚慌，忙扶起梯子擱在一旁，單膝跪下，道：「屬下無能！」想到那幾件玉器不知價值幾何，自己賠不賠得起，臉色更是慘白。

郁心蘭盯著他手上的匣子：「棋子未散落吧？」

趙明趕緊雙手遞上，幸虧他抓緊了這個盒子。

蕪兒已被扶了起來，只是摔疼了些，倒沒什麼大礙。錦兒忙著收拾地上的碎片。

郁心蘭默不作聲地走近貨架，拿腳在地面蹭了蹭，很滑，非常滑，難怪梯子一受力就往後面滑。她又蹲下來看了看梯子，很結實的那種榆木梯，斷掉的那根橫杆看起來很舊，似乎是朽了造成斷裂，她伸手摸了摸朽木處，放在鼻下一聞，頓時眯起了眼睛，有一股刺鼻味，她化學不好，分不清是硫酸還是鹽酸，但可以肯定有人抹了加速木頭腐朽的東西。

「單嬤嬤，庫房鑰匙除了妳之外，還有何人有？」郁心蘭平靜地問。

「還有老奴的相公。」

「進出庫房有沒有記錄？」

「有，何時、何人、取了何物、作何用途都有記錄。」單嬤嬤邊說，邊走到門側的小桌裡取出了一個帳冊，翻開來給郁心蘭看。

上面清楚地記錄著，前一次進庫房是三個月前，單管家領人來取了五件玉器，做為送到郁府的聘禮。

郁心蘭將冊子遞回給單嬤嬤，輕愁地問：「打碎的物件，要賠嗎？」

單嬤嬤瞧了她一眼，恭敬地答：「要賠的。」

郁心蘭輕笑，「若是被人誣害的呢？」

用過午飯後，郁心蘭靠在寶藍福字紋的大引枕上做針線，在靜思園兩進的大院深處的主臥內室裡，仍能聽到外面的喧譁。

錦兒邊為她打扇邊道：「也不知查不查得出來。」

郁心蘭冷笑，今日的事，看起來好像只是她損失點銀子，但若不是她有安全意識，讓兩個丫鬟扶著梯子，只怕趙明爬到一半，梯子就會倒下來。趙明自不會有什麼事，但梯子肯定會撞翻一、兩排貨架，那站在一旁觀望的她就極有可能被貨架砸傷，而且玉器瓷器碎了一地，僕人們肯定會用掃帚去掃，而不是像錦兒那樣用手捏起，那麼地面上的滑石粉也就無處可尋了，梯子也會被處理掉。

看起來是多麼的偶然，多麼的意外！她受了傷，還得賠銀子！可惜被她給一狀告到甘氏面前，有憑有據，甘氏不得不給她一個交代。

紫菱問：「奶奶要去看看審些什麼嗎？」

郁心蘭意興闌珊地搖頭，「最後審出來的，也不過是些蝦兵蟹將，何苦累這一趟？」說著心頭湧起一股悲涼，她就真的這麼礙甘氏和二奶奶她們的眼嗎？

情緒低落間，蕪兒打簾進來，稟道：「奶奶，賀侍衛有事求見。」

賀塵回來了，這麼說湯裡加料查出來了？

郁心蘭心情一振，忙道：「快請進。」

屏退了左右，賀塵取出一封信呈給郁心蘭，嘴裡卻說著「大爺讓問安」之類的話。郁心蘭拿出信紙，展開細讀，上面寫了八味藥名，她只認識一、兩味，都能算上是補品。

賀塵壓低聲音說道：「寧大夫說，前面五味性寒，都能製藥膳，夏日服用是可以的，單獨一味都沒有禁忌，但五味放在一起，多服幾次，就容易造成寒症，不易受孕，若長時間服用，則會……不孕。」他頓了頓，瞧了一眼郁心蘭的臉色，只覺得奶奶無悲無喜，不知在想什麼，繼續道：「不過，後面這三味是熱性活血的，與前幾味藥性相沖，所以這湯喝下去問題不大。」

活血？郁心蘭記得原來有位女同事就是因為亂用了活血的藥油，結果導致流產了，這幾味藥屬性相沖，侯府的藥膳不可能這麼沒水準，那就只能說明，湯水裡的料至少是兩撥人加的，只是正好性質相反。

郁心蘭向賀塵道了聲謝，請他下去休息。

在一旁服侍的紫菱迫不及待地道：「奶奶，那寒性的藥只怕是郁府中下人幹的，那天巧兒不是很驚慌嗎？活血的藥應該是侯府中下人幹的，今日不是還想害妳摔傷嗎？您嫁過來一個月了，興許真有了身孕，她們這麼早就開始下手了，真狠！」

後半段郁心蘭倒贊同，前半段卻不認同，「郁家？夫人和三姊嗎？之前是怕我的婚事連累她們，現在大爺已經復起任命了，於她們已經無礙了。若只是討厭我，在家就可以下藥了，跑到侯府來下，得擔多大風險？再者，御賜的婚姻不能和離休棄，就算我不能生，大爺納幾房妾室就成了，擔這風險不值得。」

「可巧兒她……」

「只怕另有人指使，有錢能使鬼推磨嘛。」

郁心蘭笑了笑，不知怎的，心頭忽地燃起一股怒火。我是不是一直表現得太低調太溫吞了，以致於現在是個人都覺得可以拿捏我？為了活得平順安定，我已是一退再退，還要被步步逼迫。若真是被害的無法生育，不單是地位保不保的問題，自己也會覺得遺憾啊！

原本她是拿公司裡的那一套來行事，新丁駕到，總得低調一陣子，讓前輩們過足前輩癮，再慢慢尋機會出頭，否則光是黑狀都能告死你。卻沒想到，這大宅門裡跟大公司裡有不同之處。在公司裡拍馬屁固然重要，但能力也是硬指標，有能力的人總能出頭，可在這大宅院裡，身分就註定了一切，上位者若是沒有氣魄，連丫鬟小廝都不會把你放在眼裡。

郁心蘭琢磨了半晌，忽地一笑，吩咐道：「傳人進來，更衣，我要去看看她們審出個結果沒。」

❖ ❖ ❖

靜冬院是甘氏平日處理內宅事務之處，正堂裡的上位上，一左一右坐著二奶奶和三奶奶，單嬤嬤側身陪坐在下首，堂中跪著一個小廝，院中還有一應僕從僕婦。

郁心蘭扶著錦兒的手走進來，二奶奶、三奶奶忙起身相迎，「這大暑天，大嫂怎麼過來了？」

郁心蘭笑道：「我來看看是誰害我的丫鬟跌了一跤。」

二奶奶滿嘴奉承話：「大嫂真是仁厚，這般愛惜下人。」

三奶奶忙將自己的位子讓給大嫂，讓丫鬟另搬了一張交椅，坐在一旁。

郁心蘭問：「審出來了嗎？」

單嬤嬤忙稟道：「回奶奶，是陳前這廝，上回陪單管家去庫房取物件，竟將一個古董花瓶撞裂了一道口子，又怕擔責任，因而想出這一招李代桃僵。」

郁心蘭點了點頭，滿臉好奇地問：「他就算得準下回要拿的物件是擺在第三排架子上的？」

這問題一針見血，不單是二奶奶、三奶奶，就連單嬤嬤也露出幾分尷尬。單嬤嬤經驗老道，哪會看不出其中的貓膩？只是主子間的勾心鬥角，她沒必要摻和，只要不危及侯府或侯爺，她通常是裝糊塗的，可今天這位大奶奶似乎不想讓她裝……

單嬤嬤只能喝問跪著的陳前：「大奶奶問你話呢。」

陳前忙磕了個頭，「小的……小的是想，只要打碎了東西，小的到時就將那花瓶算進去，當是小的打掃時放錯了。」原來這陳前是專管庫房的小廝，隔時段時間要在管事的監看下打掃的。

郁心蘭似是贊同地點了點頭，「管庫房雖沒有什麼油水，可也是個清閒的差事，你既辦錯了事，日後怕不能再當差了。」

陳前喏喏稱有罪，心中卻頗不以為然，大奶奶的身分是尊貴，可在府中又不當權，要怎麼處置自己，由不得她來指點。

心中這麼想著，臉上多少會流露出一點。

郁心蘭猛地將手中茶盅摔到他身上，怒斥道：「好個刁奴，今日若不是我避得快，豈不是要癱了癱了？光是一個古董花瓶就足以將你全家上下幾代人的身家撈進去，還別說逃避罪責、嫁禍於人、欺瞞主子等等惡行！我自會報與婆婆，將你這惡奴一家子全部發賣到旱川去！」

旱川自古是犯人流放之地，氣候惡劣，寸草不生。陳前一聽這話就傻了。

二奶奶和三奶奶也怔住了，想不到看起來溫吞，平日裡總是不聲不響的大奶奶會突然發脾氣，還罰得這般狠。

三奶奶率先回過神來，細聲細氣地勸道：「大嫂何苦生氣？母親自有道理。咱們侯府可是寬厚人家，從不這般處罰下人的。」

郁心蘭笑了笑，「我倒覺得就是太寬厚了，才會養出這麼刁鑽的下人來。我自會向婆婆進言，須得嚴加整頓了。」

二奶奶和三奶奶不會將她的話當一回事，可三人同到宜安居回話，發覺侯爺和長公主也在時，兩位奶奶的心裡不由得打起了鼓。

二奶奶回完話，郁心蘭謹慎地提出自己的處罰意見。

定遠侯眸光微沉，沒有說話。甘氏嘖道：「這傳出去，人們都會說我們侯府待下人嚴苛，想不到妳這般殘忍，誰不是人生父母養的，竟為個花瓶要發人流放。」

郁心蘭笑道：「婆婆寬厚是下人們的福氣，可陳前這事卻寬厚不得。碰壞了花瓶若老實承認了，免去他賠償都是可以的，但他欺上瞞下，還妄圖嫁禍他人，這種刁人萬萬寬容不得，必須嚴厲處罰，以儆效尤，否則府中的奴僕都會學著他這般欺瞞主子。」

不等甘氏駁斥，長公主便笑道：「正是這個理。軍中四十八條斬律，為的不就是殺一儆百？」

定遠侯聽到長公主提到軍律，這才挑眉道：「有理，就這麼辦吧！找個人牙子來，將他一家發賣到早川去！」

定遠侯發了話，便是一錘定音了。

跪在堂屋廊外的陳前嚇得四肢發軟，拚命磕頭求侯爺寬恕，眼見無望，又轉向二奶奶，哭求道：「二奶奶，您求求侯爺吧，求求侯爺吧！」

二奶奶又驚又怒，緊張斥道：「來人，堵住他的嘴！又不是我靜念園的小廝，求我做甚？」

郁心蘭輕笑，「我也想知道啊，他求妳做甚？」

甘氏顯然被吵煩了，對堂外大喝：「還不把這刁奴拖下去，交給陳牙婆！」

陳前的眼珠一轉，頓時不再叫喊，只抽泣幾聲，順從地讓侍衛拉了起來。

郁心蘭心中一動，莫不是甘氏早有什麼承諾？當下擔憂地輕嘆：「可別心生不滿，四處混說侯府的是非才好。」

長公主隨即順著這話道：「的確，還是別交給牙婆了。紀嬤嬤，妳拿了我的名帖，將這家子刁奴交給京兆尹，關押在牢裡，待有犯人流放之時，一起帶去賣了，銀錢就給官吏們買酒吃。」

長公主雖不管事，但到底身分在這兒，話一出口，甘氏不好駁斥，轉而向侯爺求助：「自家的事務哪能讓官府知道？」

定遠侯卻淡聲道：「喻大人不會亂嚼舌根，就這麼辦吧。」

門外的陳前眼前發黑，頓時嚎叫起來：「小的冤枉啊，是厲嬤嬤指使小的這麼幹的啊！」

二奶奶的心再次提到嗓子眼，厲嬤嬤是她的乳娘，這不等於在說是她指使的嗎？

郁心蘭似乎吃了一驚，掃了一眼二奶奶，轉而望向長公主婆婆，也同時用餘光觀察三奶奶的表情。

這時候只能請長公主出馬，她身為被害人反倒不好說話。

長公主等二奶奶驚怒交加地喝了幾句後，才淡淡地道：「就是死囚也當讓他說幾句話。」而後朝陳前道：「老實回話，或許侯爺能免了你一家子發賣旱川。」

陳前聽到希望，當下砰砰連磕三個頭，一股腦兒都說了出來。一番證明與反證明後，厲嬤嬤不得不承認是自己指使的，原由是二奶奶因王氏摔倒的事被甘氏責罵，自己想替主子出口氣，完全是個人意思，與二奶奶無關。

甘氏厲聲喝罵：「侯府裡的哪個主子都是主子，妳這般作為，不是盡忠，是給你們奶奶臉上抹黑！」說罷要厲嬤嬤向大奶奶磕頭認錯，再重杖三十，罰半年月例。

厲嬤嬤咚咚地連磕三個響頭，郁心蘭安心受了，而後笑道：「其實我心裡敬佩嬤嬤，一是妳忠心護主，二是妳睿智高明。妳可不可以教教我，妳是怎麼算到三奶奶會提議用玉棋子當壽禮，又是怎麼算到婆婆會令我親自去取的？」

一番話問得屋內幾人都變了色。

厲嬤嬤也慌亂了一下，不過很快鎮定下來了，磕了個頭稟道：「老奴自是故意提及玉棋子，因為老奴多次隨二奶奶進庫房取物，有些物件放在何處略有印象。」

郁心蘭不由得多打量了厲嬤嬤幾眼，忠心，腦子還是很靈活，這種人不能留在二奶奶身邊，省得日後出主意對付自己，於是笑道：「厲嬤嬤果然厲害，連婆婆和三弟妹都中了妳的圈套。」

這話可就好說不好聽了。可以說厲嬤嬤高明，也可以說甘氏和三奶奶蠢笨，被個老奴牽著鼻子走。

甘氏恨不得將手中茶盞砸到郁心蘭臉上，卻也只能順坡下驢，雖然承認愚笨很沒臉，但總好過心思歹毒，於是再加上厲嬤嬤一條挑唆主子的罪名，多打十大板，逐出京城永不能回京。陳前重打四十板，發派去別莊當苦力。

定遠侯一直沉著臉，任府中女眷鬧騰，及至最後，才緩緩道：「老二媳婦馭下不嚴，也當受罰。罰妳禁足三個月，每日抄《女則》十遍。」說罷拂袖而去。

甘氏頓時心驚膽顫，二十幾年夫妻，她當然知道侯爺動了大怒，這般處罰二奶奶，也是在敲打自己。雖然剛才郁心蘭說的話都拿不出明確的證據，厲嬤嬤也一人全擔了去，可是以侯爺的精明，只怕心裡跟明鏡似的了。

想到這兒，甘氏便怨恨地瞪向郁心蘭，都是這個死丫頭！剛進門時還裝柔順，不過一個月就藏不住狐狸尾巴了！

「姊姊這般盯著我媳婦兒，可是要將老二媳婦手中的事分給蘭兒？」長公主眼帶輕嘲，興致勃勃地問。

在侯府被禁足，不單受罰者出不來，外人也進不去。二奶奶還管著廚房的採買，總不能讓全府上下的人餓肚子。

甘氏本要一口拒絕，她怎麼能讓那房的人沾後宅的權？可觸到三奶奶拋過來的一個眼神後，到嘴邊的話就變為：「我正有此意。」

郁心蘭本不欲接手，可自家婆婆興致勃勃，總不好不給她面子，隨即一想，雖然赫雲連城說過不同幾個弟弟爭這爵位，也要自己不要爭掌事的權力，可自己不要，也不能便宜了居心不良之人，於是含笑從厲嬤嬤手中接過了廚房的帳冊。

二奶奶渾渾噩噩的，她只在意二爺三個月不能進她的房，屋裡那幾個妾室該有多得意，厲嬤嬤又被逐了出去，沒人看管著，萬一哪個珠胎暗結，豈不是要生生氣死她？

相較於庶子庶女會搶先出生，廚房採買那點權力就不那麼重要了。

郁心蘭頗有些同情地瞧了二奶奶一眼，真是可憐人必有可恨之處啊！

如果妳不沒事先來算計，我也不會與妳為難，所以妳今日的苦果，不是我給妳的，是妳自己種下的。

郁心蘭暗自搖了搖頭，隨著長公主一同離開了宜安居。

甘氏吃癟，長公主心情無比舒暢，兩人同時嫁給定遠侯，爭了二十幾年，在侯爺的心裡，甘氏似乎永遠壓她一頭，難得看到侯爺以厭惡的眼神看甘氏，怎不叫長公主心花怒放？

連帶因王氏生的那點對郁心蘭的隔應也消了不少，和顏悅色地道：「以後她們再欺負妳，妳只管來告訴我，我替妳出頭。」

郁心蘭恭順地道了謝，送婆婆回宜靜居後，回自己的院子看帳冊。她看完後，又交給紫菱和蕪兒看，這兩人是她的左膀右臂，當然要熟悉。

紫菱輔助郁老太太理過事，幾眼就看完了，不無憂慮地道：「二奶奶定會怨恨妳，她既與三小姐合謀過，怕不是讓您摔一跤滑胎這麼簡單。」

郁心蘭道：「二奶奶我尚能防得住，倒是三奶奶……」

幾件事三奶奶可以說一點邊也沒沾，只是提議用玉棋子當壽禮，十二皇子善弈，這個提議合情合理，而且剛才從頭到尾她都變現得很淡然，半點驚慌的神色都沒有，比甘氏還沉得住氣，她拋給甘氏的那個眼色，只怕涵義深刻呢。

這侯府的女人真不叫人省心。

與其等她給我使絆子，不如我先給她設個絆子吧！

郁心蘭邊尋思邊低聲吩咐紫菱和蕪兒幾句話。

❖ ❖ ❖

這天，郁心蘭剛發完對牌，正指揮著丫鬟們收拾大爺先遣人送回府的行李，忽聽得外面傳報：「李大奶奶求見。」

郁心蘭心裡搜索了一下親友名單，恍惚是二奶奶的娘家嫂子，她來找我做什麼？

郁心蘭忍著驚訝道：「快請。」

錦兒立時引著一位貴婦進了堂屋，濃眉利眼，一身團花雲煙羅的深衣，看著貴氣爽朗。郁心蘭知道朝中多半是武官與武官結親，這位李大奶奶多半也是位將門虎女。

兩人客客氣氣見了禮，依次坐下。李大奶奶邊打量屋裡的擺設，邊不住嘴地奉承，又感嘆：「大奶奶的嫁妝真是豐厚。」

郁心蘭聽得眼角一抽，聲音就冷了幾分：「我的嫁妝都在箱子裡鎖著呢！」的確是有很多媳婦用陪嫁裝飾堂屋主室，為的是在自己的地盤上多分尊貴，可我不用啊，侯府在吃穿用度上對我極大方，李大奶奶卻說這種話，傳出這院子還不得讓夫家埋汰死？

李大奶奶想是發覺了不妥之處，忙忙地道歉，話題卻還是圍著郁心蘭的嫁妝轉，忽地說到了果園上：「昨兒看到一處園子生機盎然，一打聽才知道是大奶奶的陪嫁園子。我婆婆就愛吃果子了，所以今日遣了我來商量大奶奶的意思，想用四千兩銀子買下來。」說完殷切地看著郁心蘭。

郁心蘭卻只是淡笑著令丫鬟們換茶，心裡琢磨著，自己的嫁妝的確豐厚，但多半是現銀和器物，能出產的只有這麼一個果莊，離城區也遠，全靠陪房佟孝一家在打理。佟孝前幾回辦事很是妥貼，她也有意在城中再買個鋪子，把佟孝調到眼前來聽差。

老實說，這年頭大戶人家都有自己的田莊、果莊，那個果莊每年並賺不了多少銀子，賣出去不是不行，可那果莊頂多也就折個兩、三千兩銀子，李大奶奶開口就是四千兩，彷彿非要買下來不可。

加之錦兒、千荷打聽回的消息，兵部尚書妻妾眾多，兒女成群，所以府上有些入不敷出，怎麼可能一下子拿出四千兩現銀？

李大奶奶這麼久等不到回覆，不免有些急了，又說了幾句：「若不是婆婆太喜歡那園子的柑桔，也不會出這麼高的價。」話裡話外都是郁心蘭占了便宜。

這個價賣的確是我占便宜，可若是那莊子下有金礦呢？怕就是你們占便宜吧？

秉承著謹慎的原則和天上不會掉餡餅的理念，郁心蘭仍是一口回絕了，吞吞吐吐地道：「那莊子離京遠，京裡若有個疫症什麼的，總有個地方躲。」

李大奶奶直抽嘴角，嗔道：「從來只有鄉野地方才會發瘟疫，京裡怎會有？」

「怎麼沒有？去年西順街的和成布莊就有兩個夥計得天花去了，要不是主人家馬上將人燒了，還不知會怎樣呢！」郁心蘭一副害怕的樣子道。

李大奶奶一閃神，那不是赫雲三奶奶的陪嫁鋪子嗎？怎麼京裡出了天花居然沒人知道，大奶奶又是怎麼知道的？

郁心蘭又急急地抓住李大奶奶的手說：「李大奶奶可千萬別說是我說的。」邊說邊眼神躲閃，似乎有什麼隱情。

李大奶奶當下覺得有八卦可挖，拍著胸脯保證：「我必不會說。」然後又問：「什麼時候的事？那鋪子的主子打點上下可花了不少銀子吧？」

郁心蘭支吾道：「就是去年八、九月的事……其實哪年不出幾個天花？只要沒傳開來就行。」

因為醫療條件的限制，官府對天花、痲瘋這種病人，一般都是得知後立即隔離開來，並規定親人或鄰舍發覺有這類病人卻知情不報的，要徒一年刑。不過以三奶奶的身分，夥計又沒傳染給別人，自然不會有事。

李大奶奶聽不到更多的八卦，又買不到果莊，只得起身告辭。

郁心蘭起身送客，笑問：「李大奶奶去瞧二弟妹嗎？她雖被禁足，但您去，下人不敢攔著。」

侯府對下人的管理接近軍事化，因而辦事效率高，下人們也不碎嘴，私底下雖會議論耳語幾句，但出了府，絕不會說府中的是非，是以二奶奶被禁足一事，她娘家人並不知情。

李大奶奶聞言一驚，這位姑奶奶可是婆婆的心頭肉，怎麼也得去打聽打聽是何事被禁足，於是匆忙忙地去了。

郁心蘭瞧著李大奶奶的背影淡淡一笑。二奶奶定會問李大奶奶都跟自己說了些什麼，自然會疑心嫡子的天花病是怎麼回事，加之前幾天就讓別人往二爺耳邊說的幾句閒話，只怕這夫妻倆會恨透了三奶奶。

以後二奶奶和三奶奶較勁，三奶奶應該沒有時間來算計我了吧？反正這兩兄弟為了爭爵位，日後也要鬥的，我不過是將時間往前提了提。

回想起這幾天三奶奶對自己和順恭敬，郁心蘭心裡頭就有些發毛，感慨有些人的臉皮真是厚比城牆，明知自己猜忌她，她還能言笑晏晏地殷切問要不要幫忙。等自己真拿廚房上的事去問，她又會拿些明面上的東西講來聽，真需要提點的彎彎繞繞卻含糊而過，有的甚至一字不提。

這哪裡是真心想幫忙？這分明是試探！

郁心蘭又不禁冷笑，還以為這侯府管的多嚴謹，還不一樣諸多貓膩？那些個管事嬤嬤打量我不懂行，什麼東西都多報了一、兩成，也由得她們去，過些日子一併算總帳。

歇了午後，赫雲連城便回府了，是跟著明子期一同回的。

郁心蘭忙迎上前行禮，明子期卻又還了半禮，戲謔地叫了聲「表嫂」，郁心蘭忙應景地做出新嫁娘的嬌羞之態，實則在心底翻了個白眼，幼稚！

捉弄人是明子期的最愛，當下故意站在小夫妻中間，笑道：「連城哥這回立了一大功，父皇想給升他官，將他調到宮裡當侍衛呢。」

其實侍衛最高也就是三品官，像赫雲連城這樣剛調去的，多半是從四品，算起來只升了半級，不過侍衛是天子近臣，卻又不能與一般的從四品相提並論。

郁心蘭心裡著實為丈夫高興，轉眸笑意盈盈地看向赫雲連城，正巧他也滿目溫柔地望過來，兩人的視線隔著明子期在空中交會。

被忽視的十二殿下終於識趣告辭，說改天再來。

赫雲連城只打發了賀塵送他，牽著小妻子的手進入內室，屏退了左右，方問：「家裡好嗎？」

本想是問「妳好嗎」，卻有些說不出口。

郁心蘭邊服侍丈夫更衣，邊嘰嘰喳喳地說了上回之事，見他眸中閃過一絲心疼，卻沒指責她不友愛妯娌，故作輕鬆的笑容便多了幾分生動，只是暫時沒想好要不要告訴他自己調撥二奶奶和三奶奶關係一事，畢竟這種行為很不美。

想了又想，她決定先開個頭：「今日二奶奶的娘家嫂子李大奶奶說要買我在西郊的果莊……」

話沒說完，就被赫雲連城打斷：「妳的果莊在西郊？」

神情很是嚴肅，還帶著一絲焦慮。

「果莊要賣，但先別急，看李大奶奶後頭怎麼說，還可以再加幾百上千兩。」赫雲連城聽完郁心蘭的話後，就思忖著道：「她是幫別人買，正主兒有錢得很。」

郁心蘭倒抽口氣，那個莊子一年也就能賺個一、二百兩，原本李大奶奶出的四千兩就已經過多了，還要再加一千兩。她在心裡盤算了一下，頓時笑靨如花，可以在城裡的繁華地段多開兩家鋪子了，生意好的鋪子，一個月就能賺上幾百上千兩呢。

看著小財迷兩眼放光的模樣，赫雲連城覺得好笑，也覺得她真實不做作，比那些一心撲在錢上，還要拿腔拿調的人可愛多了，於是拉著她在自己身邊坐下，問了幾句日常起居後，就用那雙比星辰還亮的眼睛一眨不眨地注視著她。

有柔情，但更多的是審視。

郁心蘭嘟囔道：「想知道什麼就問唄。」

「妳派人去西順街查什麼？」

他果然知道了！郁心蘭把心一橫，就將佟孝查到的事跟他說了，其實只是點蛛絲馬跡，但先有三奶奶害二奶奶的這個假設，套用起來就很順很合理。

赫雲連城臉色冷峻片刻，囑咐道：「都當不得證據，妳別說給二弟妹聽，免得他們生分了。」

我都已經說了。

郁心蘭藉換茶逃避回答，心裡嘆道：他果然還是重手足之情的！

忽聽門外紫菱輕輕地驚叫一聲，郁心蘭正想問，就聽紫菱焦急地道：「大奶奶，八少爺被馬撞了！」

八少爺就是郁心瑞，自上族譜後，便序了齒，在族中行八。

郁心蘭一聽便急了，赫雲連城忙握住她的手道：「我陪妳去看看。」

轉頭吩咐備車、備藥材，又讓賀塵去軍中請跌打大夫。

兩人先去稟明了長公主，帶上長公主賜的藥材，才急急忙忙往郁府趕。

陸之章 惡姊誘騙作可憐

到了郁府，先向各位長輩請過安，郁心蘭才提出去看看弟弟。

郁老爺滿面傷痛，讓林管家帶四姑爺和四奶奶過去。

林管家邊引路邊道：「茗兒說八少爺已經快到馬車旁了，斜裡突然衝出一人一馬，速度極快，八少爺便被撞倒了。那騎馬之人戴著紗帽，看不出樣子，只知道很高大。下人們忙著照料八少爺，無法分身去追。八少爺傷得極重，手足都斷了，胸肺也有損傷，好在請太醫接了骨，開了方子，太醫說，性命是無礙的，只是……」

不說郁心蘭也明白，日後能不能站起來、能不能像個健康的人一樣，就很難說了，想到這兒，就覺得心中一陣刺痛。

待郁心蘭看到裹成木乃伊一般的弟弟時，眼淚刷的就流了下來。

郁心瑞扯著青腫的嘴角，虛弱笑道：「姊姊，我不疼，大夫說躺兩個月就會好，妳別哭了。」

郁心蘭聽到這番安慰，心疼弟弟的懂事，哭得更厲害了。

赫雲連城素來少言，不知怎麼安慰，只好拿塊帕子，笨拙地為她擦眼淚。

恰好此時賀塵帶著軍中的于大夫趕到，重新為郁心瑞診治了一番，郁心蘭親耳聽于大夫說骨頭接得很好，好好休養就行，這才放下一半懸著的心。她細細叮囑服侍的下人一番，才與赫雲連城回了侯府。

到內室更衣梳洗後，郁心蘭吩咐錦兒：「把千荷叫進來，妳去門邊守著。」

錦兒施禮退了出去，千荷很快就進來了，福了福，也不等郁心蘭問話，便將自己在郁府打聽到的消息全倒了出來。

「……夫人拿出了一支百年老參，說給八少爺補身子，三小姐也送了補藥，還親自去探望了，五小姐……沒有。不過夫人和三小姐送的東西，老祖宗讓收起來不用。茗兒說，夫人派許嬤嬤一直守在院子裡打聽消息，聽說八少爺四肢都斷了，似乎……面露喜色。溫姨娘也一直守在院子裡，一直哭，大奶奶去之前，才被老太太強令回去休息。」

「碧水說，她前日天黑時，看見廚房的老邵家的悄悄溜進了玫院。岳如姊姊還讓帶句話，說大前天晚上，菊園來了隻野貓，她沒追上，要給姨娘上夜。」

然後就是些丫頭間的八卦了。紫菱說千荷擅於交際會打聽事，看來還真沒錯，她們在郁府待了一個時辰，連五少爺郁心和某天下午不讀書跟小丫鬟調情的事都被她打聽到了。

郁心蘭揮手讓她退下，轉而問連城：「野貓是？」

「夜探的人。聽說王丞相養了一批青衣衛，按皇上的劍龍衛那般訓練的。手段狠辣，辦事不留痕跡。」

按皇上的暗衛訓練，難怪那麼厲害。如果要向姨娘下黑手怎麼辦？只有一個岳如靠不靠得住？還有弟弟心瑞，多乖巧懂事，才十歲，還是一個孩子呢，就遭了這般毒手。

原本只是懷疑，下學的時候那麼多學子，騎馬的人就應該會控制速度，即使驚了馬，也應該會大叫避讓，怎麼就會撞上？

原來是王氏和郁玫的詭計，她們怎麼就那麼狠？郁心蘭氣得指尖都抖了，一個小孩子，還是個庶子，怎麼就得罪她了，要被她害成那樣，以後縱使好了，只怕也會落下病根。再者，過兩個月就是秋闈了，這次心瑞被童子學的老師合力舉薦，才能破例參加，錯過這次機會，以後就只能從童子試一步一步考上來。若只是多花幾年時間倒沒什麼，怕就怕心瑞以後站不起來，或成了瘸子，就連入考的機會都沒了。一個庶子，沒功名沒有家產，要怎麼成家立業？還有姨娘，緊張、憂慮、焦躁，對胎兒都是極不利的。……

赫雲連城在一旁看著小妻子又是怨憎又是傷痛的神情，心底泛起一股濃濃的憐惜，不由將她抱入懷中，安慰道：「這兩日皇上就會有恩典下來，我多求些宮裡的祕製傷藥，瑞哥兒不會有事的，倒是妳姨娘，妳去看看她，送些藥材過去。」

正經的母親只有嫡母，所以這次回府省親，郁心蘭也只敢差人去看望姨娘，怕自己逾了矩，姨娘會被人指責，慫恿子女藐視主母。這會兒赫雲連城提了出來，她便師出有名了，出嫁從夫，聽丈夫的話總是沒錯的，加之聽說有宮裡祕製的傷藥，心瑞的腿也當會沒事吧？

郁心蘭寬了寬心，這才想起忘了問連城到底是立了什麼功。

「抓了一批用次貨充當好貨，倒賣軍糧中飽私囊的蛀蟲。其實軍中調查已久，我不過是部署抓人罷了。」赫雲連城說得輕描淡寫，半點也不居功，只是皺了皺眉，「幾名首腦中，有三弟妹的胞兄，她若心情不好，妳多忍忍。」

三奶奶的胞兄？郁心蘭心中一凜，想到近三天三奶奶總會過來坐一坐聊聊天，常會問自己連城的軍務如何了。因為是現代人的靈魂，覺得關心一下親戚的工作生活是正常的，不過是找點話題聊而已。現在一細想，這年代女人不能問政事，三奶奶只怕是在套話呢。

若真是在套話，說明三奶奶也摻了一腳，只怕還有三弟！

郁心蘭遲疑了片刻，還是將心中的懷疑告知了丈夫，不論他信不信，總要讓他有所防備才好，畢竟斷了人家一條財路，人為財死啊……

❖　❖　❖

過了兩日，赫雲連城的升調令和皇上的賞賜果然下來了，聖旨還是明子期親自來宣的，順道在定遠侯府蹭了兩餐飯。

好不容易送走了這位大神，赫雲連城便從一堆御賜物品中找出一個淡青色盒子，拿給郁心蘭，告訴她這是傷藥，又讓賀塵去請了于大夫，連夜去郁府。

為郁心瑞診治完後，于大夫向赫雲連城拍著胸脯保證：「有這個御賜聖藥，令舅弟必定能恢復如初。」

郁心蘭終於真正放下心，拉著郁心瑞安慰一番，又去看望了姨娘，這才跟著赫雲連城回府。

「我先去東書房找父親商量事情。」到了二門，赫雲連城就道。

看著他遠去的背影，郁心蘭一半感動，一半忐忑。感動他體貼——知道自己有話要單獨問紫菱，忐忑他的敏銳與高深——真是做什麼都瞞不過他啊！

其實也不是一定要瞞著他。只是自己已經算是赫雲家的人，郁府那邊再怎麼鬧騰也是郁府的家事，而自己這回設計的又是當家主母，在這個年代叫大不孝。

這樣的事，在還沒摸清他脾氣性情的情況下，怎麼敢告訴他？

回到靜思園，郁心蘭便更衣梳洗後，令錦兒帶丫鬟們退出去，留下紫菱問話。紫菱就將自己是怎麼稟明郁老太太的話，一五一十回了。郁心蘭聽後很滿意。

原本那晚推斷出真相後，她就想寫信給父親，告王氏一狀的，可一想到王氏是丞相之女，父親又極重臉面，即使知道王氏謀害庶子，也不可能休妻，最多就是禁足，加之郁玫已經參加徵選，若是被宮裡留了牌，連禁足都不可能了。

所以想來想去，唯有往歧路上引，突出王氏夜半私會青衣衛——青衣衛總是男的吧？就算沒有私情，也是給父親戴了半邊綠帽子。只是這些話，只能通過老祖宗去說。

紫菱稟完後，見大奶奶蹙著眉，神思不知飄去了何方，略一思索，便知原因，微笑著努力安慰：「為人子女的算計嫡母的確不對，但也得分個是非曲直。郁老爺只有兩個庶子，夫人還處心積慮地禍害，所謂不孝有三，無後為大，夫人這是在絕郁家的香火啊，大奶奶將此事稟明老祖宗是對的。再者以夫人這般……的心腸，確實不能擔當主母一職，也得讓老爺早做安排。」

郁心蘭笑了笑，心道：我不是因為這「不孝」之舉有何愧疚，我只是不知該怎麼跟連城說，不知道擺出這些理由後，他能不能心無芥蒂。

待赫雲連城回屋後，郁心蘭拐彎抹角地說了，他也只是「嗯」了一聲，便稱「乏了，歇息吧」。

郁心蘭最終也沒弄懂，他到底是介意還是不介意，不過看神情，倒真是只有睏意，再無其他。

第二天，郁心蘭便聽說王氏得了重病，被郁老爺送去祖籍寧遠的莊子上療養。

這一下，姨娘和弟弟才算是真的安全了。

沒幾天，又聽到郁玫被宮裡留了牌，月底就要入宮。這算是光宗耀祖的大喜事，甘氏和長公主都另外拿了禮品，讓郁心蘭送給郁玫賀喜。

來到郁府的玫院時，堂屋裡已經被各路名門千金給擠得滿滿當當，大多數都巴結著郁玫說奉承話兒，也有酸不溜私下嘀咕：「又不一定會是皇子妃，還可能被指到哪個宗親家去的。」

郁心蘭走上臺階，便有下人揚聲道：「四姑奶奶來了。」

主座上的郁玫立即丟下一眾賓客，親自迎出來，親熱地挽了她的手笑道：「妹妹今日難得回次門，無論怎樣也要多陪陪我，怕日後咱們姊妹倆難得這樣聚了……」說罷戚然，好像馬上就要成為皇妃，宮院深深幾許了一般，「可恨妹妹還沒有誥命，不然也能多聚聚。」

郁心蘭微哂，「三姊姊快別傷感，這次十二殿下、十三殿下、十四殿下同時選妃，姊姊無論許給誰，都是郁家的榮耀，是大喜事呀。十二殿下、十三殿下都已分府，總能相聚，若是許到宗親家，那還可以時常串門子呢。」添堵誰不會呀？偏不祝福妳許給明子期。

郁玫的笑容僵了一僵，隨即又恢復一派高貴典雅，熱絡地張羅郁心蘭的座位，之後無論怎麼與他人談笑，都沒忘了照拂她。

留牌是喜事，但沒最終定下來，日後也有可能半途被送出宮，因而郁家並沒有準備宴席，大夥兒聊了會子，又都各自回府。

郁玫親親熱熱地挽著郁心蘭的手，一直送到二門，待馬車遠得看不見了，秀美明眸中才流露出一絲寒光：死丫頭，敢算計母親，妳等著瞧！

馬車搖晃中，郁心蘭感覺不出一絲暑熱，反而從心底裡發寒。

自始至終，郁玫都在笑，笑得親切熱絡，沒有半分勉強，這樣的人才是最可怕的。

郁心蘭忽地又想到了三奶奶，那天聖旨下來的時候，她還微笑著對自己說恭喜，「興許明年開春的時候，大哥就能為嫂子請封誥命了。」神態是那般的真誠，可高家很可能會舉家被罷官了啊，朝野上下都傳遍了，皇上要整肅軍紀，這次盜賣軍糧一案的一干嫌犯，都會被重罰。

三奶奶真的就這麼明事理，半點也不記恨連城嗎？

郁心蘭搖了搖頭，先將這些煩心事丟到一旁，跟夫君培養好感情再說。

赫雲連城是四品內廷帶刀侍衛，皇上恩准他先治腿疾，所以這段時間他沒在宮裡聽差。還是那天明子期解釋一番，郁心蘭才知道，六年前赫雲連城被重打六十大板投入天牢，腿骨斷了，但因皇上沒說話讓治，便沒人敢讓太醫去治。他只好自己接了骨，用腰帶綁住，但沒有板子固定住，又無人服侍，這才落下個殘疾。

現在皇上發話讓治腿疾和面上的傷疤，他終於可以請人來治了。骨頭錯接了六年，早就長出一小截不應當長的骨刺，于大夫割開皮肉，磨去骨刺，再接骨縫合。

沒有麻藥的啊！郁心蘭在一旁看著都嚇白了唇，緊張得汗濕了裡衣，可赫雲連城卻只是出了一身冷汗，神情一如往常的冷峻，連眉頭都沒皺一下。這樣的男子，真是讓她又敬佩又心疼。

❖　❖　❖

思緒紛飛間，馬車已駛入二門，郁心蘭換上內院行走的青幄小油車，很快便到了靜思園。進院子，正看見錦兒端著碗藥汁，從西廂那邊走過來，郁心蘭問：「是妳看的火嗎？」

錦兒忙回道：「是婢子看的火，一步也沒離。」

不怪她多心，藥沒讓大廚房煎，而是放在靜思園的茶水房煎，還只信得過錦兒和紫菱兩個。

郁心蘭又問赫雲連城上午的作息、有沒有換藥，錦兒細細稟了，兩人一前一後步入內室。

「好些了嗎？傷口還疼嗎？」郁心蘭不及更衣，先問赫雲連城的病情，親自端過藥碗，摸著碗壁試了試溫度，才遞給他。

雖然用的是御賜傷藥，但天氣太熱，傷口還是有些發炎，昨晚還發了熱，郁心蘭和錦兒主僕幾個一整晚不停用冰塊融了水，給他敷額頭，才壓了下來。許是看到小妻子堪比兔子的紅眼睛，心裡覺得愧疚，赫雲連城終於沒再逞能不喝藥。天知道他有多怕喝那苦巴巴的藥汁，……當然，這是不能說出去的，太沒男子氣概。

郁心蘭見他喝了藥，才去梳洗更衣，昨晚沒休息，臉上就顯出幾分疲倦。

赫雲連城瞧了一眼自己身邊的空位，道：「躺下歇歇。」

幾個丫頭有些忍俊不禁，忙垂頭掩飾，郁心蘭忍不住紅了俏臉。軟榻能有多大，這一躺下去，兩人不擠成一團？她忙道：「我去床上歇會兒，不打擾你看書了。」

赫雲連城瞥了她一眼，慢悠悠地道：「躺這兒也不打擾。」

當著丫鬟的面……郁心蘭的臉更紅了，決定不理他，抬腿往床邊走。

「把被褥、席子、床板都拿出去曬一曬。」赫雲連城看著手中的兵書，頭也不抬地吩咐。

蕪兒、錦兒幾個面面相覷，而後心有靈犀地抿唇一笑，一個出門叫人幫忙，另兩個俐落地搶在郁心蘭之前，飛快捲起鋪蓋。蕪兒叫了千夏、千荷進來，每人抬塊床板出去，轉瞬間，那張金絲楠木雕花拔步床就只剩下了一個架子，房間裡也只有小夫妻倆，安靜得心慌。

郁心蘭恨得跺了幾腳，想罵丫鬟們幾句，可她也知道，這是個與現代完全不同的時代，夫妻夫妻，先是夫再是妻，在這個房裡有話語權的，先是赫雲連城，而後才是她，丫鬟們聽赫雲連城的吩咐並沒有錯。

氣呼呼地瞪了赫雲連城半晌，他一直專注於手中的書本，連餘光都沒有給她一個。原是想硬撐著做針線，可到底擋不住乏念，郁心蘭只好一步一蹭到榻邊，側著身子，盡量不挨著他躺下。

赫雲連城還是沒動，郁心蘭繃了一會兒氣，漸漸放下心防，睏意上湧，轉瞬就睡著了。

聽到身邊人傳來均勻的呼吸聲，赫雲連城才放下手中的書，將目光投注在身邊這張嬌俏的芙蓉面上。光滑細膩如白瓷的肌膚，臉頰間帶著淡淡的粉色，如同花瓣一般，盈滿春水的眸子緊閉著，只能看到長而濃密的睫羽，挺直的鼻樑下，小巧的嫣唇如初蕊般粉嫩。

赫雲連城眸光暗了暗，不由自主地伸出食指，在那初蕊般的唇瓣上來回撫摩，指腹下充滿飽滿的觸感，令他嗓子不覺乾渴起來。

可是，不行，小妻子對他並未敞開心扉，在為數不多的幾次攬抱中，他都能敏銳地察覺她總是身子一僵，再慢慢放柔。

她與一般的名門千金不同，她有自己的主張，行事也不拘於常理。這是他欣賞她的地方，可也讓他無法像別的男子那樣理所當然地認為妻子應當順從於自己。

可他呢，也許是覺得身為丈夫理所當然應當保護妻子、敬愛妻子，他覺得自己愈來愈喜歡聽她那南方特有的甜糯柔軟的聲音，喜歡看她嫣然一笑時，眼裡流轉的俏皮光芒，喜歡她叮囑丫頭們認真煎藥透露出的對自己的關心……

赫雲連城想著自己至少要在家中修養一、兩個月，不如等十二殿下生辰後，讓她陪著自己去莊子上住些時日，沒有外人和瑣事打攪，對夫妻感情也有益。

赫雲連城拿定主意，便心情輕鬆地躺下來，摟著小妻子歇了會兒，才叫人擺飯。

過了三日便是十二皇子的生辰，各府的大人都攜眷前往十二皇子府恭賀。

郁玫和郁琳同乘一輛馬車，跟父親一起出發。

郁玫打量了一眼外面，確認無人了，才壓低聲音無數次叮囑五妹：「一會兒記得分寸，太凶了她不會跟妳走，太軟了她也不會，若她推拒，妳按我教的說，可千萬別在大庭廣眾之下發脾氣。」

這個五妹有些小心計，可惜被寵得有些嬌縱，怎麼也管不住自己的脾氣。

郁琳嘟起小嘴，不高興地道：「三姊，妳太看不起人了，為了給母親出氣，什麼我都能忍。」

不是出氣就算了，必須讓那個丫頭翻不了身！

郁玫又將計畫細細地過濾了一遍，覺得無甚紕漏，淡淡一笑，不但要蘭丫頭無法翻身，還得定下十四皇子妃的身分，日後才好向皇后娘娘求個恩典，將母親接回京來。

哼！居然將母親打發到寧遠，一年半載的不打算接回來，父親真是好狠的心啊，這不是寵妾滅妻嗎？

思量間，馬車已經到了十二皇子府的二門，郁玫扶著丫鬟紅鯉的手下了車，同時到達的幾府女眷中，就有定遠侯府的女眷。

郁心蘭一身淡藍色遍地撒花雲羅直褙，下著湛藍色月華裙，層層疊疊，襯得她眉目如畫，飄渺如仙。

郁玫並沒像幾日前那般熱絡，只是端莊又優雅地輕笑頷首，然後隨著女官步入後院。

十二皇子尚無正妃，皇上便恩准其生母劉貴妃來府，為兒子慶生辰。

主院正堂裡已是賓客滿棚，郁家幾姊妹沒有誥命，只在大堂外的走廊處向劉貴妃磕頭請安，便由女官引著到西花廳小坐。

郁玫、郁琳忙著跟貴婦貴女們攀談，直至午宴後都相安無事。

春睏秋乏，貴族女子一般秋日午後都要歇午，皇子府裡給女賓們安排了軟榻，不想歇午的，也可以打葉子牌、馬吊消遣。甘氏的牌癮極大，二奶奶、三奶奶自是相陪；長公主被劉貴妃拉著說家常，郁心蘭便獨自一人隨宮女翠娥去西廂房休息。

走至半路，郁琳忽地從後頭追上來，瞪圓了眼睛怒道：「跟我來，有話問妳！」說罷便朝岔路走去。

郁心蘭挑眉一笑，心下了然，跟翠娥交代了一聲，便隨著郁琳七拐八拐，穿過一道垂花門，進了一間小廂房。

郁琳往房內走了幾步，站定後便開始破口大罵，到底是有教養的千金小姐，翻來覆去不過是「小婦養的賤婢」、「如此不孝」之類。

郁心蘭不痛不癢地聽著，眼角餘光察覺背後有道影子正悄悄靠近，而郁琳怒火盛極的明眸裡飛速劃過一道詭異又得意的光。

想玩花樣？郁心蘭暗自冷笑，眼淚汪汪地朝郁琳靠近幾步，一副委屈得不得了的樣子……牆邊的青色落地花瓶印出身後之人揚起手中的器皿。

郁心蘭俐落地旋身避開。

「嘩啦……」一大瓶五顏六色的印染水潑了郁琳一身，俏麗的臉上也有不少。紅杏嚇得撲通一聲跪在地上，哆嗦著道：「小……小姐……」

印染水有刺激性，郁琳來不及喝罵，就覺得渾身又麻又癢，她驚得立即去解衣帶，又想到了什麼，俏臉立時煞白，踢了紅杏一腳，喝道：「快！把妳的衣服換給我，快！」扭頭狠瞪了郁心蘭一眼，彷彿要用目光將她大卸八塊。

紅杏的眼眶頓時紅了，小姐的衣服她穿不得，可她雖是婢子，卻也不能衣冠不整。

郁心蘭瞧見郁琳沾了印染水的臉上迅速紅腫，心裡大覺痛快，嫣然笑道：「妳們慢慢狗咬狗，我先去歇午了。」

正要抬腿出門，岳如忽然躍進來，急道：「十二殿下過來了，走後窗。」

郁心蘭心中瞬間轉了無數個念頭，果斷地指著紅杏道：「帶上她。」自己則提起裙襬，俐落地翻窗而出，而後朝已脫下衣裙的郁琳嘲弄地一笑，頭也不回地隨著岳如從僕人出入的小門離開園子。

躲在假山後，郁心蘭瞧見十二皇子明子信由一名太監服侍著往剛才的園子去，身後還跟著兩名高冠華服的年輕貴族，其中一人是上巳節見過的秦肅。

待幾人先後進了園子，郁心蘭嘲弄地看向紅杏，「妳的五小姐是不是想讓我衣冠不整的被幾個男人撞見，名聲敗壞了，讓侯府為了臉面暗地裡處置了我。」她頓了頓，俏臉凝上一層冰霜，「是不是？」

好惡毒的計畫！

沾上那種水，誰都會忍不住脫下一身濕漉漉的衣裙，再被幾個外男撞見，換成這世間的女子，不必夫家動手就會自己上吊了。撞見的男子中還有一位皇子，皇上為了兒子的聲譽，必會默許定遠侯處置這個御賜的媳婦。

真真是殺人不用刀！

片刻後，園子裡傳出一聲尖叫，郁心蘭不禁彎眉而笑。

能當擋箭牌的紅杏被帶走了，房裡只剩郁琳一人，衣裙都脫下了，就算她能忍住麻癢，想穿好也來不及了。這一下子……郁琳非嫁給十二皇子不可了吧？不過以這種方式結親，想當正妃是不可能的，頂多就是個側妃了。只怕十二皇子會認為郁琳為了嫁給自己故意使計，不知道對郁琳能不能喜歡起來。

若郁玫許給了明子期，兩姊妹不是要成為對手了嗎？

思及此，郁心蘭滿腔怒火煙消雲散，拍了拍已經嚇傻了的紅杏的腦袋，悠哉地沿原路回去。

這類大型聚宴，皇子府會安排人服侍，女賓客的隨身丫頭是不能進入皇子府後院的，紅杏是怎麼混進來的、要怎麼離開，郁心蘭懶得管，只要岳如能脫身就行。幸虧赫雲連城堅持調岳如過來照拂，否則郁琳主僕肯定死揪著她，想脫身可不容易。

想到赫雲連城，就想到這幾日他的舉止總透著一股體貼和親暱，雖然還是不怎麼多言，不過卻在令她舒心的同時覺得安心。

巧言令色鮮矣仁，或許寡言的人才更可靠？

郁心蘭並不知道自己想到赫雲連城時，嘴唇是微微上翹的。

翠娥還候在青石小徑的三岔口，見到郁心蘭過來，忙福了福：「婢子一直在等您。」

郁心蘭笑道：「有勞久候。」同時裝作沒看到此人裙襬上的淤泥和水漬。

翠娥惶惶然垂頭，當先引路，卻步履漂浮，幾次差點摔倒。

郁心蘭忍不住皺了皺眉，難道她遇上了什麼事？罷了，與我無關，多一事不如少一事。

❖ ❖ ❖

歇了晌後，女賓們又聚在高臺上聽戲，郁心蘭打量了一下四周，沒見到郁琳，郁玫也是一副心神不寧的樣子。

戲聽到一半，郁心蘭被劉貴妃身邊的衛嬤嬤請到一處僻靜的小廳。廳裡隱約傳出哭聲，郁心蘭腳步不由一滯，隱約覺得有什麼不妙的事情發生。

衛嬤嬤冷淡地笑道：「娘娘在等著您呢。」

郁心蘭只得邁進了小廳，立時有個人朝她喊道：「是她，小姐死前就是跟這位奶奶在一起。」

死？難道郁琳死了？

郁琳怎麼會死？就算十二皇子覺得被算計了，心裡不痛快，給她個名分還是很容易的，不過是後院多個人而已，莫非郁琳覺得在心上人秦小王爺面前失了尊嚴，因而自盡？

郁心蘭一面飛快轉著念頭，一面恭恭敬敬地朝主位上的劉貴妃行大禮，一面打量剛才說話的那名宮女……不認識。

劉貴妃生得圓滿，一臉福相，不動聲色地將郁心蘭的表情看了個透澈，良久才道：「平身。」

「謝娘娘。」郁心蘭優雅地起身，既不辯解也不提問，只是從容淡笑站在堂中央。

劉貴妃的眼裡露出幾許讚賞之意，旋即又變得深幽莫測，端容問道：「妳跟御史李大人的七小姐很熟嗎？」

李清芳？郁心蘭立即回答：「外子的起復宴上，臣婦才認識李小姐，今日不過是第二次見面，只在西花廳時閒聊幾句，並未單獨見面。」

劉貴妃笑得高深，「沒單獨見面？明珠說看見李小姐死前是跟妳在一起。明珠，妳再把之前的話說一遍。」

明珠口齒伶俐、聲音清脆。

「婢子送何小姐、李小姐去客房歇午，何小姐去休息了，李小姐卻說不睏，想散散心，婢子便帶李小姐去小池塘看荷花。然後這位奶奶便過來了，說有事要與李小姐談，要婢子自去忙，婢子便告退了。後來快開戲前，婢子還沒見到李小姐，一路尋到小池塘，才發現李小姐她……」說到這兒打了個寒顫，「淹死了。」

郁心蘭一直垂眸靜聽，待明珠說完，才轉眸看向明珠。對上這道目光，明珠生生打了一個寒顫，忙低頭握拳，忍住心裡的驚慌。

郁心蘭淡淡一笑，向劉貴妃福了福，一字一句慢慢辯駁：「回稟娘娘，臣婦是由翠娥服侍歇午的，去客房之前，還被五妹喚去一旁，聊了半個時辰，之後才去客房，這些翠娥都能作證。」

劉貴妃便吩咐宣翠娥和郁琳來問話。

翠娥已換了身衣裳——雖然宮女的服飾是統一的，但這條裙子的下襬沒有淤泥。

翠娥三叩首後，開始回答劉貴妃的問話，隻字沒提郁琳，說自己一路送赫雲大奶奶去客房，然後又去主院聽差。

郁心蘭眸光閃了閃，面對劉貴妃的疑問，從容笑道：「待五妹來後，臣婦再回話可否？」

劉貴妃一團和氣地笑，「准。」

少頃，郁玫被請了進來，傳喚的人向劉貴妃稟明，郁五小姐因身子不適，已經回郁府了，因而請郁三小姐過來。

待郁玫得知緣由後，一臉驚詫，「回稟娘娘，臣女的五妹因身子不適，午宴後便告罪回府了，怎麼可能半路去攔四姑奶奶說話？」她轉頭看向郁心蘭，擰眉問道：「四姑奶奶是不是記錯了？」

兩個時辰前的事就能記錯，何不直接說我撒謊？

郁心蘭心中冷笑，俏臉上仍是一派從容，淡淡反問：「我是沒記錯，莫不是三姊妳記錯了？」

郁玫被噎了一下，也不著惱，垂首靜立，不再多言。

劉貴妃沉思了一下，眸光忽地銳利起來，逼視著郁心蘭，「人人都指證妳最後與李小姐在一起，妳還有什麼話說？」

郁心蘭福禮，「臣婦所言句句屬實，只是沒有人證。臣婦不知為何明珠、翠娥和三姊要冤枉臣婦，但臣婦的確是冤枉的，還請娘娘為臣婦做主。」

劉貴妃身邊的一名老嬤嬤立時冷笑，「赫雲大奶奶真是巧舌如簧，三個人口供一致，妳都不肯承認。這裡也沒人說李小姐是您害死的，這般心虛推脫幹什麼？」

沒人說，但話裡話外不就是想把殺人犯的帽子往我身上扣嗎？郁心蘭決定無視這位嬤嬤，直接向她的上級申訴：「臣婦根本沒單獨見過李小姐，也沒去過小池塘，還請娘娘明鑒。」

劉貴妃露出幾分為難，「難道要報至刑部？本宮曾想，李小姐或許是自己失足落水，旁人無力營救，若是如此，那人也只算無心之失，賠些銀錢與李家便是。」

話音剛落，一直縮在大柱旁當壁花的某位貴婦失聲痛哭：「我苦命的兒啊，妳怎麼就去了？」

這貴婦就是御史夫人李夫人。

郁心蘭不動聲色地看著，半點焦躁之態都沒有，反正妳們沒有編出親眼看見我殺死李小姐的戲碼，就不能拿我怎麼樣，拖著時間，自然會有人急，於是福了福道：「娘娘還是差人報至刑部吧！啊，刑部尚書不正在前院聽戲嗎？」

劉貴妃一怔。

那名嬤嬤便道：「若報與刑部，十二殿下顏面何存？」

衛嬤嬤也在郁心蘭耳邊勸導：「奶奶怎麼糊塗了？既然有人看見您與李小姐在一起，刑部定會請您去問話，這萬一要是讓您過板子，您身嬌肉貴的，如何承受得起？」

郁心蘭聞言果然猶豫起來。

郁玫在一旁道：「我方才所言句句屬實，若真需要去刑部，即使挨板子也不會渾說。」瞥見郁心蘭又驚又恨的目光，郁玫頓感快活，終於知道怕了嗎？

劉貴妃坐在上座上，端容凝神，眼神越發莫測，也沒阻止各人各抒己見。待眾人察覺到逾矩，自覺地收聲後，劉貴妃才問道：「越嬤嬤，趙嬤嬤怎麼還未回報？」

越嬤嬤忙施禮退出廳外，半盞茶後，領著一位同樣裝束、頭髮花白的嬤嬤進來，應該就是趙嬤嬤。趙嬤嬤磕頭請安後，稟道：「老奴看了池塘四周和李小姐的屍身，應當是不慎溺水而亡。」

郁心蘭聽說過宮內有類似仵作的刑執嬤嬤，宮女們意外身亡後負責驗屍和勘察現場，趙嬤嬤給出了不慎溺水的結論，那就不用報去刑部了。她恭敬又從容地垂著頭，等待最終目的自行揭開。

李夫人再度痛哭失聲，跪下稟道：「娘娘，難道清兒就這麼不明不白的去了嗎？臣婦不知赫雲大奶奶為何不願承認見過清兒，可人人都這般說，難道人人都說謊？清兒溺水之初，她若能幫忙喊些人手來，清兒也不至於枉死啊！」

郁心蘭聞風不動，既不辯駁也不接話，彷彿啞了一般。

劉貴妃打量了她幾眼，不得已開口問道：「李夫人，按妳說，應當如何呢？」

李夫人頓時被問住，雖有算盤，卻無法宣諸於口，吭哧了半晌，只是哭，被趙嬤嬤追問兩次，才似萬般為難地道：「至少……赫雲大奶奶也應當賠償些銀兩吧。」

郁心蘭不能隨意打量劉貴妃，因而沒瞧見劉貴妃和氣的圓眼睛裡，瞬間劃過的冷嘲和殺氣。趙嬤嬤代表劉貴妃問道：「李夫人要赫雲大奶奶賠償多少？」

李夫人做盡姿態，才哽咽道：「五千兩……非是臣婦貪婪，再多也買不回清兒的命啊！若是現銀不足，用陪嫁莊子抵數也可以！」

原來如此！郁心蘭勾唇冷笑，原來是打西郊果莊的主意！

普通官員家嫁女，嫁妝折合起來也就兩、三千兩銀子，外人不可能知道我的嫁妝有多少，所以李夫人才定下一個五千兩，想討價還價後，我肯定捨不得現銀，多半就會把果莊賠出去。

這麼想要，我還偏就不給了！

此時，廳外響起一串腳步聲，門外的宮女忙唱到：「長公主駕到！」

郁心蘭頓時安了心，隨眾人一同向長公主請安。

長公主原本聽戲聽得入迷，忽然收到兒子差人送來的口訊，才發覺兒媳婦早不知去向，忙按兒子指的方向，帶齊人馬，殺氣騰騰地來救兒媳。她的品級比劉貴妃高，劉貴妃很自覺地讓出上座，又將前後因果簡單介紹了一番。

居然三個人的說詞完全一致……長公主有些犯難，問兒媳婦道：「蘭兒，妳可有法子證明自己所言非虛？」

「媳婦有憑證。」郁心蘭等的就是這個時候，盈盈一拜道：「媳婦隨五妹往東而去，小池塘卻是在西面。媳婦折返回原地時，發覺翠娥的裙襬和鞋底沿有淤泥和水漬，當時她還強調自己一直在原地，媳婦覺得疑惑，卻也沒多問。現在翠娥已換下了那條裙子，但今日事忙，她應該沒時間清洗，現在還可搜到。至於媳婦的五妹，媳婦怕兩位姊妹有事需要幫忙，特地安排了兩人守在郁府的馬車旁，只需差人問問，就能知道五妹是何時離開十二皇子府的。」

她在府外安排了人？郁玫的臉色頓時白了。

頓了頓，郁心蘭又補充道：「因皇子的宮女撒謊，最好不要讓府中的人去搜。」

長公主聞言點了點頭，向劉貴妃建議：「不如我倆各派幾人一同去搜？」

事已至此，劉貴妃雙手贊成，兩人各點了五人，去宮女居住的西雜院搜屋。劉貴妃試圖解釋，自己真不知道會牽扯到長公主的兒媳身上，否則必定早就請長公主過來。

長公主啜了口香茗，淡笑道：「後頭忘了也沒什麼，反正本宮已經來了。」

劉貴妃被噎得半死，又知道皇上就只有這麼一個同母妹妹，十分看重，自己是惹不起長公主的，只得訕訕陪笑。

一盞茶後，去搜屋的人回來了，就在翠娥床下的箱子裡發現了帶有淤泥的長裙，泥厚的地方，水還未乾，明顯是今日沾上的。

沒多久，出府問話的衛嬤嬤也來回報，郁五小姐是未時一刻乘車離開的，比歇午的時間晚了一個時辰。

所有證據都對郁心蘭有利，長公主輕輕地「嗯」了一聲，冷聲道：「翠娥，本宮再給妳一次機會，說！」

翠娥早就嚇得渾身發抖，當下全招了出來，承認郁琳找過郁心蘭，自己則是想著小池塘不遠，想去避避暑，後來才返回三岔口等候郁心蘭，做假證則是被明珠收買。

明珠痛哭流涕，說李小姐堅持獨自散心，後來自己發覺李小姐溺死在池塘裡，怕擔上責任，問遍姊妹們，打聽到唯有赫雲大奶奶是單獨一間房，沒有人證，才豬油蒙了心，想攀汙到赫雲大奶奶身上。

相較之下，郁玫則冷靜得恍若從未說謊，驚訝道：「原來五妹告辭後，竟還去找了妳，不知五妹都跟妳說了些什麼？」

郁心蘭皮笑肉不笑地答：「只是談了談母親的病情……」然後不理會郁玫，將眸光掃向翠娥，輕聲問：「翠娥姑娘去小池塘沒見著李小姐嗎？我怎麼記得妳似乎受了驚一般？」

「婢子……婢子……」翠娥惶惶然不知如何回答。

劉貴妃卻似乎沒聽見郁心蘭的疑問，已經發出了一串指令，給翠娥、明珠定了個「瀆職」和「欺上」的罪名，叫人拖下去重打四十杖。

長公主無意管別府的事，只要自個兒媳婦沒事就成了，站起身招呼郁心蘭回去聽戲。

她們說謊，她們的目的是逼我交出西郊的果莊，李小姐肯定不是自己溺死的！郁心蘭握緊了拳頭，其實只要繼續追問，就能從翠娥和明珠口中得知真相。但這廳裡，有劉貴妃和長公主，沒她說話的份兒，縱使心中再不情願，也只能扶著長公主往外走。

劉貴妃處置完兩名宮女，從後頭追來，與長公主並肩而行，輕聲談笑，彷若之前的事沒發生過一般，就連李夫人，眼眶還紅著，卻已在一旁湊趣了。

這就是人上人，任何人都不過是她們棋盤上的棋子，要你生就生，要你死就死。

是了，李清芳是名庶女，並非李夫人所生，她能有多傷心，只怕死了更稱她的心呢。

郁心蘭慢下四、五步，緩緩跟在劉貴妃和長公主之後，回頭細細過濾每個人說的話，想找出事情背後的隱密，思量間便到了觀戲臺下。

觀戲臺在二樓，樓梯口邊有幾株開了花的鐵樹，正好擋住過來的小徑，自成一片天地。

郁心蘭駐足觀賞了一下鐵樹開花，忽然覺得右側頭皮一陣酸麻，彷彿被什麼猛獸盯上，身體自然而然產生了警醒。

她徒然回首，左側也有一座觀戲臺，是男賓的，湘妃竹的簾子半垂著，柵欄很高，隱約有幾個後腦勺隨著戲臺鑼鼓的節奏晃動，並無人窺視，更別提有那種毒蛇猛獸般的陰森眼神了。

這麼一停一頓，走在後面的郁玫就趕了上來，乍見到郁心蘭一臉嚴肅，忙擠出笑容問：「妹妹怎麼還沒上去？」

「別叫我妹妹，聽著噁心！」郁心蘭低喝一聲。

「妹妹是不是誤會了什麼？五妹的確說要回府，我卻不知她後來又去找了妳。」郁玫一臉無辜地如是說。

「我沒誤會！」郁心蘭陰冷地笑，「郁琳那腦瓜子想不出那麼毒的法子，況且另一邊也要有人踩準時間騙十二皇子過去不是？妳想毀了我的名節，借侯府之手除去我，是不是？」

「我聽不懂妳在說什麼。」郁玫依然鎮定。

「去問妳的寶貝妹妹郁琳吧，比如，衣裳不整被幾個男人瞧見是何感覺，又比如，同時被幾個男人瞧了身子去，到底給誰做妾好……」郁心蘭附耳低語——不是為了郁琳的臉面，而是為了自己的貴婦形象，這種近乎粗鄙的話，是淑女不能說的。

郁玫這下子真是驚了、慌了、急了、想哭了。

郁琳可是她的親妹妹，她打心底裡疼的，如今郁琳落到這步田地，若母親和大姊她們知道，還不知該多傷心多震驚。

之前沒等到郁琳的回音，她以為是妹妹怕被人發覺先走了，後來看到郁心蘭神色自若，以為郁心蘭自己機敏，跑了。那時她倒還不怕，這種事，是個女人就沒臉說出去，就算郁心蘭心裡恨死了自己也白搭。可沒曾想，卻是郁琳反中了圈套。她親眼瞧著十二皇子等人過去的，知道另兩人是十二皇子的伴讀，無論郁琳嫁給誰，都是自己今後的對手。

她們姊妹的情分，硬生生被眼前這個笑得張狂的小賤婢破壞了。

郁玫愈想心中的驚惶愈少，恨意和怒火卻愈旺。

「賤婢！」郁玫揚手就要賞郁心蘭一個巴掌。

即將搧上那張細白如瓷的俏臉時，手腕被一隻雪白柔荑緊緊扣住，鑽心一般的疼痛自腕間衝入肺腑，疼得她不由得彎下腰來。

郁心蘭的臉上沒有怒氣，只是以恨鐵不成鋼的語氣道：「妳怎麼能動手打我呢？妳如今已被宮裡留了牌，最是名聲要緊的時候，這裡又有這麼多的嬤嬤、宮女，若妳潑悍的樣子被她們瞧見，哪個皇子敢要妳？」

郁玫委屈地咬著下唇，她剛才在極怒之下才會動手，這會子聽郁心蘭一說，立時醒過神來，可是連抽幾下手，抽不回來，只好服軟道：「以前種種都是姊姊的錯，還請妹妹大人有大量，原諒則個。日後咱們親親熱熱做好姊妹，我若成了皇子妃，定會讓夫君多多提拔四妹夫的。」

郁心蘭嗤笑，「妳倒告訴我，哪位皇子管得了御前侍衛？哪位皇子妃……不，包括皇后和各宮娘娘們，哪一位可以插手朝政，左右官員晉級？」

郁玫心下暗驚，真是愈急愈出錯，只想著許個大餡餅給她，卻無意中說出這種大逆不道的話。先不提女人干政這一條，單是說提拔御前侍衛這一句，就可以冠個謀逆之罪，因為御前侍衛是由皇上親自管理的，這不是等於說自己日後的夫君要逼宮奪位嗎？

郁玫立時笑道：「我說錯了，是提攜！」

郁玫倒不是怕郁心蘭告狀，沒有人證，皇上信不信還兩說呢！她只是在警告自己，入宮後要更加的謹言慎行，在宮裡可絕不能被人抓到任何把柄。

郁心蘭卻換上一副若有所思的神情，「妳不能打我，但我卻可以打妳。我反正已經嫁人了，當個悍婦也沒什麼，況且這裡四下無人，真真是有怨報怨的好場所啊！」

隨著「啊」字的話音一落，郁心蘭一腿踹在郁玫的膝蓋上，郁玫頓時站立不穩，倒下地去，後背正撞在鐵樹的巨大花盆地沿上，痛得她一抽，卻不敢叫出聲引人看到她的狼狽樣子。

想當皇子正妃，才智、德行、美貌、手段、出身，一樣都不能少，若是連妹妹都壓不住，日後怎麼主持中饋，怎麼掌管後院，甚至是後宮？所以她怎麼都不能讓人看到她現在狼狽的樣子。

郁心蘭正是抓住郁玫的這一心理，又狠踹了兩腳，再一腳踏上她的腳趾，邊慢慢用力邊斥道：「以後別再妹妹的叫得我噁心，從今日起，我跟妳斷絕姊妹情義，妳有什麼陽招陰招只管來，我也不會再跟妳客氣！這幾腳，算是幫李小姐踢的！」說罷頭也不回地登臺看戲。

郁玫喘息了幾次，才忍著痛從地上爬起來，整理好衣裳、髮飾，一步一挪地上觀戲臺。

待姊妹倆走後，明子期推著赫雲連城從對面的一株大樹後走出來。明子期的表情有些呆滯，明淨的眼眸裡滿是不敢置信，呆了足足有半盞茶的功夫，才回過味來，由衷地讚道：「大表嫂真是爽朗潑辣不輸男子啊！」說完後笑得打跌，「連城哥，你可別惹表嫂子生氣啊，小心她踹你！」

赫雲連城淡瞥了他一眼，真無聊，轉而想起小妻子張牙舞爪的樣子，也不覺勾起唇角。

❖ ❖ ❖

聽完戲後又是晚宴，直鬧到酉時初刻，賓客才漸漸散去。

甘氏帶著兩個兒媳和寶貝女兒騎馬離去，而赫雲連城斷骨未癒，與郁心蘭同乘一輛馬車，看到小妻子端莊婉約的模樣就想笑，裝得還真像呢！

郁心蘭沒發覺他表情古怪，心思都被各種疑問占滿了。回到靜思園，屏退下人後，她就迫不及待地問：「連城，你怎麼知道有人要算計我？那怎麼……不保護一下李小姐？」

調岳如到她身邊，派人守著郁府、李府的馬車，若不是早料到了什麼，又怎麼會做這種安排？

赫雲連城正色道：「我只知道有人想要妳西郊的果莊，定會想法子逼迫妳不得不出售，卻沒料到她們會用這種辦法。」

郁心蘭怔了怔，問：「我那果莊怎麼了？父親買下已有好幾年了，怎麼一到我手中就成了香餑餑了？」隨即兩眼發亮地問：「是不是發現了金礦銀礦？」

「想得美！」牽扯到朝政，赫雲連城不欲多說，只提醒她再等等，看還有什麼人來買，又問她今日盤問的情形。

郁心蘭描述一番後，想了想道：「我覺得劉貴妃似乎……怎麼說呢，之前幾位嬤嬤指手畫腳，李夫人哭哭啼啼，實在不合規矩，她卻沒制止，好似想看出什麼，後來我暗示宮女們還在撒謊，她又沒理會。我總覺得，她似乎是摻了一腳，又似乎知道得不全。可要我交出莊子，為何不使計讓我打碎個物件？皇子府裡的擺設，多的是價值連城的，用人命威脅，萬一遇到硬氣的，非要報到刑部不可的話，豈不是帶累自己？」

赫雲連城聽完她的分析，眼眸中露出幾分讚賞，坦言道：「非是我不告訴妳果莊有何不妥，這裡面牽涉一件大事，卻還僅是一點蛛絲馬跡，實在不好說。想要妳果莊的不止一批，今天的事大概是兩批人撞到一起了。而且，子期派人查了，今日在十二殿下的府裡發生了一件大事，十二殿下瞞了下來。子期猜測，李小姐應當是無意撞見，被滅了口，劉貴妃才會用具屍體來詐妳，或許還想看看有誰知情。」

郁心蘭俏臉一白，這麼複雜？她細想一遍，搖了搖頭道：「翠娥等我時，應當是看見別人殺了李小姐，至少是知道一些什麼，她肯定是去過小池塘的。若那時就定下了計謀，不用等一個時辰後再來詐我。況且，那個時候，十二殿下還在豔遇呢，又則，宮女們是皇子府上的，串供容易，可郁玫呢？她一心想嫁十四殿下，怎麼會與十二殿下和劉貴妃聯手？」

赫雲連城聞言神情一動，他與明子期是通過暗中獲得的資訊來判斷的，那裡到底是十二皇子府，十二殿下要放點錯誤的資訊出來再容易不過。這般說來，那名叫翠娥的宮女就至關重要。

他忙揚聲吩咐賀塵進來，耳語一番，賀塵領命離去。

郁心蘭知道接下來的事就不是自己能管的了，不如好好盤算盤算，幾批人搶的果莊，要賣個什麼價才合適。

赫雲連城返回內室，便發現小妻子笑得像個財迷，忍不住又勾起唇角，起了捉弄之心，故意揚聲道：「我們歇息吧。」

郁心蘭背影一僵，乾笑道：「還沒沐浴，這天熱得，不沐浴不行。」忙喚丫鬟們抬熱水進來。等丫鬟們安置好浴桶和熱水，赫雲連城道：「妳們退下，大奶奶服侍我就行了。」

丫鬟們掩著唇退下，郁心蘭已經僵硬成雕像了，那個……服侍是指……搓背？

赫雲連城自己推著輪椅進了淨房，見她一臉彆扭地站在外面，忍笑道：「過來為我寬衣，扶我進去。」

「我……我扶不動你。」郁心蘭趕緊作柔弱狀，急忙忙跑出去喚喜來、運來進去侍候，自己避到內室，又不安地想，他會不會生氣？

唉，遲早要「坦誠相見」的，可是……可是自己前世都沒談過戀愛，真的很不好意思啊！

她還在糾結著，赫雲連城已經沐浴完，一身清爽地推著輪椅進來，見她明明很緊張，還要佯裝淡定的樣子，就忍不住逗她：「快去沐浴，我等妳。」

郁心蘭腳步一滯，繼而逃也似的衝進淨房。

赫雲連城忍俊不住地彎起星眸，忽而想到今日郁玫用盡方法引誘明子期到假山亭私會，不由得感嘆兩姊妹真是不同。

郁心蘭泡到指尖的皮膚都起了皺，才不得不擦乾身子，換上一套白色的府綢中衣，來到床邊，赫雲連城雙目輕闔，呼吸均勻，似乎已然沉睡。郁心蘭躡手躡腳爬上床，輕輕靠著床沿躺下。

剛躺下，赫雲連城長臂一伸，搭上她的纖腰，再一收，便將她攬入懷中，額頭輕輕擱在她的髮間，撲鼻而入的是少女的馨香。

郁心蘭緊張得繃緊身子，卻聽他嘟囔一句：「快睡。」原來並不是想要……那個。

郁心蘭這才放緩心跳，又覺得總被他戲耍很不甘，窩在他懷裡扭了扭，待聽到他倒吸口涼氣，大手開始往上移，立時安分了，用嬌軟的聲音道：「快睡吧，明日我要早起呢。」

這倒不是虛言，三日後是三爺赫雲傑的長女，即侯爺的嫡長孫女的百日宴，府中要提前籌備，她又是負責廚房採買的。

赫雲連城卻已被挑起了興致，不甘就此放過她，在黑暗中，偏頭精準地含住那兩瓣粉嘟嘟的唇，飛快吻過，然後微微離開半寸，讓氣息停留在鼻息間。

唇上沾過的溫熱觸感，戰慄中帶來詭異的快感，那雙寒星般的眼眸在暗處隱約閃爍，勾魂攝魄，令人心跳加速，幾乎要跳出胸膛。

郁心蘭戰慄不已，慌亂之下，只能輕輕推推他，「睡……睡吧。」聲音微微顫抖，卻有種別樣的誘惑。

赫雲連城聽在耳裡，心下一片柔軟，復又躺下，將她摟得更緊了些。

這一回郁心蘭不敢亂動，老老實實閉上眼，原以為很難入睡，哪知片刻後便安然睡去。待她睡熟了，赫雲連城才唇角微翹地擁她入眠。

❖ ❖ ❖

第二天，郁心蘭照例先向婆婆請安，再去靜冬園的小花廳處置採買的事務。

侯府的廚房極大，還得管西府幾百口人的吃食。雖然大老爺和侯爺分了府，卻沒分家，堅定不移地啃大樹。

郁心蘭看著路家婆子遞上來的帖子，頭疼不已。

接手廚房採買時，正是上月月底，西府大老爺和程氏的月例早就超支了，她藉口不熟，推給甘氏處理——無非是從侯爺的月例中撥一點補上，可這個月是自己管理，卻不能由他們胡來。今兒才初七，程氏就已經吃掉五十兩銀子了。

程氏每月一百五十兩的定例，月初總是胡吃海塞，到月底超支時又說侯府薄待她，說大老爺每月俸祿都上交公中，她卻連飯也吃不飽，十足一個無賴。就不想想大老爺六品官員每月二百兩銀子的俸祿，光他們兩口子都養不起，侯爺還得幫養兄長一大家子的兒女、小妾、通房。

廚房裡幾個管事婆子都看不起西府的主子，卻也愛看大奶奶煩惱，因為她們都是甘氏的陪房。

郁心蘭拿筆勾去其中幾項，讓錦兒重新算好價錢，連對牌一起交給路家婆子。

路家婆子雙手接過，看了一眼帖子和上面的錢數，臉色有些難看，頗有幾分埋怨地道：「大奶奶難道不知情，這帖子上都是程夫人要的東西，以往二奶奶甚至是咱們夫人都從不削減她的用度，您自作主張去掉這幾項，到時程夫人怪罪下來，這板子都是打在奴婢身上的。」

蕪兒聽她語氣無理，開口便罵道：「妳是哪裡學的規矩，竟敢這樣跟主子說話！主子行事自有道理，妳便是覺得與以往規矩不符，從旁提醒幾句，請主子斟酌便是，有哪個奴才像妳這樣指責主子自作主張的？」

路家婆子被罵得面紅耳赤，心底忿恨：毛都沒長齊的丫頭片子，妳算個什麼東西，妳主子都沒開口，要妳跳出來叫喚？

「好了，路家的不過是心直口快了些，想來不會真的這麼沒規矩。」郁心蘭明褒暗貶地道，又讚許地看了蕪兒一眼，這丫頭愈來愈伶俐，只不過……王氏塞過來的人，還是觀察一陣子再說。

說完，她不再理會路家婆子，改看另外幾名婆子遞上來的帖子，也劃去諸多項，重新算了價，發放對牌。

這一下，廚房裡管事婆子都鬧了起來，直說「這飯沒法做了」、「只能請主子們餓肚子了」。

郁心蘭悠哉悠哉地接過蕪兒遞上的茶，細細品，沒將眾怒放在眼中。

小花廳緊鄰著正廳，在正廳處理府中事務的甘氏聽到吵鬧聲，不由得皺了皺眉。

齊嬤嬤趕緊道：「老奴去看看。」

不一會兒，齊嬤嬤轉了回來，附耳低語幾句，甘氏臉上就現出了怒色。

廚房裡的管事都是我的陪嫁，老大媳婦這是想打我的臉嗎？

「走，去看看！」甘氏丟下手頭的事，風風火火地衝進了小花廳。

「給大娘請安。」郁心蘭看見甘氏，忙起身讓位，並納了個萬福，然後站在一旁服侍。

「聽說妳苛刻廚房的採買，不會是想將銀子劃到自己的荷包裡吧？」

甘氏直來直去，說話極嗆人。此言一出，幾名管事婆子都露出得意的神色，眼含嘲諷地看向郁心蘭。

外人對甘氏的評價，褒義的是直率豪爽，貶義的是直率得近乎單蠢。但郁心蘭不是這麼認為。侯爺雖不貪花好色，但身分擺在這兒，所以府裡除了兩位正房夫人，還有六名妾室。

據說當年甘氏懷大姑奶奶的時候，怕長公主獨寵，便從陪嫁丫頭中挑了一人開臉，抬為妾；長公主懷孕時如法炮製，另四名妾是皇上賞賜的。侯爺雖沒多上心，但也沒完全冷落她們，每個人的房裡，每月總會去一、兩回。

可不論是甘氏自己抬的，還是皇上賞的，這二十年來都沒有生育，只有長公主抬的妾室怡然生了個女兒芳姐兒。可見甘氏並不像她表現出來的那麼魯莽直率，心裡若沒有彎彎繞繞，能壓得住妾室不生孩子？

想到那碗加料的例湯，郁心蘭眸色更暗，在接管廚房之初，她就盤算著要換走廚房一半人馬，這廚房裡總得要有長公主和自己的人，不然的話，連喝口湯都不安心。

當即，郁心蘭恭恭敬敬先納個福，方輕言細語解釋道：「大娘誤會了，媳婦只是削減了一些有庫存的食材，並不會影響各院的膳食。倒是諸位婆子拿了對牌還不去採買，只怕會誤了開伙的時辰。」

郁心蘭的話音一落，陳瑞媳婦立即喊冤：「夫人啊，大奶奶將雞、鴨這些活物還有番茄、雲耳、大蔥這類乾貨、香料都劃了去，只留些豬、牛、羊肉和時鮮青菜，這叫廚娘們怎麼炒菜？廚房都是每日買每日的食材，不知大奶奶怎麼就認為會有存貨的。」

甘氏一聽便皺眉，「侯爺喜歡香酥鴨腸，妳竟敢將鴨子都削減掉？」

郁心蘭淡笑，「請大娘聽媳婦解釋。咱們就從這鴨子開始算細帳吧。錦兒，報與夫人聽聽。」

錦兒走至甘氏跟前行過大禮，將手中帳本打開，邊翻邊唸：「八月初一，採買活鴨三十二隻，八月初二，採買活鴨三十隻，八月初三……直至昨日共計一百九十一隻。從初一到初六，各院以鴨食為食材的菜品是，初一，宜心居，鴨血湯一份，香酥鴨腸一份……共計消耗活鴨一百零七隻。因廚房言明是現做現殺，所以現在應該還有八十四隻活鴨。」

錦兒報帳的時候，蕪兒便找出每日謄抄的採買帖子和各院中飯、晚飯的菜單，指給甘氏過目。甘氏的臉色很不好，待錦兒報完，要齊嬤嬤拿著帳本和明細帖子、菜單，到一旁仔細算一遍。

廳中央，各位廚房管事婆子都安靜了，原本幸災樂禍偷瞟向郁心蘭的眼睛，也只敢看著眼前的地面，一個個心裡暗暗叫苦。這位大奶奶心思怎麼這麼細，平日裡不看不管的就發對牌，原來在這兒等著算總帳呢。

各家各府記這內宅帳目，都是主母審閱採買帖子之後發放對牌，再在帳本上記個「廚房食材多少兩銀子」就成了。

食材吃完就沒了，就算沒用完，放幾天壞了，也就扔了，又不是人參燕窩，還從來沒人將每日食材的明細記錄下來的。

同樣，也沒人會去記錄各個院子中午吃了什麼、晚上吃了什麼。這幾天郁心蘭以「整理食譜」為名，派丫頭婆子們每逢飯時到各院記下菜單，又給各院大丫鬟打賞，大丫鬟們十分配合，現在每日都是主動寫好交到靜思園。

這事甘氏知道，以為郁心蘭是想摸清個人口味，好逐個討巧，心裡還頗為鄙視，卻沒料到是為著算帳的。

郁心蘭淡淡一笑，又恭謹地問：「另外幾項，大娘要不要看？」

甘氏沒好氣地道：「不必了，削了就削了，按這個去採買吧！」

同時狠狠向下瞪了幾眼，這些個不省心的，一個個盡給我丟臉！讓妳們給老大家的使點小絆子，居然趁機猛揩油水，真真氣死我了！

甘氏走後，管事婆子們去帳房支銀子，郁心蘭便回了靜思園。

紫菱老遠地迎上來，臉色焦急，「張嫂讓人傳訊來，不知老爺怎麼去槐園發了一頓脾氣，溫姨娘受了驚，胎兒有些不穩。」

郁心蘭腳步一滯，父親怎麼會沒事生姨娘的氣？定是郁玫搞的鬼！

進了內室，郁心蘭還未來得及開口，赫雲連城便道：「換身衣服，陪我出府走走。」看小妻子躊躇的樣子，補充道：「順便去郁府看看。」

原來是帶她去郁府，郁心蘭頓時高興起來，忙梳洗更衣，與赫雲連城一同前往郁府。

❖ ❖ ❖

老太太和郁老爺都坐在槐院的正廳裡，等待太醫診脈的結果，聽到門房來報：「四姑爺、四奶奶來請安。」

老太太忙道：「快請！」又沒好氣地瞪了郁老爺一眼，「姑奶奶來了，一會兒好好地問，別像對待溫姨娘那般。」

郁老爺正在後悔，聽了母親的訓斥，只能慚愧地垂下頭。

少頃，郁心蘭推著赫雲連城走進來，向曾祖母和父親請安，隨後又問及溫姨娘的身子。

老太太和郁老爺都沒言語，幸好此時太醫診脈出來，說是動了胎氣，不過幸虧發現得尚早，已經無礙了，只是要靜養，情緒不能激動，也不能受驚嚇。

因為長輩都在，郁心蘭只安撫了姨娘兩句，便退出內室，走到郁老爺面前，撲通一聲跪下。

「不知父親為何發作姨娘，若是因為女兒的過錯，還請父親責問女兒。女兒縱使嫁了人，也還是父親的女兒，理應聆聽父親教誨。姨娘生性柔弱、良善，斷不會做出逾矩之事。」

郁老爺原是下朝後，聽到僕人們竊竊私語，細聽竟與嫡女有關，當即使人傳了郁玫和郁琳過來問話。聽到姊妹倆的哭訴，最愛惜臉面和名聲的郁老爺大怒，沒想到蘭丫頭居然這麼惡毒，又在郁玫的暗示下，想到蘭丫頭是溫姨娘教大的，立時跑來呵斥了幾句。

溫姨娘膽小怕事，惶惶然跪下，她都已懷胎五月，哪禁得起折騰？

事後被祖母點撥兩句，郁老爺已覺得自己不該偏聽偏信，現下聽蘭丫頭說得坦蕩，目光也堅定不移，心下對三女、五女的話更加懷疑，只是，女孩子家真會拿自己的名聲開玩笑？

於是，郁老爺遣退婢女，問道：「妳且說說，昨日在十二皇子府到底發生了什麼事？」

那件事並沒發展到預想中那般糟糕，事後沒傳出半點風聲，想來十二皇子將事情壓下，打發人送郁琳回府，知情人也禁口了。

因此，郁心蘭斟酌了一番措詞，簡要地說明當時的情形，當然，是說自己又驚又怒摔門而去，並非故意整郁琳。

郁老爺信是信了，但小女兒名聲受損，心中到底不痛快，忍不住斥責郁心蘭：「妳是姊姊，發覺妹妹行差踏錯，理應幫助勸導，怎能任她受辱？」

赫雲連城聽不下去，星眸一瞇，冷聲道：「辱人者，人恆辱之。」

郁老爺面色一僵，吭哧只喘。

「當時紅杏就在五妹身邊，紅杏怎麼不為五妹守住大門？」郁心蘭感激相公助言，又怕父親惱羞成怒，趕緊解釋道。

什麼？紅杏這丫頭居然私自闖入皇子府的後院？

郁老爺這一驚非同小可，皇子府可不同於一般的官員府第，女賓客的隨從不能進園子，男賓客的隨從只能留在門房外。私闖後院之罪可大可小，端看皇子妃怎麼發落。

紅杏這丫頭……是怎麼進去的？郁老爺忽然發覺，自己這兩個嫡女的本事未免太大了點。

正在此時，張嫂在院中揚聲道：「三小姐、五小姐安，老太太並老爺、四姑爺、四姑奶奶都在裡面呢。」

說話間，郁玫和郁琳就走了進來。

郁琳一看見郁心蘭就尖叫：「妳這個賤蹄子，敢陰我，我要殺了妳！」

郁老爺見二女明知四姑爺在這裡還硬闖進來，心裡就不大痛快，又聽到郁琳口出惡言，半點大家閨秀的風度都沒有，更加反感，張口斥道：「吵吵嚷嚷成何體統？怎麼不先給曾祖母見禮？」

郁玫見父親動怒，忙拉拉五妹，小聲安慰：「別哭了，父親會為妳做主的。」

郁老爺更惱火，「做什麼主？她自作孽，與人何干？幸虧十二皇子仁厚，妳們還不趕緊閉嘴，宣揚出去了，還想不想說親事？」

郁琳哇的大哭起來，「女兒不堪的樣子已被秦小王爺看見，父親若不找晉王府提親，女兒只能白綾三尺，懸樑自盡了！」

敢情她還想著嫁給心上人，只說被秦小王爺看了去，十二皇子和另一位公子都成了透明人。

郁心蘭不禁啞然失笑，郁玫則恨鐵不成鋼地瞪著妹妹，昨晚勸了一夜，都白勸了。

老太太猛地拿拐杖擊地，「閉嘴！這是妳一個女孩子家該說的話嗎？」

還當著四姑爺的面，老太太覺得郁家的臉面都被郁琳丟盡了。

郁老爺氣得直抖，勉強擠出一抹笑容，朝赫雲連城道：「賢婿，陪我去書房下一局吧。」

赫雲連城應道：「好，岳父請。」他也被吵得頭痛，正想拉著妻子走人呢。

郁老爺忙喚人來推輪椅，翁婿倆匆匆離了槐院。

郁琳還想求父親去晉王府提親，被郁玫死死地捂住嘴巴，才不甘不願地坐到椅子上痛哭。

郁玫忿恨地打量郁心蘭，她怎麼會來？出嫁的女兒，除非是娘家發生大事，父母病重，才能求得回府省親。怎麼她卻能有事沒事跑回來？就是以為她沒法回來解釋，自己才會告這一狀，哪知……

郁心蘭彷彿知道她心中所想，笑盈盈地道：「夫君說想來陪父親下棋，不想正巧遇上家中有事，呵呵，我回來得真是及時，不然，莫名其妙背口黑鍋都不知道。」

說到這兒，真是感激夫君體貼，若為了看望溫姨娘去求婆婆，指不定出不了門，還要被罵。

郁玫哼了一聲，「五妹到底年紀小，妳當姊姊的就不能讓讓？一榮俱榮，一損俱損，妳以為五妹名聲狼籍了，妳能得了好？」

不用郁心蘭說些什麼，老太太便訓斥道：「原來妳也懂這個理，那妳的所作所為又如何解釋？妳是要入宮的采女，我罰不得妳，就罰琳兒去家廟靜思三個月，罰抄《女戒》、《女則》一千遍，再代妳罰抄一千遍，共兩千遍。」

郁心蘭見老太太心裡有數，郁玫再翻不出什麼花樣，便施禮告辭，並「好意」提醒郁玫：「進了宮，可別像在十二皇子府那樣，又是遞手帕，又是在僻靜處彈琴的。十四殿下跟夫君說了，他最煩這一套，不知多少女子這樣引誘他呢，一點也不新鮮。」

說罷翩翩而去，留下面黑如墨的老太太，和驚惶失措的郁玫。

從郁府出來後，郁心蘭便忍不住問丈夫：「你同父親說了什麼？怎麼父親臉色那麼難看？」

「實話。」

是對我有利的實話吧？

想到臨走前父親愧疚的眼神，郁心蘭由衷地道：「連城，謝謝你。」

赫雲連城的眸光柔和了幾分，握住她的小手。其實岳父家的私事他不方便插手，只是姨姊姨妹總揪著小妻子不放，讓他很是惱火，才趁左右無人之時點了岳父兩句。

郁老爺也是及至此時，才知道三女兒的行事如此大膽，竟設法勾引十四皇子。或許別的采女也會這麼做，若成功還好說，偏偏十四皇子看出來了，還鄙視了，讓他這張老臉往哪擱？

因而在郁玫入宮前，郁老爺答應會拘著她，只是入宮後，皇上會將她指給誰，還真是不好說。

郁心蘭私心裡希望郁玫被指給明子期。從連城的話語裡可以聽出，明子期挺不待見郁玫的，那她日後興風作浪的可能性就小了許多。

回到侯府時，正是飯點。送到靜思園的菜仍是八葷兩素兩湯四碟涼菜，可分量卻少了許多。巧兒和小茜都非常不滿，告訴郁心蘭說，其他院子的飯食，分量足得多。

這算是削減食材的後遺症？

郁心蘭淡淡一笑，在心中為廚房的管事婆子們加油，努力犯事吧，不然我哪有把柄可抓？沒有把柄怎麼換人？

❖ ❖ ❖

第二天，郁心蘭又削了廚房報上來的一筆大開銷。

明日就是燕姐兒的百日宴，廚房要採買席面的酒水，郁心蘭指著帳本道：「酒窖裡還有八十餘桶青梅酒和葡萄酒，如今剛立秋，天還很熱，喝花雕、竹葉青會燒得慌，青梅酒和葡萄酒卻正好。」

這番話很快就傳到了甘氏的耳朵裡。

彼時，甘氏正與兩個兒子探討朝政，聞言神情動了動，隨即又道：「如今是大奶奶管著廚房，她怎麼說就怎麼做吧。」

赫雲策忍不住蹙眉，「娘，哪家開宴不是用花雕、竹葉青這種名酒？葡萄酒倒還好，是宮裡賞的，可青梅酒也太普通了些。」

赫雲傑也忙附和：「就是，燕兒可是咱們侯府的嫡長孫女，她的百日宴怎能如此輕慢？」

甘氏安撫兒子道：「便是這回兒丟了臉，週歲給她大辦一場補上就是了，讓你嫂子丟臉才是要緊的。你們父親可是親口跟我說要分派些內務給她，當初你們倆的媳婦進門時，你們父親可沒發過這種話。」

「難道父親想讓大哥承爵？」赫雲策立即想到自己最在意的事情上，臉色便有些不好看，「娘怎麼不跟父親多提提我？」

甘氏嗔道：「我怎麼會沒提？可每回一說到承爵的事，侯爺就顧左右而言其他，我又不能逼得太緊。」

赫雲傑便道：「娘，這侯爵可不能讓那一房得了去，必須落在咱們這一房。」只說這一房，卻沒說由二哥承爵，小心思可見一斑。

赫雲策不禁瞟了弟弟一眼，心中冷笑幾聲。

甘氏淡定地表示：「所以才要老大家的出醜。承爵之人的才德很重要，可未來當家主母也很重要，侯爺精明得很，自會考慮。」說罷低聲交代幾句，讓兩個兒子心裡有個底。

說完正事後，赫雲傑不耐煩二哥拍母親的馬屁，便退了出去。

回自己的靜心園的路上，遇見大嫂往宜安居而來，赫雲傑眸光一閃，擋在路中央，隨意做了個揖問：「大嫂這是去找母親？」

郁心蘭回了半禮，笑道：「正是，將明日的菜單給大娘定奪，三弟要看看嗎？」

赫雲傑也不客氣，接過菜單細細一看，便由衷讚道：「極好，母親定會滿意的！」

這份菜單，郁心蘭的確是花了心思，按以往侯府的慣例，增減了些合時宜的菜色，又引入西餐中的水果沙拉，赫雲傑才會覺得這桌席面精緻又新奇。

自己的成果得到認同，郁心蘭不由嫣然一笑。這一笑，如春回大地，百花爭妍，美豔至極。

赫雲傑只覺得心房一顫，一陣酥麻劃過四肢，幾乎站立不穩。他斜邁一步，擋住打算離去的郁心蘭，露齒一笑，「燕兒的百日宴，有勞大嫂費心了。」

郁心蘭微怔，隨即笑道：「應該的。嗯，大娘還等著看菜單……」

赫雲傑只得讓開路，直到佳人的身影沒於小徑盡頭，才感嘆道：「大哥真是好福氣！」不單是大嫂生得麗色天成，就連那幾個陪嫁丫頭都個個姿容靚麗，反觀自家娘子那幾個僅算清秀的陪嫁丫頭，赫雲傑越發羨慕，走了幾步後，又折返回去。

菜單很快通過了甘氏的審核，派發到廚房準備配菜。郁心蘭交完差事，出了宜安居，便往宜靜居去向長公主請安。

剛到宜靜居處，赫雲傑就不知從哪裡冒出來，溫文一笑，「大嫂是要向二娘請安嗎？我也多日未向二娘請安了，一起去吧。」

郁心蘭納悶，自嫁進侯府兩個多月來，幾位小叔平素見到她都繞道而走，今天三爺怎麼這麼熱情？雖說侯府裡沒像其他清貴文官家裡那麼講究規矩禮儀，可小叔跟大嫂也不能太近乎吧？只是已經走到宜靜居大門口了，避讓也沒意思，於是她輕輕頷首，與赫雲傑一同進門。

一名丫鬟看到這一幕，立即提裙跑開，直奔到靜心園的暖閣內，喘著氣耳語報給三奶奶。

那個渾人，才在府裡拘了幾日，色心又犯了，還犯到自家嫂子頭上！

三奶奶氣得幾乎垂淚，大丫鬟秋水忙支開旁人，輕聲勸道：「奶奶何須生氣？說不定是大奶奶煙視媚行，勾引三爺呢？三爺是個有分寸的，不會亂來。」

三奶奶冷笑，「妳也不必為他說好話，我嫁給他一年多了，他是個什麼東西我能不知道？他是有分寸，不過只在父親的眼皮子底下有分寸，背地裡玩妓狎小倌，哪一樣少了他？」

赫雲傑的確是這樣，可她一個當奴婢不能說啊，秋水只能把能勸的勸：「上回三爺想為秋葉開臉，您便依了他吧，拘在這院子裡，總好過跑到外面胡鬧。」

三奶奶思忖良久，才幽幽地點了點頭。

不多時，赫雲傑滿面春風地走進來，三奶奶忙上前服侍，言語間提到為秋葉開臉。

秋葉？跟大嫂和她身邊的丫頭一比，根本不能看。

赫雲傑興趣缺缺地擺手，「不必。」

三奶奶心頭一緊，長長的指甲掐進掌心，明眸中寒光大盛。

另一頭，郁心蘭回到靜思園，赫雲連城剛看完書，在翻看她的針線活，見到妻子進來，他便問：「大娘說什麼？」

「大娘說挺好。」郁心蘭道。瞧見他示意自己坐到身邊，臉紅了紅，還是乖巧依著他坐下。想起今天古裡古怪的赫雲傑，便道：「三爺今天不知怎麼了，分外熱情親切，跟我說了好些府中舊事。啊，對了，他說明天想來找你借兵書看。」

原本玩著她手指的赫雲連城神情驟冷，幾乎是咬牙切齒地道：「一會兒我就親自送過去。」

郁心蘭微怔，呃？你知道他想看哪本嗎？

分辨出夫君眸光中的怒氣，郁心蘭很知機地轉移了話題，一臉求知若渴地問他行軍打仗是不是兵書讀得愈多愈好。

「當然不是，若不是因時因地因人制定戰略，讀再多兵書也沒用。」

說到自己擅長的事情，赫雲連城的話便多了。見小妻子彎月般嫵媚的眼睛，一閃一閃地望著自己，似乎極有興趣，心下愉悅起來，便滔滔不絕地引用一些史上戰役，為她講解粗淺的兵法。

郁心蘭時不時的「嗯嗯」附和，或是「真的嗎」驚呼一聲，引得赫雲連城談興愈濃。

本來郁心蘭只想找個話題聊聊，增進一下夫妻感情，卻沒想到赫雲連城平素不多話，講起戰例來，倒是引經據典，聽得郁心蘭也來了興致。

她到底比這時代的女子多幾分見識，戰爭片也看過不少，提問總能問到點子上。赫雲連城驚訝之餘，胸口的喜悅和自得滿漲起來，自己算是撿到寶了，小妻子竟有不輸於男兒的見識。

兩人聊得愉快，便忘了時間，直到紫菱來催，才發現早過了飯點。當然，飯後，赫雲連城沒忘記「借」書給三弟看。

柒之章

別苑閒遊養情意

次日，是赫雲燕的百日宴。

郁心蘭早早向婆婆請了安，便到靜心園中，送上一套親手「縫」的小兒衣帽鞋襪作為禮物。三奶奶令人收下了，代燕姐兒道了謝，郁心蘭便告辭出來，到廚房轉上一轉。

直到快開席了，確認沒什麼問題，郁心蘭才回靜思園更衣，準備參加宴席。

「奶奶，奶奶，不好了，酒窖的酒都壞了！」錦兒慌慌張張地跑了進來。

怎麼會壞？昨天才特意確認過的！郁心蘭聞言心下一驚，馬上要開席了，怎麼出這種事？

「帶我去看看。」赫雲連城不知何時推著輪椅過來道。

郁心蘭應了一聲，邊推著夫君往外面走，邊吩咐紫菱：「去二角門外讓佟孝把酒運進來。」

「二角門那邊，讓賀塵陪紫菱去。」赫雲連城說完，便閉目深思。

郁心蘭心道好險，幸虧她怕席面上消耗太大，讓佟孝將自己莊子裡的酒都拿過來，放在府外備著，只是不知自家莊上釀的酒到底如何，老祖宗說是極好的，半點不輸貢酒。

來到酒窖前，幾名管事婆子一擁而上，七嘴八舌地道：「大奶奶，您說怎麼辦吧？您昨日非要查看一下酒質，這下可好，漏了風，這天兒又熱，全壞了，就等著上酒開席了……若是買了花雕酒，至少還能頂上啊，這下可怎麼辦？」

那語氣，與其說是焦急擔憂，不如說是幸災樂禍。

「閉嘴！」赫雲連城寒星般的眸子掃視一圈，低喝一聲。

一眾婆子頓時噤若寒蟬，自覺地讓出通道。

郁心蘭推著赫雲連城進門後，他便示意停下，一雙利眸將窖內情形看個分明，忽然飛身躍至酒桶上，伸手沾了一點酒放入口中，而後又躍回輪椅，淡聲道：「出去吧。」

出了酒窖，赫雲連城解下腰牌，拋給黃奇，吩咐道：「傳我之令，調五十名親衛守住酒窖，不得放任何人進去。」

席面上，各色誘人食指大動的菜餚已端上桌，但賓客面前的酒杯卻空空如也，諸人面面相覷，不知何故。

定遠侯高貴且威嚴的鳳目不悅地微瞇，射出危險的光芒。

赫雲策微微彎了彎唇角，一臉疑惑地悄聲問侯爺：「父親，要不要我去催一催？」

少爺親自去廚房像什麼？定遠侯正要發話，忽地聞到一股酒香，不是單純的果酒清香，裡面還混著一種醉人的甘甜之氣，清淡卻悠遠。

兩列青色彩衣的美貌丫鬟手托著盤子，如彩蝶般穿梭於各席之間，為每一位賓客滿上鮮紅欲滴的葡萄酒。有好酒者立時分辨出來，「甘霖酒！這裡面有甘霖酒！」

天勝寺的甘霖酒舉世聞名，千金難得。賓客們頓時歡言笑語，紛紛向侯爺道謝，定遠侯也展顏一笑。一場宴會，賓主盡歡。

送走客人後，定遠侯打發大老爺一家回西府，卻叫家人都到西花廳來說話。

「說吧，今天到底是怎麼回事？」定遠侯淡淡地問。

郁心蘭正要站起來，赫雲連城握了一下她的手，示意她別動，向侯爺道：「兒子來說吧。」

甘氏冷哼一聲：「靖兒也管起後院的事來了？」

男主外，女主內，男人插手後院的事，傳出去是個笑話。

甘氏原想讓赫雲連城不好意思開口，哪知他不在意地反駁道：「若是有人故意投藥，使席面上的酒全數變質，令侯府成為他人眼中的笑柄，就不單是後院的事了。大娘，您說對不對？」

大約是這幾年習慣了赫雲連城沉默無語，乍聽到他說這麼長一串暗含機鋒的話，長公主驚喜，甘氏震驚，兄弟們愕然，就連定遠侯都忍不住看了長子幾眼。

赫雲連城見父親沒有反對，便吩咐去請天勝寺的宏遠大師進來，向父親解釋道：「方才家中請來的釀酒師傅說，酒是漏了風才變質，兒子便想請宏遠大師一品，做個鑒定。」

定遠侯點了點頭，天勝寺的甘霖酒能得此盛名，多半是因宏遠大師的釀酒技術，他的鑒定可以算得是權威。

郁心蘭也是在席間聽到女賓們議論，這才知道這世間的僧人不禁酒，因為酒是用五穀釀造，算素食。

宏遠大師進來行了個禮，便直接啜了口酒，微微皺眉道：「酒味酸而澀，極像因漏風而變質的，可澀味過後有一絲苦……這酒裡應當是加了酢果汁。」

酢果汁是製醋的催化劑，放在酒中會使酒變質，果酒本就有果子味，若不是經驗極豐富的人，的確難以品出。

送走宏遠大師後，甘氏便向侯爺保證：「我明日一定查出是誰幹的，酒窖有人看守，不難查。今日天色已晚，侯爺且去歇息吧。」

赫雲連城淡淡地道：「不必等明日，兒子已經查出是誰了。」

定遠侯瞥了赫雲連城一眼，示意他繼續，赫雲連城便道：「霍青、霍彤，酒桶上還有他們壁虎功的指痕。」

這兩人是甘氏的隨身侍衛。

長公主立時輕輕一笑，嘲諷道：「燕姐兒雖不是嫡孫，卻也是嫡孫女，怎麼這麼不討嫡親祖母的歡心呢？」

甘氏一張平凡的臉漲得通紅，卻知老大若無把握，斷不會說出來，因而沒有反駁。

赫雲慧卻氣惱不過，高聲道：「大哥，你別含血噴人！母親很疼燕姐兒的，怎麼會故意弄壞席面上的酒？」

郁心蘭不由得感慨，在座的都知道為什麼，只有這位不諳世事的大小姐不明白，真不知該說她「純」好，還是「蠢」好，難怪十六歲了還沒定下人家，想必侯爺和甘氏為了給她挑一個門當戶對又人口簡單的夫家，也是愁白了頭吧？

答案揭曉之際，侯爺卻道：「夜了，都散了吧。」

赫雲慧不甘地嚷：「父親，不能讓大哥就這麼汙衊母親！」

長公主不由笑道：「人人都道妳母親是個直腸子，我看慧兒妳的腸子更直……且短。」

赫雲慧眨巴眨巴眼睛，沒聽明白。

三奶奶怕她再鬧，忙上前挽住她的胳膊，半拖半拽地走了。

定遠侯長身而起，意欲往書房歇息。甘氏怎肯讓他走，一把拉住侯爺的衣袖，埋怨道：「要怎麼發作我，您倒是給句話啊，做什麼都不吭一下？」

定遠侯氣樂了，「這麼說還是我的錯嘍？」

甘氏立時像被踩了尾巴的貓一樣炸了毛，橫眉豎眼地道：「我是故意整老大媳婦又如何？她進門才多久，您就讓她管理內宅，怎麼就不問問我願不願意？老二家、老三家的服不服氣？」

「我是個當母親的，自然要為自己的兒子考慮。靖兒橫豎是皇上的親外甥，他日後的前程能差到哪去？我想讓策兒承爵又有什麼錯？可您卻要培養老大家的管理後宅，這不是說要將侯爵繼給靖兒嗎？什麼好事都給他得去了，您偏心成這樣，怎麼還埋怨起我來了？」

說著說著就紅了眼眶，卻倔強得睜大眼睛，不讓淚水流出來。

她若是砌詞狡辯，或找冠冕堂皇的藉口掩飾，侯爺便會勃然大怒，失望至極，偏偏她直抒胸臆，將別人羞於啟口的念頭就這麼平展在他眼前，侯爺滿腔的怒氣忽然間就消散了，看著妻子倔強又不甘的臉，反而心生憐意。

定遠侯將她摟在懷中嘆息道：「我並非是要將爵位傳給靖兒……此事還得從長計議，我現在也沒成算，還要看看萬歲爺的意思。我讓妳分些內務給老大家的，不過是看另外兩個媳婦都在幫忙，若不讓她分擔點，怕她以為我們對她不滿罷了。妳是當家之母，何苦與兒媳婦計較？再說，靖兒難道不算妳兒子嗎？」

最後這一句，侯爺自己說得都有些心虛。

當年，他並不想要清容長公主，可還是皇子的皇上為了取得他的支持，千方百計地將妹妹下嫁，他迫於無奈娶了，多少有些不甘願。但清容長公主是個絕色、溫柔又懂分寸的女子，相處久了，也漸漸贏得了他的心。

可是在皇上登基之後，大約是覺得唯一的皇妹作平妻，居於甘氏之下，有失皇家的顏面，因而屢次暗示他休了甘氏，對長公主所生的長子也是分外疼愛，致使甘氏落下了心結。

皇上時常刻意打壓老二、老三，想讓甘氏將老大視如己出，也的確是意想天開。

定遠侯想了想，搖頭笑道：「罷了，我只求家人的和睦，清容脾氣和順，只要妳別太嗆人就行。」

甘氏深諳見好就收的道理，便偎進侯爺的懷裡，輕笑道：「知道了，不會再讓煊郎你為難。」

定遠侯心中柔情大盛，攬著甘氏一同向主屋走去……

畢竟是八月了，白天雖熱，夜晚卻涼風習習，甚至有絲寒意。

赫雲連城沉默良久，無聲嘆息，「父親……心中有數，只是不便當著我們訓斥大娘罷了。」

郁心蘭眨了眨眼，這是向我解釋嗎？忙笑道：「嗯，我明白，我並未覺得委屈。」只是更加明白，侯爺的確是真心喜歡甘氏的。

赫雲連城仰頭看了她一眼，微微一笑，「明日我去稟明母親，我們去妳的果莊住幾天吧。」

「好啊。」郁心蘭彎眉一笑，她還沒去視察過自己的產業呢，只怕沒多久又要轉手他人，不去住幾日太浪費了。

第二天一早，赫雲連城果然去求得侯爺和長公主的同意，帶著郁心蘭出府小住。郁心蘭將手頭的帳冊交給長公主暫代，從頭到尾沒想過要還給甘氏。

❖ ❖ ❖

郁心蘭的果莊在京城西郊的點翠山腳下，從山腳到半山腰有數十頃果林，分別種植了蘋果、柑桔、桃子、李子、杏子等數種果樹，莊子裡還有大片葡萄園、草莓園。

現在正是葡萄成熟的季節，佟孝按她的吩咐給郁府和侯府送去不少，多餘的則用來釀酒。

馬車直駛到莊子裡的主屋臺階前才停下，佟孝帶著莊子裡的十餘名管事，恭敬地接迎大爺和大奶奶，十餘人同時跪下磕頭。

郁心蘭扶著丫鬟的手下了馬車，赫雲連城足尖一點便躍了下來，卻不坐輪椅，來個金雞獨立，手臂一伸，郁心蘭只得自覺地過去扶住他，充當拐杖。

第一次與管事們見面，照例要訓幾句話再打賞，忙完後，赫雲連城才坐回輪椅，讓妻子推去主屋休息。

淨面更衣後，赫雲連城歪在臨窗的小榻上，神情愉悅地看向窗外，「這裡不錯。」

郁心蘭也極為滿意地讚道：「是啊，空氣中都有果香呢！」又想到有人要買果莊一事，不高興地皺了皺小鼻子，嘟囔道：「我能不能不賣啊？雖說賺錢不多，可也沒虧過，若是種些番邦的蔬果，應該還是能賺大錢！」

錢啊錢，嫁到侯府才發覺主子也不是那麼好當的！對侯府的人情事故一無所知，只能派幾個伶俐的丫頭四處打聽，少不得要買些零嘴哄人，自家的丫頭得來有用的資訊，要打賞，旁人遞個話、報個喜訊也要打賞。

她二十兩銀子的月例，打賞都不夠，所以這陣子盡琢磨怎麼賺錢呢。

她的嫁妝雖然豐厚，但真正能生錢的，目前就這個果莊，還真捨不得賣出去。

赫雲連城瞥了她一眼，洞悉了她的心思，可自幼錦衣玉食的他卻無法理解，她為何連個果莊都捨不得。

秉承著夫妻同心的原則，赫雲連城想了想道：「賣出去後，我幫妳在城中買兩個鋪子吧。」

還能這樣？聽起來很划算啊！

郁心蘭笑咪咪地道：「多謝相公！」

赫雲連城辦事不喜歡拖沓，立即差黃奇和運來去城中尋鋪面，及至晚間，還真被他們尋到了幾家，拿了地圖回來給郁心蘭挑選。

郁心蘭想開一家胭脂香粉鋪和一家高檔棋牌室，於是挑了一處繁華地段的鋪面和一處相對偏僻，但占地面積極大的鋪面。

赫雲連城二話沒說，從衣袖中拿出五千兩銀子交給運來，道：「明日去買下來，地契寫大奶奶的名字。」

郁心蘭感動之餘，細加叮囑：「一定要壓價！」

運來連連稱是，拍著胸脯保證不會多花大爺一兩銀子，郁心蘭才放他倆退下。

再回頭時，金主已經去淨房淋浴了。

郁心蘭待他淋浴過後，忙取了大帕子幫他擦頭，細細地擦了小半個時辰，頭髮才漸乾，她轉身又去取了把木梳子慢慢幫他梳理。

赫雲連城享受著妻子的服侍，周身被淡淡的馨香圍繞，心變得綿綿軟軟的，又滿滿當當的，似乎有什麼要從心口溢出來。

郁心蘭梳好髮，笑讚道：「相公的頭髮真好，又黑又亮又順，真羨慕死我了！」

聞言，赫雲連城眸光一亮，反問道：「妳的頭髮不也黑亮嗎？」說著便拉她坐到自己身邊，伸手去摸她的頭髮。

郁心蘭略有些羞澀，便偏了頭避開，掩飾性地解釋道：「可是不順。」

「是嗎？」赫雲連城忽然拔下她髮間的簪子。

郁心蘭今日本就只綰了一個簡單的髮髻，簪子一拔，滿頭秀髮便散落下來，瀑布般垂在赫雲連城的手上。他以指代梳輕輕梳理，如大提琴般低沉美妙的聲音柔柔地道：「也很順。」

郁心蘭不知怎的就紅了臉，細白如瓷的頰上如同染上了彩霞，明媚動人。

赫雲連城眸光一暗，伸臂一撈，便將她抱坐在膝上，不待她反應，伸指托起她小巧下巴，含住那兩瓣誘人的嫣唇，直吻得她喘不過氣來，才放開她的唇。

郁心蘭羞不可抑，根本不敢看他亮如星辰的眼睛，鴕鳥似的把臉埋入他的胸前。

品出她動作中的慌亂，赫雲連城愉悅地翹起唇角，抱著她猛然站起來……又徒然坐回輪椅。

該死，他的腿骨還沒好，膝蓋不能用力，看來洞房一事，還得往後挪一挪。

郁心蘭聽得相公悶哼一聲，乍然明白是何故，也顧不得羞澀了，急忙掙開他的手，跳下來，蹲在地上，捲起他的褲管查看，小嘴裡還一疊聲地問：「怎麼樣？要不要差人去請于大夫？」

被人這樣關心著，真好！

赫雲連城眉眼柔和地看著小妻子，摸了摸她的臉，道：「不必，扶我上床休息吧。」

郁心蘭這才放下心，又忍不住嬌瞪了他一眼，傷患還不安分！不過，還是乖乖過去扶他慢慢挪到床邊。

赫雲連城張開雙手，讓郁心蘭幫他寬衣後，便躺到了床上。

郁心蘭便掛衣邊想，這傢伙以前不是不讓人服侍的嗎？什麼時候起這些事都由我來幹了？

這個問題一直糾結到她睡著前，都沒能得出結論。

❖　❖　❖

莊中的日子寧靜美好，晃眼便是小半個月，赫雲連城每天都要看會兒兵書，雖然腿骨未癒，不能練習劍術，但每日也要打坐幾個時辰。

郁心蘭則自拿到那兩張鋪面的地契後，就開始忙著準備開店，每天找佟孝和莊子裡的管事商量細節。

兩個人的關係，因為赫雲連城強勢地邁出了一步，終於變得像正常新婚夫妻那樣親暱起來。他看書的時候，一定要她陪坐在身邊，他喜歡偶爾抬眼時，能看到她弧線優美的側面和長而濃密的睫羽，也喜歡她淡淡馨馨的香氣籠在四周，彷彿置身無限春光裡，滿心迷醉的愉悅。

而郁心蘭則喜歡自己無論在哪個角落，回眸就能對上他追隨過來的目光，那是種彷彿被深愛的感覺，如雪後破雲而出的第一縷陽光，總能讓人發自內心的喜悅；也喜歡他強勢而溫柔的親吻，喜歡他的氣息包裹她，兩人的心慢慢跳成一樣的旋律。

每當此時，她會情不自禁地迷失在他的吻中，忘了擔心丫鬟們會不會突然掀簾進來。

當然，她這幾個丫鬟某些方面還是挺懂事的，只有他們小夫妻在屋內時，通常不會來打擾，也當然，萬事都會有例外。

「大爺、大奶奶，十四殿下駕到。」燕兒急急地挑簾進來道。

彼時，赫雲連城剛看完書，閒著無事就把做針線的小妻子摟緊懷中，雙唇剛擦過小妻子的臉頰，就被燕兒冒冒失失打斷。

赫雲連城面色微冷，「到了就到了……」

「哇，這麼說，連城哥你就是不歡迎我啦？表嫂好！表嫂氣色看起來真好啊！」明子期不方便進內室，站在門口探頭探腦地道。

原來十四皇子的駕到，不是駕到在莊口，而是主屋門口，難怪燕兒會這麼緊張慌亂。

赫雲連城忙不著痕跡地鬆開又羞又窘的小妻子，暗瞪了明子期一眼，再亂說話試試！

明子期得意地笑了幾聲，這才轉身坐到正廳的主位上，巧兒、小茜為他布上茶水和果品，剛喝了幾口茶水，郁心蘭就推著赫雲連城出來，相互見禮後，依次坐下。

「怎麼又跑出宮了？」赫雲連城的語氣分明就是，這裡不歡迎你。

「唉，聽說你在這兒，特意來看你啊！」明子期嬉皮笑臉地道：「你也知道，這幾天應選的采女就要入宮了，我不想被母后唸叨，順道在你這兒避一避，若是宮裡差人來問，你就說沒見過我。」

郁心蘭聽得眼皮直跳，對皇上皇后差來的宮人撒謊……這不是逼他們欺君嗎？雖不會砍頭，但對相公畢竟不好吧？

赫雲連城聽完，對上明子期飽含期望的眼，淡定地表示：「滾！」

明子期不負所望，拍拍屁股走出去，在院子裡轉了一圈，指揮暗衛和隨侍的太監小桂子：「把行李搬到東暖閣，爺就看中那兒了。」

赫雲連城不由得頭痛。

郁心蘭也愁，問道：「真不告訴皇后娘娘差來的人？」

「實話實說。」

郁心蘭安心了，便吩咐小茜、巧兒去服侍明子期，又傳話給廚房，中午多加幾道菜。

赫雲連城皺眉，「怎麼她倆去？」他雖不讓郁心蘭的丫頭服侍，但偶爾瞟幾眼，便覺得這兩個丫頭是心思多的，只是還沒將心思轉到自己頭上來，大概是拜右臉那道刀疤所賜。

郁心蘭掩唇竊笑，「怎麼能只有他給咱們添堵呢？我這是告訴他，天涯何處無芳草。」

聞言，赫雲連城的眸中也閃過笑意，想像著明子期被兩個小丫頭纏得煩不勝煩，卻又礙於自己的情面發作不得的畫面，還真是極有喜感。

❖ ❖ ❖

不到晌午，宮裡就差人來問了，郁心蘭自然是實話實說，可來問話的秦公公並未要求見明子期，而是站在院中的假山亭上，舉目四望，不住地讚：「赫雲大奶奶這個莊子不錯啊！」

郁心蘭謙虛地表示：「哪裡哪裡，不過是種些果子自己吃，並沒什麼進項。」

秦公公顯得很詫異，「是嗎？」隨即又笑道：「不瞞奶奶說，咱家正想買個莊子，日後出宮了，也有個地兒好養老，若是奶奶這莊子可有可無，可否讓給咱家？咱家一進來就喜歡上了，也算是有眼緣，價錢方面好說，只看奶奶肯不肯割愛。」

他也要買果莊啊？

秦公公是在皇上身邊伺候的大總管之一，就連王爺、大臣們都要巴結他，往常都不需要說得這麼直白，只要透點口風，那些王公貴族們就會雙手捧著地契送上。

不過，莊子是郁心蘭的嫁妝，他知道女人都愛財，身邊沒個體己錢就不安心，故而才說要買。「價錢方面好說」也不過是句客氣話，想必被赫雲大爺知道了，也不敢多收他的銀子。

於是，秦公公信心十足地等著郁心蘭應允。

郁心蘭歉意地笑了笑，「實在抱歉，這莊子上種的草莓和葡萄，家中長輩都愛吃，即使不賺錢，我也要留著孝敬長輩……還請大總管擔待。」

被拒絕了？秦公公震驚得瞪大了眼睛，隨即陰陽怪氣地笑道：「沒事沒事，赫雲大奶奶真是孝心可嘉啊！」

郁心蘭將秦公公送至三門。

秦公公臨上馬前，陰鬱地打量了莊子一眼，才冷笑著躍上馬背，揚長而去。

回去說起這事後，赫雲連城只是淡淡地道：「讓廚房晚上加道糖醋鹿肉。」

郁心蘭知道是讓自己迴避，忙讓丫鬟們退下，帶著她們坐在小院中做針線，順道幫忙望風。

待人都走後，明子期才擰眉煩惱道：「秦公公怎麼也摻和到這事中來了？看來父皇身邊的人要清一清了！」

赫雲連城問：「你覺得他是幫誰？」

「這很難說，他平日裡跟誰都笑咪咪的，跟誰又都是泛泛之交。」明子期搖著扇子，忽而想到什麼，低聲道：「你在這兒，他們不好動手腳，還是快點跟嫂子回府的好。」

「我自有分寸。」赫雲連城淡淡地道。

「唔，也是，秦公公一走你們就回府，是太顯眼了些，那幾個都是多疑的人。」明子期點頭附和道。

赫雲連城推著輪椅來到窗前，看著院子中做針線的小妻子，微微翹了翹唇，不單是這個原因，他還有一樁大事沒完成。

郁心蘭似乎感覺到他的目光，抬頭往這邊望，隔著雕花的窗櫺，實在看不真實，便作罷了。

正在這時，千荷咯咯地笑著跑進來，見大奶奶在院子中，忙屈膝行禮，手中抱著一大堆荷包，沒法納萬福。

郁心蘭笑問：「這是誰賞妳的？」她今日差紫菱和千荷送最後一批葡萄給公公婆婆品嚐，按說不會有這麼多打賞啊。

千荷笑嘻嘻地道：「回大奶奶，這是二爺打賞的，全侯府的奴婢都有呢，婢子給各位姊姊帶的。二爺房裡的方姨娘有三個月身孕了。」

三個月？二奶奶禁足才一個月，這說明方姨娘早就懷孕了，卻瞞著不說，這會子說出來，二奶奶只怕會氣得睡不著覺。

郁心蘭讓千荷將荷包發給眾人，好奇地瞥了一眼，是個五錢的銀錁子，不算特別重，到底只是姨娘懷孕。

千荷發完了錢包，又跑到郁心蘭跟前稟道：「方姨娘今算是三喜臨門，聽說方姨娘的父親升職了，現任正四品大理寺少卿，而妹妹被十二殿下看中，皇上直接賜婚為側妃呢。」

郁心蘭頓時來了興趣，方姨娘是官家小姐，本就是貴妾，如今再來一個當皇子側妃的妹妹，可以與二奶奶抗衡了，二爺院子裡有熱鬧看了。

郁心蘭與丫頭們說笑了幾句，見相公推著輪椅出來，忙上前接手，推著他回主屋。丫頭們閒聊了幾句，也各自回房。

小茜與巧兒同住一房，回到房內，看到巧兒正對著鏡子描眉，忍不住酸道：「我剛剛去給殿下添過茶了，妳還是別往殿下跟前湊了，妳不是已經攀上三爺這棵大樹了嗎？」

巧兒頓時惱了，又羞又氣地道：「妳個死蹄子，亂嚼舌根的賤婢，胡說八道什麼呢？小心我把妳勾結二爺的事告訴大奶奶去！」

小茜也是一驚，不甘示弱地道：「妳去呀！只要妳敢去，看我不告訴大奶奶妳是個什麼東西！大爺的起復宴上，三奶奶找妳說的話，我可是一字不漏的全聽到了！」

巧兒駭得花容失色，心中惶急，又不甘心服軟，兩個俏丫頭就這麼鼓腮瞪眼地僵持著。

千葉忽地推開房門，探進一顆小腦袋，笑嘻嘻地問：「兩位姊姊都在呀，姊姊手中還有淡藍色的絲線嗎？大爺那件外衫我就差那麼一點就繡完了。」

千葉的女紅極好，大爺要裝門面的外衫，大奶奶都是派給她做，小茜一聽，忙笑道：「有，多的是，妳都拿去吧。」

「那就謝謝小茜姊了，等明日買了新絲線，我再還給姊姊。」千葉也沒客氣，接過小茜遞來的絲線，便轉身走了。

巧兒臉都嚇白了，悄聲問小茜：「你猜她剛才聽到什麼沒？」

小茜道：「我怎麼知道？」隨即陰陰地睇了睇眼，「明日且試她一試。」

巧兒同仇敵愾地用力點頭。

❖ ❖ ❖

主屋內，郁心蘭陪在相公身旁，看相公與明子期下棋。

明子期輸了一盤後，賭氣道：「不玩了。」隨即又笑道：「我知道個好去處，燒的狗肉是最好吃的，你們要不要去試試？」

貴族們都覺得狗肉不上檔次，可郁心蘭卻極愛，當時眼睛就亮了。

赫雲連城見小妻子有興趣，便道：「那去吧。」

明子期所說的好地方，是處離果莊不遠的普通居民小茅屋，傍點翠山腳，三間茅草屋，一個小籬笆院。屋主姓馬，明子期管他叫馬老大。

「他的手藝極好，做的羊肉火鍋和狗肉火鍋都送往城裡的大酒樓賣，只是懶，不想自己打理店子。」明子期為兩人介紹道。

不多時，馬老大端了一盆狗肉上來，香辣濃鮮，郁心蘭的口水立時就流了出來。

明子期卻訝聲道：「馬老大，你的腿怎麼了？」

馬老大搖頭直嘆氣，「被打的，明個兒起，你們就得去半月樓吃我的手藝了。」

明子期更奇怪了，「你不是不願意到酒樓做廚子的嗎？難道是半月樓逼你？你說出來，我幫你想辦法。」

他來這裡吃東西都是瞞了身分的，所以馬老大並不知道他是皇子，以為他只是仗義直言，便道：「不是，是我自個兒愛耍賭，昨日在順風賭場……唉，手氣那麼背，輸了一千多兩。我哪有那麼多錢？只能把這處房子押了，跟半月樓簽了個契約，湊了八百兩銀子，餘下的兩百兩銀子和利錢就用月例抵。」

明子期問：「你月例多少？」

「包食包住，十兩銀子。」

郁心蘭咋舌，欠賭場的錢，利錢高，還利滾利，十兩銀子一個月，這輩子都不一定能還得完。

她有個疑問很想知道：「為什麼跟半月樓簽？他們給的月例最多嗎？」

馬老大搖首道：「不是，只是正好半月樓的掌櫃也在順風樓賭錢，好心救我一把，不然只怕被他們打死了。」

明子期和赫雲連城對視一眼，心下了然，馬老大中了圈套。別人不清楚，可他們卻知道，半月樓和順風賭場幕後是同一個老闆——晉王爺，聽說現在交由秦小王爺打理。王公貴族經商，多半不願讓人知道，畢竟商人是賤民，說說出去不好聽，可又稀罕那銀子。

秦小王爺獨自唱了這麼一齣雙簧，無非為了兩樣，一是這處房子，二是馬老大的燒菜手藝。

明子期很豪爽地從袖袋中掏出一張一千兩的銀票，丟給馬老大，「拿去，當是小爺謝你的，難得我表哥開心。」

馬老大卻是個有原則的人，無功不受祿，怎麼也不肯接受。

❖ ❖ ❖

夜間的順風賭場，依然人聲鼎沸。守門的夥計又迎進來四個人，兩個男人、一個不男不女，還有一個穿小廝服，可有眼睛的都能看出她是女子。

這四人正是赫雲連城、明子期、小桂子和郁心蘭。

明子期和小桂子撥開一張賭桌的人群，讓赫雲連城和郁心蘭靠過來。

荷官從幾人的衣衫就判斷出是肥魚，當下諂媚地笑道：「客官要買這把嗎？」

赫雲連城示意身後的「小廝」郁心蘭，「押五兩小。」

郁心蘭立即丟出五兩銀子，押在小字上。

荷官見是這麼點錢，心中不屑，號了骰子後，揭盒一看，「四、五、六，大。」

隨後一局，赫雲連城下定決心賭大點，丟了一百兩銀票押小，竟押中了。之後赫雲連城連贏幾局，手中的銀子變成了一千六百兩。立時有管場子的過來請人，赫雲連城眸光一冷，「怎麼？你們賭場只能輸錢不能贏錢？」

此言一出，賭徒們紛紛響應，管場子的葉青臉色就變了，暗示打手們拖人。可打手們連這幾人的衣角都沒摸到，就一個個倒在地上，嚎叫不止。

葉青看看赫雲連城的輪椅，再看看他臉上的半邊面具，總算認出他是誰了。

這位爺他是惹不起的！

葉青想明白這點，立即飛奔上樓，主人家正巧在樓上議事，得趕緊告訴主子。

秦肅聽說後，隔著竹簾往下看，轉眼又開了一局，赫雲連城又贏了一千六百兩。

葉青焦急道：「想不到赫雲連城這麼會賭！」

秦肅瞇了瞇眼，「是他身後的那名女子會賭，每次下注前，她都在他背心畫字。」

細看了那名女子幾眼，腦中閃過一個畫面，輕撫琴弦的佳人，眉目如畫，氣質空靈，似乎在上巳節見過，因她的美貌和對自己避之唯恐不及的態度，他曾留意過幾眼，有些印象，是郁家庶出的小姐，赫雲連城的妻子。

秦肅轉頭吩咐：「傳下去，每注只能押五十兩。」他有些頭痛，更加肉痛，一個赫雲連城還不算什麼，可恨的是明子期也在，今日定要損失一大筆銀子了。

可是，如不是她，也不至於……他又陰騖地將目光轉向郁心蘭。

及至城門關閉之前，郁心蘭等人贏了近一萬兩銀子，若不是賭場後來耍賴，每注只能押五十兩，保准叫他們把地契都賠出來。

郁心蘭遞了兩千兩給馬老大，「你的分成。」想到自己平白賺了近八千兩銀子，就忍不住笑得眉眼彎彎。

馬老大興奮得直搓手，「這……這……太謝謝了，以後小哥什麼時候想吃狗肉，只管差人來取，半夜我都給您做。」

有了這些銀子，不單可以還賭債，還可以賠償契約違約金，自己又是自由身了。

出了城後，馬老大與他們四人分道揚鑣。

明子期崇拜地說道：「表嫂，妳怎麼聽得出骰子的？能不能教教我，是不是要什麼天賦？」

郁心蘭謙虛地應道：「不用天賦，熟能生巧而已，只要……呃，天晚了，歇息吧。」相公的臉色貌似不太好，還是不出風頭了。

明子期哪裡肯依，他對吃喝玩樂最有興趣，對郁心蘭的賭技佩服得五體投地。只是到嘴邊的話，被赫雲連城一個冷眼給凍住，便訕訕地摸了摸鼻子，「今天是晚了。」說完迅速溜進東暖閣。

郁心蘭推著相公進了內室，立即殷勤地服侍他梳洗更衣。

赫雲連城表情微冷，沉默著躺下，不發一語，低氣壓盤踞在屋子上空。

郁心蘭吐了吐舌頭，快速將自己收拾好，熄了燈摸上床，小心地偎向相公懷裡，撒嬌道：「怎麼突然生氣了？去賭場你是同意的呀。」

「我同意，只是給秦肅一個教訓，不是給妳指條財路。」赫雲連城冷聲道。

隨即又極是懊惱，原本小妻子提出這個主意，他想著她出門穿的是男裝，又有自己和明子期在一旁護著，去賭場沒什麼大不了。

只是在發覺同桌的賭徒不住色瞇瞇地偷瞄小妻子的時候，悔恨便排山倒海而來，雖說他暗裡收拾了幾個，可心底仍是極不舒服。

而最讓他不悅的是小妻子數銀票時的樣子，好像恨不得每天逛一回賭場，因而他必須扼殺她這個念頭。

郁心蘭將他的話在心裡品了品，遲疑地問：「連城，你是不是擔心我以後還會去賭場？」

赫雲連城輕輕「嗯」了一聲。

郁心蘭立時喊冤：「我怎麼會做這麼沒規矩的事？今天也只是不得已而為之。」她再想要錢，也知道那種地方是進不得的，贏點小錢還罷了，贏多了，非死無全屍不可。

赫雲連城聽她信誓旦旦地保證，這才放下心來。

郁心蘭立即對他進行機會教育，語氣嬌嗔地道：「你看，事情說開了多好！剛才你那樣冷著臉，我心裡不知多難受，要不是怕你厭煩，真的想哭……」說到後來哽咽兩聲，以證明所言無虛。

赫雲連城微怔，方想到女孩兒跟男孩是不一樣的，自己用對待下屬的方式對待妻子，的確是過了，於是心中慚愧得一塌糊塗。道歉的話難以出口，但改正錯誤的決心還是有的，他忙摟緊小妻子道：「以後……我會把話說明白的。」

郁心蘭如願以償，頓時心情大好。她最怕的就是這個年代的男人的大男人主義，什麼事都不願解釋，只管吩咐怎麼做，而當妻子的必須遵從。

夫妻的相處之道是多溝通多包容，並不是一方服從一方。好在赫雲連城雖寡言了些，卻並非不講理之人，至少願意接受她婉轉的批評，日後兩人相處起來，定會融洽和睦。

小夫妻相擁而眠後，窗外下起了一陣秋雨。

一陣秋雨一層涼，第二日起來的時候，細厚織緞的衣裳已經不管用了，郁心蘭忙換上了夾著薄蠶絲的秋衣。

明子期的行囊備得充足，披上了一條紅絨襯裡斗篷，一大早就來找郁心蘭討教賭技。

既然相公不喜歡她賭錢，郁心蘭自然不會去觸逆鱗，只點撥了他幾句要訣，就再三言明：「我只是從前閒暇時打發時間才玩一玩，日後再也不會碰的。」這番表白深得赫雲連城的好感，讚許地瞧了她好幾眼。

明子期的眼珠在兩人臉上轉了轉，促狹地笑道：「真是夫唱婦隨啊！這又不是軍營，幹麼禁賭啊？我找馬老大賭去，你們一起去嗎？」

郁心蘭本以為相公會拒絕，哪知他竟然道：「好！」

於是，郁心蘭又換上了運來的小廝服，四個人一同找馬老大要錢喝酒吃狗肉。

回到果莊後，賀塵悄悄地上前稟報赫雲連城道：「來了三個人，待公子返程後才離開，進城後直接去到順風賭場，黃奇還在跟著，看看之後會去哪裡。」

郁心蘭耳尖地聽到，待下人們退出內室後，悄聲問：「有人跟蹤我們嗎？是為了昨夜的事？」

赫雲連城哄小孩子似的摸摸她的臉，「挺聰明的嘛！」

郁心蘭得意地揚起小下巴，心道：我還知道賭場的人設局陰馬老大，是為了他的房子呢！其實要推測出來並不難，果莊買下後，郁家曾翻地整修，並沒發現地下埋藏了什麼寶藏，定是果莊背靠的這座點翠山有什麼。西郊荒蕪，山腳下除了果莊，就只有馬老大那幾間茅草屋了，都劃為己有之後，就不怕別人知道祕密了。

思及此，郁心蘭不免萬分遺憾，怎麼沒人誆我賭錢呢？打馬吊我也很拿手的啊！

她倒是不知，原本已經有人想布這種局了，只是經她昨晚在賭場大展雌威之後，又生生將計畫扼殺在搖籃之中。

❖ ❖ ❖

極得皇上寵愛，一時風光無人出其右的秦小王爺此時心情極度欠佳，因馬老大拿著銀票來還賭債和利息了，他不得不將其抵押的房契還回去。原本他可以以勢壓人，不收賭債，一定要那張房契，可馬老大的身後還有個赫雲連城和明子期，表面上看是明子期早就認識馬老大，於是仗義相助，但他不確定他們倆是否知道了些什麼……那件事如此隱祕，應當不知道才對。若不知道，就更不能顯露出一點端倪了。

將房契丟給葉青，秦肅喝了聲：「叫他快滾！」

葉青急忙跑下樓去了。

秦肅煩躁地展開銀票一瞧，大通銀莊的，背書出處：順風賭場。

秦肅更恨，連贖銀都是從自己口袋裡掏的，那個該死的女人！

郁心蘭睡得正香，忽地連打了幾個噴嚏，迷迷糊糊地嘟囔：「哪個死人，三更半夜咒我！」

第二日醒來的時候，赫雲連城早已起身了，待她梳洗完畢後，道：「子期一早跟我抱怨，想換兩個丫頭。」

郁心蘭聞言眼睛便亮起了八卦之光，赫雲連城也眸帶笑意，「我請他過來一同用早飯。」

說話間到了堂屋，明子期也剛好走進來，巧兒和小茜俏臉暈紅地跟在明子期身後，小桂子被擠得遠遠的，一臉鬱悶。

郁心蘭憋著笑，向明子期見過禮，便吩咐紫菱擺飯。

莊子裡房舍不多，所以客廳和餐廳合二為一。飯菜就擺在一旁的小圓桌上，明子期與赫雲連城在主位坐下，郁心蘭幫相公捲起衣袖，盛上一碗暖胃的雞絲小米粥，方坐下讓錦兒服侍用飯。

明子期被巧兒和小茜一左一右服侍著，眼睛瞟到哪，哪裡的菜品就會出現在他面前的小碟子裡，小桂子仍然被擠在離主子三尺開外的地方，神情越發鬱悶。

郁心蘭瞧著有趣，又添了一把火道：「巧兒小茜服侍得周到嗎？若不滿意，我再給殿下添兩個丫頭？」

巧兒和小茜聞言都緊張了起來。

從來只有他捉弄人的，獵得山鷹反被雀兒啄了眼！

明子期苦笑道：「不必了！我其實只要小桂子服侍就成了，這兩個丫頭還是請表嫂帶回去！」

巧兒和小茜立時撲通跪下，淒淒切切地央求道：「求殿下收回成命，婢子哪裡服侍得不好，還請殿下教導，婢子定會改過！」

兩個人都哭得梨花帶雨，彷彿受了天大的委屈般。巧兒仗著平日裡明子期對她多笑了兩次，大膽地伸手去拉他的衣襬。

明子期平時不拿架子，但到底是皇子，已經習慣了說什麼便是什麼，哪耐煩聽兩個丫頭的哭訴？他將袍子一抖，略帶惱意地看向郁心蘭。

郁心蘭覺得很丟臉，捉弄人倒是罷了，可自己的丫頭哭求著要服侍別的男子，不論這男子是不是皇子，都很令她沒有臉面。

尋思間，郁心蘭的一張俏臉便沉了下去，低喝道：「放肆！」

赫雲連城目光寒冰，卻沒說話。

巧兒和小茜雖不是家生子，但家境貧寒，從小看過無數人情冷暖，心裡極有算盤，這會子立即發覺將主子都得罪光了，馬上又轉了口風，一個邊磕頭邊道：「大奶奶息怒，婢子是怕沒服侍好十四殿下，有負大奶奶所託，連累大奶奶落下待客不周之名！」

另一個則向明子期哀求道：「求殿下息怒，婢子服侍得不好，是婢子們蠢笨，請殿下勿責怪大奶奶！」

明子期本就不欲尋表嫂麻煩，當下揮了揮手作罷。

郁心蘭眸光閃了閃，沒想到這兩個丫頭知機得這般快，倒真是機靈，可惜心太大了，收服不住。不過，可以留下做兩步好棋子。

於是，她緩下神色，淡淡道：「既然殿下不罰妳們，就磕個頭退下吧。」

巧兒和小茜忙磕頭退下，心下不免戚戚然，高枝果然不是好攀的。

千葉見兩人出來，忙拿出腰包中的淡藍色絲線，笑咪咪地遞給小茜，「小茜姊，還妳的。」

小茜接過絲線，勉強笑了笑，她現在實在沒心情應付任何人。

明子期打發走這兩個煩人的丫頭，心情大好，與赫雲連城大談武學。

郁心蘭用過早飯，便避到內室，仔細琢磨店鋪的經營策略，日後還要灌輸到幾名管事的腦中，畢竟她不能出面經營。

正思量著，紫菱挑簾進來道：「大奶奶，府裡讓人遞過話來：侯爺並甘夫人、長公主，及各位少爺、奶奶、姨奶奶、小姐們，中午來莊子裡用午飯。」

郁心蘭嚇了一跳，這麼大陣仗吹的是什麼風啊？心裡邊想著邊有條不紊地吩咐紫菱，準備接待事宜，因不知道公公婆婆打算留多久，只得又讓丫鬟們收拾出幾間客房，以防萬一。

已時正，定遠侯便帶著一家老小抵達了果莊。

郁心蘭和赫雲連城帶著大丫鬟和莊子的管事在大門處迎接。

定遠侯下了馬，背負雙手，道了聲「免禮」，便信步往莊內走。一行人走走停停，方到正堂依次坐下，丫鬟們奉上茶水、果品，侍立一旁。

甘氏率先笑道：「蘭兒啊，上回的事還請妳不要放在心上，我性子急了些，但絕無壞心，常常發過脾氣便忘了，若曾說過什麼做過什麼，妳也別放在心上。我們是一家人，和和氣氣最重要，總住在莊子裡做什麼，今兒隨我們回去吧。」

咦？這話怎麼聽著這麼不對勁？好像上回的事是我不懂事，使小性子跟婆婆過不去似的，而且還賭氣跑到自己陪嫁的莊子上，一住就是半個月，最後還要勞動公公婆婆親自來接。

怎麼聽都是不孝不敬的悍惡媳婦的典範啊！這樣的罪名我可擔當不起！

郁心蘭忙站起來，納了個萬福，笑盈盈地道：「大娘說的何事？媳婦怎麼一點也不記得了？在媳婦的眼中，大娘是直率可親的婆婆。婆婆的訓導，當媳婦都應認真聆聽，銘記於心；婆婆便是發落一下媳婦，也是對媳婦的歷練，是為媳婦的將來好，媳婦只會心存感激。至於今日是否回去，媳婦原本是陪相公來養傷的，端看公公婆婆和相公的意思。」

甘氏被這綿裡藏針的話噎得不好再說什麼，自己暗指她揪著一點小事不放，她偏說什麼事都不記得了，反倒顯得自己斤斤計較；自己暗示她不要小心眼，她倒趁機表白一番，又是「銘記於心」又是「心存感激」的，儼然一個嚴守禮儀的標準好媳婦，襯得自己倒成了個喜歡拿捏媳婦的惡婆婆。

長公主聽得心花怒放，表面責備實則親暱地斥道：「妳大娘也是擔心你們在外面住不慣，才多想了些，你們跟著回去便是了，說這麼多做什麼？靖兒早稟明了侯爺與我，都知道妳是陪靖兒來休養的，沒人誤會妳，快坐下吧。」

說甘氏多想了些，這話的涵義便豐富了，又說沒人誤會，可剛剛甘氏說的又算什麼？

甘氏聽了臉色便不太好，只是見侯爺沒有表態，不得不暗暗壓下脾氣，也擠出一抹笑道：「就是，快坐下。」

郁心蘭又福了福，方坐下。

赫雲傑的眼睛一直往郁心蘭身上跑，沒聽清大夥兒在說些什麼，見她低眉順眼的，以為是擔心母親對她不滿，忙安慰道：「大嫂莫擔心，母親答應了與妳好好相處，就必不會再為難妳。」

這個「再」字用得真好。

甘氏微微變了臉色，連定遠侯都有些忍俊不禁，朝郁心蘭打圓場道：「一家人，有什麼誤會攤開來說也就沒事了。妳大娘是將門虎女，不會說話，她只是想對妳好，說得不中聽罷了，妳莫誤會。」因今日來此是甘氏提議的，當時甘氏對侯爺說要向老大家的道個歉，侯爺嘴裡說著不必，心裡卻很欣賞夫人知錯必改的氣度，因而語氣中盡是對甘氏十足的親暱和維護。

郁心蘭忙站起來表白心跡，直陳自己對大娘極是尊敬。

侯爺滿意地點點頭，轉而問：「嗯？不是說十四殿下也在此嗎？」

郁心蘭心道：因為您要來，所以他跑得比兔子還快！

赫雲連城倒是實話實說：「他走了，以為您是來抓他回宮的。」

定遠侯忍不住笑，唇角一勾，俊美至俊。不單兩位夫人看得心旌搖動，就連自認為見多識廣的郁心蘭都不禁直了眼，幸得很快記起自己的身分，忙垂眸屏息，又不禁瞄了相公一眼，相公若是治好了臉上的刀疤，也一定是風采絕倫吧？

沒等她想像出個結果，長公主在上邊笑道：「靖兒的氣色極好，看來在莊子裡住得挺舒心，蘭兒服侍得不錯。」

定遠侯贊同地點了點頭，甘氏也附和了一句，赫雲連城轉頭看向小妻子，靜靜地注視，靜靜地微笑。

郁心蘭的臉色慢慢變紅，頭低得快貼到胸脯了。你們看就看，別總往我肚子上瞄好不好？

連著下了兩天雨，今日難得晴了，定遠侯想去莊子裡走走，所有人都隨著侯爺往外走。郁心蘭安排佟孝領路，自己慢後兩步，笑問方姨娘：「方姨娘要不要在屋裡歇歇？」

方姨娘受寵若驚，嫻靜又略羞澀地笑道：「不必麻煩大奶奶，太醫說胎兒已經穩了。」

太醫？郁心蘭暗自驚訝，二爺居然請太醫為姨娘診脈，看來這位方姨娘還挺得寵。

她忙喚千荷過來，叮囑道：「小心伺候方姨娘，若是摔著了侯爺的庶長孫，我唯妳是問！」

方姨娘嬌豔的小臉更紅了幾分，低聲道謝。

「庶」字她雖不愛聽，可「長孫」二字還是很愛的。

郁心蘭笑了笑，便追上前去服侍公公婆婆。

三奶奶回頭看她笑道：「大奶奶真是細心周到，先幫二爺安頓了方姨娘。」

是暗指我不服侍公婆嗎？

郁心蘭也打趣般地回道：「是啊，咱們侯府子嗣單薄，若三弟妹妳也有了身子，做大嫂的也一定先顧著妳，便是讓父親母親責罵幾句也無妨。」

長公主笑了，「我們幾個老的，有手有腿有人服侍，妳當主人家的，自是應當先顧小的。」

定遠侯聞言也點了點頭，卻衝長子笑道：「靖兒何時給父親添個金孫？」

郁心蘭聞言趕緊低頭，赫雲連城也有絲羞澀，卻極認真地回答道：「兒子會努力的。」

定遠侯朗聲大笑，長公主亦是一臉喜悅，旁人也忙跟著湊趣。

遇上這種話題，郁心蘭只有垂首嬌羞，沉默不語的份了。

打趣夠了，定遠侯方正色道：「你們幾個成了親，的確需要多為赫雲家族開枝散葉才是。」然後指著老四赫雲飛對長公主道：「老四的婚事也該辦了，過幾日去岑府把婚事確定下來吧。」

長公主連連稱是，於是眾人又改而打趣老四。

三奶奶笑了一陣，慢下腳步與郁心蘭並肩而行，感嘆道：「父親真是疼愛大哥大嫂啊，來的時候還在說，怕大哥腿傷未癒，不能參加今年的秋獵呢，這會兒又明著說想要大嫂的金孫。」

郁心蘭暗自嘆息，若是這點小事都要吃醋，還不得酸壞一口銀牙？

她面上便只淡笑道：「我想，只要是孫子，無論是誰生的，父親都會喜歡。」

三奶奶好不尷尬，她生的是個女兒，總覺得郁心蘭是故意刺她，可細看郁心蘭的表情淡然，彷彿真心這麼認為，是以脫口而出般。

她只得訕訕地笑了笑，道：「是啊，父親就喜歡孫子。」說罷黯然，她的燕姐兒，公爹只抱過一次。

郁心蘭本可以再刺激幾句，一想到這世間女人活得真不容易，便作罷了。

佟孝領著主子們到一處草廬歇息。這裡本是露天存放果實的，郁心蘭瞧著喜歡，便令人將果實搬走，又重新紮了四柱，弄成個草廬的樣子，還請赫雲連城幫忙寫了字，裱起來掛在廬中。

定遠侯認得長子的字，不禁唸道：「結廬在人境，而無車馬喧。問君何能爾，心遠地自偏。」吟罷蹙眉，「太不爭了些。」他是朝廷棟樑，自然不喜歡平淡不爭的無為思想，待知道是郁心蘭所作之後，又讚了幾句。

媳婦還是要不爭的好，免得成天在兒子耳邊吹風，鬧得家宅不寧。

❖ ❖ ❖

中午，郁心蘭令人用垂幔將草廬圍起來，燃上幾盆炭火，笑吟吟地稟道：「中午媳婦請公公婆婆吃燒烤，嚐嚐山裡的野味。」

定遠侯見奴僕們將醃好的肉串架到炭火上去烤，不由懷念起從前的軍旅生涯，「從前行軍打仗時，將士們也常常是圍著篝火烤野味吃，只是如今……」語氣悵然，邊境安定了十餘年，皇上已經漸漸不再倚重他們這些武將了。

郁心蘭品出公公話語裡的黯然，便轉移話題，俏皮地笑道：「父親既然會，可願親自試試？」

定遠侯來了興致，長身而起，幾步來到火盆旁，郁心蘭忙讓千夏過來服侍。

郁心蘭來莊子裡不久，就曾辦過一次燒烤大會，小丫鬟們早已學會如何刷調料，千夏巧妙又不著痕跡地教侯爺如何刷調料、如何入味，不多時便烤好了一串羊肉。

定遠侯讓千夏盛了盤，端給兩位夫人品嚐。兩位夫人受寵若驚，自是交口稱讚。

定遠侯似乎找到了當年軍旅時的感覺，又興致極佳地回到炭盆邊烤起了肉串。

如此一來，幾位少爺不管情願不情願，都得效法。

夫人、奶奶們自然還是由奴僕們服侍著，吃現成的。

郁心蘭其實很想親手去烤蝦串吃，但礙於身分，只能望著炭火興嘆。

三奶奶輕笑一聲，附耳道：「大嫂真是會調教人，手下的丫頭一個個水靈靈的，還知情識趣，服侍得父親多開心啊！」

這個三奶奶，要麼不說話，一說話就要明嘲暗諷，瞧這話說得，好像她是故意想往侯爺身邊塞人似的。

聲音又不大不小，剛好讓鄰桌的甘氏和長公主聽見。

兩位婆婆「關照」的目光立即望了過來。

郁心蘭強忍著把唾沫吐到三奶奶臉上的衝動，淡淡地笑道：「不敢當三弟妹的誇獎。父親開心是因為想起了過去的崢嶸歲月，豈會是因為一個小丫頭？」

同桌的方姨娘也掩唇笑道：「大奶奶說的極是。三奶奶要自罰一杯酒，您剛才最後那句話，也將侯爺瞧得太低了些。」

三奶奶臉上一陣青一陣白，她實在是沒想到方姨娘會如此直白地說出來，害她落了個誹謗長輩的罪名。

她只得強笑道：「是我說錯話，該罰該罰！」說罷痛快地自罰一杯。

郁心蘭真沒想到方姨娘會幫自己，朝方姨娘淡淡一笑，方姨娘也忙回了一笑。三奶奶見兩人眉來眼去，心下琢磨，方姨娘是什麼意思？為何要與那一房的人親近，就不怕母親責怪嗎？

郁心蘭也對方姨娘的示好感到奇怪，抬眼見千荷在一旁與方姨娘的丫頭都有說有笑，心中十分滿意，這倒是個機靈的。

❖　❖　❖

用過午飯，赫雲連城便告訴她，收拾行囊，晚些同父母一起回府，郁心蘭自是交代下去。

定遠侯與二爺、三爺、四爺見天氣不錯，便想去山中狩獵，郁心蘭便安排兩位婆婆和三奶奶、幾位姨娘歇午，待安頓好後，她才回到東暖閣。

赫雲連城攬住她道：「今日累了吧？」

「還好。」郁心蘭說完，在他懷裡拱了拱，找了個舒適的位置，合眼休息。

剛過得半盞茶的功夫，方姨娘的丫鬟若水就慌慌張張找上門來，哭泣道：「大奶奶，求您請位大夫，我們姨娘見紅了！」

若水在廳裡拉著蕪兒哭哭啼啼，郁心蘭在裡間被吵醒，想坐起來，赫雲連城卻不讓，抱緊了她道：「讓運來拿我的名帖去請太醫，妳且休息。」

郁心蘭原本有些急，轉念一想，這方姨娘好端端的見紅，只怕不那麼簡單，還是以不變應萬變的好，於是便依著相公的意思，吩咐蕪兒，讓運來去請太醫。又讓莊子裡有生育經驗的婆子去照應著。若水哭哭啼啼跟著蕪兒走了，外面總算是清靜了。

赫雲連城見她乖順，心中愉悅，拿鼻尖蹭了蹭她的小臉，低聲道：「父親問我們要金外孫。」

郁心蘭紅著臉啐道：「大白天的，也不害臊！」

赫雲連城故意曲解她的意思，頷首道：「那就今晚吧。」說罷也不待她反駁，便俯首含住她的嫣唇。

情到濃時，郁心蘭不禁抬起手撫上連城的臉，觸到那道長而寬的傷疤，立時好奇地張開剪水雙眸，近距離細看。

赫雲連城察覺到她分心，恨恨地在她唇上咬了一口，抬頭不悅地捕捉她的視線。

「呵呵！」第一次瞧見他孩子氣的表情，像是被搶了心愛玩具的孩童，郁心蘭忍不住輕笑，邊用食指清出疤痕，邊嬌聲問：「十四殿下不是說皇上賜了你玉肌膏嗎？怎麼不見你用？」

赫雲連城捉住她作亂的小手，默了默道：「其實我無須用。這道疤並非利器所致，而是當年山崩，在救九殿下的時候，被山石劃傷的，兩三年便好得差不多了。」

郁心蘭明知故問：「玉肌膏是消疤痕的啊？你不想嗎？」

「不用消，已經沒什麼疤痕了。以前是怕皇舅不悅，才做了道疤痕貼上，現在皇舅給了恩典，過兩個月拿掉便是了。我自幼便是如此，摔傷碰傷都不留疤的。」

天然無疤痕體質？這似乎只在傳說中聽過。

郁心蘭緊盯著他完美的左臉上細膩白皙的皮膚，既羨慕又妒恨。

赫雲連城以為她生氣了，忙小心翼翼地解釋：「並非只瞞著妳，連母親也沒說。我不讓人近身伺候，也是不想讓人發覺。之前，皇舅對我猜忌極重，若發現我臉上沒了疤痕，只怕會以為當年的傷是假的，這幾年因我的事，幾個弟弟的仕途也不得意，實在是不想再出任何岔子。」

郁心蘭聽著忍不住心酸，明明是個美男子，卻要頂著這麼醜陋的疤痕示人，只是為了盡量不連累家人。想到剛嫁入侯府時，幾位小叔屢次當面責罵相公，相公也都忍了，那時的確是相公連累了他們，心中有怒氣倒也罷了，可現在呢？今天幾位小叔圍著侯爺大獻殷勤，卻無一人關心他的腿傷，真是沒半點子手足之情。

思及此，郁心蘭悶悶地道：「待你的疤消了，我保證你比弟弟們都要俊，嫉妒死他們。」

赫雲連城好笑道：「男人才不會比這個。」

不比才怪！不比，那些第一美男子是怎麼出來的？這時代的女子，不論成親沒成親的，都不能議論到別家的男子，當然不可能是女人選的。

小夫妻倆正說著話，錦兒在門外稟道：「大爺、大奶奶，太醫已經請來了。」

「知道了。」郁心蘭想了想，對相公道：「方姨娘到底懷了身孕，我又是主人家，還是去看一看的好。」

這回赫雲連城沒有攔他，只道：「若是有何為難，便請母親主持公道。」

郁心蘭便喚錦兒進來梳洗一番後，往西廂房而去。

三奶奶的丫鬟秋水坐在東廂房的走廊上嗑瓜子，見大奶奶出了主屋，忙到客房內稟報主子。

莊子的後院是個大型四合院，南房為主屋，東西廂房為客房，隔著一個天井，三邊都能相互瞧見，因而不必秋水稟報，三奶奶自己早從窗櫺的鏤花中瞧見了。

真是沉得住氣！若水又哭又叫的都沒將她請出來。反觀自己，隔一會兒便到窗前來察看一下動靜，還差了秋水在門口打探，倒是落了下乘。

三奶奶暗暗捏緊帕子，扶了扶頭上的叉簪，才對秋水道：「去看看。」

進了西廂房，三奶奶坐到郁心蘭身邊，關切地問：「太醫怎麼說？」

郁心蘭啜了口雨前龍井，方淡笑道：「還在診脈。」

三奶奶顯得很擔憂，蕪兒奉上的茶盅也不接，示意放在几上，俯身向郁心蘭道：「希望別出什麼事，要不然……唉，怎麼到了這裡就見紅了呢？」

郁心蘭放下茶盅，定定地看向三奶奶，漆黑的瞳仁深不見底，瞧不出半分情緒，偏又明亮得刺痛了三奶奶的眼睛。

三奶奶垂下長睫遮擋，強自鎮定地笑問：「大嫂這麼看著我做什麼？」

郁心蘭聲音清脆，一副懵懂莫名的樣子介面道：「我在等三弟妹的下文啊。」

三奶奶訕訕地笑道：「我只是擔心而已，沒別的。」

「哦——擔心也沒用，且先聽太醫怎麼說吧。」

看著淡然安定品茶的大奶奶，三奶奶的深思有一瞬間的恍惚，難道不是她幹的？可方姨娘懷孕對她並不利呀！就算是庶出，只要是男的，侯爺都會喜歡的，她成親快三個月了，肚子還沒點動靜，難道真是一點也不急？還是試她一試。

三奶奶也端茶輕抿一口，讚了聲「好茶」，又彷彿閒聊似的道：「二哥是個有福的，方姨娘這胎多半是男胎呢！雖說只是庶出，但男人們哪個不是覺得孩子愈多愈好，大嫂，您說是嗎？」

郁心蘭笑道：「這是自然。」而後若有所思地打量三奶奶，待三奶奶覺得心裡長毛之際，才作恍然大悟狀，「原來三弟妹是在替三弟著想……真是的，咱們妯娌之間，什麼話不能明說？我這有張生子的藥方，三弟妹拿去煎給三弟服，聽說三弟有六位通房，我保管明年你們靜心園便能多添幾個庶子女，三弟也會讚妳賢慧。」

說罷，吩咐蕪兒：「一會兒記得在我妝奩最下層拿那張方子給三奶奶。」

蕪兒脆生生應了。

三奶奶擠出一絲笑容道謝，暗自恨得咬碎銀牙。

不多時，太醫診了脈出來，郁心蘭忙起身施了一禮。

太醫道：「是飲食上未曾注意，因腹瀉引起的，老夫已經開了藥方，服上五劑應當無礙。」

郁心蘭道了謝，佟孝上前恭送太醫，郁心蘭和三奶奶則進了內室看望方姨娘。

三奶奶親切問候了兩句，便嘆息道：「早上可是吃了什麼特別的東西？中午一家人都吃的一樣，咱們可都沒事呢。」這話怎麼聽都隱含幾分意有所指，也不知是指郁心蘭暗中給方姨娘吃了什麼不一樣的，還是指誰讓人使絆子。

郁心蘭只當沒聽懂，目光投向內室的印歲寒三友圖的圓桌上。除了一套茶具，什麼也沒有。

紫菱從屏風外繞進來，小聲稟道：「謝管事有事要稟。」

郁心蘭便叮囑千葉好生服侍方姨娘，然後出了西廂房回主屋。

千荷正候在外間，郁心蘭道了聲「進來」，然後走近內室。紫菱守在門簾外，以防有人偷聽。

千荷遞上一塊包裹著的手帕，展開呈在郁心蘭眼前，小聲稟道：「若水自帶了補湯，用小泥爐溫著的，方姨娘到廂房後喝了一碗，後來若水又要婢子泡壺熱茶，婢子發現她倒茶時似乎往茶裡加了什麼，只是那時方姨娘還沒事，婢子也以為是方姨娘飲茶的習慣罷了，可後來方姨娘見了紅，大奶奶您差了幾個婆子去照顧後，若水便趁亂將補湯和茶水都倒了。婢子收了些殘渣，請大奶奶過目。」

郁心蘭細瞧了幾眼，心中有了數，便問她：「妳不是同若水一起去煎藥的嗎？」

千荷道：「若水說不必婢子幫忙，婢子怕她起疑心，所以讓千雪去盯著她。」

郁心蘭面露微笑，示意紫菱拿個大封賞給她，又問：「妳從若水口中問出了些什麼沒？」

千荷想了想才道：「若水倒是口風緊的，她還想跟婢子打聽大奶奶的事呢。」

郁心蘭挑眉，頗感興趣地問：「哦？她問了些什麼？」

「大奶奶在娘家如何，現今跟大爺又如何這類。」千荷討好地笑道：「婢子都含糊混過去了，不過前幾日在府中聽到方姨娘的喜訊時，婢子便找了靜念園的小丫頭打聽過，聽說這陣子二爺寵方姨娘寵得緊，過些日子是方姨娘大兄生辰，二爺還讓長隨備了禮送過去呢。」

郁心蘭心中一動，按這時代的風俗，只有正妻的兄弟才是舅子，妾室的兄弟妹妹可是什麼都不算的，況且方姨娘的長兄還沒入職，跟二爺算不得同僚。二爺卻巴巴地送生辰禮，莫非是想將方姨娘抬為平妻？

那今日之事，是二奶奶欲除去方姨娘的依仗，還是方姨娘自編自演的想嫁禍二奶奶？可是不論怎樣，在我的果莊裡做戲，多少有拖我下水，讓我背黑鍋之嫌。

郁心蘭瞇了瞇眼，吩咐給方姨娘熬一碗綠豆粥送去，自個兒扶著錦兒的手慢慢往西廂房去。

西廂房內，方姨娘倦了睡去，千雪搬了張小杌坐在走廊上做針線，見到大奶奶，忙起身迎上去，壓低聲音稟道：「三奶奶還在屋裡，剛剛發作了若水。」

郁心蘭挑了挑眉，由錦兒扶著進屋，快速掃了一圈，三奶奶神色自若地品茶，若水跪在她身前不遠處，地面上有幾塊瓷碗的碎片，烏黑的藥汁灑了一地，有些都髒了若水的裙褲。

三奶奶起身讓了座，方指著若水道：「這丫頭端碗藥進來，見我在屋裡就神色慌張，我隨口問一句是什麼藥，她竟慌張得將碗摔碎了。」然後轉頭看向若水，端容低喝道：「剛才我問妳的話，還是速速回答的好。」

若水俏臉一片慘白，雙手死死揪著裙子，淚水在眼眶裡打轉，卻倔強得不開口。

郁心蘭也不拐彎，將千荷包的那團湯渣丟到若水面前，「可瞧清楚了，這裡面是什麼？」

若水細看一眼，臉色更白了幾分，卻仍不開口說話，彷彿拿定主意當啞巴。

郁心蘭輕笑，「妳不願認我也不逼妳，不過這枸杞桑椹湯裡怎麼會有蠶豆？今日回府便可以問廚娘們，這藥膳是從哪裡得來的，還真是聞所未聞。」

「大……大奶奶，是婢妾讓若水熬的，只是因婢妾愛吃罷了。」方姨娘不知道何時起來了，扶著門框虛弱地道。

這是想將事情瞞下了？可事情在我莊子裡發生的，我若不查個一清二楚，如何能摘得清？

郁心蘭擺手道：「錦兒去扶方姨娘坐下。」

方姨娘讓了讓，才在一張小錦杌上側身坐下。

郁心蘭不待她再有分辯，讓千荷將今日所見說出來。

千荷脆生生地道：「婢子親眼瞧見方姨娘用過午飯後，若水便藉故溜開，從隨身的荷包中取了一把蠶豆加入湯煲中，還借了咱們莊子上的小爐，說是熱一熱，但實際上沸了一炷香的功夫才拿下。」

郁心蘭道：「搜她的荷包。」

錦兒立即上前翻出若水的兩個荷包，翻倒出來幾樣食材。

郁心蘭瞧了一眼，冷笑道：「妳們大概不知道，我自幼也是在鄉間長大，所以民間流傳的幾樣相剋的食物，我也是知道的。方姨娘，妳說是妳吩咐若水加入蠶豆的，那妳知不知道，吃過田螺後吃蠶豆是會腹痛腹瀉的？還有若水荷包裡的這些芹菜、橘片，都是跟毛蟹、麂肉相剋的？我這果莊依山靠水，這些山間田野的食材最是豐富，妳這丫頭準備的相剋之物也很豐富啊。」

方姨娘駭白了臉，忙跪下哽咽道：「婢妾……婢妾怎敢陷害大奶奶，……」

郁心蘭緩了臉色，示意錦兒扶起方姨娘，但說話的語氣仍是不客氣：「我知道妳不敢，也不會拿自己肚子裡的孩子作筏子，剛才所言全是心疼這個丫頭。可妳也得事先掂量掂量，妳是入了族譜的貴妾，是侯府的半個主子，被個小丫頭拿捏在手裡，傳了出去，妳自己的臉面不要緊，侯府的名聲怎麼辦？」

一直默不作聲做壁上觀的三奶奶接著這話道：「況且子嗣是大事，誰想害妳滑胎，我們一定會幫妳審個清楚。」說完看向若水，眼中閃過一絲凌厲，喝道：「說，否則打到妳說為止！」

若水嘴唇一陣哆嗦，忽地拾起地上一片碎瓷，就往自己脖子上抹去。

錦兒和千雪一直盯著她，見狀，立即一左一右抓住她的手。

若水自盡不成，哇的失聲痛哭。

郁心蘭煩躁地皺了皺眉，千荷瞧見，上前一步，一巴掌搧得若水偏頭，又呵斥道：「妳個作死的東西，居然敢在大奶奶面前要死要活的！自妳進了侯府，生便是侯府的奴才，是生是死都得由主子來決定！我說妳打碎了藥碗，為何不請三奶奶使人來清掃，原來是要留著一哭二鬧三抹脖子的，妳是想陷大奶奶一個逼死奴婢的惡名是不是？想不到妳心思這麼歹毒！」

三奶奶之前還沒覺得怎麼，聽到後面嚼出千荷的話不對，又怕打斷了她顯得自己的心虛，只得偷瞄郁心蘭的臉色。

千荷聲音清脆，語速極快，一番話很快便說完了。

三奶奶忙表白自己道：「這是我的疏忽，斷不是故意為難大嫂……」

郁心蘭冷颼颼地瞟她一眼，撫袖寒聲道：「三弟妹行事素來周全，大娘多次讚過的，怎麼今日就疏忽了？若水若真的死了，我這逼死奴婢的惡名也就傳了出去，誰又會知道是因三弟妹妳疏忽造成的？我的名聲妳要如何賠償？所以這種沒涵義的話還是不要說了，以後行事仔細些，再犯錯，不論有意無意，我這個當大嫂的，少不得要責罰妳一下。」

三奶奶垂眸扁嘴，杏眼裡淚光閃閃，說不出的嬌弱動人，可惜郁心蘭從頭到尾都沒瞧她。

這時，門口傳來一陣腳步聲，甘氏與長公主歇午起來，聽說了此事，便相攜而來。

郁心蘭跟三奶奶忙讓座施禮，甘氏瞧著一團糟，便沉了臉問：「剛才老大媳婦妳說什麼？妳要責罰誰？」

郁心蘭便將事情說了一遍，笑問：「媳婦名聲不好，不是也丟了侯府的臉嗎？媳婦教導一下三弟妹行事要謹慎，也是為著侯府啊！大娘，您說對嗎？」

甘氏不便反駁，卻也不想贊成，指著若水道：「把這個作死的東西拖下去打死，居然敢害我的庶孫！」

「慢！」郁心蘭攔住道：「若水是方姨娘的陪嫁，有什麼理由害自己主子，而且還特地挑在媳婦的莊子裡，成心陷害媳婦。大娘，您若是將人打死了，這幕後之人可永遠找不到了。」

長公主接著話道：「的確，怎能讓蘭兒受此冤屈？」

甘氏不滿地道：「打的時候不就能問得出來？」

不開。」

郁心蘭堅持道：「等父親回來，聽說親衛中有專門審訊的，這丫頭的嘴緊得狠，只怕打死也撬

甘氏拍案而起，「一點小事就報與侯爺，妳半點沒將我這個主母放在眼裡是不是？」

「媳婦不敢。媳婦只是想得知真相，說話未免急了些。」郁心蘭一臉的惶恐和歉意，向甘氏福了福，「媳婦只是跟大娘一樣，脾氣直了些，話都是衝口而出，若是說錯什麼，還請大娘大人有大量，原諒則個。」

長公主也從旁勸道：「這孩子的確是直率了些，但人是孝順的，妳也消消氣。妳若堅持用刑，倒好像是要掩蓋真相似的。」

這話都說了，甘氏只好作罷，不住拿眼覷方姨娘，眼中閃過一抹恨色：這個狐媚子，哄得老二想抬她作平妻，不就是有個正四品的爹嗎？老二媳婦的父親還是正一品呢！若是老二德行上有汙點，以後如何在朝堂立足？傷了媳婦的心，親家老爺又怎麼會幫老二？那個老二媳婦也是個不省心的，要發作妾室在自己院子裡發作好了，偏偏想一箭雙雕，偏偏又玩不轉！

不說甘氏如何氣悶，長公主和郁心蘭的心情是極好的。

待侯爺與少爺們狩獵歸來，長公主便向侯爺談及此事。

定遠侯威嚴的鳳目中閃過一絲惱色，冷聲道：「先帶回府！」

一行人在莊子裡用過晚飯，才起程回府。

❖ ❖ ❖

第二天一早，郁心蘭去向長公主請安的時候，長公主告訴她：「說是老二媳婦指使的，你父親

氣得不行，把老二叫到書房痛罵了一頓……倒是不好再罰老二媳婦，大姑奶奶快回來了，宮裡也要舉辦秋分宴，她是有誥命的，總不能讓人看侯府的笑話。」

這時代沒有中秋節，卻有秋分，到秋分時，所有的作物都收割了，正是感謝上天保佑並祈求來年豐收的好時節。每年宮裡都要舉辦秋分宴，世家大族都要攜眷參加，除非病得走不動了，否則必須出席。

大姑奶奶是侯爺的嫡長女，甘氏所出，據說豔冠京城，脾氣也如同甘氏一般直爽火爆，新婚不到一個月，就提著馬鞭追五條街，痛揍偷喝花酒的大姑爺，於是更加名動京城。二小姐一直說不到婆家，郁心蘭猜測多少跟這事有些關係。

聽長公主的口氣，侯爺是很疼這個長女的，「……許的是平王世子明駿，皇上三年前外放明駿任永州知州，今年該是回京述職了。彤兒跟她母親不一樣，我也挺喜歡這孩子，妳日後多與她親近。平王當年輔佐皇兄有功，又知急流勇退，皇兄很信任明駿，這回回京必會留京任職。靖兒如今起復了，朝中總要有幾個朋友。」

郁心蘭連忙應承下來，心中很期待見一見這位潑悍的大姑奶奶，只是轉念一想到秋分宴，又不免擔心：郁老爹不會為了郁家的臉面，將王氏接回來吧？

❖　❖　❖

雖說郁心蘭隔三差五就會差人將果莊裡摘收的果子送到侯府，但到底出府住了小半個月，回來後就得給各院送禮品。禮品自然是莊子出產的各類水果醃製的果脯，以及果汁和麵燒製的點心。

送禮是樁巧事，收禮之人多半會對送禮的丫頭打賞，郁心蘭將二等丫頭派去侯爺姨娘和庶出小姐的院子，讓小茜送去二爺處，巧兒送三爺處，錦兒送四爺處，燕兒則送西府那邊。西府的主子不好相與，燕兒卻無半分不滿的樣子，也同旁人一樣提著食盒出去了。

二奶奶仍在禁足中，方姨娘代表二奶奶接下食盒，讓丫頭準備些名貴味佳的零嘴當回禮，自己則硬拉著小茜坐下，掏出帕子壓壓眼角，作泣然欲泣狀，「昨日之時，我一時糊塗，竟想護下若水那丫頭，不小心衝撞了大奶奶，還請小茜姑娘幫我多美言幾句。都怪我太心軟，總想著息事寧人，卻忘了大奶奶也牽扯其中，萬望大奶奶莫見怪才好。」說罷拉著小茜的手搖了搖，很是倚重的樣子。

小茜感覺到掌心那塊銀錠分量不小，忙笑著安慰道：「我們奶奶最是和善仁厚的，婢子一定幫姨奶奶遞話兒，我們奶奶必不會埋怨妳。」

方姨娘舒了口氣，熱情地起身送到廊前，看著小茜出了院子大門，才收了笑，若善扶著方姨娘回屋休息，輕聲道：「厲嬤嬤方才總想往屋裡來，婢子給攔住了。婢子說句逾矩的話，二奶奶現在防著您，可大奶奶畢竟不是我們這一房的，您要是跟她親近了，只怕甘夫人會不高興。」

方姨娘冷哼了一聲，「自打二爺說想抬我為平妻之後，那老太婆什麼時候給過我好臉色？我也是嫡出的官家千金，怎麼就當不得平妻？大爺目前雖未上任，卻是天子眼前的侍衛，母親又是長公主，我跟大奶奶多親近親近，升平妻的事更有著落。」她在美人榻坐下，輕輕地笑，「至於承爵的事，妳當三爺就不想爭嗎？反正到時各憑本事，我若成了平妻，還能幫著二爺討侯爺歡心，不像現在，一個妾室，連站到侯爺跟前的資格都沒有。」

若善聽後用力點頭，「姨奶奶真是高瞻遠矚，現下的確是抬升您的分位最重要。」

另一頭，巧兒送食盒給三奶奶後，三奶奶也回了禮，又叫丫頭包了幾塊芙蓉酥賞給巧兒。巧兒謝了賞，便折回靜思園。一路上想著前幾日勾引十四皇子不成，還觸怒了大奶奶，不知接下來奶奶會不會藉故發作她？若是姑爺是個齊整的人，便是醜些，她也能豁出去爬姑爺的床，可偏偏是個瘸子，還有一道嚇人的疤，叫瞧了就膽寒……可是三奶奶應承將我調到靜心園的事，自打我辦了事後，就渺無音訊了。大奶奶沒懷胎，吃了藥後沒反應，又不是我辦砸了差事……

她心裡想著，便沒注意看四周，只順著腳下的青石小徑轉彎，一不留神撞進一個男人懷中。

「啊！」巧兒慌得抬頭看去，正瞧見赫雲傑那俊美的臉，閃著驚喜的笑意，忙站直身子，退開兩步屈膝行禮，「給三爺問好。」

赫雲傑不住地上下打量她，愈看愈覺得甜美可人，遂柔聲問道：「妳是大嫂的貼身丫頭吧？妳叫什麼？」

巧兒不覺羞紅了臉，蚊子似的輕哼：「婢子叫巧兒，三爺應是見過婢子的。」

赫雲傑被她柔柔的語調弄得心酥了一半，不由得上前兩步，想伸手抬起她的下巴，將這張如花容顏看個真切，不曾想巧兒轉身便跑了，跑了幾步，怯怯地回眸一望，然後臉更紅地跑開，赫雲傑頓時愉悅得笑了出來。

快到靜思園時，巧兒才緩下腳步，一面極力調整呼吸，一面不禁得意地暗笑，對待男人，就是讓他看得見摸不著，這樣他才會記得妳。若還像對十四皇子那樣急巴巴的貼上去，頂多就是被三爺要去當個通房丫頭，還是個當奴婢的命。

自小挨了太多的餓，她不想離開大戶人家，這裡餐餐有肉吃，可若是當個奴婢，日後被主子隨意指個小廝配了，她也不願意。

正尋思間，小茜從後面猛拍了巧兒一下，調侃道：「想什麼呢？這麼心神恍惚的！咦？妳臉怎麼這麼紅？」

巧兒忙「噓」了一聲，拉著小茜到路旁整齊的灌木修成的圍牆下藏好身，焦急地低問：「妳試過千葉沒？那日我倆說的話可是被她聽了去？要不然，怎麼今日奶奶偏偏打發妳去二爺院子，我去三爺院子？」

小茜心下亦是一驚，那幾日忙著跟巧兒在十四皇子面前爭寵，哪裡還記得這件事，只得強辯：「現下若千葉知道，也早報給大奶奶了，我們反正不承認便是。這府裡有這心思的丫頭，難道還少了？」

巧兒氣得差點翻白眼，這個死小茜，白長了一副精明相，於是啐道：「她們是家生子，我們的賣身契可都在大奶奶手裡捏著！妳倒是想一想好不好？咱們想著另攀高枝，這可是背主！大奶奶若是把咱們打板子發賣，都是沒人會求情！」

小茜一聽也急了，「那……可……這些天了，她若要告訴大奶奶，也早就說了。」

巧兒自是知道這個道理，她今日拉小茜藏起來說話，就是要警告小茜別太張揚了，免得日後拖累她。若先將二爺、三爺那邊敲定了，讓二爺、三爺出面要人，大奶奶總是不好意思拒絕，這可比大奶奶事先發作她們要好很多。

兩個丫頭嘀咕一陣子，卻不知兩人的話早被旁人聽了去。

❖ ❖ ❖

郁心蘭聽著丫頭們回覆各院子主子的話，在回禮中揀了些留下，其餘的都讓人分下去，靜思園中人人有份，丫頭們歡天喜地地退了出去。

紫菱打簾子進來，在郁心蘭耳邊低語幾句，郁心蘭微哂道：「就知道這兩丫頭是心大的人。」頓了頓又道：「她們說千葉曾聽到她二人說話？怎麼沒聽千葉回過？」

紫菱平素對千葉的印象不錯，忙解釋道：「她們只是猜。」

郁心蘭點了點頭，侯府的規矩大，二等丫頭雖負責主屋的清掃整理，可必須在主子不在的時候。平時跟前伺候的，也就是四個大丫頭和紫菱，她沒有親自考校過千葉、千雪二人的辦事能力，心裡沒底。眼看著巧兒、小茜是留不住的，蕪兒雖然沉穩，但曾出賣過自己一次，到底有疙瘩，能不能得用，還要再觀察，所以她很想早些從四個二等丫鬟裡挑兩個出來培養。

郁心蘭拿了些碎銀子給紫菱，叮囑道：「多讓人去打聽一下大姑奶奶的喜好，還有二房、三房備的禮，咱們不能比她們差了。」

紫菱明白，收好了銀子，郁心蘭又讓去請安嬤嬤。

待安嬤嬤進得屋來，郁心蘭就搶著道：「安嬤嬤免禮，過來坐吧。」

安嬤嬤仍是見了禮，才欠身在小杌上坐下。

郁心蘭讓紫菱送上一盒點心，笑道：「自己莊子裡出產的，不值當什麼，安嬤嬤且收下，這半個月有勞安嬤嬤在府裡操持了。」

安嬤嬤忙道：「這是老奴的本分，當不得大奶奶的賞。」心下卻是十分高興，大奶奶進府快三個月了，雖說讓她管著院子裡的事，卻也是將她晾在一邊，表面上親熱客套，卻從不讓她到跟前回話，這讓她心下很是不安。她是個寡婦，又沒有子嗣，萬一被攆出府去，如何謀生？昨日大奶奶才回來，今日就喚她進屋，還打賞了禮物，不就說明大奶奶要用她了嗎？

郁心蘭也的確是這個意思，觀察了這麼久，知道安嬤嬤是個忠心且守禮的，況且她的身世也調查清楚了，知道她只能依仗著侯府和相公，便拋開了顧慮。

與安嬤嬤閒聊了幾句後，郁心蘭便問道：「安嬤嬤家中可還有什麼親人？我有兩個鋪子要開張，正缺人手。」

安嬤嬤激動地站起來福了福，才滿是感激地道：「老奴娘家還有個哥哥，以前也曾開過店，只因生意太紅火，被人使陰招落下了官司，現在只能靠揀攤為生。老奴的哥哥還有兩個兒子，大的二十，小的十七，都能當得事兒。不是老奴自誇，老奴這個哥哥做生意真是有一手。大奶奶若是開鋪子，他的確是幫得上的。」

其實這都是郁心蘭早調查好的，她的鋪子有兩間，可得用的只有佟孝一人，佟孝的兒子釀酒是把好手，可口舌笨拙，當不得掌櫃。莊子裡其他幾個管事都是莊把式，做生意肯定不行，因而查到安嬤嬤的這個兄長時，她便動了心思，也知道那家人因吃過官司，負債累累，過得十分艱難。雪中送炭永遠比錦上添花令人感謝。

於是，郁心蘭便笑道：「那好，明日讓妳兄長帶妳兩個外甥來見我，趕在大姑奶奶回來之前，不然我好些日子沒空。」

安嬤嬤感激涕零地撲通跪在地上磕了個頭。

郁心蘭忙讓紫菱將安嬤嬤拉了起來，正色道：「我只是給他一個機會，若幹得不好或不用心，我一樣不會留情面。」

安嬤嬤連連應承，喜孜孜地告辭去通知兄長。

恰巧這時赫雲連城練完功慢慢走進來，郁心蘭忙上前扶住他，嬌嗔道：「剛拆夾板，于大夫不是說腿還不可以用力嗎？這麼急著練功幹什麼？」

赫雲連城的眸中閃過一絲暖色，淡聲道：「我自有分寸。」又問：「妳跟安嬤嬤說了什麼？」

郁心蘭便說了，赫雲連城點了點頭，「如此甚好。」說著瞟了小妻子一眼，這小妮子開始部署人手了？

正說著，前院的許管事過來傳話：「大姑爺、大姑奶奶昨晚便入京了，下午便回府省親。」

聞言，赫雲連城臉上閃過喜色。郁心蘭忍不住驚訝，相公與大姑奶奶的感情這般好嗎？不過這樣一來，她心裡也有了計較。

因大姑奶奶之前來信，最早也得後天才回，這會子提前幾天，讓所有人措手不及，郁心蘭只得讓安嬤嬤作主挑了兩件禮物，自己則喚了紫菱進來仔細挑下午要穿的衣服。

以前從未見郁心蘭這般慎重過，紫菱不禁奇道：「這位大姑奶奶不是那一房的嗎？大奶奶怎的這般慎重？」

郁心蘭邊搭配衣服顏色邊道：「我要給大姑奶奶留下個好印象，長公主婆婆也說大姑奶奶跟大娘不一樣，我相信婆婆的眼光。」

宮廷鬥爭培訓班畢業出來的人，眼光怎麼會差？經過昨天的事，郁心蘭發覺自己太孤立了，必須要拉個盟友。

大姑奶奶好似皇家的媳婦，又是甘氏的親生女兒，有她幫襯自己，以後行事也方便。

以前她多少有些消極，說白了，到這世間還只幾個月，並沒有完全適應，幾次遇事，都有些息事寧人的心思。可昨天的事徹底給了她一個警醒，光是防著是防不住的，老話不是說了嗎，只有千日捉賊，沒有千日防賊的。她若再不出擊，只會愈來愈被動，就連方姨娘一個小小的妾室也想給她添堵了。

若水摔碗那麼大的動靜沒有醒，問話問到關鍵地方就醒了，還攔著不讓問下去，定是想回二爺的院子再問，讓二爺心疼她。而自己失了得知真相的機會，日後要怎麼說都由得二房的人了，這一來，既可在侯爺面前詆毀自己，又討了二爺、甘氏的歡心，端的是好算盤。

郁心蘭面露不屑，想到小茜那個丫頭，不由得一笑，正好人家願意，就送去給二奶奶和方姨娘添堵吧。

下午未時正，大姑奶奶一家到侯府省親。郁心蘭扶著赫雲連城慢慢走進主院正廳的時候，二房、三房和四爺、二小姐都已到了。因是親戚又是幾年未見，故而歡聚一堂沒有特意避開。

甘氏身邊的大丫頭紅纓忙道：「大爺、大奶奶來了。」

兩人進了屋，侯爺與兩位夫人端坐主位，甘氏右手邊坐著一位鳳目濃眉、高貴豔麗的美婦，侯爺的左手邊則坐著一名氣宇非凡的美男子，想必便是大姑爺明駿和大姑奶奶赫雲彤。

赫雲連城和郁心蘭上前見禮。大姑奶奶似乎與赫雲連城的確感情極好，忙忙地道：「靖弟快坐，你腿傷還未好，計較這些虛禮做什麼？」

赫雲連城難得露出一絲笑意，與長姐問候幾句，方到對面坐下。

赫雲彤拉著郁心蘭的手，細細打量兩眼，笑讚道：「二娘的眼光真是好，給靖弟挑了這麼出挑的美人兒，一瞧性子便是好的。」

郁心蘭笑著回道：「蘭兒以前也頗有幾分自詡美貌，今個兒見了大姑奶奶，方知什麼是井底之蛙了。」

沒有哪個女子會不喜歡被讚美貌，赫雲彤當即笑彎了眉，「小嘴真甜！」說著直接從腕上褪了只金鑲翡翠的鳳鐲，順勢戴到郁心蘭的手上。

長公主驚訝道：「這可是太后賞妳的……」

赫雲彤笑道：「無妨的，太后不會為了個物件責罵我。」

郁心蘭原是覺得這鐲子的翡翠碧得像潭水，赤金鳳凰纏於其上，彷彿隨時能振翅飛走，顯然價值連城。本就覺得這個見面禮太重了，哪知還是太后賞的，便惶恐起來。

赫雲彤作勢生氣，「不許摘！」又叫了兩個孩子過來跟大舅母見禮。

赫雲彤生了一子一女，長子六歲，女兒四歲，都是漂亮粉嫩的孩子，規規矩矩行了禮，奶聲奶氣地喚：「大舅母安好。」

郁心蘭是真心喜歡小孩子，摸了摸兩個小人兒的頭，送上自己挑的見面禮，黃種翡翠玉環，小人兒又謝了禮。

明妍撲到母親懷裡，輕聲道：「娘親，大舅母的眼睛好漂亮啊！」

郁心蘭聽得歡喜，逗她道：「妍兒的眼睛更漂亮啊！」

明妍忍不住笑意，害羞的把小臉埋入母親懷中。

赫雲彤直率地道：「妍兒喜歡妳。」

二奶奶和三奶奶微變了臉色，剛才她們可沒得到這句話。

說了這麼久，之前是赫雲彤一直拉著她的手，這會兒郁心蘭當是該坐下來了，她是侯府的大奶奶，理當坐在赫雲彤的下首，可是二奶奶已經坐在那兒了。

二奶奶本就不忿大姑奶奶送郁心蘭這麼厚的禮，加之自覺是大姑奶奶嫡親的弟媳，便轉頭逗著明妍玩，賭郁心蘭不敢當場發作。

三奶奶倒是一開始就坐在自己該坐的位置上，在她和二奶奶之間留了一個空位——原本是二奶奶坐的位置。

這會兒三奶奶佯裝傾聽男人們聊天，實則興致勃勃地偷瞄郁心蘭的反應。

這座次是先分尊卑，再論長幼。若是公主下嫁，便是公公婆婆也要讓出上位，所以郁心蘭也不是必須坐在赫雲彤下首，但她若坐了給她預留的位子，等於是承認自己在侯府中的地位不如二奶奶——這背後暗指的涵義，就連府中的奴僕都清楚；可若是當著大姑爺和大姑奶奶的面發作二奶奶，又等於將侯府的家醜暴露於人前，侯爺和甘氏再覺得二奶奶逾越，也會怪罪郁心蘭，這才是二奶奶有恃無恐的地方。

郁心蘭不禁嗤笑，什麼事都要爭，這二奶奶剛解了禁足就開始蹦躂，真不知是仗了誰的勢！

一轉眸，發覺赫雲彤正在不留痕跡地偷偷打量自己，眼中盡是打量的神色，想到相公對這位大姑奶奶的評價，郁心蘭微微一笑，彎下腰輕輕摸了摸明妍的小臉蛋柔聲問：「妍兒想不想去後花園的池塘看婢子摘蓮藕啊？」

明妍烏溜溜的大眼睛一亮，「真的嗎？妍兒可以去嗎？」

郁心蘭笑道：「當然可以去，讓二舅母帶妳和哥哥去。」然後叮囑二奶奶道：「妳帶灝兒、妍兒去玩吧，記得多帶幾個有經驗的婆子，別傷著了小世子和小郡主。」

二奶奶一張粉臉立時漲得通紅，恨得捏緊了手帕。郁心蘭使她帶孩子們出去玩，一是逼她讓出位子，二是告訴她「我是妳大嫂，有資格分派妳做事」。郁心蘭這般作派，還是當著大姑奶奶的面，無疑是在她臉上狠狠搧了一耳光——至少她是這麼認為的。

可在幾個媳婦中，的確是以郁心蘭為長，又只是吩咐她好生招呼客人，怎麼都挑不出錯來，她若是照做，就是矮了郁心蘭一頭，不照做或是推回給郁心蘭，又失了禮數，長幼不分。二奶奶真是擰斷了手帕也不知該怎麼辦，只能求婆婆的支援。

侯府的正廳是有小禮堂那麼大，燕翅排開的八仙椅每邊各有三排，主位與客位也隔有距離。甘氏與女兒敘完話，分了大半心神去聽男人們商量時政，完全沒有注意女兒媳婦們在聊些什麼，待發覺二媳婦期盼的小眼神，不由得問：「什麼事？」

郁心蘭搶著回答：「灝兒、妍兒想讓二舅母帶去花園玩。」

明妍也很配合地眼巴巴看著二奶奶道：「二舅母，妍兒想看蓮藕。」

甘氏自是疼愛外孫女，隨即吩咐道：「老二家的，妳帶了孩子們去，小心別摔著。」

可憐的二奶奶，若是直接回答了婆婆的問話，甘氏必會護著她，可她偏偏要先哀怨地瞟一眼郁心蘭，想將表情和氣氛渲染到極致，卻被郁心蘭搶了先機，這會兒悔得腸子都青了，卻又怕大姑奶奶以為自己不喜歡外甥、外甥女，還得高高興興地去當保母。

郁心蘭老實不客氣地坐到赫雲彤身邊的八仙椅上，甘氏身邊的大丫頭紅箭殷勤地奉上熱茶。郁心蘭輕啜一口，笑盈盈地與赫雲彤攀談，話題揀了大姑爺外任之地永州的氣候當開場白。

赫雲彤對於這一段不用侍奉公婆的日子頗為滿意，自然樂得向大弟妹介紹。談到永州的特產各色香木，郁心蘭話也多了，她前世有個閨蜜家境富裕，喜歡玩香，教她如何識別沉香、奇楠等名貴香料。

赫雲彤也愛熏香，與她越發投契，呵呵地笑道：「原本還想顯擺一下的，哪知大弟妹妳竟這般懂行！得了，送妳幾樣香木，妳拿著玩！」說罷，示意自己的大丫頭遞上來個小匣子，塞到郁心蘭手中。

郁心蘭只覺沉甸甸的，打開一瞧，不由得吸了一口涼氣，小匣子裡放著鶯歌綠奇楠、筏沉、黃熟沉、棧香等若干塊巴掌大小的香木，散發出溫暖幽遠的清香。

沉香木因生長週期長，成形不易且數量極少，這幾種香木又是沉香中的上品，每塊的價格都在千兩紋銀上，尤其是奇楠，價格比等重的黃金還貴。而這匣子中，奇楠香就有四塊。

不單郁心蘭怔住了，就連湊過來的三奶奶都極為明顯地倒抽了口氣，羨慕地道：「大姑奶奶對我們大嫂可真好。」她能不嫉妒嗎？沉香木可不是你有錢就一定能買得到的，所以毫不掩飾話裡的酸味。

赫雲彤只是淡淡一笑，問郁心蘭：「喜歡嗎？」

郁心蘭腦中念頭急轉，從一開始，她就發現大姑奶奶似乎也在極力拉近與她的關係，雖說永州產香木，可要收集到這麼多名貴香木，也是要花一番功夫的，或許不論她懂不懂香，赫雲彤都會將這匣香木贈給她。

想通這一節，郁心蘭便沒覺得受之有愧了，笑盈盈地道：「多謝大姑奶奶，可弟妹我是個窮人，沒什麼回贈的，便借花獻佛，親手雕串珠子回贈。」說完便扣上匣子，交給錦兒收著，完全沒想到要贈一塊給三奶奶。

赫雲彤挑眉一笑，「原來大弟妹還會雕刻，那我就拭目以待了。」好像也忘了要捎上三奶奶。三奶奶心中酸浪翻滾，可總不能開口去要，若這酸眼皮子淺，估計婆婆就頭一個不放過她。郁心蘭相邀：「我們去打馬吊吧。」

赫雲彤熱情回應，三奶奶也笑著作陪，還是三缺一，赫雲彤便拉上牌癮極重的甘氏，四個人到小花廳打馬吊。

打牌的時候自然是要聊天的，三奶奶極有大家風範地輕笑，邊摸牌邊問：「大嫂打算將那些香木都雕成珠子嗎……九筒。」

下手的赫雲彤沒接話，甘氏瞥了長女一眼，因長女一進門便送了她一尊一尺高的棧香觀音，她自是明白三媳婦說的是什麼意思，卻不能理解為何長女要送給老大家的這麼貴重的東西，隨即瞪了郁心蘭一眼，「好東西別浪費了！」

郁心蘭恭恭敬敬地應道：「媳婦不會的。」說罷丟了一張廢牌。

三奶奶仍是捏著沉香不放，「那麼些沉香，可以雕些小玩意送給兩位婆婆啊！」

郁心蘭心道：要送也是我來開口，用得著妳來做人情？

面上卻盈盈一笑，小嘴裡吐出四個字：「胡，十三麼。」

三奶奶臉都綠了，一下午，郁心蘭只胡她的銃，而且通通是超級大番子。

捌之章 枕邊私語話纏綿

用過晚飯，赫雲彤一家回平王府，郁心蘭扶著赫雲連城慢慢回到靜思園。

赫雲連城興致勃勃，談及今日下午的聚會，似乎與明駿很投契。

郁心蘭只是笑了笑，明駿是皇室宗親，可命運亦是捏在皇帝手中的奴才，一樣需要身為陛下近衛的相公的支持，投契是一定的，利益聯盟也是必須的。

回到臥房，洗漱更衣後，丫鬟們調暗了燭火，悄悄退出內室，除留下蕪兒在耳房守夜外，其餘人都回後跨院休息。

赫雲連城單手撐頭側臥在床上，把玩著掌中一枚晶瑩剔透的小玉佩。

郁心蘭也上床，瞧了一眼，好奇地問：「是大姑奶奶送你的嗎？」怎麼形狀這麼古怪？

赫雲連城將玉佩遞到她眼前，竟是一把伏著蝙蝠的長命鎖，郁心蘭一怔，赫雲連城解釋道：「是大姊送給我們孩兒的長命鎖。」

低柔如大提琴般的聲線輕輕撥動心弦，灼熱的唇已含住她的唇，郁心蘭的心不禁輕輕一顫，她知道今夜定會有所不同。

赫雲連城輕問：「我們快點生個孩子好不好？」邊說著邊將手從妻子綢衣的斜襟中伸了進去，感覺到指下絲滑的肌膚，他的身子漸漸火熱，帶著薄繭的手已經一路探到了峰頂。

郁心蘭又是羞澀又是難忍地輕「嗯」了一聲，被動地迎合著赫雲連城的動作。忽然身子沉了沉，一股銳利的疼痛直衝入心底，她終是沒忍住，帶著哭腔嚷道：「疼！」

赫雲連城心中憐意大盛，輕輕吻著她的唇，一下又一下，口中喃喃撫慰地輕喚：「蘭兒……蘭兒……」直到感覺到懷中的嬌軀散去了緊張，柔軟地貼合自己，他才開始疾風驟雨般的節奏。

蕪兒睡在耳房上夜，隔著外間，可在寂靜的夜裡，內間裡動情的低喊、旖旎的聲浪，仍是清晰地傳了出來。她的心中不知不覺一鬆，大奶奶應是很快會有大爺的孩子吧？

因著身世的關係，她比同齡的女孩子更懂人事，大概在所有陪嫁的丫頭中，只有她知道大奶奶並沒有與大爺同房，這使得她一度以為大爺對大奶奶不滿，因而擔心大奶奶的地位，確切地說，是擔心大奶奶會不會被休。

出嫁的女兒被休回娘家，陪嫁丫頭們的處境比姑奶奶更不妙，而她絕不能再回到王氏的手中。為著自己的小小私心，她都快忍不住要往大爺的茶裡下藥了，幸好……

❖ ❖ ❖

雖然不是第一次在赫雲連城懷裡醒來，可今日到底不同，聽到蕪兒、錦兒端著洗漱用品進來安置的聲音，郁心蘭忙喝止道：「退下吧，我自己來。」

錦兒微怔，蕪兒卻是明白的，忙拉著她退出內室。

赫雲連城不知何時醒來，關切地問道：「還疼嗎？怎麼不多睡會兒？」唇角含著微笑，眉眼柔動地看著眼前面色緋紅、媚眼如絲的佳人。

郁心蘭紅著臉搖了搖頭，赫雲連城知她害羞，率先起身，收拾妥當，便去練武場練功。

郁心蘭待他走後，才撐著痠痛的身子起身，用過早飯，便乘著小轎子去向婆婆請安。

長公主身邊的紀嬤嬤親自過來打門簾，面含笑意，低聲交代：「侯爺在這兒。」

郁心蘭笑著頷首，示意明白。

定遠侯和長公主都是一臉笑意，長公主手中捧著一個小物件，反覆摸索，似乎十分喜歡。

郁心蘭忙上前見禮，剛起身，門外便唱道：「甘夫人到。」

甘氏邁著英氣十足的步子走了進來，輕輕福了福，「侯爺安好。」

郁心蘭忙又向甘氏見了禮，這才坐下。

甘氏一眼瞧見了長公主手中的東西，又驚又喜地問：「侯爺，您尋到了墨龍藤？」

侯爺頗為得意地道：「嗯，昨夜魏青才送過來。」

「多謝侯爺。」甘氏飛快地伸手取過墨龍藤，滿臉都是激動和感激，「我母親的腿疾終於能治好了，她老人家定會感激你這位好女婿。」

郁心蘭被甘氏的厚臉皮給震驚了，明明放在長公主手中，又是治腿疾的，當然是為相公尋來的，可甘氏就是有辦法睜著眼睛說瞎話，還搬出她老娘來壓著侯爺。

果然定遠侯臉上露出了幾分為難，頗為愧疚地看著長公主。

長公主明白侯爺的意思，知道自己不能攔著他孝敬岳母，只得勉強笑道：「靖兒現在已經能走了，這藥便讓給姊姊吧。」

定遠侯看向長公主的目光變得飽含神情和讚賞。

甘氏暗哼了一聲，將藥收入袖袋，連句謝謝都沒有。

郁心蘭頓時憤怒了，赫雲連城現在是能站能走，妳想要去孝順母親也可以，就不能好好說嗎？非要用這種無賴的方式巧取豪奪，顯得妳很聰明嗎？

她勾起一抹笑容，向甘氏道：「雖說藥是侯爺為相公尋來的，且已交給了母親，可甘老太太既然需要，我們當晚輩的自是應當孝敬，還請大娘轉告甘老太太兒媳的孝順之心，請甘老太太千萬莫送什麼謝禮來。」

連謝謝都沒有，還會有謝禮嗎？

甘氏聽出郁心蘭的弦外之音，頓時氣得臉通紅，可當著侯爺的面，霸道的話卻說不出口，不得不讚郁心蘭幾句：「知道你們是孝順孩子。」又轉向長公主道：「多謝妹妹相讓。」

待侯爺與甘氏走後，長公主便笑道：「妳就是個猴精！」
郁心蘭卻沒笑，走至長公主跟前跪下，正色道：「媳婦說幾句逾越的話，大娘這般霸道刁蠻，是母親您讓出來的。」
長公主聞言，臉上便閃過不悅，正要呵斥她幾句，卻聽她繼續道：「媳婦知道您心繫父親，怕父親認為您以勢壓人，所以才處處忍讓，可您想過嗎？大娘的容貌與您比起來，簡直是雲泥之別，可父親為何會喜愛大娘？」
郁心蘭頓了頓，讓長公主有點時間考慮，又繼續道：「依媳婦看，父親喜歡的就是大娘的直率。父親是帶兵打仗的將軍，兵者，詭道也。父親整日與戰略計謀打交道，自然希望身邊的親人能直率些、坦誠些，使他不必這麼累，要如此猜忌。大娘每每擠兌您，當著父親的面爭寵，父親只會覺得大娘心中有他，而您事事忍讓，卻只會讓父親覺得您並不是那麼喜歡他，嫁給他，只是為了助皇上登基而已。」
長公主忽地臉色蒼白，捏緊了帕子，哽咽道：「妳不知道……妳不明白……」當年是皇兄用計逼侯爺娶了我，我怎敢行差踏錯？
這段歷史，郁心蘭早通過千荷從侯府老人的嘴中問出來了，因而一見長公主淒涼的樣子，便明白了她心中所想，於是跪行兩步，幫婆婆擦去腮邊的淚水，柔聲安慰道：「人心都是肉長的，這麼多年了，父親怎麼不知道您的為人？過去的隔閡早就消散了，您何苦還拘束自己？」
又勸了一番，郁心蘭也詞窮了，只能讓婆婆自己想通。
紀嬤嬤親自將郁心蘭送出宜靜居，輕聲道謝。郁心蘭知道這些宮裡出來的人，個個都是人精，因而坦率地道：「我幫母親，也是幫自己，當不得嬤嬤的謝，嬤嬤有機會多勸勸母親。」
紀嬤嬤連聲應承。

郁心蘭輕嘆一聲，希望婆婆真的能強硬起來，成為自己的靠山。這世界禮教森嚴，光一句「天下無不是之父母」，就可以將甘氏對她所做的所有惡行全部抹去，再委屈也只能受著，只有長公主婆婆能替她討回個公道。可長公主太在意侯爺的看法，總是忍讓甘氏，偶爾刺幾句，也是看著侯爺覺得甘氏不對的時候。

只不過，即使婆婆還想讓，她也不許了！

❖　❖　❖

回到靜思園，郁心蘭竟然瞧見甘氏身邊的齊嬤嬤大大咧咧坐在廳堂上喝茶，巧兒站在一旁服侍著。忍著心頭竄出的那一絲疑惑，郁心蘭含著笑走過去，熱情地道：「齊嬤嬤真是稀客呀，今個兒一定要多坐一會兒，我好好同嬤嬤聊聊。」

齊嬤嬤彷彿剛發覺郁心蘭回來了，「慌忙」起身，作勢要行禮，郁心蘭忙攔住，口裡說著：「您可是府裡的老人，也是我的長輩，這不是折煞我了？」

齊嬤嬤也就順勢站直了身子，待郁心蘭坐到主位上，才又坐下，端著笑道：「老奴是奉夫人之命，來知會大奶奶一聲，過幾日秋分宴後，就是晉王妃的生辰，晉王妃最愛奇楠的香味，所以請大奶奶您選塊奇楠出來，送到外面的首飾鋪子裡，雕塊觀音像，送給晉王妃做壽禮。工錢由府裡出，時日不多，還請大奶奶快些挑了，好讓老奴送去首飾鋪子。」

不過是逼甘氏說了句本就應當說的「謝謝」，這麼快就來報復了？

郁心蘭暗自冷笑一聲，面上卻顯出幾分驚訝，「府裡難道不備壽禮嗎？我沒有誥命，只怕晉王妃不會邀請我去呢。」

言下之意，便是，若要送奇楠香，也得是從我個人的名義。

齊嬤嬤頓時沉了臉，「夫人說了，那些沉香木可是大姑奶奶送的。」

郁心蘭含笑點頭，「是啊，是明世子妃送給我的。」稱大姑奶奶的官稱，是要告訴齊嬤嬤，大姑奶奶已經是平王世子妃了，她送的是平王府裡拿出來的禮物，並且是送給我，不是侯府。

齊嬤嬤自然是聽得懂，板著臉問：「大奶奶是不願拿出來了？」

郁心蘭肯定地點了頭後，齊嬤嬤冷笑著走了。

郁心蘭吩咐錦兒去請長公主，自己則坐在廳堂喝茶。

不過一刻鐘，甘氏帶著一對丫頭婆子氣勢洶洶地過來，沒好氣地喝道：「把彤兒給的那匣子香木交出來！」不是要一塊，而是要一匣了。

郁心蘭先納了福，有禮地請甘氏上座，恰好這時長公主到了，便坐在甘氏身邊，輕聲問是怎麼回事，甘氏跋扈地道：「我已經跟彤兒說了，我不同意她全送給老大媳婦，當大姊的怎能那般偏心，讓老二家的、老三家的怎麼想？妳快點交出來，我先收著！」

郁心蘭輕笑，「不給晉王妃做壽禮了嗎？」

甘氏臉紅了一下，就那麼一下，隨即又想好了，她知道彤兒為何與郁心蘭結交，因而她恨。定遠侯的爵位牽涉著兵權，皇上肯定會插手，朝臣們也會要討論，她早就打定主意老大在朝中與誰交好，她都要想辦法搞破壞。

若是連女兒都管不住，還怎麼幫兒子？

想到這兒，甘氏臉色一沉，「妳若不交出來，我就讓人搜！」隨即高聲道：「來人，搜！」

「慢著！」長公主輕柔卻慍怒地道：「堂堂侯府嫡長子的房間說搜就搜，這是哪裡來的規矩？還有沒有王法？」

甘氏也知道自己虧了理，女人家的房間若沒個憑據，強闖硬搜，於女人的名聲是極有損的，長公主和老大家的必定不依，侯爺也會惱了她，她不過是以強硬的態度逼郁心蘭自己拿出那匣香木而已。

因而聽了長公主的話，甘氏冷聲道：「妹妹，我是這後院主母，幾個媳婦我自認是一視同仁，可彤兒給老大家的一給就是萬餘兩銀子的香木，妳讓老二、老三家的怎麼想？妹妹妳倒是給我個主意啊！」

原來是為了幾塊香木，或許說是為了平王府的支持，但彤兒與靖兒自幼感情就好，當年靖兒出事，彤兒還去天牢探望，這情分斬不斷。

長公主尋思一番後，又起了退讓的心思，便向郁心蘭道：「又不是眼皮子淺的商戶人家，侯府哪還少了幾塊香木？蘭兒，妳便給大娘罷了，回頭去我那兒尋幾塊上品奇楠香、棧香給妳。」

因為長輩說話晚輩不能隨意插嘴，一直等著長公主發話的郁心蘭差點沒當頭衝婆婆瞪眼，真想晃著她的肩膀大吼：妳說妳一個長公主，身分這麼高貴，吐口唾沫都能釘死甘氏，妳為什麼要讓她？為什麼、為什麼、為什麼啊！

展開一抹令人失色的微笑，郁心蘭咬著後槽牙，輕柔地道：「母親，恕媳婦不能遵命！香木乃大姑奶奶所贈，媳婦我若不好好珍惜便是不敬。非是媳婦眼皮子淺，吝嗇那幾塊香木，實在是見識短少，還真沒聽過逼人將旁人所贈之物雙手奉上的。」說罷也不看長公主和甘氏的臉色，反正她打定主意，軟的不行來硬的，不給不給就是不給。

「哈！」甘氏大笑一聲，指著郁心蘭朝長公主道：「這就是妳教出來的媳婦，一點規矩都不懂，連我們兩個當婆婆的話都不聽，依我看，得請家法來才行。」

「什麼家法？」赫雲連城優美的聲音響起，手握長劍，鬢角額頭都是汗水，顯是剛剛練功歸來。他用銳利而略帶寒意的眸光掃視一圈，與其相觸者都不禁悄悄退後半步。
他走到郁心蘭身邊站定，正欲向母親和大娘行禮，郁心蘭卻忽地站起來攔住他，笑盈盈地道：「連城，莫急著行禮，剛才大娘正要教我規矩呢。」
甘氏蔑視地笑，「說妳沒規矩還真是沒規矩，居然攔著靖兒行禮請安，我絕不能讓妳壞了侯府的規矩，來人，請家法！」
甘氏帶來的婆子立即大聲應了，轉瞬抬出一根三尺長兩寸寬的大板子。
長公主不滿郁心蘭不聽勸，卻也討厭甘氏發作自己的兒媳，只是不讓兒子行禮她們真不占理，一時想不出對策。
赫雲連城邁出一步擋在妻子面前，打算行了禮道個歉，把這事兒揭過去。
郁心蘭卻半分不急，仍是笑咪咪的，聲音嬌柔地問道：「媳婦見識少，不懂大道理，卻也知道宗法規矩是按天、地、君、親、師的秩序來的。大娘，不知媳婦說的對不對？」
甘氏眼皮一跳，直覺是對著自己來的，於是怒喝道：「說什麼廢話？請家法！」
郁心蘭的聲音也徒然拔高，透出幾分陰森：「這算什麼廢話？難道大娘妳想說侯府的家法大過國法、禮法？」
她當然不能承認，這不是謀逆嗎？
甘氏勃然大怒，「閉嘴！這種混帳話也敢說，妳想置侯府上下幾百口於死地嗎？」
郁心蘭的聲音更冷，音量更大：「想置侯府於死地的是大娘妳！人人皆知的宗法秩序妳罔顧漠視，明明見到長公主殿下，卻不行君臣大禮，藐視皇族，此為不忠；明知老母膝下無子，雙腿殘疾，卻不自請榻前伺候，此為不孝；若因妳一人之囂張，觸怒聖顏，給侯府帶滅頂之災，此為不仁；身為婆婆強搶兒媳的體己，打賞他人，此為不義。像妳這等不忠不孝不仁不義，也要來教兒媳規矩嗎？」

其間，長公主喚了兩聲「蘭兒」，被郁心蘭有意無視，她知道長公主怪她將話說重了，太上綱上限了，可她就是要逼長公主對甘氏強硬起來，才故意將話說得這麼重。

若是含著笑拐彎抹角地道出來，甘氏肯定裝聽不懂，說到裝傻的本事，甘氏肯定能排上大玥國前三位，再者，說得輕了或晦澀了，甘氏定會不依不饒地去尋侯爺鬧，可這番話，借甘氏一個膽子，也不敢學給侯爺聽。

別的不說，單是自請伺候這一條，話一出口，侯爺也少不得要將甘氏送回甘府幾日，以全個孝名，甘氏肯離開侯府嗎？

因而郁心蘭一說完，便不錯眼眸地欣賞甘氏變臉色。

一杯茶遞到郁心蘭眼前，赫雲連城幾分縱容、幾分寵溺、幾分無奈地問：「口不渴？」

郁心蘭忙接過喝下，衝他甜甜一笑，心中感激，儘管他可能不贊同她的做法，他卻仍然選擇站在她這邊，自始至終都沒阻攔過她。

此時的靜思居可謂鴉雀無聲，大門口徘徊的幾個婆子探頭探腦地聽了幾句後，忙各自跑開，到自己主子那裡報訊兒。

長公主非常無奈，可是已經被媳婦逼上梁山，這時再向甘氏示弱，已不可能討到半點好了，還會一輩子抬不起頭來，因而只能勉強撐著。

甘氏早被郁心蘭的話給氣著了，胸口憋悶著痛，自己連撫了幾下，都沒人上前為其順背，許是平時身體太好了，所以沒哪個丫鬟婆子意識到主子犯了心絞痛。

她張了幾次嘴，卻找不到話來反駁，主要是不能反駁最重要、最要命的第一條——不忠，那麼其他的駁回去了也沒意思。於是，她只得板著臉，拂袖而去，打算走為上策，香木也不要了。

郁心蘭哪能讓她走得這般痛快，蓮步移擋在甘氏身前，堆了滿臉的討好笑容：「大娘……，您別不是生媳婦的氣了吧？媳婦就這炮仗脾子，砰一下便沒了，偏又是張笨嘴，不會說好聽的話，該打該打！」說著自己虛打了幾下嘴巴，笑容越發討好乖巧，還抱住甘氏的胳膊，任她把自己甩成風中楊柳，卻就是不撒手。

那張櫻桃小嘴裡吐出來的話，真真能把甘氏活活氣死：「您別急著走呀！您看，大爺還等在那邊啊！依著天地君親的宗法，等您向母親行過君臣大禮，大爺也好給您請安呀！」聲音愈來愈嬌嗲，還將頭擱在甘氏肩上，身子扭了幾下，十足的小女兒跟母親撒嬌的姿勢，也不怕噁心死甘氏。

甘氏只覺胸腔內的氣愈來愈漲，心頭也愈來愈悶，瞪目狂吼道：「少做夢！」要不是赫雲連城如同一頭蓄勢待發的黑豹般緊盯著她，她真想一掌將郁心蘭拍飛到牆上去。

郁心蘭一臉懵懂，「咦？大玥國不是只有侯爺可以至聖前不跪、殿前下馬嗎？難道也給了大娘您恩典？」

話裡話外都是擠兌甘氏沒資格見長公主不跪，都扯上皇上的恩典了，甘氏再不甘願，也只能咬著牙走到長公主面前。

郁心蘭殷勤地親自鋪上蒲團。甘氏極俐落地砰砰連磕兩個頭，正要磕完第三個就立時走人，眼前卻忽然多出一只精緻的青花纏枝牡丹紋茶杯，害得她不得不直起身子跪著。

端著茶杯的小手皓白如雪，順著粉紫撒海棠花紋的刻金廣袖往上看，正是郁心蘭那張眉目如畫的芙蓉面，她嫣紅的唇瓣一張一呵地道歉：「都怪媳婦年輕不經事，忘了您說了那麼久，嗓子必定乾渴吧？難怪無法唱喏出聲！來來來，請大娘先用杯茶潤潤嗓子！」

甘氏故意閉嘴裝啞巴，只當自己是給死人磕頭，沒曾想被郁心蘭揭穿了，暗恨咬牙後，也只能順坡下驢，喝了口茶，再磕一個頭，這一次的時間長了許多，因為她要呼三遍「長公主千歲千歲千千歲」。

待禮成，長公主叫「平身」，甘氏騰地就竄了起來。

赫雲連城非常配合地上前見禮：「請大娘安。」

甘氏重重哼了一聲，各瞪了赫雲連城和郁心蘭狠狠一眼，火燒屁股似的衝出了靜思園。

長公主長嘆一聲，神色間有絲不豫，冷著聲問郁心蘭：「妳可知錯？」

郁心蘭低眉順目地聆聽訓導，「蘭兒知錯，還請母親多多教誨。」

「到底是一家人，何必一定要撕破臉？甘氏吃了這一虧，暫時尋不到妳的麻煩，卻可以尋妳的奴婢麻煩，妳若失了左膀右臂，誰來幫妳做事？」

郁心蘭小臉變色，慌亂地跪下，懇請道：「還請母親指點一下。」

長公主即便是有什麼手段，也不能當著滿屋丫頭婆子教媳婦不是？

她本就是因被媳婦逼著拿了回長公主的架子，心中不舒坦，因而想教訓郁心蘭幾句，找補回來，當下含糊道：「讓妳的人這陣子老實點，若有任何行差踏錯、不守規矩的地方，不必甘氏來挑理，我便第一個不饒，免得被別人發作，丟了我的臉面。當然，若是有人想往妳或妳的人身上潑髒水，妳只管來告訴我，我終歸是會幫妳找補回來的。」

郁心蘭恭順地聆聽訓斥，長公主心氣總算是順了些，又安撫幾句，扶著紀嬤嬤的手走了。

赫雲連城忙扶住妻子的腰走回內室，去淨房清洗一番，才踱到內室，看著郁心蘭，默然不語。

郁心蘭略帶點委屈地回視，赫雲連城終究是瞧著心軟了幾分，輕哼一聲在她身邊坐下，問道：「剛才為何不讓我替妳求情？」

方才跪在長公主面前，郁心蘭的確是有些撐不住了，昨晚才初經人事，今日本當好好休息，可這一上午雞飛狗跳的，她哪有時間休息，且長公主婆婆心氣不順，總得讓婆婆發洩發洩，若那時相公幫她說話，長公主只會更生氣，沒哪個婆婆會喜歡能左右自己兒子的媳婦，因而郁心蘭才會攔著赫雲連城求情。

不過這話對赫雲連城就要這麼說：「今日我行事魯莽，母親教訓得極是，我當兒媳當然要聆聽教誨，怎能因為一點點小勞累就讓母親迴避。連城，我知道你心疼我，可這樣會讓旁人認為我恃寵而驕，不敬婆婆。」

赫雲連城聽著這話，臉色總算是緩了下來，摟著她小歇了片刻。

❖ ❖ ❖

用過午飯，歇了午，紫菱服侍著郁心蘭梳洗完畢，稟道：「安嬤嬤的兄長一家上午便來了，婢子讓他們先在二門處候著，安嬤嬤剛才讓婢子來請大奶奶示下，您是今日便見了呢，還是先打發他們回去，改日再見？」

折騰一上午，居然把這事兒忘了，郁心蘭忙問：「中午可讓人送了吃食過去嗎？」

紫菱笑道：「婢子自作主張，給了安嬤嬤二錢銀子，說是大奶奶賞的，讓她去廚房訂菜。」

郁心蘭這才安下心來，笑了笑道：「做得很好。先請安嬤嬤進來，我有話問她，對了，大爺去哪兒了？」

「大爺只說出府辦事，飯前回來。」

腿還沒好就四處亂跑，郁心蘭邊擔憂地嘀咕幾句，便去窗前的小榻上坐下。

紫菱奉上茶水，安嬤嬤進屋行禮。

郁心蘭給安嬤嬤賞了坐，打發錦兒在門口守著，這才問道：「我知道嬤嬤是官家千金，這些後宅院裡的是非想是經歷不少，我今日有些莽撞了，不知安嬤嬤有何看法？」頓了頓又笑道：「儘管直言，我就是怕著日後大娘要尋我錯兒。」

安嬤嬤聽大奶奶提起自己從前的身世，有一瞬間的黯然，隨即又知道既是主子的考校，又是主子給自己的一次表現機會，忙定下神，思量片刻後才回道：「回大奶奶的話，老奴覺得這回的事，甘夫人失了臉面又沒達到目的，必定會恨上大奶奶。之前長公主所言極是，甘夫人尋不到您的麻煩，可以尋這院子裡任何一人的麻煩，照樣可以冠個縱奴行惡或是馭下不嚴的罪名。」

郁心蘭微微一笑，這些安嬤嬤不說她也知道，因而沒接話。

安嬤嬤繼續道：「若想避開這些，就得想法子先換了甘夫人的耳目。」

這才是我想知道的！郁心蘭露出幾分傾聽的興趣。

「侯府的家奴不少，多半管著侯府上下的重要差使，因而侯爺才會這般放心將後院交予甘夫人打理。甘夫人主持中饋二十餘年，必定也收買了不少，但家生子中投靠甘夫人的，平素難以看出。老奴知道的，除了大廚房的管事婆子都是甘夫人的人之外，還有內院總管冬順。冬順娶了甘夫人的陪嫁丫頭紅穗，在年前才提上來的。冬順是侯府的家生子，平素倒是很公正，不過有個毛病，喜歡小賭幾把，但沒誤過差事，所以侯爺也未曾說過他什麼。」

郁心蘭眼睛一亮，若是因賭誤了差事，侯爺就不會縱容包庇了吧？只是扳倒了他，卻不一定能換上自己的人。

安嬤嬤見主子聽明白了自己的意思，便再進言道：「總管這樣的位子，侯爺是絕不會允許提拔任何夫人奶奶們的陪房的，必定也是在侯府的家生子中選。若是冬順下去了，平安、賀允、楊誠三人提拔的可能性最大。」說罷看向大奶奶。

郁心蘭腦中靈光一閃，問道：「賀允是賀塵的什麼人？」

「嫡親的大哥，長賀塵十歲，今年三十三，有兩個雙生子賀文、賀武，都是十六歲的年紀，還未許對象。」

這是暗示我許個丫頭拉攏？

郁心蘭到底是現代靈魂，最恨這年代的盲婚啞嫁，不禁沉吟片刻，方道：「這事兒我得尋思尋思，一來選誰去，二來不能過於急切露了痕跡，再者要先暗中訂下親事，卻又不能顯露。得等賀允真的升為內院總管後，再來議親，否則甘夫人必定不允。」

安嬤嬤面露崇拜之色，「大奶奶真是心思細膩，想來廚房那邊大奶奶早有盤算。」

郁心蘭笑道：「嬤嬤其實才是真真心思細膩的，我還沒動呢，妳就知道我要辦了大廚房。想來一開始嬤嬤總派巧兒和小茜出院子辦差，應是有所打算了吧？」

聽到大奶奶終於問起這話，安嬤嬤忙答道：「老奴是看著這兩個丫頭不太安分，索性放她們去鬧，只要賣身契還在大奶奶手中，想拿捏她們不是輕而易舉嗎？」

神色仍是恭敬坦然，並未因郁心蘭之前的讚賞而暗喜得意，郁心蘭又滿意了幾分。

郁心蘭正想將這兩丫頭塞到二爺、三爺的院子裡，沒事給二奶奶、三奶奶添點堵，免得她們平日太閒總想著對付自己，於是道：「這兩丫頭的相貌都是上乘，便是給府中的爺兒們當個姨娘也是使得的，可總得能給我遞點消息才成，別我想方設法抬舉了她們，她們反倒將我給賣了。」

安嬤嬤一聽便明白，大奶奶讓她想法子先拿捏了這兩丫頭的錯處，而且還是大錯處，這倒還好辦，只是想法子送到兩位爺的院子也不難，難的是要有個姨娘的名分。

侯爺的兒子是什麼身分？方姨娘那樣的小官宦之家的嫡女，也就是個姨娘而已，相貌好的丫頭就想當主子，除非有什麼大的原因，僅憑懷孕是不可能的，通房丫頭生子可是平常見的。

看安嬤嬤蹙眉傷神，郁心蘭笑著安慰：「這事兒不急，嬤嬤慢慢想著，目前我要先開鋪子，等開張了，嬤嬤再來找我商量，拿我的帖子請嬤嬤的兄長進來吧。」

安嬤嬤起身施禮，臨走前又遲疑道：「甘將軍是為救侯爺而亡的，為了得朝廷的恩典，報的是別的名目。」

郁心蘭一怔，難怪侯爺這麼縱著甘氏，原來還有恩情在裡面。

這倒是不大好辦了，若不是令侯爺極度憎恨的原因，絕對扳不倒甘氏……手頭正準備的那兩件事，得先擱著了，那不過是隔靴搔癢，撼動不了甘氏的地位，沒得打草驚蛇。

思索間，小茜來報：「安泰到了。」

郁心蘭讓帶去小廳，丫頭們在小廳中間掛起簾子，給安泰一家四口布上茶水。

安泰四十六歲，生得文質彬彬，到底曾是官宦子弟，氣質儒雅，進退有度。

安娘子也有四十餘歲，相貌端莊，曾經亦是官家小姐，而長子安亦、次子安然，都是俊朗的少年郎，舉止斯文有禮，顯然教養很好。

郁心蘭對這一家子十分滿意，問了幾個關於經營之道和用人之道的問題，便決定讓他管理那個棋牌室。

那裡郁心蘭打算只招待上層顧客，安泰的儒雅氣質正合適與達官貴人打交道。

「……按規矩還是要簽契約，我不用你們賣身，但契約我會送一份去府尹大人處備案，若有背主、貪墨的行為，我自會報與官司。我這人喜歡醜話說在前頭，並非對你們不信任。」

郁心蘭一說完，安泰忙帶著一家子跪下磕頭，「謝大奶奶恩典，大奶奶賞我們一家子飯吃，我們必要死心踏地為大奶奶賣命。」說完便在契約上簽名按手印。

郁心蘭噗哧笑了，「賣命倒不必，好好幫我經營著便是。待東西做好後，你們再來，到時你媳婦留幾天，我得把新鮮玩意教會她才行。」

說著示意錦兒把自己寫的棋牌室的規劃拿給安泰，叮囑道：「這是我的意思，你以前開過飯莊，也差不多的，若覺得我這些章程有什麼不合理或欠缺之處，回頭想好了告訴我，我們再商量商量。」

安泰一一應承，郁心蘭便使他一家子回去，賞了二十兩銀子和幾匹錦緞添新衣，畢竟是要當掌櫃的人，衣著很重要。

郁心蘭回到內室休息，囑咐紫菱明日傳佟孝來見見，她要問一下兩個鋪子的裝修進度，以及夥計的培訓情況。

紫菱吩咐下去後，又回到內室，見大奶奶斂眉思索，便站到一邊，拿了個美人錘，輕輕為主子捶腿。

郁心蘭忍不住笑道：「好了好了，又不是七老八十，哪用得著捶腿？」

紫菱卻很正經地道：「年歲小也得注意身子，總覺得大奶奶今日很疲倦似的，要不要請個太醫來看看？」

郁心蘭被說得臉色粉紅，直說「不用」，紫菱便聰明地轉了話題：「已經按奶奶的吩咐，要千雪她們四個出去多打聽些消息，也能考校一下堪用與否。剛才千荷回來報過一次，上午的事，甘夫人的確壓下了，下了禁口令。二奶奶和三奶奶的人只知道發生了大事，想去宜安居打聽，還被罰了板子。」

那麼丟面子的事，自然會壓下，郁心蘭倒不奇怪甘氏的作法，只是奇怪會處置二奶奶、三奶奶的人，難道這兩個媳婦中沒一個算她的心腹？

還沒想得明白，便聽外面蕪兒稟道：「大奶奶，柯嬤嬤來了。」

郁心蘭與紫菱詫異地對望一眼，忙道：「快請。」

紀嬤嬤、柯嬤嬤是長公主身邊的兩位大嬤嬤，郁心蘭自是先行了一個晚輩禮，柯嬤嬤側身避了一半，方又回禮。

郁心蘭拉著柯嬤嬤在榻上坐下，吩咐錦兒道：「給嬤嬤沏杯雨前龍井。」又對柯嬤嬤笑道：「嬤嬤定是常喝好茶的，還請將就將就。」

柯嬤嬤嗔道：「幾百兩銀子一斤的雨前龍井也叫將就，那我老婆子的嘴也太刁了，沒得讓長公主殿下打我板子。」

郁心蘭知她是玩笑，便笑著轉了話題：「難得嬤嬤來一次……」

柯嬤嬤介面道：「只是上午瞧著大奶奶那身衣裳花色極好，老婆子便想來商量取幾個繡樣。」

宮中每年都會賜給長公主許多彩衣、綢緞，民間的東西再好，哪比得上宮裡的？

郁心蘭知她是來遞話的，有些話當婆婆的不方便對媳婦說不是，於是吩咐：「紫菱，去千葉那兒多要幾個繡樣給嬤嬤挑；錦兒，妳去通知廚房加兩個菜，今晚嬤嬤在我這兒用飯。」

紫菱和錦兒明白這是打發她們出去，忙福了福退出房間，守在外間不讓人打擾。

柯嬤嬤閒談兩句，果然言歸正傳：「大奶奶今日真是將殿下逼入死角了。」

郁心蘭故作不解，「雖說正妻是比平妻地位高些，可按禮法也是先論君臣之禮，母親太過溫和了些，才會被大娘欺在頭上。」

柯嬤嬤長嘆一聲，「大奶奶，說句倚老賣老的話，您年輕，並不知道朝堂之事，權貴、權貴，是權在前，貴在後。若是皇上的寵臣，便是王侯貴冑也要趕著巴結，不是出身皇室，就一定高人一等的，要看得不得皇上的眼，哪朝都有削了爵位貶為庶民的皇族啊！」

這番話郁心蘭理解，可放在長公主身上就不能理解了，長公主跟皇上可是同母兄妹啊，又是女子，不像王爺還有可能篡位，怎麼就不得皇上的眼了？

腦中閃過一個念頭，郁心蘭驚問：「可是因為相公的事，皇上對母親……」

柯嬤嬤點了點頭，「長公主已經六年沒見過皇上了。頭幾年請見時，皇上還使人來責罵殿下不會教養兒子……原本大爺起復，殿下特意進宮謝旨，皇上雖沒像從前那樣拒見，卻也是說政事繁忙，只讓殿下給皇后娘娘磕了個頭作罷。」

郁心蘭真是震驚了，原以為連城起復了，皇上應當是不再猜忌他了，卻沒想到皇上竟連長公主都不見，說是政事繁忙，可磕頭謝恩能要幾個彈指？就算是在御書房，讓外臣迴避一下便罷了。這到底是怎麼回事？

柯嬤嬤頓了頓，又繼續道：「殿下的生母玉才人位分不高，跳得一曲《何蠻子》被皇上寵幸的，可惜沒熬出頭便香消玉殞了。殿下連個可以依仗的娘親都沒有，若不是皇后娘娘幫襯一下，殿下真是一點風光都無。」

柯嬤嬤話裡的意思，玉才人竟是個舞姬？雖然貴族女子會在一些宴會上撫琴吹簫，展示才藝，但絕不會跳舞。若是舞姬，那長公主還真是沒有外祖家可以依仗。

郁心蘭理了理思緒，方道：「我承認今日是莽撞了，可於禮法都合，父親當不會怪罪母親。」

柯嬤嬤猶豫了一下才道：「侯爺的乳母跟老婆子是拐著彎的親戚，聽她說，侯爺不是長子，又生得極俊，自幼家將的孩子們便很少與侯爺玩耍，只有甘夫人同侯爺玩，又不像旁的女娃子那麼嬌氣，翻牆爬樹什麼都敢，侯爺自小便極喜歡甘夫人。殿下嫁來一整年，侯爺只在洞房那日到過公主府，後來殿下堅持搬到宜靜居，才慢慢同侯爺恩愛起來。再後來生下了大爺，侯爺喜歡得不得了，有段日子真可以說是蜜裡調油。只是皇上登基後，皇后娘娘……多次責罵甘夫人，原是想幫殿下，卻逼得侯爺更偏向甘夫人了。」說罷長嘆。

郁心蘭也跟著嘆氣，皇上以為施加壓力，侯爺就會休了甘氏，將長公主扶正，卻不料侯爺是個硬脾氣，不但不休，還變著法子頂著幹，弄得婆婆現在左右為難。況且說難聽一點，當初是皇上死乞白賴地要將皇妹嫁給侯爺，一登基就這般作態，實是有過河拆橋之嫌。

「一切的根源還在皇上！」郁心蘭思索片刻，胸有成竹地道：「我想父親只是不喜歡連家事都被皇上左右，才會愈加偏頗甘夫人。若皇上不插手，父親應當還是公正的。」記得新婚第二日進茶時，二爺嘲弄相公，侯爺便是幫著相公的，想來侯爺不是個糊塗人。

柯嬤嬤嘴角直抽，「皇上已經幾年不插手侯府的家事了，可侯爺……」

郁心蘭渾不在意，「那不過是習慣，青梅竹馬的情分。甘夫人在父親心中的形象是根深蒂固的，便是有點什麼事兒，甘夫人解釋一下，或是道個歉賠個禮，侯爺便會信了。這廂先不管，目前最重要的，是讓皇上與母親恢復以往的兄妹情分。生母早亡，皇上和母親幼時生活不易吧？」

柯嬤嬤有些難過地點頭，「先皇有百來位妃子，和五十餘名皇子、皇女，皇上和殿下又無生母照顧，個中艱辛，真是一言難盡。」

柯嬤嬤是長公主的乳娘，因而對皇上與長公主年幼時的事記憶猶新，又含著淚說了幾樁心酸的往事。

郁心蘭聽後，頓時有了主意，「玉才人的祭辰就是秋分節？不如……」附耳低語。

柯嬤嬤有絲猶豫，「能行嗎？」

郁心蘭胸有成竹地笑，「必定行！只要皇上與母親重歸於好，還怕甘夫人翻花樣？」見柯嬤嬤仍在猶豫，又加重語氣，堅定盟友意志，「只要母親好好說，皇上必不會再插手侯府的家事，侯爺也必不會怪母親。嬤嬤，您想想，就算今日我不逼甘夫人下跪，她就會善待大爺嗎？會敬重母親嗎？只要她想為二爺、三爺謀爵位，這就是不可能的！」

郁心蘭說完，回身到床頭的小暗格裡拿張藥單，遞給柯嬤嬤，「這是我無意中發覺每日的例湯有些古怪，讓大爺查出來的湯中加的藥材。」

柯嬤嬤掃了一眼，臉色大變，急切地追問：「大奶奶，要不要請太醫來為您診診脈？」

郁心蘭虛拭了兩下眼角，顯得哀怨無奈，「暫時不必，例湯我早沒喝了。」

柯嬤嬤立時站了起來，堅定地道：「大奶奶放心，老婆子我一定勸服殿下。」

郁心蘭露出感激的笑容，親手包了兩個三兩重的小金魚塞到柯嬤嬤手中，「有勞嬤嬤了。」

她知道長公主派柯嬤嬤來，是要勸她低調柔順點，卻沒想到會被她反勸回去。不過，只要是母親，看到那張藥單都會想去爭一爭，為兒子支起一片天地。

柯嬤嬤貼身收好藥單，正想告退，外間便傳來吵鬧聲。

細耳一聽，是程氏那大嗓門在大叫著：「把你們奶奶請出來，我倒要問問，我們老爺每月都將俸祿上交到了公中，憑什麼飯也不讓我們吃頓好的！」

郁心蘭撇了撇嘴，向柯嬤嬤道：「一會兒還請柯嬤嬤陪我演齣戲。」然後揚聲道：「是大伯母嗎？快請進！」

程氏衝錦兒冷笑一下，「沒規矩的東西，本夫人的路都敢攔，給我掌嘴！」

程氏的幾個大丫頭就要上前，紫菱冷喝一聲：「住手！」而後向程氏福了福，「還請大夫人見諒，錦兒若有不是之處，我們奶奶必定會責罰！」

程氏是西府的主母，伸手管東府侄媳婦的丫頭本就不對，只是她認為郁心蘭不敢反抗，所以說得理直氣壯，沒曾想到被個丫頭給駁了。

程氏覺得沒臉，還想發作，可天色又不早了，還是大事要緊，於是丟下一、兩句重話挽回顏面，衝進了內室，正聽得郁心蘭道：「……從媳婦的分例裡撥過去便是，已經跟廚房裡說了，嬤嬤只管放心，好好養著便是。」

柯嬤嬤感激地笑，「多謝大奶奶，實在是太醫說殿下這身子骨得好好將養，多吃些補湯，否則也不至於要商量勻些大奶奶的分例。」說完站起來告辭，瞧著程氏不動。

宮女太監也有官職，柯嬤嬤是五品女官，比程氏品級高兩級。

程氏沒法子，只得向柯嬤嬤福了福，而後轉頭質問郁心蘭：「今晚我訂的菜色為何要減？」

郁心蘭不緊不慢地先請了安，方笑道：「因為大伯母您這個月的月例已經快用完了，還差三天才月尾呢，侄媳婦我是怕您後面幾天餓肚子。」

程氏氣暈了，這個月指定的菜色，不是說買不到食材，就是說秋燥，吃了對身體不好。之前是長公主管著，她不敢多言，現下連個晚輩也敢駁她的面子，叫她如何下臺？

程氏咬著牙道：「少跟我說這些有的沒的，偌大個侯府連幾塊鹿胎膏都沒有，我才不信，做什麼要到外面去買？」

郁心蘭解釋：「從庫中取的食材，已是要算在月例中的，不然怎麼對得上帳？便是母親那個院子，這個月的分例用完了，也是要自己掏腰包的，只是侄媳婦想著平時沒什麼可孝敬的，這才請嬤嬤過來，說從我的分例中勻些。」

「我不管，這鹿胎膏燉雪貝，我今晚一定要吃到！」

「恐怕不行，鹿胎燉雪貝一盅要二十兩銀子，您這個月的月例已經只有三兩銀子，偏您的分例是每餐三葷兩素一湯，往後這三天，廚房可真是為難呢！」郁心蘭笑嘻嘻的，卻半點不讓地道：「可惜我多出的分例剛剛撥出去了，不然可以幫幫大伯母。」

程氏還想吵鬧，柯嬤嬤冷不丁地接上一句：「府中的規矩誰也不能破壞，程夫人身為長輩，不至於連這個規矩都不懂吧？」

「好好好，妳們兩個合夥欺負我，我倒要請我們老爺問問他那個弟弟是怎麼教兒媳婦的！」程氏撂下狠話便氣沖沖地走了。

柯嬤嬤有些擔憂，「她真會鬧到侯爺那兒去。」

「那還好了，我正愁不方便去找父親將今日上午的事說一說呢。」

「這……唉，侯爺不會拿甘夫人怎樣的。」

「我也不是一定要怎樣，就是說一說，小事一件件加起來，就能變成大事。」眾口鑠金，積毀銷骨便是這個意思。

果然不過兩刻鐘後，前院的周總管便親自來請大奶奶到東書房說話。

東書房是定遠侯在後院的小書房，大老爺和程氏已經在坐，大老爺端著一副威嚴的樣子，程氏則得意之中帶些不屑。

（未完待續）

漾小說 101

妾本庶出 1

國家圖書館出版品預行編目資料

妾本庶出 / 菡校著. -- 初版. -- 臺北市 :
麥田, 城邦文化出版 : 家庭傳媒城邦分公司發行,
2013.10
冊 ;　公分. --（漾小說 ; 101）
ISBN 978-986-173-985-4（第1冊：平裝）

857.7　　102016933

作　　者　菡笑
封面繪圖　畫措
責任編輯　施雅棠
副總編輯　林秀梅
編輯總監　劉麗真
總 經 理　陳逸瑛
發 行 人　涂玉雲
出　　版　麥田出版
城邦文化事業股份有限公司
104台北市中山區民生東路二段141號5樓
電話：（886）2-25007696　傳真：（886）2-25001966
發　　行　英屬蓋曼群島商家庭傳媒股份有限公司城邦分公司
104台北市中山區民生東路二段141號2樓
客服服務專線：（886）2-25007718；25007719
24小時傳真專線：（886）2-25001990；25001991
服務時間：週一至週五上午09:00~12:00；下午13:00~17:00
劃撥帳號：19863813；戶名：書虫股份有限公司
讀者服務信箱：service@readingclub.com.tw
麥田部落格　http://blog.pixnet.net/ryefield
香港發行所　城邦（香港）出版集團有限公司
香港灣仔駱克道193號東超商業中心1樓
電話：852-25086231　傳真：852-25789337
E-mail：hkcite@biznetvigator.com
馬新發行所　城邦（馬新）出版集團【Cite (M) Sdn Bhd】
41, Jalan Radin Anum, Bandar Baru Sri Petaling,
57000 Kuala Lumpur, Malaysia.
電話：(603) 90578822　傳真：(603) 90576622
Email：cite@cite.com.my
美術設計　洸譜創意設計股份有限公司
印　　刷　鴻霖印刷傳媒股份有限公司
初版一刷　2013年9月26日
定　　價　250元
I S B N　978-986-173-985-4